Arena negra

NEFELIBATA

CRISTINA CASSAR SCALIA

Arena negra

Traducción de Montse Triviño

Duomo ediciones

Barcelona, 2022

Título original: *Sabbia nera*

© 2018, Giulio Einaudi editore s.p.a., Turín
    Publicado con el acuerdo con Grandi & Associati.
© de la traducción, 2022 de Montserrat Triviño González
© de esta edición, 2022, por Antonio Vallardi Editore S.u.r.l., Milán

Primera edición: enero de 2022

Duomo ediciones es un sello de Antonio Vallardi Editore S.u.r.l.
Av. de la Riera de Cassoles, 20 3.º B. Barcelona, 08012 (España)
www.duomoediciones.com

Gruppo Editoriale Mauri Spagnol S.p.A.
www.maurispagnol.it

ISBN: 978-84-18538-29-2
Código IBIC: FA
DL B 16.219-2021

Diseño de interiores:
Agustí Estruga

Composición:
David Pablo

Impresión:
Grafica Veneta S.p.A. di Trebaseleghe (PD)
Impreso en Italia

A la abuela Livia

*El crimen no cuenta... Cuenta lo que ocurre,
o ha ocurrido, en la mente de quien lo comete.*

GEORGES SIMENON

1.

La *Muntagna* se había despertado aquella mañana. Una densa nube negra de cenizas se cernía sobre la ciudad y la envolvía. En los momentos de silencio, incluso desde el mar se escuchaban los estallidos, a medio camino entre el fragor de un trueno y la explosión de un fuego artificial atenuada por la distancia. La arena caía sin descanso y formaba en el suelo una alfombra que crujía al pisarla. Se deslizaba por los paraguas abiertos, colocados aquí y allá por vendedores ambulantes que habían aparecido rápidamente en las calles, como en los días de lluvia repentina.

Alfio Burrano mojó el cristal varias veces antes de resignarse y accionar el limpiaparabrisas. El capó de su Range Rover blanco, recién salido del concesionario, había adoptado brevemente una tonalidad gris antracita y ahora se acercaba ya al negro opaco. Alfio maldijo para sus adentros al pensar en los daños irreparables que aquella arena negra abrasiva, capaz de arañar cualquier superficie con la que entraba en contacto –incluidos los ojos–, iba a causar en la carrocería.

Sacó del bolsillo delantero de su mochila un puro a medio fumar y lo encendió.

Entre el cartel que decía BIENVENIDO A SCIARA, EL PUEBLO DEL ETNA y la entrada principal de Villa Burrano había unos quinientos metros, ocupados por una miríada de edificios de distintas formas que rodeaban la mansión y se alzaban en el lugar donde en otros tiempos se extendía el parque privado de la finca.

Mientras dejaba a su espalda la plaza del pueblo y se dirigía a la verja lateral, empezó a sonar el teléfono conectado al ordenador de a bordo del coche. Alfio le echó un vistazo a la pantalla para asegurarse de que no mostraba de nuevo aquellos ojos azules que habría preferido olvidar y que llevaban toda la tarde torturándolo con mensajes y llamadas que se había obligado a no responder.

La voz de Valentina –su enóloga, pero no solo eso y algo más– lo tranquilizó.

–Eh, *boss*, ¿qué ha pasado al final?

–¿Y qué quieres que haya pasado? Espacio aéreo de Catania cerrado hasta mañana por la mañana si todo va bien. Vuelos desviados a Palermo y a Comiso o cancelados, como el mío. Vamos, el caos de siempre. Espero que al menos mañana me dejen volar, porque si no, me fastidian todos los planes.

Cuando, horas antes, había visto el mostrador del *check-in* de la sala Bellini tomado al asalto por una veintena de acumuladores de millas, tan enfadados como él por la imposibilidad de arreglar la situación a golpe de Carta Freccia Alata y embarque prioritario, Alfio se había pegado al teléfono. Había puesto patas arriba todo el estado mayor del aeropuerto catanés, entre cuyas filas tenía más de un amigo, para conseguir que lo metieran en el único vuelo que salía aquella tarde con destino al aeropuerto de Linate. Pero todo había sido en vano.

–Seguro que encontrarán la manera de conseguirte un vuelo. ¿Te parece que esta noche vayamos a cenar a alguna parte y así te animas un poco? –propuso ella.

En otro momento ni se lo hubiera pensado, pero después de aquella tarde desastrosa, pasarse la noche coqueteando a la luz de las velas para conseguir un polvo le parecía un plan demasiado complicado.

–No, Vale. No te enfades, pero esta noche prefiero retirarme a Sciara.

Silencio. Se lo había tomado mal.

–Ya, claro, es la noche perfecta para subir a un pueblecito de la ladera del volcán. ¿Por qué no te echas a dormir justo en la boca del cráter?

Pues sí, se lo había tomado muy mal. Solo le quedaba devolver la invitación. Total, tampoco iba a aceptar.

Se equivocó.

–Eres un capullo, Burrano. ¡Sabes que esa villa en ruinas me impresiona! –Suspiró, resignada, y luego añadió–: De acuerdo, yo llevo la cena.

Alfio abrió la verja y condujo por un sendero ascendente. Aparcó el Range Rover bajo un árbol de ramas lo bastante densas como para protegerlo y lo bastante fuertes como para no ceder bajo el peso de la arena. Se dirigió hacia la única zona iluminada de la villa: cuatro estancias y unos pocos metros cuadrados de jardín, en los cuales había conseguido meter hasta una piscina de dimensiones respetables. Las habitaciones tenían entrada independiente y no se comunicaban ni con el ala principal ni con la torre.

Era la zona que le había cedido generosamente «la vieja», y con eso se había conformado. Tampoco es que esperara más.

La vieja, más conocida como su tía Teresa Burrano, una mujer podrida de dinero pero más avara que Harpagón, no solo era la única pariente de Alfio, sino también su única fuente de ingresos. Ella, sin embargo, lo trataba como si fuera poco más que mugre y no tenía reparos a la hora de mostrar lo mucho que la decepcionaba saber que Alfio era el heredero universal del patrimonio familiar.

El tunecino Chadi, chico para todo de la villa, salió de una casucha independiente y se le acercó, asombrado de verlo allí. Lo siguió por la casa hasta que llegaron al jardín trasero.

–Menos mal, Chadi, que se te ha ocurrido tapar la piscina. Con todo el polvo que está cayendo, a estas horas ya se habría convertido en un lodazal –lo felicitó.

La lona impermeable estaba tan llena de arena negra como el borde de la piscina y el césped que la rodeaba, y pesaba tanto que se curvaba hacia el agua. Chadi se colocó bajo la marquesina y esperó.

Alfio comprendió que tenía algo que decirle.

–Señor, en esa parte de allí de la casa se ha caído pared. Dentro hay agua –le informó Chadi, mientras señalaba una zona a oscuras de la casa.

–¿Qué significa agua? ¿Quieres decir humedad?

–No, no. Agua.

Burrano lo observó con perplejidad.

–¿Cómo es que has ido allí?

Sin decirle nada a su tía, quien, de lo contrario, habría protestado, Alfio había contratado a aquel hombre para que cuidara de la villa y le había dejado, por si acaso, las llaves de la vieja entrada de servicio de la torre. Aunque, eso no era todo: aparte de las dos cámaras de seguridad que vigilaban la propiedad, había hecho instalar una tercera, que abarcaba desde la esquina de su casa hasta el principio del jardín grande. Ya habían sufrido bastantes robos, no quería ninguno más. Estaba en juego el valor de la casa. Y si aquella vieja histérica no quería entenderlo, pues peor para ella.

–He oído ruido fuerte. Luego he encendido luz de allí y he ido a ver. Todas las habitaciones. Luego he entrado en habitación bajo torre, la de los armarios, y he visto muro caído. Cuando lo he tocado, mi mano mojada.

–¡Mierda, lo último que me faltaba! –farfulló Alfio.

–¿Quiere verlo?

–¿Es que tengo elección? Claro que quiero verlo.

Sí, claro que quería verlo, ¿y luego qué? Aunque se hubiera producido una filtración de agua, ¿qué podía hacer él? La vieja no quería oír ni una palabra de gastar dinero en aquella casa.

Maldiciendo para sus adentros, Alfio fue a activar el contador que proporcionaba energía eléctrica a la torre. Cogió las llaves y una linterna, y precedió al tunecino por el corredor exterior de servicio que conducía a la entrada principal.

Era el camino más rápido para acceder a la estancia en cuestión sin tener que rodear toda la casa.

Al abrirse, el portón emitió un siniestro chirrido que ponía la piel de gallina. Alfio subió la palanca de un interruptor negro antediluviano y soltó un suspiro de alivio por haber sobrevivido una vez más al peligro de electrocutarse. Las pocas bombillas que aún seguían con vida iluminaron la escalera de mármol por la que él y Chadi llegaron al lugar de los hechos. El sector afectado por la filtración se hallaba en el primer piso: se trataba de una especie de comedor amueblado con un gusto extravagante –como el resto de la casa, por lo demás– que comunicaba con los dormitorios.

Hacía un calor inhumano y el olor del polvo que flotaba en el aire le produjo cosquillas en la nariz. Alfio le pidió a Chadi que abriera una ventana, cosa que el tunecino hizo con dificultad debido a que las persianas estaban estropeadas.

–Aparta esa cortina, que está llena de polvo. Ya cuesta respirar, como encima le añadamos cincuenta años de polvo nos morimos aquí dentro. Malditas sean ella y todas sus manías. ¿Cómo se puede tener la casa en estas condiciones? –despotricó.

El derrumbamiento se había producido cerca de la chimenea y había derribado una estantería vacía. La pared rezumaba agua hasta el punto de que se habían formado líquenes, o algo parecido. En un rincón del suelo habían salido incluso hongos.

–Quién sabe cuánto tiempo lleva así –refunfuñó. Apoyó la mano en la pared y la retiró enseguida, asqueado–. Se habrá roto alguna tubería, pero a saber cuál. Aquí todo se cae a pedazos.

Dirigió el foco de luz hacia la decoración de la pared que estaba enfrente del muro empapado. Los colores, el tema... Todo reflejaba el estilo con el que se había decorado la villa entera en su día, una mezcla entre arquitectura árabe y *liberty*. A un lado vio una estatua de medio busto, parecida a las que adornaban los senderos de Villa Bellini, el jardín público de los cataneses. Era Ignazio Maria Burrano, su abuelo. Qué diantres pintaba una escultura así en una habitación privada era algo que solo sus antepasados sabían.

Se entretuvo contemplándola más de lo estrictamente necesario y, con la ayuda de los 3 000 lúmenes de la linterna led que le había dado a Chadi, Alfio se fijó en que detrás de la escultura los colores se conservaban más vivos que en el resto de la pared. Es más, parecían pintados sobre un material distinto.

Apoyó el codo en la estatua y notó que se tambaleaba.

–No debe de pesar mucho si oscila tanto –afirmó.

Sintió curiosidad e intentó moverla. Enseguida se dio cuenta de que era muy fácil desplazarla, por lo que sin duda era de yeso o, al menos, estaba hueca. La apartó a un lado y dejó el muro a la vista.

La discromía era evidente.

Chadi se arrodilló sin preocuparse de la suciedad, que sin duda incluía excrementos de roedores, y acercó la mano al ángulo que formaban la pared y el suelo.

–Aquí está hilaza –afirmó en su dialecto siciliano-tunecino mientras indicaba una grieta de aproximadamente un metro y medio de largo.

Dio un golpecito en la pared, y esta sonó hueca. Madera, adivinó Alfio mientras se acercaba. Apuntó la linterna hacia el lado izquierdo y, tras introducir el dedo en una pequeña abertura que más bien parecía una arruga, siguió el ángulo hasta topar contra algo redondo y metálico: una especie de pomo, más o menos a la altura de sus ojos. Intentó moverlo hacia la derecha, pero sin resultado.

–Chadi, ayúdame a tirar de esta cosa.

Tiraron entre los dos. El pomo se desplazó unos milímetros, hasta que de repente cedió y resultó ser un pasador de hierro colocado para cerrar algo. La pared se movió como si fuera una puerta.

Alfio tiró con fuerza hasta abrirla del todo.

–Toma toma toma... –murmuró, maravillado.

Delante de él se abría un abismo, en cuyo interior colgaban dos cuerdas de grandes dimensiones. De haber dado un paso hacia delante, habría terminado en el fondo de... ¿de qué? Así, a primera vista, parecía el hueco de un ascensor. Un montacargas, probablemente.

Se agarró bien a la pared y asomó la cabeza. Enfocó la linterna primero hacia arriba y luego hacia abajo.

–¡Otra de las extravagancias del viejo! –masculló, pensando en las cosas absurdas que su abuelo había mandado instalar en la villa y que él iba descubriendo de vez en cuando.

Aquella, sin embargo, era la más sorprendente de todas.

Hizo cálculos. Debajo de aquella habitación de la primera planta debía de estar la cocina, o puede que la despensa. Lugares en los que, como mucho, debía de haber entrado un par de veces en su vida.

–Vamos abajo –dijo.

Se dirigió a la escalera, seguido por Chadi, y se adentró por un pasillo de servicio. Intentó encender la luz, pero esta vez ni siquiera había bombilla. La cocina también estaba a oscuras. El sentido común le decía que aplazara la inspección, sobre todo porque de un momento a otro se presentaría Valentina y desde allí no la oiría, pero sentía una curiosidad demasiado grande como para esperar a regresar de Milán.

Apuntó su famosa superlinterna hacia las paredes de azulejos de lo que quedaba de aquella cocina, equipada aún con una nevera estilo Picapiedra y unas cuantas cazuelas oxidadas de cobre que colgaban aquí y allí. La pared en la que teóricamente se abría el montacargas estaba tapada por un aparador que, en su época, debía de estar pintado de verde pálido.

–Ven aquí, Chadi, vamos a mover este trasto.

–¿Ahora?

–No, pasado mañana.

En la frente del muchacho apareció un signo de interrogación, justo entre sus ojos negros y separados.

–Ahora –aclaró Alfio.

Tal y como esperaba, la puerta estaba justo detrás. Satisfecho, Burrano recogió la linterna y se fue directo al pestillo. Abrió la puerta sin tener que hacer mucha fuerza y enfocó el haz de luz hacia el montacargas.

Retrocedió con un sobresalto.

–¡Joder! –gritó, dejando caer la linterna al suelo.

Trastabillando y ayudándose con las manos, corrió hacia la salida y consiguió llegar al pasillo. Siguió avanzando unos metros, hasta que la oscuridad se volvió aún más negra, y las piernas le flaquearon. Las arcadas lo vencieron.

2.

Repantigada en una hamaca, bajo una tela extendida para protegerse de la lluvia de ceniza volcánica, la subcomisaria adjunta Giovanna Garrasi disfrutaba del espectáculo pirotécnico que la naturaleza estaba ofreciendo desde hacía horas. De vez en cuando echaba el brazo hacia atrás y se servía del tronco de una de las dos palmeras que sostenían la hamaca para darse un empujoncito y dejarse «arrullar» un poco.

Nunca había visto nada igual.

La cima del Etna parecía un brasero que vomitaba fuego, sobre el que se alzaba una columna de cenizas y *lapilli*. La colada parecía haberse dirigido de nuevo hacia el valle del Bove, una depresión no edificada en la ladera oriental que hacía las veces de cuenca receptora y se convertía en la salvación de todos los pueblos situados en las faldas del volcán.

Se abrochó la chaqueta y acercó la mano a la silla de jardín en la que había depositado sus objetos de primera necesidad: el iPhone, un cucurucho de castañas asadas, un paquete de Gauloises azul, un cenicero y el espray antimosquitos. Cogió un cigarrillo, lo encendió y aspiró con fuerza la primera calada.

Treinta y nueve años, palermitana. Doce años de carrera en la policía, los primeros seis en Antimafia, y un currículo repleto de casos brillantemente resueltos. Después de tres años en Milán en el puesto de comisaria jefa de la Policía Judicial de Fatebenefratelli, la subcomisaria adjunta Giovanna Garrasi, Vanina para los amigos, llevaba once meses al mando de la sección de Delitos Contra las Personas de la Policía Judicial de Catania.

Había regresado de Palermo hacía apenas una hora, cansada y abatida como todos los años por aquellas fechas. El 18 de septiembre era el día del recuerdo. Un recuerdo doloroso, de esos que no pasan nunca y que aburren el alma con una tristeza ya resignada.

Tres años había aguantado lejos de Sicilia. Tres largos inviernos enfrentándose al frío, en los que hasta había aprendido a esquiar, y tres veranos dedicados a soportar horas y horas de atasco en la autopista en cada uno de sus –escasos– momentos libres para llegar a la playa más cercana.

Por otro lado, nadie la había obligado. La decisión había sido suya. Es más, para ser sinceros debía reconocer que todo el mundo coincidía en que Milán no era para ella. Pero para que resultara verdaderamente eficaz, una revolución debía ser radical y en aquel periodo crítico de su vida, después de todo lo que había sucedido, eso era justamente lo que necesitaba.

El nombre de Vanina había sido cosa de su madre, que se lo había impuesto desde el primer día. Alardeaba de haberlo sacado de la novela *Vanina Vanini* de Stendhal, cuyo argumento ni siquiera conocía. Un diminutivo insólito, que casi todo el mundo estropeaba y convertía en «Vannina», menos poético pero más siciliano.

Vanina había descubierto casualmente el pueblo de Santo Stefano un par de semanas después de su llegada a Catania. Era un oasis de felicidad en las laderas del Etna, donde el orden parecía reinar con soberanía. Pasmada ante tanto virtuosismo, y después de comprobar la existencia de una carretera que le permitía llegar al mar en menos de un cuarto de hora, había decidido convertirlo en su residencia, renunciando sin remordimiento alguno a la comodidad de tener cerca la oficina a cambio de un poco de paz.

Había sido una decisión acertada.

Una antigua casa de labranza recién reformada junto a una casa señorial en el centro del pueblo, provista de un jardín interior con muchos cítricos. En Catania, le habría resultado imposible encontrar –y no digamos pagar– una vivienda de esas características.

Aquellas pocas horas de ocio en la hamaca habían bastado para que a la subcomisaria adjunta se le desplomase encima todo el cansancio acumulado durante los últimos once meses. Pese a que empezaba a sentirse la humedad de la noche, le costaba encontrar las fuerzas para entrar en casa.

Tampoco su estado de ánimo, ya por los suelos tras aquella jornada dolorosa, conseguía recuperar terreno: la velada solitaria que tenía por delante no ayudaba precisamente a levantarle la moral. Quizá tendría que haber aceptado la propuesta que su amiga Giuli –también conocida como Maria Giulia De Rosa– le había hecho en uno de los muchos mensajes que le había enviado aquel día –además de las muchas llamadas a las que no había respondido– para ir a cenar a un nuevo restaurante del centro, especializado en cocina local, pizzas de fermentación lenta y cervezas artesanales. La clase de restaurante que a Vanina le gustaba frecuentar. Pero Giuli no salía nunca sin un séquito de menos de seis o siete personas, y aquella noche Vanina no tenía ganas de ver a nadie.

Pensó que una buena maratón cinematográfica en blanco y negro desde su sofá no era mala idea para aquella velada ya de por sí mala. Por lo menos serviría para distraerla de sus pensamientos melancólicos.

Apoyó un pie en el suelo tratando de que la hamaca no se desequilibrara, pero como de costumbre, lo hizo y salió disparada. Vanina se enderezó al vuelo, renegando. Tarde o temprano acabaría con el trasero en la hierba, era cuestión de tiempo. La espalda dolorida le recordó que a su edad no era normal anquilosarse de aquella manera por un trayecto de nada en coche y un par de horas de humedad vespertina. Pero la culpa era suya, y del boicot sistemático que llevaba años haciendo a gimnasios, piscinas, centros deportivos y cualquier otro lugar dedicado a la actividad física.

Cruzó el césped que separaba su casa de labranza del edificio principal, subió tres escalones de piedra lávica y empujó la puerta de su apartamento, que había dejado entreabierta. Dejó la chaqueta y objetos varios en el minúsculo recibidor, donde había conseguido encajar una vieja cómoda procedente de la casa de Castelbuono que su madre había vendido muchos años atrás. Ella no se hubiera deshecho de ella jamás, pero por entonces tenía catorce años y su opinión no contaba gran cosa.

Entró en el comedor, separado de la cocina por una puerta corredera. El mobiliario consistía en una mesa redonda –extensible si hacía falta, aunque muy raramente se le había presentado la ocasión–, una estantería caótica en la que dos hileras de libros compartían espacio con los objetos más variados, y otra estantería más grande –llena hasta los topes de cintas VHS y DVD ordenados de manera casi obsesiva– que enmarcaba un televisor de pantalla plana de 42 pulgadas. Una de las paredes estaba ocupada de arriba abajo por pósteres de películas antiguas, todas italianas y todas ambientadas en Sicilia. En un rincón, descansaba un sillón de piel con reposapiés delante y mesita auxiliar al lado.

El cine italiano de antes, mejor aún si era de autor, era la pasión de la subcomisaria adjunta Garrasi, pero las películas rodadas en Sicilia se habían convertido casi en una obsesión. Hacía años que las coleccionaba, a ser posible en su versión integral, también las más raras y difíciles de encontrar, e incluso las que no tenían ni una escena en siciliano. Había llegado ya a la cifra de ciento veintisiete y no le había resultado fácil, sobre todo en la era predigital: desde las películas con Angelo Musco de los años treinta a las de Pietro Germi hasta llegar a las más recientes.

Vanina sacó de un cajón el catálogo de títulos, que alguien le había confeccionado tiempo atrás y que ella iba actualizando de forma regular. Se dejó caer en un sofá moderno de color gris claro, que en aquella casa desentonaba como un dosel barroco en un *loft* neoyorquino, pero del cual no estaba dispuesta a separarse ni aunque la torturaran, porque allí había pasado muchos momentos memorables. Buenos y malos.

Necesitaba una película alegre, frívola, que no le suscitase pensamientos negativos. Acababa de posar la mirada en *Mimí metalúrgico, herido en su honor* cuando el rostro sonriente del inspector jefe Carmelo Spanò apareció vibrando en la pantalla de su teléfono. Cada vez que se topaba con esa imagen, cosa que sucedía una media de entre diez y veinte veces al día, Vanina no podía evitar pensar que aquella expresión risueña en el rostro de su competente colaborador era totalmente inadecuada a tenor de las noticias que sus llamadas solían comunicar.

–Dígame, Spanò.

–Jefa, perdone las horas, pero tendría que venir.

–¿Qué ha pasado?

–Han encontrado un cadáver. En una villa de Sciara.

–¿Asesinado?

–Puede ser.

–¿Qué significa «puede ser», Spanò? –se impacientó.

–Que no es fácil saberlo... Creo que debería verlo usted misma.

Permaneció en silencio, contemplando la pared cubierta de pósteres, y observó fijamente a Giancarlo Giannini, que parecía devolverle una mirada resignada. «Habrá que dejar el plan para otro día».

Se colocó bien el auricular y se levantó del sofá.

Entró en el dormitorio.

–¿Jefa? –dijo Spanò, interrumpiendo el silencio.

–¿Cómo es que no han llamado al Arma? –le preguntó, formulando en voz alta la duda que se le acababa de plantear.

Por lo general, todo lo que ocurría en las laderas del Etna se convertía al instante en asunto de los *carabinieri*, que tenían cuarteles diseminados por los distintos pueblecitos de la zona.

–El propietario de la villa es conocido mío y por eso se le ha ocurrido llamarme a mí, que casualmente estaba localizable. Pero creo que es algo que debe...

–Que debo ver con mis propios ojos, lo pillo, Spanò –repitió mientras se ponía los pantalones y sacaba de debajo de la cama unos zapatos veraniegos de color beis con cordones. Habían participado en tantas investigaciones que prácticamente caminaban solos.

–¿Quién está con usted?

–Bonazzoli y Lo Faro.

–¿Fragapane?

–Está a punto de llegar. ¿Le digo que pase a buscarla?

–No, gracias. Fragapane conduce tan rápido como mi abuela con un Fiat 500 en la autopista Palermo-Mondello.

El inspector contuvo una carcajada.

–Como prefiera.

Se metió la Beretta 92FS reglamentaria en la funda de la axila y luego la cubrió con una chaqueta marrón. Las peores experiencias de su vida le habían enseñado a no salir nunca desarmada.

Mientras cogía las llaves de su Mini de un portaobjetos repleto de trastos, vio sobre la encimera de la cocina una bandeja de horno que le resultaba familiar. Levantó el paño de algodón que la cubría y descubrió con pesar dos *scacce* todavía calientes, preparadas al estilo de Ragusa.

Spanò no la llamaba nunca por bobadas, menos aún en domingo. Que lo hubiera hecho significaba que el asunto era grave o, cuando menos, delicado. Que además estuviera presente la inspectora Bonazzoli solo servía para confirmar sus sospechas. Por tanto, calculando así a ojo, la posibilidad de comer durante las próximas tres o cuatro horas sería más bien remota y, desde luego, no constituiría una de sus prioridades. Sin pensárselo mucho, cortó un trozo de cada una de aquellas empanadas hechas con masa de pan y les hincó el diente. Se habría ventilado gustosamente las dos *scacce* enteritas, tal vez mientras veía la famosa película que estaba a punto de elegir, si un cadáver vespertino no la hubiese devuelto al deber. Para ayudarse a engullir, bebió un par de tragos de una botella de Coca-Cola que había abierto aquella tarde.

Llamó al cristal de la puertaventana de Bettina, la propietaria, que vivía en la planta baja de la casa señorial.

La mujer apareció al instante, entre los efluvios de su cocina en perenne actividad, y se secó las manos en el delantal. Viuda, metro sesenta de altura por noventa kilos y siete décadas llevadas con alegría. Un cruce entre Tina Pica y Sora Lella.

–¡Vannina! ¡Bienvenida! –La doble ene era irrenunciable, tanto para ella como para una discreta cantidad de convecinos–. ¿Qué es esto? ¿Ahora también nos molestan los domingos por la noche? –constató, contrariada, mientras lanzaba una mirada a la funda de la pistola en el medio segundo que tardó la subcomisaria en ajustarse la chaqueta.

Vanina sonrió ante aquel uso del plural, que la mujer empleaba con frecuencia.

–¿Y qué le vamos a hacer, Bettina? Se ve que a los asesinos aún no les han enseñado que es de mala educación matar cristianos en domingo.

–¿Ha encontrado las *scaccitedde*?

–¡Claro! Y ya las he probado las dos. Pero me está usted malacostumbrando.

Bettina era oriunda de Ragusa y sus *scacce* estaban hechas como Dios manda.

–Mujer, ¡no va a ir usted al trabajo muerta de hambre! A saber a qué hora la dejan marcharse esta noche –dijo mientras asentía, satisfecha de haber contribuido al sustento de la subcomisaria.

Vanina la saludó con un gesto y se dirigió a la escalera. Al subir al coche se desabrochó los pantalones bajo la camiseta, lo bastante larga como para cubrir lo que en teoría tendría que haberse esforzado por mejorar. Bettina, con sus sorpresas vespertinas, no ayudaba mucho, desde luego. Tarde o temprano, y muy a su pesar, tendría que encontrar la forma de rechazarlas. Ni siquiera a ella, con el estrés que soportaba a diario y su humor siempre al límite, le resultaba fácil imponerse una dieta que excluyese todos aquellos alimentos que, en los momentos críticos, la ayudaban a mantenerse en pie. Si además le añadía los regalitos de la vecina, había perdido la batalla antes incluso de empezar a librarla.

Buscó la dirección que había guardado en las notas de su iPhone y la introdujo en Google Maps. Bendijo por enésima vez al genio supremo que había inventado el navegador GPS. Aprovechó la primera parte del trayecto, por carreteras que ya conocía, para llamar a Spanò.

–¿Puede hacerme un favor, Spanò? Llame usted a los de la Científica y al fiscal. ¿Quién es el que está de guardia?

–Vassalli.

Vanina arrugó la nariz. Grandilocuente y tan meticuloso que la sacaba de sus casillas. Pero cuando él estaba de guardia, el forense era casi siempre Adriano Calí: el mejor, además de gran amigo de Vanina. Saber que se iban a ver la ayudó a salir del estado catatónico en el que se había precipitado aquella noche. Hasta la llamada de Spanò, contrariamente a lo habitual, le empezó a parecer un incordio. Por otro lado, tampoco era justo echarle la culpa a su colaborador. De acuerdo, era cierto que si Spanò no estuviera tan integrado en la sociedad catanesa, en la que tenía muchos contactos, a esas horas aquel marrón habría ido a parar directamente a las manos de los *carabinieri*, cuyo cuartel de Sciara estaba a un paso de la villa en cuestión. Pero también era cierto que, de haber sido un caso interesante, ella se habría tirado posteriormente de los pelos por haberlo dejado escapar. Porque a la subcomisaria Garrasi le gustaban los marrones. Mucho. Y cuanta más dedicación le exigían, cuanto más le quitaban el sueño y más le robaban los días de vacaciones y los domingos, más se entregaba a ellos. En cuerpo y alma.

3.

La fachada de la villa, protegida por una verja cerrada con dos candados y por un jardín oscuro, no permitía vislumbrar formas de vida en el interior del edificio.

En la plaza no se veía ni rastro de los coches patrulla.

A punto de perder la paciencia, la subcomisaria Garrasi cogió su iPhone justo cuando en la pantalla aparecía el número de la inspectora Bonazzoli.

–Marta, pero ¿qué coj... qué narices de dirección me habéis dado? –gritó.

–Nosotros también nos hemos equivocado antes. Tienes que rodear la villa hasta la entrada secundaria. Según parece, abrir la verja principal es muy complicado.

–Ah, vale, es complicado. Con un cadáver en la casa, os dicen que es complicado y os quedáis tan panchos –protestó, mientras cerraba de golpe la portezuela del coche y se adentraba por una callecita lateral.

Cincuenta metros más allá, de pie junto al coche patrulla, vio al agente Lo Faro, que la saludaba con su típico aire de chulillo.

–Buenas noches, subcomisaria.

Vanina le borró la sonrisa de la cara con una mirada glacial.

–¿Has venido hasta aquí para quedarte como un pasmarote al lado del coche patrulla? ¿Dónde está Spanò?

–Yo, bueno, es que... la estaba esperando.

–En el sitio equivocado, teniendo en cuenta que he llegado a la plaza y no había nadie.

La inspectora Bonazzoli se asomó en ese momento a la verja con una linterna.

–Aquí estoy, jefa –la saludó.

Vanina se acercó a ella. Por el rabillo del ojo vio a Lo Faro seguirlas de inmediato.

–¿Qué haces, Lo Faro? Quédate aquí y espera a los de la Científica y al forense. Y envíanos a Fragapane, a lo mejor necesitamos su ayuda. –Haciendo caso omiso de la expresión desilusionada del agente, Vanina cruzó la verja seguida de Marta–. Si es que llega a tiempo –añadió en voz baja.

Bonazzoli sonrió. Las aventuras al volante de Fragapane eran famosas en toda la Policía Judicial y llegaban incluso a la jefatura central.

Recorrieron el perímetro de la villa, hasta llegar a una terraza en penumbra desde la que se accedía al interior. Cruzaron un vestíbulo del cual partía una escalinata de mármol, repleta de estatuas y altorrelieves cuyos sujetos quedaban ocultos en la oscuridad. Atravesaron dos salas amuebladas con un estilo extravagante e iluminadas por lámparas cubiertas de telarañas, en las cuales solo una de cada tres bombillas funcionaba, hasta que por fin llegaron a un pasillo estrecho y oscuro que apestaba.

–El cadáver debe de estar cerca –reflexionó la subcomisaria mientras arrugaba la nariz.

–No, esto solo es el resultado de su hallazgo –respondió Marta, mientras iluminaba un rincón en el que alguien había vomitado del susto.

La escena de la cocina era casi surrealista. Dos personas –un hombre y una mujer– estaban sentadas a una mesa en cuyo tablero de mármol se acumulaba una capa de por lo menos un centímetro de polvo gris. El hombre tenía la cabeza apoyada en las manos, mientras que la mujer apretaba espasmódicamente las asas de la bolsita de plástico que sostenía sobre las rodillas.

Un foco de jardín, colocado en un estante, proyectaba una luz blanca que otorgaba a la cocina un aire aún más tétrico.

El inspector Spanò estaba agachado ante una puertecita medio escondida en un rincón, junto a un aparador ladeado. Tras él, un joven de aspecto magrebí sujetaba una linterna con la que iluminaba un hueco oscuro.

El hombre que estaba sentado a la mesa se puso en pie y se acercó a la subcomisaria.

—Soy Alfio Burrano —se presentó.

De unos cuarenta y cinco años, alto, pelo rubio con alguna que otra cana, chaqueta arrugada y una expresión desencajada que no le restaba puntos a un rostro interesante. La versión siciliana de Simon Baker.

Le estrechó la mano.

—Subcomisaria adjunta Giovanna Garrasi.

Sin moverse de su sitio, Spanò le hizo una seña para que se acercara.

—Venga a ver esto, jefa.

Vanina se acercó a él.

—Deduzco que el cadáver está ahí dentro.

—Si es que podemos llamarlo así... —murmuró el inspector al tiempo que se hacía a un lado—. Tenga cuidado, que hay un pequeño desnivel —la advirtió.

A lo largo de su carrera, la subcomisaria Giovanna Garrasi había visto muchos escenarios espeluznantes: hombres ahorcados o quemados vivos, cadáveres emparedados en columnas de cemento, acribillados a balazos o a navajazos, estrangulados, etcétera. Pero la escena que se le presentó aquella noche solo podía definirse con una palabra que ella vilipendiaba y definía como «de novela gótica»: macabra. Abandonado en diagonal sobre el suelo de un montaplatos de metro y medio por metro y medio, yacía el cuerpo momificado de una mujer. La cabeza, que aún conservaba restos de un fular de seda, estaba inclinada en un ángulo de noventa grados sobre un abrigo de piel que cubría un traje de chaqueta de color indistinguible. Del cuello colgaban tres collares de distinta longitud. Alrededor del cadáver había varios objetos esparcidos: un bolso, un neceser rígido de los que se usaban en otra época, un frasco de colonia sin tapón y un recipiente metálico que, por su aspecto, parecía una caja de caudales.

–¿Quién la ha encontrado?

–Alfio Burrano y el tunecino.

Vanina cerró la puerta y la aseguró con el pestillo que hacía las veces de cerradura. Estaba claro que desde el interior no podía abrirse.

Volvió a abrirla y metió la cabeza en el hueco para observar de cerca los objetos. El aire, impregnado de un intenso olor a cerrado, resultaba irrespirable. Sobreponiéndose al impulso de apartarse y a la vaga sensación de náusea que, pese a los años de experiencia, aún no había conseguido superar del todo, se inclinó un poco hacia el interior con cuidado de no tocar nada.

–¿Vive alguien en esta casa? –preguntó, apartándose de nuevo del hueco.

–Según he entendido, solo Alfio. Pero no en esta parte.

–Y, precisamente por eso, es probable que aquí no haya entrado nadie desde hace mucho.

–Alfio dice que nunca ha estado aquí más de unos pocos minutos.

Spanò se volvió a mirar a Burrano, que se había vuelto a sentar junto a su amiga.

–¿Qué opina, jefa? –prosiguió después–. ¿Abrimos los dos bolsos antes de que los de la Científica nos los quiten? Así nos vamos haciendo una idea.

La subcomisaria asintió.

Mientras el inspector buscaba en el bolsillo un par de guantes, resonó en el pasillo la voz áspera de Cesare Manenti, el subdirector de la Científica.

–Demasiado tarde –comentó Vanina.

Toda la información se obtendría según el ritmo y los procedimientos de Manenti, que no eran precisamente veloces.

–Hola, Garrasi –la saludó su colega, mientras echaba un vistazo a su alrededor bastante enfadado.

Era hombre de pocas palabras y la mayor parte del tiempo resultaba intratable.

–Hola, Manenti.

–A ver, ¿dónde está ese cadáver por el que he tenido que abandonar una más que agradable cena en casa de unos amigos?

«Ah, pero ¿es que un hombre así puede tener amigos?», pensó Vanina.

–Ahí mismo –le indicó–. Pero te aviso que no vas a tener mucho espacio para moverte.

Manenti metió la cabeza en el montacargas y luego, tras hacer una seña, le cedió el sitio a un agente que llevaba un mono blanco, además de botas, guantes y mascarilla.

–¿Habéis tocado algo? –le preguntó, con el aire de quien espera una respuesta afirmativa.

Spanò, ofendido, dio un paso al frente.

–Para su información, no hemos puesto ni un pie ahí dentro.

Por toda respuesta, recibió una miradita en plan «Estás hablando con un superior».

La subcomisaria se apresuró a intervenir:

–Manenti, no pierdas el tiempo y dame algo útil. Intentemos averiguar, a partir de la escena, a qué época se remonta el cadáver, porque no creo que la autopsia nos proporcione gran cosa.

–A la prehistoria se remonta –comentó el fotógrafo forense de la capucha que acompañaba al subdirector de la científica.

Vanina reclutó a Bonazzoli, en presencia de la cual Cesare Manenti perdía de golpe su engreimiento para adoptar un tono casi melifluo. Se alejó y lo dejó extraviado en los ojazos verdes de la inspectora, que en cuanto a atractivo no tenía nada que envidiarle a Heidi Klum, y se fue a buscar a Burrano entre la pequeña multitud que se había formado en pocos minutos. Lo vio de pie delante de la mesa en la que el otro tipo con capucha estaba montando un foco para iluminar el hueco. Con una mano en el bolsillo y un puro encendido entre los dedos de la otra, Burrano deambulaba inquieto en torno a un agente que manipulaba un enchufe antediluviano.

Vanina observó de reojo a la mujer, aún sentada con la bolsa sobre las rodillas. Muy pálida, respondía con aire ausente a las preguntas del inspector Spanò. Era joven, apenas una muchacha, y la insistencia con la que observaba a Burrano no dejaba dudas acerca de la naturaleza de su relación.

–Señor Burrano, quisiera hacerle unas preguntas –dijo Vanina, mientras se acercaba a él.

–Desde luego. Pero, a ser posible, preferiría que habláramos en otro sitio. No me apetece ver otra vez el... el... bueno, el cadáver.

Se dirigieron a un comedor y se sentaron en el extremo de una mesa larga –una mezcla de estilo *liberty* y oriental–, bajo una de aquellas lámparas de bombillas diezmadas. La mujer de la bolsa blanca desplazó la silla hasta casi tocar la de Burrano y se sentó a su lado, mientras colocaba con cuidado la bolsa so-

34

bre el regazo. Vanina empezaba a preguntarse qué era aquello tan valioso que llevaba dentro.

Burrano las presentó: Valentina Vozza, enóloga de profesión. No más de veintiocho años, cuerpo perfecto embutido en unos vaqueros que muy pocas podían lucir, y una melena de pelo oscuro y liso que le daba un aire parecido al de su homónima en el cómic de Crepax.

–¿Cuánto tiempo hace que vive en esta casa, señor Burrano? –empezó a decir Vanina, mientras se acomodaba frente a los dos, al otro lado de la mesa, y sacaba de su bolso el paquete de cigarrillos.

–La verdad es que no vengo casi nunca. De vez en cuando paso por aquí algún fin de semana, pero a veces ni siquiera me quedo a dormir. Mis habitaciones están en el otro lado, en la única parte reformada.

–¿La villa es suya?

–No, es de mi tía.

–¿Ella tampoco vive aquí?

–Nunca lo ha hecho.

Vanina echó un vistazo a su alrededor. Adornos, bajorrelieves que representaban palmeras y otras plantas... Y por si todo eso fuera poco, las barras de las que colgaban cortinajes de estilo bereber no eran en realidad barras, sino auténticas lanzas de madera. El hedor a muerte antigua que la había asaltado en el montacargas, sumado al polvo que toda aquella gente estaba levantando, ya le había irritado la garganta, cosa que la había llevado a rechazar el encendedor que Burrano, inclinándose sobre la mesa, le había ofrecido nada más verla abrir el paquete de cigarrillos. A la mirada atenta de la subcomisaria no se le había escapado el destello que aquel gesto había provocado en los ojos de Valentina Vozza. Si dos y dos eran cuatro, la relación entre ellos debía de ser parecida a la del ca-

35

zador y la liebre. Se aceptaban apuestas sobre cuál de los dos era el que huía.

–¿Quién fue la última persona que vivió en esta parte de la casa? –preguntó, mientras hacía girar entre los dedos el cigarrillo sin encender.

–Fume si le apetece, subcomisaria –dijo Burrano.

–Gracias. De momento, no. ¿Y bien?

–Por lo que sé, fue mi tío Gaetano. Pero estamos hablando de hace muchos años.

–¿Y ya no está?

–¿Quién?

–Su tío.

Burrano se quedó perplejo un instante.

–No –respondió, como si fuera una obviedad.

La subcomisaria lo observó fijamente con sus ojos de color gris hierro, como si quisiera intimidarlo. En aquella respuesta telegráfica había algo que no expresaba.

–Señor Burrano, ¿conocía usted la existencia del montacargas?

El hombre pareció recuperar la voz.

–¡Por supuesto que no! Pero tampoco es que me sorprenda. Esta casa tiene un montón de aspectos, vamos a llamarlos, particulares. Dios, encontrar un cadáver no ha sido una experiencia precisamente agradable.

–¿A qué se refiere con «aspectos particulares»?

–A la forma en que se proyectó, la decoración absurda, la torre y todas las diabluras que hizo instalar mi abuelo.

–El inspector Spanò me ha dicho que el descubrimiento de la abertura en la pared de la cocina es resultado del hallazgo de una puerta parecida en la planta de arriba. Me gustaría que me la enseñara.

Alfio Burrano se puso en pie.

—Desde luego —asintió.

Valentina se alzó de inmediato sobre sus taconazos, dispuesta a seguirlos. La bolsa blanca se volcó y cayeron al suelo dos cajitas marcadas con el logotipo del restaurante japonés más frecuentado de Catania. Una docena de piezas de *sushi* salieron rodando entre una capa de polvo y salsa de soja, rodeadas de láminas de jengibre y unas cuantas vainas verdes que Vanina, dada su escasa cultura en la materia, no supo identificar.

—¡Joder, Vale! —farfulló Burrano, enfadado.

La chica le lanzó una mirada incendiaria en la que él, demasiado ocupado deshaciéndose en excusas ante la subcomisaria, ni siquiera reparó.

Amabilísimo de nuevo, se volvió hacia Vanina.

—Vamos, subcomisaria, le enseñaré la habitación de arriba.

Valentina hizo ademán de seguirlos.

—No veo motivos para que tú también subas. Ponte cómoda —la detuvo él, con un gesto perentorio—. O mejor, haz una cosa: ve a buscar a Chadi y dile que limpie este desastre.

Vanina pensó que, si un hombre se hubiera atrevido a usar ese tono con ella, se habría ganado un «Vete a la mierda» en menos de diez segundos. Vozza, en cambio, volvió a sentarse y obedeció. Con fuego en la mirada, pero obedeció.

Burrano subió la escalera de mármol y entró en una habitación que, en cuanto a extravagancia, no tenía nada que envidiar ni al comedor ni al resto del mobiliario. Le mostró la abertura de la pared, camuflada entre la decoración, y la invitó a fijarse en la estatua que la ocultaba.

—Parece una copia del busto de Giuseppe Verdi que hay en el jardín del teatro Massimo de Palermo —dijo Vanina.

Burrano sonrió. El sujeto, le explicó, era el patriarca, el artífice de aquella mansión.

–O sea, que esta abertura también estaba escondida –constató la subcomisaria.

–Exacto. Y ha sido esa rareza lo que me ha llamado la atención. Cuando he visto que en la cocina había un aparador exactamente en el mismo sitio, se me ha ocurrido la brillante idea de apartarlo para ver si había acertado con mis cálculos. Maldita sea mi curiosidad.

–¿Cree que puede haber otra puerta? ¿En la planta de arriba, tal vez?

–Podría ser, aunque lo dudo. Estas habitaciones, por lo que sé, se usaban bastante, y por eso tenía sentido que llegase un montacargas, pero aquí encima ya está la torre.

Vanina cerró la puerta y la aseguró con el pasador. También aquella se abría solo desde el exterior. Pero... ¿qué sentido tenía ponerle un cerrojo a un montaplatos? Dobló las rodillas y enfocó con la luz de su iPhone la grieta entre el suelo y la puerta. Era milimétrica, prácticamente invisible.

Se incorporó, sacudiéndose el polvo de las manos. Paseó la mirada por el resto de la estancia, vio la pared medio caída y los muebles que indicaban la proximidad de la zona de dormitorios, y finalmente observó de nuevo a Burrano, que estaba de pie con los brazos cruzados junto a la estatua de su abuelo, observándola a ella. Parecía bastante más tranquilo que antes. O, por lo menos, no tan afectado.

–Me parece que, de momento, no hay nada más que ver –concluyó Vanina, al tiempo que lo animaba a precederla–. Tengo que advertirle, sin embargo, de que toda esta zona de la casa, incluida la torre, va a quedar precintada. Por tanto, ni usted ni ninguna otra persona podrá entrar, a menos que se halle presente uno de nosotros –le comunicó, mientras bajaban la escalera.

–No se preocupe, subcomisaria. Hacía mucho tiempo que

no entraba en esa cocina y creo que nunca he pasado ahí más de tres minutos.

−¿Por qué motivo?

Burrano la observó, inseguro.

−Eran las habitaciones de mi tío Gaetano.

Vanina permaneció en silencio, a la espera de más información.

−Murió hace más de cincuenta años. Yo no llegué a conocerlo.

−Y en vista de que no viene nunca a esta parte de la villa, ¿cómo ha descubierto lo de la pared?

−Por Chadi. Parece que ha oído un ruido procedente de este lado de la casa y ha entrado en las habitaciones abandonadas para ver qué había ocurrido. El resto de la historia creo que ya la conoce. Subcomisaria, disculpe que se lo diga, pero... ¿pueden impedir que se entere la prensa? Nunca se sabe qué van a escribir y no creo que a mi tía le apetezca mucho salir en la portada de la *Gazzetta Siciliana*.

−Haremos lo posible por evitarlo.

Estaban en el último escalón cuando Adriano Calí, el médico forense, apareció en la entrada escoltado por el suboficial Fragapane.

La subcomisaria dejó a Burrano con su amiga, que lo esperaba junto al pasillo, y se dirigió hacia los dos hombres. Envió a Fragapane a la cocina de los horrores, para que ayudara a Spanò, y obsequió al forense con una sonrisita irónica.

−¿Por qué estaba yo tan segura de que ibas a aparecer de un momento a otro?

Calí hizo una mueca mientras se quitaba una chaqueta ceñida de color azul celeste que combinaba con unos vaqueros estrechos y doblados a la altura del tobillo.

−Vassalli me tiene mucho cariño y siempre me asigna los

casos más curiosos –dijo, echando un vistazo a su alrededor mientras entraban en la cocina.

Sacó un par de guantes de látex de una bolsa de cuero marrón, que luego dejó en el suelo.

–Por lo que he entendido, mi paciente de esta noche no está precisamente fresco.

–Fresca. Es una mujer –puntualizó Vanina.

–Una momia, según me ha informado Vassalli –resumió el médico al tiempo que se ponía los guantes. Mientras, Manenti y su equipo se apartaban para dejarle espacio–. Ah, por cierto: ha considerado que su presencia era necesaria esta misma noche, por lo que aparecerá en cualquier momento.

En Catania, el sistema para avisar al forense no funcionaba del mismo modo que en la mayoría de las ciudades. En lugar de recurrir al Instituto de Medicina Forense, era el propio fiscal quien reclutaba directamente al forense, al cual escogía de una lista. Así pues, el elegido –que una vez recibida la llamada no podía negarse a intervenir, a no ser que fuera por graves motivos de salud o personales– era siempre el mejor informado en cuanto a los horarios y las intenciones del fiscal de guardia.

Calí se metió en el montacargas.

–Oye, Adriano... –empezó a decir Vanina.

–A ver si lo adivino, quieres saber a qué hora se produjo la muerte –dijo con sarcasmo.

–Deja de tomarme el pelo y trabaja un poco, hombre. ¿Crees que es posible situar al menos la época de la muerte?

–¿Quieres decir si fue hace diez, veinte o puede que cuarenta años?

–Vale, lo pillo. No es posible.

–Si te soy sincero, creo que esta vez no voy a poder ayudarte mucho. Después de un determinado número de años no se puede establecer la época exacta. Y en este caso, puedo decirte ya que deben de haber pasado unos cuantos −afirmó, mientras examinaba con atención los restos humanos que yacían ante él.

Cogió uno de los collares. Se fijó en los zapatos: de salón, tacón alto. Levantó un poco la falda, hasta dejar a la vista una prenda de encaje, raída y reblandecida sobre la pelvis marchita, que por el aspecto parecía un corsé.

−Debió de ser una mujer elegante −constató−. Y así a simple vista, diría que no vivió en una época reciente.

−¿En serio? No me digas −ironizó la subcomisaria, imitando a propósito el acento palermitano que Calí, catanés hasta la médula, no soportaba.

Manenti estaba de pie junto al forense, cada vez más enfurruñado y con las manos metidas en los bolsillos de un gabán de color gris topo y aspecto antediluviano. Marcaba un curioso contraste con Adriano, quien −pese a la ocasión− iba vestido a la última moda.

−Si se ha momificado, es gracias a esta rejilla de hierro que hace de base. Drenó velozmente los líquidos; la temperatura baja y alguna pequeña corriente de aire se encargaron del resto. De lo contrario, solo habríamos encontrado huesos −explicó el forense.

−¿Lo ves? ¡Somos afortunados! −ironizó la subcomisaria.

El fiscal Vassalli entró con paso firme, seguido del agente Lo Faro, casi pegado a sus talones. Por su expresión sombría, era evidente que aquella inspección vespertina le resultaba un fastidio.

−Buenas noches, subcomisaria. Querido Calí. ¿Tenemos alguna idea de quién puede ser la víctima? −dijo, con el aire escéptico de quien renuncia a la respuesta antes incluso de formular la pregunta.

—Lo único que sabemos es que se trata de una mujer y que debe de llevar bastante tiempo ahí dentro.

—¿Bastante cuánto es, Calí?

—Es difícil decirlo con seguridad, y me temo que será imposible determinarlo con exactitud. Diez años por lo menos, aunque los datos ambientales indican una época bastante anterior.

—¿Hay alguna esperanza de saber si se trató de un asesinato?

El forense vaciló un momento.

—¿A partir de la autopsia? Solo si el arma del delito ha dejado residuos reconocibles. Si no es así, tendremos que fiarnos de la intuición de la subcomisaria Garrasi —dijo, mientras intercambiaba una mirada con Vanina.

—¿Y usted qué dice, subcomisaria? —le preguntó el fiscal.

—Pues... la verdad es que aún no tenemos muchos elementos con los que trabajar. Pero una cosa es cierta, señor: la puerta del montacargas estaba cerrada desde el exterior. Fuera quien fuese la mujer muerta, ella sola no pudo encerrarse. Y por tanto...

Vassalli reflexionó sobre aquellas palabras mientras asentía. Se acercó al cadáver, que Calí había trasladado con mucho cuidado unos instantes antes fuera del montacargas. Lo había hecho con la ayuda de Spanò y de Lo Faro, aunque la colaboración de este último se había limitado a los pocos minutos que había resistido antes de desplomarse de lado, medio desmayado.

Colocado en el centro de la estancia y expuesto a la luz, el cadáver resultaba aún más repugnante.

Burrano palideció y siguió a Vozza, que había salido corriendo de la cocina.

—Pobrecillo. Menudo susto se habrá llevado al encontrar

esta especie de sepulcro –comentó el fiscal, mientras lo seguía brevemente con la mirada.

De no haber sido por el hecho de que aquel mausoleo de villa pertenecía a la señora Teresa Burrano, con quien la esposa de Vassalli compartía a menudo la mesa de buraco en el club, el fiscal no habría dudado a la hora de retrasar la inspección hasta la mañana siguiente. Eso por no hablar de que este tenía todos los números para convertirse en un caso del cual no se iba a librar fácilmente, uno de esos rompecabezas con los que tanto disfrutaba Garrasi.

El fiscal no se escondía a la hora de criticar los métodos expeditivos de la subcomisaria y el ritmo veloz que imprimía a sus investigaciones, pues le costaba seguir sus pasos.

Giovanna Garrasi era una poli de las de verdad, de las que parecían haber nacido en el cuerpo. Se rodeaba solo de personas responsables, en las cuales depositaba su confianza. Hombres y mujeres cuya devoción había sabido ganarse: gracias a su colaboración, Vanina avanzaba como un tren que no se detenía hasta haber metido entre rejas –con la condena más larga posible– al culpable de turno.

Vanina observó la escena en su conjunto: el primer análisis del lugar de los hechos era siempre el más importante. Entre los detalles que proporcionaba siempre había algunos que, de entrada, podían parecer insignificantes, pero que más tarde, al volver a analizarlos o relacionarlos con los indicios que poco a poco iba recabando, resultaban fundamentales.

En esta ocasión, sin embargo, estaba casi convencida de que no iba a ser así. Aquel crimen se perdía en el abismo del tiempo y era más que probable que el único testigo posible se hubiese llevado el secreto a la tumba.

Mientras Vassalli charlaba con Burrano, que había reaparecido en la cocina aunque manteniendo las distancias, la subcomisaria se inclinó sobre el cadáver, se puso un guante y recogió un zapato que Calí había dejado a un lado. La forma del tacón ayudaba a acotar mínimamente la época.

—Es verdad que este sitio pone los pelos de punta. El aspecto tétrico, esa torre que parece habitada por espíritus. Fíjate en las habitaciones: parece como si las hubieran abandonado de un día para otro y las hubieran dejado tal y como estaban. Si estuviéramos en una película, diría que no podrían haber encontrado un escenario más apropiado para el descubrimiento de un cadáver. Momificado, además —comentó Adriano.

El forense era tal vez la única persona capaz de superarla en el campo de las referencias cinematográficas. Él también era un apasionado de las películas de época, cosa que había influido, y mucho, en su incipiente amistad.

—¿Una escena en plan Dario Argento?

—No exactamente. Diría más bien de *Días de amor y venganza*. Supongo que la has visto, ¿no? Mastroianni, una Ornella Muti jovencísima... Estoy convencido de que la tienes en tu colección.

—¿Pues sabes que no es así? Y ni siquiera estoy segura de haberla visto.

Era la segunda vez que Adriano Calí le pasaba la mano por la cara en cuestión de películas. La primera vez había sido tan apoteósica que jamás la olvidaría. *La primera noche de la quietud.* Un drama de los años setenta en el que un Alain Delon incomparable conquistaba, a golpe de versos de Dante, a una muchacha llamada Vanina. Había sido una revelación a la hora de comprender la verdadera fuente de inspiración materna en lo que a su apodo se refería.

—No hace falta decir que no lleva documentación —los interrumpió Manenti, con la mirada fija en el zapato que la subcomisaria tenía en la mano.

–¿Por qué lo dice, Manenti, pensaba encontrarla?

–Ah, no sé, por la ropa y los objetos parece como si se dirigiera al embarque del aeropuerto.

–Quizá solo se había vestido para ir a algún sitio, Manenti. Algo me dice que en la época en que murió viajar en avión no era algo que se hiciera todos los días.

El inspector Spanò, que se había acercado a ellos, prestó atención.

–¿Qué quiere decir con eso, jefa?

Vanina se inclinó sobre el cadáver y apartó la falda, dejando a la vista la combinación y el corsé. Llamó a la inspectora Bonazzoli, que llevaba una hora dando vueltas alrededor de la momia sin tocarla.

–Marta, ¿alguna vez has visto a una mujer que viaje vestida así en tren o avión?

La inspectora se acercó y examinó la prueba que su jefa le había puesto delante.

–¿Qué le pasa a este zapato?

–La forma: punta corta, tacón más ancho en la base y metido hacia dentro... No se lleva desde hace décadas. Y la ropa... se encuentra en muy mal estado, pero se nota que era elegante. Hace mucho tiempo que ninguna mujer viaja vestida así –dijo Vanina.

Volvió a colocar bien la falda, como si quisiera proteger los últimos vestigios de dignidad de aquella desconocida.

–Como máximo, principios de los sesenta –sentenció finalmente, sin dar más explicaciones a Calí, que la observaba perplejo.

Se alejó, al tiempo que le hacía un gesto al inspector Spanò para que la siguiera.

–Quien metió ahí el cadáver de la mujer, o bien sabía que detrás del aparador había un posible escondrijo, o bien lo creó moviendo el mueble y ocultando el montacargas. En ambos casos, tuvo que ser alguien que frecuentaba la villa y la conocía bien –observó Spanò.

–Yo me inclino por la segunda opción, inspector, teniendo en cuenta que la abertura de la planta de arriba también estaba escondida. Y por una estatua, nada menos.

Spanò adoptó la expresión pensativa de cuando tenía algo que contar.

–Jefa, esta villa lleva años deshabitada. Años no, décadas. Las únicas habitaciones que utiliza Alfio, desde hace poco tiempo además, están en la otra parte de la casa. La anciana Burrano no pone nunca los pies aquí. Pero hay un detalle que probablemente Alfio no le ha contado: Gaetano Burrano no murió de ninguna enfermedad. Lo asesinaron.

La subcomisaria lo miró con asombro.

–¿Y pensaba esperar un par de horas más antes de contármelo, Spanò?

Calì los interrumpió:

–Vanina, yo he terminado por esta noche. Mañana me pongo de nuevo a ello, ya te informaré. Pero, repito, no te esperes maravillas porque no creo que consiga encontrar gran cosa.

–Hablamos mañana –le respondió, distraída.

–A última hora de la mañana, no antes –precisó el forense.

Le hizo un gesto para decirle que había captado el mensaje. Se fijó entonces en que Manenti también se disponía a marcharse.

–A ver, explíquese mejor, inspector. Dice que a Gaetano Burrano lo asesinaron. ¿Quién? –retomó la conversación.

El inspector movió la cabeza en un gesto dubitativo.

–En aquella época yo era muy pequeño, subcomisaria. Algo recuerdo, porque mi familia siempre tuvo relación con los Burrano, pero para darle información más precisa tendría que investigar un poco. En cuanto a...

Vanina hizo un gesto con la mano para interrumpirlo.

–Quiero toda la información posible.

Se volvió a mirar a Burrano, que estaba hablando con Vassalli. El fiscal movía la cabeza con pesar. A aquellas alturas, Vanina ya lo conocía bien: era un tipo concienzudo, pero no podía decirse que sintiera vocación por su trabajo, pues lo realizaba con una meticulosidad irritante. Y era precisamente eso lo que los había enfrentado en más de una ocasión.

–Mañana quiero interrogar a la señora Burrano y hablar de nuevo con el sobrino. Y quiero volver aquí, con más calma –concluyó Vanina.

Spanò asintió, no muy convencido.

–Jefa, no se enfade, pero ¿de verdad piensa que va a descubrir algo? Han pasado más de cincuenta años desde el homicidio de Burrano, lo más probable es que el asesino también haya muerto. Y durante todo este tiempo, la casa ha estado sin vigilancia, hasta el punto de que Alfio dice que les han robado muchas cosas. Cualquiera podría haber descubierto el montacargas y utilizarlo para esconder un cadáver.

–Spanò, quiero saber quién asesinó a Burrano, cuándo se produjeron los hechos, dónde y por qué. Intentemos averiguar también cuántas personas frecuentaban esta casa cuando Burrano vivía. Sirvientes, administradores, personas de confianza y, sobre todo, averigüemos cuáles de ellas conocían la existencia del montaplatos.

–Mañana busco toda la información –obedeció el inspector.

Vanina lo dejó para acercarse a Vassalli.

–Intentaremos molestar a la señora Teresa lo menos posible –le estaba prometiendo el fiscal a Alfio Burrano, que asentía maquinalmente con la joven colgada de su brazo.

La subcomisaria soltó una risita sarcástica para sus adentros: mejor no decirle al fiscal que la anciana era la primera persona a la que había decidido «molestar» a primera hora de la mañana siguiente. Y cuanto más lo oía hablar con aquella deferencia, más irrevocable se volvía su terminación.

Por algún sitio tenía que empezar y solo podía ser por ahí.

4.

El inspector jefe Carmelo Spanò se terminó el café y engulló el último bocado de *raviola*. Degustó hasta el final el sabor de aquel pastelillo relleno de requesón: dulce, pero no demasiado, y con el toque justo de canela. Cogió el periódico y lo dejó sobre una mesa de aluminio en la que aún se veían las rayas opacas de un golpe de estropajo no demasiado resolutivo. Lo repasó de principio a fin, página a página, para verificar que no se había publicado ni una línea sobre el hallazgo del cadáver. Era demasiado pronto, la verdad, pero nunca se sabía. Entre los agentes de la Científica presentes la noche anterior en Villa Burrano había reconocido a un tipo del que se rumoreaba que filtraba noticias. Y, por otro lado, aquel hallazgo era demasiado apetitoso como para no acabar en manos de algún cronista en busca de desgracias ajenas con las que llegar a fin de mes.

Se limpió la boca con una servilleta de papel y dejó sobre la mesa un euro setenta, la misma cantidad de siempre. Saludó con un gesto al dueño del bar, donde desayunaba todas las mañanas desde que en su casa no había nadie que se lo preparara.

El trayecto a pie hasta la oficina era el momento que más le gustaba del día. Y, en días como aquel, era también el único instante tranquilo. La subcomisaria Garrasi parecía haber abrazado la causa del cadáver antediluviano, lo cual significaba que no pensaba dejar el caso hasta haberlo resuelto. En el fondo, era el mismo principio que él siempre había observado, el mismo que lo había llevado a desembrollar asuntos bastante más enrevesados que el que atisbaba entre las paredes de Villa Burrano. Era el principio por culpa de cuya defensa ahora tenía que desayunar todos los días más solo que un perro, mientras los papeles del divorcio esperaban su firma en el bufete de aquel abogado cabrón con el que su mujer convivía desde hacía más de un año.

Esta vez, sin embargo, tenía algunas dudas sobre la utilidad de la investigación –confusa y complicada, por otro lado– que se disponía a llevar a cabo. Es más, aquellas dudas lo habían mantenido en vela casi toda la noche, para ser sinceros.

El suboficial Fragapane se le acercó en el pasillo de la comisaría agitando un vasito marrón de plástico, en cuyo interior giraba un líquido negro que despedía un vago olor a café. Un brebaje inconfundible obtenido en la máquina expendedora de la entrada.

–Esta mañana he hecho una escapadita al archivo y he encontrado unos cuantos documentos sobre el caso Burrano.

Spanò le echó un vistazo a su reloj: poco más de las ocho.

–¿Esta mañana a qué hora, Fragapane? ¡Son las ocho!

–Ya sabes que me cuesta dormir. A las cinco y media me desvelo y ya no sé qué hacer. Así que en lugar de dar vueltas por casa como un mentecato y molestar a Finuzza, que tiene guardia en el hospital, se me ha ocurrido aprovechar mejor mi tiempo.

Salvatore Fragapane era el otro «anciano» de la Policía Judicial. Junto a Spanò, formaba parte de lo que ambos llamaban con orgullo «la vieja guardia».

Carmelo abrió la puerta del despacho que compartía con el suboficial. Sobre el escritorio de Fragapane vio una carpeta polvorienta y repleta de páginas amarilleadas, junto a una funda de cartón raída por el tiempo y las polillas.

–Ánimos: vamos a ver qué sacamos de estos documentos.

Los pasos de la subcomisaria Garrasi resonaron por el pasillo a las 8:45.

No había mañana en la que consiguiese llegar a la comisaría antes de aquella hora, excepto las veces –bastantes, en realidad– en que pasaba allí toda la noche.

No era cuestión de pereza, obviamente: a partir de las diez de la mañana, Vanina podía seguir activa sin dar muestras de cansancio hasta bien entrada la noche. Es más, cuanto más tarde se hacía, más funcionaba a la perfección su actividad cerebral. Insomnio, deducían erróneamente quienes no la conocían bien, pero no era del todo exacto: cuando dormía, Vanina descansaba la mar de bien y sin interrupciones. Ni siquiera el despertador perturbaba su sueño. Era más bien el ciclo sueño-vigilia lo que no funcionaba. Para seguir el ritmo de su naturaleza y recuperar al menos una parte de la gigantesca deuda de sueño que iba acumulando a lo largo de la semana, debería dormir desde las dos de la madrugada hasta las diez de la mañana. Lo cual estaba bien para los domingos, y en tiempos de paz.

La noche anterior había vuelto a casa con la sensación de hallarse ante un caso de esos que no se olvidan. Uno de esos acontecimientos únicos de los que la gente sigue hablando muchos años después. A Burrano no le iba a quedar más remedio que resignarse: la prensa difícilmente dejaba escapar esa clase de historias.

Después de haberse zampado las *scacce* de Bettina, Vanina había sentido la tentación de dedicar las últimas horas de vigilia a buscar en internet información sobre la villa convertida en escenario del crimen. Una manera tan buena como cualquier otra de alargar la noche con la esperanza de pasar directamente al sueño sin detenerse en la fase que lo precedía, esa en la que empezaban a aflorar los pensamientos más molestos. Pero había sido inútil. La búsqueda había durado cinco minutos: los hechos acaecidos en Villa Burrano se remontaban a una época en la que internet no existía ni en sueños, por lo que no había tardado en encontrarse inmersa de nuevo en la melancolía de aquel 18 de septiembre apenas terminado. La televisión encendida, la mirada fija en la única fotografía enmarcada, que destacaba sobre una estantería... Su estado de ánimo se había precipitado de nuevo a los recuerdos. Y se había sentido huérfana de nuevo. Por vigesimoquinta vez.

Apagar el tercer despertador, estratégicamente colocado lejos de la cama, le había provocado un cansancio exagerado: las piernas pesadas como piedras, un leve vértigo, la sensación de no poder mantener los ojos abiertos... Solo había empezado a conectar con la realidad después de dos cafés, una ducha y un cigarrillo fumado al aire libre.

Llegaba más bien tarde.

En el bar Santo Stefano había tenido que pedir el desayuno para llevar, como ya le había pasado otras veces.

Antes de entrar en su despacho, se dirigió al que la inspectora Bonazzoli compartía con el oficial Nunnari, el único que no había intervenido en el caso la noche anterior, y con el agente Lo Faro. Allí era donde los integrantes del equipo se reunían al inicio de cada nuevo caso para intercambiar opiniones mientras esperaban la llegada de la subcomisaria.

Marta estaba sentada ante el escritorio, con una taza humeante en una mano y una galleta –rigurosamente integral y sin rastro alguno de proteína animal– en la otra. En silencio, bebiendo a sorbitos su infusión para terminarla antes de que la subcomisaria arrugara la nariz al percibir el olor, escuchaba las descripciones que Spanò y Fragapane le estaban proporcionando a Nunnari, que sentía curiosidad por conocer los detalles del caso.

La subcomisaria irrumpió en el despacho tras golpear con los nudillos un par de veces la puerta entrecerrada.

—Buenos días, equipo —saludó, mientras detenía con un gesto de la mano a Spanò, que había sido el primero en ponerse en pie y se dirigía ya al puesto de la inspectora Bonazzoli.

—Hola, jefa —la saludó Marta, dejando libre el rincón de escritorio en el que sabía que iba a acomodarse la subcomisaria.

En tanto que mujer, y forastera, además, y habiendo tenido el privilegio de compartir con Vanina parte de su poco tiempo libre, Marta era la única del equipo que la trataba de tú.

Un caso fresco y una investigación por analizar, que por suerte aún no se había visto contaminada desde el exterior: una verdadera panacea para la subcomisaria Garrasi, cuyo estado de ánimo variaba de forma directamente proporcional a su creatividad detectivesca.

—Bueno, niños —empezó a decir Vanina, mientras se sentaba con una sola pierna en el escritorio de la inspectora y dejaba en la superficie una bandejita porta-cafés que desprendía dicho aroma—. Vamos a analizar un poco la situación. Lo que tenemos entre manos desde ayer no es un caso digamos... ordinario. Ya sabemos que la autopsia no nos aportará gran cosa. Por otro lado, las pruebas de la Científica tampoco nos darán información útil. Solo nos proporcionarán datos vagos, que únicamente nos permitirán hacernos una idea de la época en la que nos movemos.

El inspector jefe Spanò soltó una risita, cosa que le valió una mirada torva de la subcomisaria.

—Lo que significa —prosiguió, marcando el timbre de voz para acallar los alegres murmullos— que esta vez tendremos que proceder a tientas. Ni huellas dactilares, ni indicios sobre el arma del crimen ni datos ambientales significativos. Cualquier pista que descubramos nos hará retroceder en el tiempo varias décadas y no sabemos si nos llevará a alguna parte.

Nunnari levantó una mano.

—Perdone, jefa, pero si la situación es esa... ¿qué prisa tenemos?

—¡Tú siempre tan gandul! —lo criticó Spanò.

Vanina observó al oficial sin acritud.

—Probablemente ninguna. Pero verás, Nunnari, a nadie le conviene perder tiempo. En cuanto se filtre esta noticia, y así a ojo diría que no tardará mucho en pasar, se va a levantar una polvareda de rumores. Los Burrano son una familia conocida y, por si eso fuera poco, cuentan en su historia con un asesinato. Y Catania no deja de ser un pueblo grande. Una historia de este tipo va a desencadenar un infierno, por lo que es mejor que intentemos recabar toda la información posible para que todo eso no nos pille desprevenidos.

—Jefa —intervino Fragapane, inclinándose hacia delante con un expediente en la mano—, los documentos del homicidio de Burrano ya los tenemos. Así que nos ocuparemos nosotros... o sea, la Judicial. Los he conseguido esta mañana, en el archivo de la comisaría. Por suerte, los tenían en una estantería ordenada, si no, aún estaría allí buscando.

Vanina acercó la mano, satisfecha, y cogió la carpeta que le tendía el suboficial. Examinó la primera página, fechada en 1959.

—Muy bien, Fragapane. Ahora, usted y Spanò intenten recabar algo de información sobre el homicidio. Cómo se produjo, si se encontró al culpable, quién era... Y atentos, sobre todo, si entre los nombres que les vayan saliendo, por ejemplo testigos, investigados y personas implicadas, aparece alguna mujer.

Vanina captó cierto escepticismo entre las miradas que acompañaron a los gestos de asentimiento.

—A ver, también es posible que las noticias que contiene esa carpeta de más de cincuenta años no nos lleven a ninguna parte, pero por algún sitio tenemos que empezar. La momia de la mujer estaba en Villa Burrano y no era precisamente un cadáver fresco. El homicidio de Gaetano Burrano parece, hasta el momento, el único hecho relevante en la historia de la familia, y da la casualidad de que también se produjo hace mucho tiempo. Así que, mientras tanto, intentaremos averiguar qué sucedió. ¿Vale?

—Nos ponemos manos a la obra de inmediato —prometió Spanò.

Vanina bajó del escritorio de la inspectora Bonazzoli.

—Bonazzoli y yo, por nuestra parte, iremos en cuanto sea posible a la casa de la señora Burrano, antes de que alguien se meta de por medio y nos ponga algún impedimento. Citarla aquí me parece inútil, al menos de momento. Es más; Marta, búscame el número de teléfono y la llamo yo personalmente. Y ahora me voy a mi despacho a tomarme mi desayuno antes de que se enfríe del todo.

Recogió la bandejita que había dejado sobre la mesa, intentando que no se inclinara, y se dirigió a la puerta.

—Ah, se me olvidaba: Nunnari, habla con los de la Científica y pregunta cuándo podremos tener el contenido de las bolsas que encontramos junto a la momia. Probablemente nos ayudará a entender algo, al menos a determinar la época.

El oficial se llevó dos dedos a la frente, en posición de firmes.

—Descansa, descansa —le respondió Vanina, sonriendo.

Nunnari era un devorador de películas estadounidenses, de esas con mucho «Sí, señor» gritado ante un despiadado sargento mayor. Se lo había confesado durante la única vigilancia que habían hecho juntos, ganándose así sus simpatías de cinéfila. Lástima que en lugar de parecerse al alférez Mayo de *Oficial y caballero,* Nunnari se parecía más bien a «Bola de Sebo» de *La chaqueta metálica.*

Garrasi entró en su despacho y se acercó al escritorio, que ella misma había colocado bajo una ventana orientada a levante y ya incendiada de luz, como si estuvieran en pleno verano. Bajó la persiana lo justo para poder sentarse en su sillón sin tener que sacar del bolsillo lateral de su bolso las inmutables Persol, pero procurando que el sol proyectase sobre el suelo uno de sus rayos. Le recordaba que había vuelto a Sicilia y solo ella sabía lo mucho que lo había deseado.

Desenvolvió el paquete y sacó el vaso de plástico que contenía su café con leche. Quitó la tapa y le echó medio sobre de azúcar −moreno, como si fuera una ironía−, mientras le hincaba el diente a un dulce de hojaldre relleno de crema que en Catania llamaban *panzerotto.*

Aún estaba a mitad de su desayuno cuando Marta llamó a la puerta con dos golpecitos.

−Jefa... Oh, perdona. Pensaba que ya habías terminado.

Vanina le indicó con un gesto que se sentara.

−¿Qué pasa? −le preguntó, al tiempo que interceptaba la mirada que la inspectora le estaba lanzando al vaso−. Ah, sí, para vosotros la leche es veneno. Casi es mejor fumarse un cigarrillo.

Marta ya estaba acostumbrada a aquel «vosotros» sardónico que la subcomisaria reservaba a todo el que tuviera la costumbre de alimentarse de un modo no conforme a los cánones. Y, en especial, a ellos: los veganos.

−Yo no he dicho nada −protestó.

Total, a aquellas alturas ya sabía que defender por enésima vez los beneficios de un desayuno a base de semillas de lino y yogur de soja era perder el tiempo.

−¿Has conseguido el número de Burrano?

Marta asintió. Sacó su Samsung y le enseñó la pantalla.

—Veo que también apuntaste el móvil del sobrino. Has hecho bien, parece un tío interesante —la provocó, mientras cogía el auricular y marcaba el número.

—¿Pues sabes qué me dijo él cuando me lo dio? «Le agradecería mucho que se lo hiciera llegar a la subcomisaria Garrasi».

Vanina arrugó la frente con un gesto que pretendía indicar lo absurdo que le parecía el comentario.

La señora Burrano tardó en ponerse al aparato como unos cinco minutos, que la subcomisaria dedicó primero a conversar con una chica extranjera de nombre Mioara —la asistenta, casi seguro— y luego a esperar pacientemente.

—Subcomisaria Garrasi, algo me decía que no tardaría mucho en conocerla —empezó a decir la mujer.

—Buenos días, señora Burrano. Le pido disculpas por las molestias, aunque dadas las circunstancias, es inevitable. Tengo que pedirle cierta información, pero se trata de una charla totalmente informal. En persona.

Le hizo un gesto a Marta para que le abriera la puerta a Spanò: aunque había llamado ya dos veces, jamás se atrevería a entrar en el despacho de la subcomisaria sin permiso.

—Sí, lo imaginaba —respondió la señora Burrano.

—Si no es mucha molestia para usted, me gustaría pasar hoy mismo por su casa, a última hora de la mañana.

—Ya veo que no es usted de las que pierden el tiempo. No es ninguna molestia, por supuesto. Mientras no sea entre las dos y las cuatro, por favor. Ya sabe, a mi edad es difícil cambiar de hábitos, sobre todo en lo que se refiere al descanso.

—Pasaré por ahí dentro de un par de horas.

Cuando terminó la llamada, Spanò y Marta siguieron hablando en voz baja como habían estado haciendo hasta entonces.

–¿Eo? ¿Puedo también saber de qué se trata o es un secreto entre vosotros dos?

–Disculpe, subcomisaria, pero estaba usted hablando por teléfono...

–Vale. ¿Y? ¿Qué habéis encontrado en los documentos que ha traído Fragapane?

Spanò se acomodó mejor en el sillón.

–De momento hemos echado un vistazo rápido. Solo está el expediente M1, el que hace referencia al homicidio. Fragapane lo está examinando a fondo y todos sabemos que necesita su tiempo. Según parece, Gaetano Burrano fue asesinado el 5 de febrero de 1959, de un disparo en la cabeza. En la nuca, para ser más exactos. El arma era una Beretta calibre 7,65, que nunca se encontró. El cuerpo apareció en el escritorio del despacho –dijo, mientras hacía una pequeña pausa para observar a la subcomisaria– de la villa de Sciara.

Vanina se inclinó hacia delante y se apoyó en los codos, a la espera de que Spanò continuara.

–Se acusó del homicidio a Masino Di Stefano, el hombre que administraba todas sus tierras y actividades.

–¿Quién se encargó de la investigación?

–El comisario Agatino Torrisi, que por aquel entonces estaba al mando de la Judicial.

–¿Móvil del crimen?

–Burrano se había negado a permitir que se construyera un acueducto en sus tierras. Era un gran proyecto, que interesaba mucho a la familia mafiosa de los Zinna, con los que Di Stefano tenía mucho contacto y también algún parentesco por parte de su mujer.

El simple hecho de escuchar el nombre de ciertas familias, cuyos árboles genealógicos había llevado grabados en la mente en otros tiempos, bastaba para provocarle náuseas a la subcomisaria.

–¿Y todo eso lo ha deducido echando un vistazo a los documentos en diez minutos?

–No. En los documentos solo he leído que Masino Di Stefano fue condenado por el homicidio de Burrano y quién se encargó del caso. Me parece que no se menciona a la mafia, sobre todo porque en el 59 la palabra «mafia», tal y como la entendemos nosotros, ni siquiera existía. Gaspare Zinna, el cuñado de Di Stefano, fue investigado como posible cómplice, pero no se encontraron pruebas que lo inculparan.

–Qué raro, ¿verdad?

–Y lo del acueducto, ¿dónde lo ha leído?

–En ningún sitio, subcomisaria. Me ha bastado con una llamada telefónica. Mi padre tiene ochenta y ocho años, pero el cerebro aún le funciona perfectamente. En cinco minutos me ha contado más cosas de las que contienen diez expedientes.

Vanina sonrió. Los Spanò siempre eran una gran fuente de información.

–¿Y cómo terminó lo del acueducto?

–¿Le sale agua cuando abre el grifo de su casa de Santo Stefano?

–Claro.

El inspector se encogió de hombros y extendió las manos.

–Pues eso.

–Ah, claro –dijo la subcomisaria, mientras Marta desviaba la mirada de ella a Spanò para intentar captar el significado de aquel intercambio.

La inspectora Bonazzoli era de Brescia y llevaba poco más de un año en Sicilia. Se había acostumbrado a muchas cosas: a los horarios poco serios, a los servicios que no siempre funcionaban... Había aprendido también a salir de casa con gafas de sol incluso en pleno invierno, a mostrarse sociable con sus vecinos y a no rechazar nunca lo que se le ofrecía –a menos, lógicamente, que se tratase de carne o productos de origen animal–, so pena de afrenta mortal. Lo que aún no se le daba bien era descifrar los mensajes subliminales formados por unas pocas palabras, a veces simples gestos, que solían intercambiar sus colegas. Y que todo el mundo captaba al instante. Todo el mundo menos ella, claro.

–No te preocupes, Bonazzoli, luego te lo explico –la provocó Spanò, sonriente.

La chica lo miró de reojo.

–O sea, que a Burrano lo mataron precisamente en la misma casa en la que ayer su sobrino descubrió un cadáver –resumió, para centrar de nuevo la conversación.

–Exacto –afirmó la subcomisaria–. Spanò, ¿cuánto tiempo hace que no va usted a comer con su padre?

Spanò sonrió.

–Bastante, ¿por qué?

–Tómese hoy todo el tiempo que necesite y vaya a comer con él. Me gustaría saber algo más sobre Gaetano Burrano. Qué clase de persona era, qué opinión tenían de él los demás. Y los cotilleos también. No creo que encontremos a muchas personas que recuerden todo eso.

El inspector asintió.

–Marta, tú contacta con el señor Burrano y dile que se reúna con nosotras en Sciara a primera hora de la tarde.

–De acuerdo, jefa.

Garrasi convocó al oficial Nunnari, que entró en el despacho negando con la cabeza.

–No tenemos noticias de la Científica –adivinó Vanina.

–Todavía no, jefa. Seguramente es pronto.

O a lo mejor era culpa del grandísimo cerdo de Manenti, que no se sentía lo bastante bien considerado si no recibía una llamada directa de la subcomisaria Garrasi.

Vanina se dirigió al teléfono y marcó el número.

–Garrasi. Páseme con Manenti.

–Hola, Garrasi –dijo una voz, a los pocos minutos.

–Buenos días, Manenti. ¿Cómo va el trabajo?

–Mis hombres están catalogando todos los objetos que contenían esos dos bolsos que seguramente te encantaría tener ahora en las manos. ¿Me equivoco?

–Te mando a alguien dentro de... ¿cuánto? ¿Un par de horas?

Le llegó un ruidoso resoplido desde el otro lado de la línea.

–Si ya has decidido que con dos horas tengo bastante... de todas formas, no son más que fruslerías. Cosas de mujeres. Peines, pintalabios, espejos, un pañuelo de seda. Y joyas, muchas. Un paquete de cigarrillos. Solo hay una cosa que pueda resultar útil: una agenda.

–¿De qué año?

–De ninguno. Es una agenda de teléfonos.

–¿Y qué hay de los otros objetos?

–¿Qué objetos? –dijo. Hizo una pausa y añadió–: ¡Ah, sí! La caja de caudales. Me metes tantas prisas que ya me olvidaba de lo único importante. Estaba llena de billetes, todos de diez mil liras.

–¿Año de impresión?

–¿No quieres saber antes cuánto dinero hay?

–No me parece el dato más relevante. Me interesa más saber la época.

El hombre pareció reflexionar.

–Garrasi, ¿sabes que pareces una verdadera experta? –observó, aunque en un tono burlón que a Vanina le resultó molesto.

–Gracias, Manenti. ¿Y bien?

–No lo sé. Pero te puedo decir que son grandes como pañuelos.

Eso ya se lo esperaba.

–Y precisamente por eso, son muy viejos. ¿Cuánto tiempo más necesitarás para saber a qué año pertenecen?

–¡Joder, Garrasi! No han pasado ni doce horas, con una noche de por medio. ¿Te parece que me he estado tocando las narices hasta ahora? Cada cosa lleva su tiempo.

Vanina alejó el auricular al tiempo que hacía una mueca. Extendió el brazo y negó con la cabeza, mientras se imponía el silencio.

Spanò sonrió con sarcasmo. Marta suspiró.

–El suboficial Fragapane irá a verte a la una. Y te lo advierto, no le des solo fotografías: dale los dos bolsos con todo el contenido, que, total, tú no los necesitas para nada –le dijo, subrayando la torpeza de su interlocutor con un tono neutro.

–Le daré todo el material que pueda, ¿te parece bien? Pero si me permites una curiosidad... Entiendo que vengas a tocarme las narices por un asesinato cometido el día antes, pero ¿a qué vienen tantas prisas por un cadáver que ni siquiera se sabe en qué año murió y que ha aparecido por casualidad?

Garrasi no supo responder, sobre todo porque no podía ofrecerle ninguna respuesta lógica. Así pues, eludió la pregunta.

–Ah, Manenti –dijo, antes de colgar–. Una pista: debajo de la figura impresa en los billetes siempre aparece la fecha. No debería resultarte muy difícil encontrarla.

No escuchó la respuesta, solo el clic que indicaba que Manenti había colgado.

Dirigió la mirada hacia los dos inspectores, que parecían estar divirtiéndose.

–No se admiten comentarios –advirtió.

Se puso en pie, cogió la chaqueta de piel que había colgado del respaldo de su sillón y salió, seguida de los dos inspectores. Entró en el despacho de al lado con Spanò.

–Fragapane –llamó.

El suboficial corrió hacia ella.

—A la una vaya a ver a los de la Científica y que le entreguen todos los objetos posibles. Y a ver si consigue traerme alguno de los billetes que han encontrado en la caja de caudales o, por lo menos, una foto ampliada. Esté atento, que Manenti no se los dará por las buenas.

—Usted déjeme a mí, subcomisaria. Tengo un amigo que trabaja en la Científica.

—¿Por qué cree que siempre lo mando a usted?

Los contactos de Fragapane eran tentaculares: uno en cada departamento. Vanina, además, sospechaba que la red se extendía más allá de las oficinas de la policía.

El suboficial se miró los pies, un poco incómodo pero en el fondo orgulloso.

Mientras Marta se dirigía al edificio de enfrente a coger un coche de servicio en el aparcamiento, Vanina marcó el número de móvil de Adriano Calí, pero no contestó nadie. Dirigió la mirada hacia el cielo, aún grisáceo, y extendió la mano con la palma hacia arriba para asegurarse de que no había empezado a caer ceniza otra vez. Encendió un cigarrillo, pero fumó apenas un par de caladas y lo apagó en una maceta llena de tierra y chicles antes de subir al asiento del copiloto. Marta, desde luego, no se habría atrevido a protestar si Vanina hubiese subido al coche con el cigarrillo entre los labios. Lo habría tolerado en silencio, pero con una más que visible aflicción que ponía de los nervios a la subcomisaria. Por otro lado, el interior de aquel coche ya olía mal de por sí, y encima a humo rancio, que era todavía más nauseabundo.

—¿Puedo hacerte una pregunta? ¿Por qué te estás lanzando con tanto entusiasmo a resolver un caso que probablemente no tenga solución posible? —quiso saber la inspectora, interrumpiendo así el silencio.

–No lo sé.

Había algo en el hallazgo de aquel cadáver que lo hacía más interesante que cualquier otro homicidio común del que se hubiera ocupado en los últimos tiempos. Tal vez fuera el insólito escenario, que –como había dicho Adriano– parecía un plató cinematográfico. O tal vez se tratara solo de curiosidad hacia uno de esos casos singulares en los que, como todo el mundo, tanto le gustaba sumergirse, pero que pocas veces se le presentaban. O tal vez fuera la necesidad constante de ocupar los días y la mente lo que le impedía abandonar aquel ritmo tenaz incluso cuando las circunstancias no lo exigían.

Y sobre todo durante aquellos días, que para ella eran los peores del año.

–No lo sé –repitió–. Pero si me lo preguntas dentro de unas horas... tal vez sepa darte una respuesta.

5.

El piso de Teresa Burrano ocupaba toda la tercera planta de un edificio de finales del siglo XIX que daba a la calle Etnea: una casa de dimensiones desproporcionadas, repleta de salones y salitas, todos abiertos y perfectamente ordenados.

La anciana recibió a la subcomisaria Garrasi y a la inspectora Bonazzoli medio hundida en un sillón capitoné de piel clara, a juego con un sofá en el que las invitó a sentarse. El sillón que estaba junto al de Teresa Burrano lo ocupaba una mujer de poco más de sesenta años a la que presentó como «mi querida amiga Clelia Santadriano».

Lo primero que inspiró Teresa Burrano a Vanina fue una profunda antipatía. Tenía un rostro anguloso, de rasgos marcados, dominado por una altiva sonrisa de circunstancias.

–Señora Burrano, está usted informada de lo que ocurrió anoche en su villa de Sciara, ¿verdad?

–Mi sobrino me lo ha contado esta mañana.

–¿Conocía usted la existencia del montacargas?

–No. Pero tampoco me sorprende descubrirlo. Mi suegro era muy dado a los caprichos, entre ellos comer y cenar en privado. Seguramente era un montaplatos.

Se inclinó hacia la mesita para coger un paquete de cigarrillos, que le costó abrir. Vanina se fijó en que tenía las manos nudosas, deformadas por la artrosis. La señora Santadriano se apresuró a ayudarla y abrió el paquete. Después le ofreció un cigarrillo y le acercó el cenicero que estaba en la mesa.

–Todas las aberturas estaban disimuladas y aseguradas por fuera con un pestillo de hierro, lo cual indica una función algo distinta a la del simple transporte de alimentos –puntualizó la subcomisaria.

–Es posible que, más tarde, mi esposo lo transformara en un escondrijo. Tenía cajas fuertes y escondrijos por todas partes. Aquí, en su despacho...

–¿Y eso? –preguntó Vanina.

–Era un hombre rico, subcomisaria, y le gustaba tener su dinero bajo control. No se fiaba de nadie. Y teniendo en cuenta la forma en que acabó, no le faltaba razón.

Vanina pensó en la caja de caudales llena de dinero que se había hallado junto al cadáver.

–Tengo entendido que, antes de morir, su marido pasaba mucho tiempo en Sciara. ¿Usted no lo acompañaba?

–No.

–¿Por qué, si me permite la indiscreción?

–A mí me encantaba la vida social y prefería quedarme en la ciudad. Y, además, con toda franqueza, no creo que a él le interesase mucho mi presencia. Su idea de la mundanidad era muy diferente. Le gustaba viajar y estar con personas distintas todas las noches. Nunca le faltaba compañía. –La mirada sorprendida de Marta indujo a la anciana a explicarse mejor–. No me malinterprete, jamás me atrevería a ensuciar el recuerdo de mi esposo. Incluso evito nombrarlo, para no despertar recuerdos dolorosos. Pero a mi edad, ser hipócrita ya no tiene sentido, subcomisaria. A mi marido lo asesinaron hace cincuenta y siete años. En aquella época, ser viuda era un estado casi irreversible, independientemente de cuál hubiera sido el comportamiento del marido en vida. Guardé luto durante más

de veinte años. ¿Sabe qué edad tenía cuando enviudé? Treinta.
Era más joven que usted.

Vanina guardó un breve silencio.

–Así pues, en torno a su marido revoloteaban bastantes
mujeres –prosiguió.

Teresa Burrano movió las manos hacia atrás y acompañó el
gesto con un resoplido.

–¡Uf! Una infinidad.

–Dígame, señora: ¿quién podía saber que su marido había
creado un escondrijo en el viejo montacargas? Aunque, de momento, eso solo sea una hipótesis.

Quién sabe si encontrarían alguna vez pruebas que la corro-
boraran.

–Aparte de su administrador, nadie.

–¿Se refiere a Masino Di Stefano?

La anciana curvó los labios en una media sonrisa.

–Desde luego, no pierde usted el tiempo. Sí, me refiero precisamente a él. La única persona de la que mi marido se fiaba...
y la única que no lo merecía.

Vanina meditó acerca de lo que estaba a punto de preguntarle.

–En su opinión, ¿su marido habría sido capaz de matar a
alguien?

La sonrisa torcida de la señora Burrano se convirtió en una
breve carcajada.

–¿Quién, Gaetano? ¡Pero si ni siquiera era capaz de dar un
bofetón! Guardaba bajo llave las escopetas de caza, por miedo
a que se produjera algún accidente. La pistola, la que no apareció, no la utilizaba nunca. Jamás perdía la cabeza, ni siquiera
por las cosas más graves. En resumidas cuentas, era un hombre con una gran personalidad.

Vanina dirigió un momento la mirada hacia Clelia Santadriano. La mujer escuchaba sin dar la más mínima muestra

de asombro, lo cual indicaba que conocía la historia. Por otro lado, Teresa Burrano no parecía tener ningún inconveniente en hablar delante de ella.

–¿Llegó a conocer personalmente a alguna de las amantes de su esposo? –se atrevió a preguntar.

–A alguna que otra. Pero ya le digo que son muy pocas las que aún están vivitas y coleando.

–¿Recuerda haber oído hablar de alguna desaparición entre el círculo de su marido, más o menos durante la época de su muerte o poco después?

–Creo que no. Y se lo repito, subcomisaria, yo solo conocía una parte muy pequeña de eso que usted ha llamado el «círculo» de Gaetano. Era mucho mejor así, créame. Gaetano era mi esposo. Y siempre volvía a mi lado. Esa era mi única certidumbre, no me interesaba saber nada más.

Contaba sus intimidades con una imperturbabilidad asombrosa. Era una mujer glacial: quién sabe si también lo había sido de joven o si, por el contrario, la vida la había curtido.

–En los años posteriores a la muerte de su esposo, ¿vivió alguien en la villa?

–No. Yo misma di la orden de que la cerraran en cuanto terminó la investigación.

–¿Ni siquiera entraba el servicio?

–No.

–¿Sabe si vive aún alguna de las personas que trabajan en el servicio doméstico de la villa?

–No que yo sepa. Pero no eran muchas. Mi marido no quería mucha gente en Sciara, supongo que entenderá por qué. Siempre fue muy discreto con sus... escapaditas.

–¿Recuerda los nombres?

La anciana cerró los ojos, como si tratara de hacer memoria. Movió la cabeza de un lado a otro.

–Difícil...

Vanina le entregó su tarjeta de visita y le dijo que, en el caso de que recordara algo, llamara y preguntara por Marta.

La chica rumana, Mioara, apareció en ese momento para acompañarlas a la salida, pero también las siguió Clelia Santadriano, que se detuvo a medio camino.

–Espero que pueda arrojar algo de luz sobre esta terrible historia –dijo, al tiempo que le estrechaba la mano a la subcomisaria. Vanina captó el inconfundible acento partenopeo–. Aunque no lo demuestre, Teresa está muy afectada –prosiguió la mujer, preocupada–. Supongo que lo entiende: en el pasado de esta familia ya figura un delito, y es algo de lo que ella jamás ha hablado con nadie, ni siquiera con su sobrino. Y ahora, por culpa de esta noticia, se verá obligada a recordar circunstancias muy dolorosas. Pobre Teresa.

En el fondo, no le faltaba razón.

Con aquel rostro de mármol y aquella actitud engreída, la señora Burrano no inspiraba la más mínima ternura. Pero seguía siendo una anciana, sola, sin hijos y viuda desde los treinta años, cuyo marido había sido asesinado de un tiro en la nuca. Le había tocado vivir unas cuantas desgracias.

La subcomisaria le aseguró a la mujer que haría todo lo posible para resolver cuanto antes aquella «terrible historia». Pero sabía muy bien que no iba a resultar nada fácil.

Para salir del edificio era necesario cruzar un patio interior. El viento había vuelto a cambiar de dirección y de nuevo llovía ceniza sobre la ciudad. El revestimiento de piedra lávica del patio y los adoquines grises ya estaban completamente cubiertos de arena negra, lo mismo que los dos parterres de cactus que ocupaban el centro de aquel espacio abierto.

Vanina encendió un cigarrillo.

–¿Qué te parece si vamos a comer una *arancina* al bar Savia? –propuso, mientras consultaba el reloj.

Marta meditó la respuesta.

–No es un buen sitio para mí, pero no me importa acompañarte.

La subcomisaria se dio una palmada en la frente. Siempre cometía el mismo error. No podía evitarlo: la idea de que no todos los sitios pudiesen ser adecuados para comer con Marta era algo que no le entraba en la cabeza.

–También hay *arancine* de espinacas o berenjenas... –empezó a enumerar.

–Dudo que no les metan dentro mantequilla o queso. Pero no te preocupes, de verdad: no me importa acompañarte. Me tomaré un té.

Vanina se la quedó mirando, incrédula.

–¿Un té? ¿Cómo vas a sustituir la comida por un té?

–Que no te preocupes, seguro que algo encuentro. Además, no tengo mucha hambre.

Se sentaron fuera, protegidas por una sombrilla. Hacia tanto calor que tuvieron que quitarse la chaqueta y quedarse en camiseta.

–Pues, bueno, parece que a nuestro querido difunto le iba la juerga –resumió Marta, mientras se acomodaba en su silla.

–Eso parece.

–¿Has visto con qué tranquilidad nos lo contaba la señora Burrano? Como si fuera lo más normal del mundo. ¿Te das cuenta? El marido se iba a la villa con sus amiguitas y ella se quedaba en casa haciendo «vida social».

–Tampoco es que me sorprenda. En aquella época el matrimonio era poco más que un contrato estipulado entre dos familias y basado en motivos puramente económicos. Y cuanto más alta era la clase social, más se imponían otros intereses.

Añádele además que los Burrano no tenían hijos. En una situación así, era normal que cada uno hiciese su propia vida, de forma pacífica y sin causar problemas, pero guardando siempre las apariencias. No pongas esa cara de asco, te aseguro que en Brescia también debía de ser así.

Marta se encogió de hombros.

–Puede ser.

–También es verdad que, si por la villa de Sciara pasaban tantas mujeres como nos ha dado a entender la señora Burrano, será difícil averiguar de quién se trata –reflexionó Vanina.

–Pero tendrá que haber una denuncia por la desaparición de esa mujer, ¿no?

–Es lo primero que tenemos que averiguar, empezando por el año en que asesinaron a Burrano. Por otro lado, si Adriano consigue determinar la edad de la víctima, al menos podremos acotar el terreno de búsqueda.

Vanina pidió una *arancina al ragù* y una Coca-Cola Zero, lo cual era un poco irónico.

–En este bar no solo preparan las *arancine* más deliciosas, sino que además las llaman por su nombre correcto: *arancine*. No *arancini*, como dicen por aquí.

La denominación correcta de aquellas croquetas de arroz rellenas, grandes protagonistas de la cocina siciliana, era una más de las miles de disputas que existían desde hacía siglos entre palermitanos y cataneses.

Tras haber rechazado la propuesta de pedir una pizza sin nada de queso, Marta se empeñó en tomar solo un té.

–Estoy bien así –afirmó.

La subcomisaria no insistió más en la posibilidad, para ella imprescindible, de acompañar la bebida con algo sólido: aquel cortés «Estoy bien así» era la forma que tenía la inspectora de zanjar el tema.

–¿Sabes qué es lo que no me convence en absoluto? –empezó a decir, concentrada en una idea que la perseguía desde que había hablado por teléfono con Manenti.

Marta le prestó atención.

–Todo ese dinero que ha aparecido junto al cadáver –prosiguió Vanina–. Pongamos que el asesino abre el montaplatos, que presumiblemente funciona como escondrijo, para meter dentro el cadáver de la mujer. Ve la caja de caudales, que no es que sea pequeña y además se reconoce con facilidad. Si no sabe lo que contiene, en el noventa y nueve por ciento de los casos lo más lógico es que se la lleve, aunque solo sea para abrirla y ver qué hay dentro. Si, en cambio, ya lo sabe, la hipótesis más probable es que tenga la intención de volver una segunda vez, pero que luego le resulte imposible por el motivo que sea. –Le dio un bocado a su *arancina*–. Y eso restringe el campo a dos personas, las únicas que conocían el escondrijo.

–Gaetano Burrano y Masino Di Stefano –adivinó la inspectora.

–Ninguno de los dos tuvo la posibilidad de recuperar el dinero: el primero porque estaba muerto y el segundo porque terminó en la cárcel después de haber matado al primero.

Marta reflexionó en silencio.

Vanina se limpió las manos con una servilleta de papel y bebió un sorbo de Coca-Cola.

–Es la hipótesis más sencilla, pero no me convence en absoluto –dijo, reclinándose contra el respaldo de su silla.

Recorrió con la mirada aquel rincón de la calle Etnea, siempre lleno de gente. Era, en realidad, un trozo de acera que albergaba dos de los bares más frecuentados de la ciudad, con sus barras repletas de clientes con prisas y sus mesas siempre ocupadas. La entrada principal de Villa Bellini se hallaba justo delante.

La subcomisaria encendió un cigarrillo.

–Podríamos citar a Di Stefano –propuso Marta.

–¿Ahora? ¿Y qué le diríamos? No tenemos ni idea de quién es esa mujer, ni de cuándo la asesinaron. Si consideramos, y solo es una hipótesis, que Di Stefano está involucrado, ¿crees que nos diría algo? Se ha pasado treinta y seis años en la cárcel, así que no creo que tenga muy buena opinión ni de los polis ni de las comisarías.

–¿Y entonces? ¿Qué hacemos?

Vanina aspiró una bocanada de humo. Tenía el brazo izquierdo doblado bajo el derecho, que era el que utilizaba para sostener el cigarrillo y al mismo tiempo acariciarse la barbilla con el pulgar.

–Intentar averiguar más cosas.

–Jefa, la señora Spanò casi ni se cree que su hijo haya ido a comer con ellos –anunció un risueño Fragapane.

Vanina le indicó con un gesto que la siguiera. El suboficial recogió los documentos que contenía la carpeta que aquella mañana había sacado del archivo y se dirigió al despacho de la jefa. Se sentó en la silla que estaba delante del escritorio.

–¿Tenemos noticias del administrador homicida? –le preguntó Vanina, mientras se hundía en su sillón y extendía las piernas hacia delante, en busca del reposapiés.

–Eso parece. He encontrado su expediente personal, el A2.

–¿Y qué dice?

Fragapane abrió una carpeta roja.

–Tommaso Di Stefano, nacido en Catania el 6 de agosto de 1928. Condenado a cadena perpetua por el homicidio de Gaetano Burrano. Salió en 1995 por buena conducta.

Vanina, apoyada en el reposapiés, giró el sillón hacia uno y otro lado, con los codos en los brazos del asiento y los dedos de las manos entrecruzados delante de la barbilla, como si estuviera meditando. Le hizo un gesto al suboficial para que continuara.

–El juicio duró poco. Di Stefano insistió siempre en su inocencia, pero todos los indicios llevaban hasta él. No tenía coartada. La noche de los hechos, más de un testigo lo vio entrar y salir de Villa Burrano y se hallaron restos de sangre en su ropa. En su casa se encontró documentación relacionada con un terreno, en la que solo faltaba la firma de Burrano. La otra firma era de Calogero Zinna. No sé si me explico. Era un proyecto para...

–Para la construcción de un acueducto –lo interrumpió Vanina.

–Exacto. Gracias al cual, Di Stefano habría ganado mucho dinero. Pero tanto la señora Burrano como Vincenzo Burrano, hermano de la víctima y padre de Alfio Burrano, declararon que el ilustre Gaetano siempre se había negado a ceder el terreno en cuestión. También testificó otro hombre, un aparcero, que aseguró haber visto a Burrano discutir con el administrador. En casa de Di Stefano se encontró también una copia de la llave de un coche, un Lancia Flaminia cuya desaparición había denunciado la esposa de Burrano. Di Stefano afirmó no saber nada, pero justo en aquellos días se constató el ingreso de una considerable suma en su cuenta bancaria, compatible con la venta de un coche de esas características.

–O sea, que le robó el coche al hombre al que acababa de matar y lo vendió. ¿Y luego ingresó el dinero en su cuenta bancaria? Muy listo no debía de ser el tal Di Stefano –comentó la subcomisaria.

–Parece que tenía problemas económicos y que era aficionado al juego. Dos años atrás lo habían pillado en una timba.

–¿Y los Zinna?

–Se investigó a Gaspare Zinna, que llevaba el tema del acueducto en nombre de su padre, Calogero.

–¿Aparece, en alguna parte del expediente, alguna mujer ajena a esas familias? No sé, una testigo, una cómplice...

–Nada. Aparte de la viuda, en estos documentos no se menciona a ninguna mujer, jefa.

Vanina reflexionó.

–Fragapane, ¿y los objetos de la Científica? –preguntó de repente, al recordar que dos horas antes lo había enviado a recogerlos.

El suboficial se puso en pie de un salto.

–Disculpe, subcomisaria, ¡me los he dejado en el escritorio de Nunnari! Ha venido conmigo a la Científica y... Ahora mismo voy a buscarlos.

–Da igual –le dijo la subcomisaria.

Marcó un número y convocó a Nunnari. El oficial apareció dos minutos más tarde, asomando la cabeza por la puerta entreabierta.

–¿Se puede, jefa?

–Entra, Nunnari.

El hombre, cargado con una gran caja de cartón, entró apresuradamente con Marta.

El escritorio de la subcomisaria se vio invadido de repente por una gran cantidad de sobres de plástico repletos de objetos de aspecto antiguo: guantes, peines, espejos, polveras, pintalabios y unas cuantas joyas, aparentemente de valor medio. También había un paquete de cigarrillos Mentola, una boquilla, un frasco de colonia sin tapón... Y, por último, una minúscula agenda telefónica.

–¿Qué cigarrillos son estos? –preguntó Nunnari con curiosidad.

–Mentolados. Cuando yo era pequeño, las mujeres fumaban de esos –le explicó Fragapane. Luego cogió una cajita verde donde ponía BRILLANTINA LINETTI. En la etiqueta, aunque

75

casi ilegible, aún figuraba el precio de venta: 250 liras–. ¡Mira por dónde! ¡La brillantina que usaba mi padre!

–Descubre al intruso de la serie –comentó Vanina–. Fragapane, ¿de qué año es usted? –preguntó.

–Del 58, subcomisaria. Soy dos años mayor que Spanò. ¿Por qué?

–¿La brillantina Linetti no era solo para hombres?

–Normalmente sí. El olor que tenía era... de barbería, por así decirlo.

–Pero este bolso era de una mujer.

La subcomisaria abrió la cajita: el tubo estaba intacto.

–Aunque tampoco es que las mujeres no pudieran usarla, jefa. Puede que a la dama en cuestión le gustara el olor de la brillantina.

–O puede que no fuera suya –sugirió Bonazzoli.

–Bien, tomemos nota de eso –dijo Vanina.

La agenda telefónica estaba repleta de nombres propios. Ningún apellido. Los números, lógicamente, solo tenían cuatro cifras.

–Ah, por cierto, jefa, Manenti también me ha dado la caja de caudales –añadió Fragapane, mientras sacaba de ella un fajo de billetes de un tamaño que Vanina no había visto nunca, a no ser que fuera en manos de Rossano Brazzi o Amedeo Nazzari.

Marta extendió la mano y cogió uno de los billetes.

–¡Qué raros son! –exclamó, mientras daba vueltas entre las manos a aquella especie de pañuelo de papel moneda.

Vanina cogió otro y lo desplegó. En la imagen especular se mostraban dos mujeres, cada una de ellas sentada con el codo apoyado en un escudo. Bajo la imagen figuraban dos fechas: 24 de enero de 1959 y 7 de mayo de 1948.

–Por favor, Nunnari, vaya al Banco de Italia y que le digan

exactamente cuándo se imprimieron estos billetes y durante cuánto tiempo estuvieron en circulación.

El oficial asintió.

Fragapane seguía toqueteando y analizando las bolsitas de objetos esparcidas sobre la mesa.

–Amigos, tengo que confesar que ver todas estas cosas me impresiona un poco. Me siento como si fuera otra vez un crío y estuviera curioseando en el bolso de mi madre.

El teléfono de la subcomisaria, que estaba en lo alto de una pila de papeles amontonados a un lado del escritorio, empezó a vibrar en ese momento. Era un número desconocido.

–Garrasi.

–Buenas tardes, subcomisaria, soy Alfio Burrano.

–Buenas tardes, señor Burrano.

–Solo quería decirle que Chadi y yo ya estamos en Sciara, pero que lógicamente no nos hemos acercado a la torre.

Vanina, extrañada, consultó el reloj. ¿Y el tipo este molestaba a una subcomisaria de la policía solo para comunicarle que había llegado con antelación?

Le confirmó la hora a la que habían quedado.

–La esperó, subcomisaria.

Por el tono, parecía como si fuera él quien la había citado. Tal vez los papeles no hubieran quedado claros. Sin pensarlo mucho, guardó el número en los contactos del teléfono. Pulsó la tecla de bloqueo del iPhone y volvió a dejarlo sobre la pila de documentos, a su derecha. Papeleo inútil al que tarde o temprano tendría que echar por lo menos un vistazo.

–Fragapane, tenemos que buscar todas las denuncias por desaparición, solo de mujeres, presentadas en Catania y provincia entre finales de los años cincuenta y principios de los sesenta.

El suboficial se puso en pie y cogió el cuaderno que llevaba en el bolsillo.

–Pongamos entre el 57 y... no sé, ¿el 62?

–Con especial atención al 59. Que Lo Faro le eche una mano, así hace algo útil. Es más, llámelo, que esta mañana ni siquiera se ha presentado.

Cuando el equipo salió de su despacho, Vanina marcó el número de móvil de Adriano Calí. Mientras esperaba, cogió una bolsita transparente que contenía un fragmento de papel amarilleado con un número escrito: cuatro cifras que no significaban nada. Se concentró en el símbolo marrón que aparecía impreso en el papel, una especie de círculo con una cabeza en el centro. Se lo acercó para verlo mejor, pero no supo qué significaba.

–Me he dejado el teléfono cerca a propósito. Ya sabía yo que no ibas a poder esperar –le respondió el médico.

–¿Cómo lo llevas?

–Depende de lo que te interese saber. Aún no he terminado.

–Por ahora, solo necesito saber una cosa: ¿tienes manera de determinar la edad del cadáver?

–Con exactitud no. Si analizara los núcleos de osificación, podría decirte algo más concreto, pero no es algo que pueda hacer en el tiempo que me has dado.

–Pero ¿más o menos?

–El pelo parece pigmentado. Oscuro, diría. Por tanto, debía de ser bastante joven. Oye, ¿qué te parece si hablamos más tarde? Lo digo porque se me está quedando el cuello tieso de tanto aguantar el teléfono con el hombro.

–Claro. No te diviertas mucho con la chica. A juzgar por el corsé, debía de ser una fiera.

–Garrasi, tu sentido del humor roza la blasfemia.

–¿Porque está muerta o porque es una mujer?

Adriano carraspeó para disimular una carcajada.

–Si me llamas antes de dos horas, te juro que te doy con el teléfono en las narices.

Vanina colgó riéndose.

Fragapane y Lo Faro entraron justo en aquel momento.

–Ah, ¡aquí está nuestro amigo Lo Faro! ¿Cómo es que esta mañana no te has presentado a la reunión?

El muchacho miró a su alrededor con aspecto de estar perdido. La pregunta resultaba evidente en su mirada: ¿qué reunión?

–Subcomisaria... no lo sé... puede que... nadie me ha avisado de que...

–¿De qué teníamos que avisarte? Estábamos en tu despacho.

Fingió hacer la vista gorda, aunque sabía que seguramente era eso lo que había sucedido. El agente Lo Faro les caía un poco mal a todos. Joven e inexperto, pero también ambicioso y presuntuoso hasta más no poder, había aterrizado en la Policía Judicial después de haberse pasado dos años conspirando y recurriendo a todos sus contactos en el mundo de la política. Finalmente había conseguido entrar en la sección de Delitos Contra las Personas, a cuyas aguas profundas se había lanzado de cabeza antes incluso de aprender a nadar como es debido. Y, por si eso fuera poco, era precisamente la época en la que había llegado Garrasi para dirigirla: la peor jefa con la que podía encontrarse un tipo como Lo Faro. Pero él, que no era lo que se dice una lumbrera, no solo no lo había pillado, sino que además se empeñaba en ganársela con gestos que rozaban el cortejo y que lo único que conseguían era irritarla aún más. Lo Faro era el único miembro de la Judicial al que Vanina no había dado permiso para que la llamara «jefa», como hacían todos sus colaboradores estrechos.

–Vale. Pégate al suboficial y haz todo lo que te diga. –Se volvió hacia Fragapane–. El forense Calí me ha confirmado que el cadáver parece ser el de una mujer joven, lo cual restringe un poco el campo de la búsqueda.

El suboficial asintió, listo para ponerse manos a la obra.

Vanina recordó en ese momento un detalle que podía resultar importante y volvió a llamar a Lo Faro.

—Te voy a asignar otra tarea. ¿Ves esta agenda? Habla con los de Telecom y averigua si se puede saber quiénes eran los titulares de números telefónicos de hace más de cincuenta años. Si se puede, se los pasas todos, uno a uno. Y ojo, ten cuidado, que estas hojas se convierten en polvo con solo mirarlas.

El chico no disimuló su satisfacción: por fin alguien lo tomaba en serio.

Después de quedarse con el expediente relativo al homicidio de Burrano, Vanina les dijo a los dos hombres que podían marcharse.

Salió de su despacho y llamó a la puerta de enfrente. Entró y se cruzó con un colega de la división de Crimen Organizado, que en ese momento salía acompañado por dos de sus inspectores.

Tito Macchia, el comisario principal de la Policía Judicial, conocido también como «Gran Jefe», estaba de pie detrás de su escritorio, una mole imponente que la observaba. La primera vez que lo había visto, Vanina había decidido que Macchia era una especie de cruce entre Bud Spencer y Kabir Bedi.

—Hola, Vanina, ¿qué te cuentas? —la saludó, con aquel acento napolitano que no había variado ni un ápice pese a que ya llevaba cinco años residiendo en Catania.

Lo había llamado la tarde anterior, desde Villa Burrano, para comunicarle el hallazgo del cadáver. Le comentó las novedades y los pasos que estaba dando en su investigación. Macchia la escuchó con atención, mientras se atusaba la barba canosa y mordisqueaba con los labios un puro apagado. El interés que demostraba se debía más a la curiosidad que a una verdadera implicación por su parte, pues a él también le parecía un caso de difícil resolución, sobre todo por el tiempo transcurrido desde el presunto delito. Nunca antes se había encontrado con un expediente de raíces tan antiguas.

–A ver qué consigues descubrir, pero no permitas que este caso te quite el sueño. Básicamente porque, dificultades aparte, lo más probable es que el asesino esté muerto o sea un viejo chocho que vive recluido en alguna residencia de ancianos.

–¿Y tú cómo lo sabes? Mala hierba nunca muere. A lo mejor está vivo y en sus cabales, y convencido a estas alturas de haber salido indemne.

A la subcomisaria Garrasi le gustaba mucho meter las narices en el pasado de los demás y Tito Macchia lo sabía muy bien.

–Pues vale. Total, ya sé que, cuando se te mete algo entre ceja y ceja, no paras hasta que lo consigues.

La fama de ser una experta en resolver casos que estaban pendientes desde hacía años se la había ganado en Milán, después de desenmascarar al autor de una serie de homicidios no resueltos y sin conexión aparente entre ellos. Para resolver el caso, había indagado en la vida familiar de siete víctimas, la primera de las cuales había sido asesinada veinte años atrás.

Lo cual no suponía nada, en comparación con el medio siglo que se disponía a recorrer ahora.

6.

Vanina entró en su despacho y encontró a Spanò, que había sobrevivido a la comida familiar. La esperaba sentado en el sillón, delante del escritorio.

–Ni se imagina lo que ha conseguido preparar mi madre en una hora. De todo había en la mesa –le comunicó el inspector, que se había puesto en pie nada más verla entrar.

Vanina sonrió al imaginarlo. Le dijo a Spanò que volviera a sentarse, ansiosa por saber lo que el inspector había conseguido extraer de los recuerdos de su padre. Cuanta más información tuvieran, más podrían Lo Faro y Fragapane restringir el campo de búsqueda. Y algo le decía que esta vez, más que nunca, los chismorreos aportarían a la investigación mucho más que una pila de documentos oficiales.

Spanò se puso cómodo en el sillón, con las manos cruzadas sobre la barriga un tanto prominente, y se dispuso a iniciar su informe. Pero la sonrisa divertida de la subcomisaria, que observaba con atención su camisa, lo distrajo.

–¿Qué pasa? –preguntó, mientras comprobaba si tenía alguna mancha de salsa.

Solo entonces se dio cuenta de que llevaba un botón desabrochado, lo cual dejaba a la vista una parte de su vientre peludo.

–¡Disculpe, jefa, no me había dado cuenta! –farfulló, rojo como un tomate.

Vanina se echó a reír y le ofreció un cigarrillo para que se calmara.

En ese momento entró Bonazzoli, lista para la visita a Villa Burrano.

—Venga con nosotras y así me cuenta en el coche su opípara comilona —dijo la subcomisaria, al tiempo que le tendía una mano a Spanò como si quisiera ayudarlo a levantarse del sillón.

El inspector, sin embargo, rechazó el gesto provocador y se puso en pie.

Marta se sentó al volante de un Giulietta negro que había llegado recientemente al parque automovilístico del cuerpo tras una de las últimas incautaciones. A Spanò no le gustaba mucho ir de copiloto, pero no protestó, pues sabía que en la lista de pilotos predilectos de la subcomisaria Garrasi, Marta ocupaba el primer puesto, tanto sobre cuatro ruedas como sobre dos.

—¿Qué hemos descubierto?

—Jefa, solo le digo que nada más contarle a mi padre lo de la mujer hallada anoche en Villa Burrano, se quedó pensativo medio minuto y luego me felicitó entre risas.

—¿Qué quiere decir con «felicitar»? —preguntó Marta, perpleja.

La subcomisaria torció los labios en una sonrisita sardónica.

—En el sentido de que esa mujer podría ser cualquiera, Bonazzoli —prosiguió Spanò—. Gaetano Burrano era lo que entonces se llamaba un hombre de mundo. Viajaba, jugaba, gastaba. Era un hombre apuesto y también uno de los terratenientes más ricos de Catania. Estaba siempre rodeado de mujeres. Mujeres... de toda clase, no sé si me explico. La gente consideraba su villa de Sciara como un antro de perdición en el que no debía poner los pies ninguna mujer decente, a no ser que quisiera jugarse la reputación.

Vanina pensó en la determinación de la señora Burrano al afirmar que nunca había vivido en aquella villa.

–Pero su padre no le ha dado nombres, ¿verdad? –preguntó.

–No, subcomisaria. Ha intentado recordar algo, algún cotilleo escuchado en la familia. La tía de mi padre era modista y cosía vestidos para media Catania. La señora Burrano era una de sus clientas más fieles. Ya sabe cómo eran estas cosas en aquella época: modistas, barberos y «peinadoras» eran siempre las personas mejor informadas porque iban de casa en casa. Mi tía tenía la suerte de trabajar para las damas de la alta sociedad. Siempre decía que eran las más exigentes, pero también las más chismosas. Pero quiénes eran las mujeres que frecuentaba Gaetano... Eso no creo que lo haya sabido nunca mi padre. O si llegó a saberlo, lo ha olvidado.

La lluvia de ceniza se había interrumpido de nuevo y había dejado tras ella un paisaje casi lunar. Las pilas de arena negra en los arcenes parecían estrechar aún más la carretera que ascendía por la ladera de la montaña atravesando pueblecitos pegados unos a otros sin solución de continuidad. Las casuchas antiguas, construidas con piedra lávica, se alternaban con edificios de cemento de dudoso gusto y alguna que otra verja monumental que indicaba la entrada de una finca. Sciara era uno de los últimos núcleos habitados antes de llegar a la carretera que se encaramaba por la ladera, hacia los cráteres silvestres, y que llegaba hasta el refugio Sapienza, la principal puerta de acceso de los cataneses a su *Muntagna*.

Alfio Burrano apartó la silla de plástico blanco del borde de la piscina. La colocó de manera que el sol le diera en la cara y se desabrochó un poco la camisa. Se sentía fatal.

La noche anterior, nada más cruzar la puerta de su piso en la ciudad, se había abalanzado sobre la caja de Xanax y se había sumergido en un profundo sueño del cual no se había despertado hasta el amanecer.

La mañana se había convertido en una sucesión de marrones, cada uno peor que el anterior. El primero, tanto en orden cronológico como en tonalidad de marrón, había sido la visita a la vieja para comunicarle lo sucedido. Después había mantenido una conversación con su abogado, el cual le había enumerado todos los dolores de cabeza que iba a provocar el hallazgo. Tres llamadas de Valentina rechazadas, que habían culminado en un insulto telefónico. Luego otras dos llamadas de alguien que, en lugar de insultarlo, lo había agotado con diez minutos de llanto. Tanto había insistido ese alguien que al final lo había convencido para un encuentro, cosa que aún lo había hecho sentir peor.

Ya se estaba acostumbrando a la imagen del cadáver momificado, de la que no conseguía librarse. Pasado el susto inicial y después de haber dedicado la mañana entera a hablar del tema, la investigación sobre la desconocida apergaminada del montaplatos empezaba a despertar su curiosidad. Y el hecho de ser juez y parte no le parecía en absoluto el coñazo que su abogado había pronosticado. Es más, incluso podía convertirse en una experiencia nueva que, sin duda, animaría un poco sus días.

Y luego estaba ella, la subcomisaria Garrasi. La agente de policía más interesante que había visto jamás.

Aunque puede que la idea de llamarla para que le apareciera su número en la pantalla del teléfono no hubiera sido muy brillante...

Chadi estaba de pie junto a la verja abierta. Nada más ver llegar el Giulietta con la subcomisaria a bordo, acompañada de dos inspectores, abrió las dos hojas para que pudieran acceder al patio.

Marta aparcó detrás de un Range Rover blanco, modelo Vogue: el más lujoso de la gama, se fijó Vanina mientras bajaba del coche. No era difícil adivinar a quién pertenecía.

–Vaya con el Burrano –comentó la inspectora Bonazzoli en voz baja.

Burrano recorrió a grandes zancadas el corto espacio que separaba su jardín de aquel patio empedrado. Se dirigió a la subcomisaria Garrasi con la mano extendida; luego saludó al amigo Carmelo con un breve apretón de manos y a Marta con un gesto de la cabeza.

A plena luz del día, la villa de los Burrano perdía su aspecto fantasmal para mostrar de forma más evidente el estado ruinoso en el que se encontraba. La fachada delantera y la terraza en la que se hallaba la puerta principal estaban prácticamente cubiertas de enredaderas, que ya habían empezado a perder las hojas. La torre, cargada de símbolos, parecía un minarete que montaba guardia junto a un castillo maldito. Todo el mundo la llamaba la «torre Burrano».

El jardín empezaba en la terraza y descendía junto a escaleras y escalinatas hasta la verja principal, ya casi en la plaza del pueblo. Decir que la propiedad estaba descuidada hubiera sido un eufemismo.

La inspectora Bonazzoli retiró el precinto policial del portón y cedió el paso a su colega, que con la ayuda de Burrano procedió a subir persianas y abrir cristaleras. El mármol de la escalera que llevaba a la planta superior parecía más claro; los altorrelieves de las paredes y las bóvedas ahora se veían mejor, con sus temáticas de estilo árabe. Encima de la puerta, en la pared, se hallaba una reproducción a tamaño real de una cabeza de hombre con un narguile.

Vanina se dirigió a la cocina en la que había aparecido el cadáver. Entró sola y se detuvo apenas un paso más allá de la puerta. Intentó examinar la estancia con otra mirada, basada en la poca información que habían conseguido hasta el momento.

Fijarse en la abertura de la pared estando delante el aparador era prácticamente imposible. Si, además, la casa se había cerrado poco después del crimen, ¿a quién se le habría pasado por la cabeza la idea de mover el mueble, abrir la puerta y descubrir un posible escondrijo? Era cierto que, a lo largo de los años, habían entrado a robar varias veces, pero también lo era que ningún ladrón habría dejado allí una caja de caudales y un bolso lleno de joyas.

Le pidió a Burrano que le mostrara las habitaciones privadas de su tío. Un dormitorio que, de no ser por las diversas capas de polvo, podría haber parecido habitado hasta aquel mismo día. En una de las mesitas de noche incluso había una taza de té con su platillo. En la otra, un cenicero. Vanina abrió despacio las puertas: en el interior de cada mesita había un orinal. No parecía una cama usada por una sola persona. Sobre el tocador, en desorden, vio un cepillo y un peine con el mango de hueso. El cajón de debajo estaba medio vacío, pero las dos horquillas y el pintalabios gastado que llevaban medio siglo allí dentro no podían, desde luego, haber pertenecido a Gaetano Burrano.

En la salita contigua vio una mesa redonda preparada para el desayuno. Dos platos, dos tazas de café, pero solo una de té. Vanina volvió atrás y examinó la decoración de la taza que había encontrado en la mesita de noche: era idéntica a la de la mesa.

Burrano la apartó de sus reflexiones.

—¿Algo no le encaja, subcomisaria?

—No lo sé —respondió ella.

Pasó por delante de Burrano para dirigirse a la puerta.

Cuanto más se ascendía por la torre, más desnudas y abandonadas estaban las habitaciones.

Burrano contó con detalle la historia de un arquitecto al que su abuelo, en el lejano 1916, había enviado a África en busca de inspiración para reformar una vieja casa en ruinas y transformarla en un castillo. La torre había sido pensada para representar de verdad una especie de minarete.

Cuando llegaron a la terraza, señaló una estructura de tubos que trepaban por las paredes y terminaban en una especie de espitas, situadas cada una de ellas en una crestería.

–Este artilugio da una idea de la locura de mi abuelo –afirmó Burrano, satisfecho–. Como tenía propiedades en todas partes, algunas aquí cerca, pero otras bastante lejos, se le había ocurrido iluminar esta torre de modo que él pudiera verla desde cualquier punto de sus tierras. Y por eso mandó construir una instalación de oxiacetileno, que subía por esas tuberías y encendía las espitas, pero también llegaba a todas las lámparas de la casa. Si se fijan bien, verán que en las lámparas aún se conservan las válvulas. Mi tío debió de dejarlas allí después de hacer la instalación para la luz eléctrica.

La terraza ofrecía una vista de 360 grados: la ciudad, el golfo de Catania hasta Augusta, el Etna humeante... Vanina calculó que la propiedad de los Burrano en Sciara debía de abarcar muchas hectáreas para que al patriarca se le hubiera ocurrido un proyecto tan grandioso.

Alfio Burrano se acercó a ella y señaló el parque público del pueblo.

–¿Ve ese jardín municipal, subcomisaria? En tiempos de mi tío, aún formaba parte del parque de la villa. Y también la plazoleta de aquí detrás. Todo esto era campo.

–¿Y qué pasó? –preguntó Vanina, mientras señalaba el mar de tejados que rodeaba la villa.

—Sucedió que el campo se convirtió en terreno edificable y que mi tía ganó una fortuna.

Fue una respuesta desdeñosa, acompañada de una mueca de contrariedad.

Descendieron a la planta de las habitaciones privadas y Vanina entró de nuevo en el dormitorio, seguida de Spanò y Marta.

—Spanò, recoja el cepillo, el peine y el contenido del cajón. Y llévelo a la Científica. Si hay restos de material analizable, por pequeños que sean, compararemos el ADN con el de la momia.

—¿Crees que la mujer del montacargas pudo haber dormido en esta habitación? —preguntó Marta, mientras el inspector jefe sacaba dos bolsitas de plástico que siempre llevaba preparadas en el bolsillo y se ponía un guante.

—No lo sé. Es una hipótesis. Y como cada vez resulta más evidente que en este caso no disponemos de muchas hipótesis verificables, intentaremos aprovechar al máximo todo lo que encontremos.

—¿Y no sería mejor que vinieran otra vez los de la Científica e hicieran directamente ellos el trabajo? —propuso Marta, que siempre era partidaria de seguir los procedimientos establecidos.

—Eso, ¡y así perdemos por lo menos dos días más! No te preocupes, fuera lo que fuese lo que ocurrió aquí dentro, ha pasado tanto tiempo que ya no quedan pruebas que podamos contaminar. Ese cepillo es el único objeto útil, hazme caso. Es más, en cuanto salgamos de aquí, nos acompañas a Spanò y a mí a comisaría y luego se lo llevas enseguida a los hombres de Manenti.

Antes de marcharse, la subcomisaria le pidió expresamente a Burrano que la acompañara a la habitación en la que había sido asesinado su tío. El hombre la precedió hasta el comedor en el que se habían sentado a hablar la noche anterior. Desde allí, a través de una puerta cerrada con llave, se accedía al escenario del crimen.

–¿Sabe, subcomisaria? Cuando traigo a alguien a ver esta parte de la villa evito entrar aquí. Porque, si le soy sincero, me impresiona un poco –dijo Burrano, después de abrir la ventana de par en par.

–No se preocupe, no hace falta que se quede. Solo quería echar un vistazo.

Era una especie de despacho-biblioteca con una chimenea monumental, revestimiento de madera en las paredes y alguna que otra librería no del todo llena. También había algunos sillones de tela con relieve y, en las paredes, el consabido estilo entre floral y morisco, con colores más vivos. Solo había un rincón vacío, como si faltara algo.

Vanina se acercó al escritorio, situado en el centro de la estancia, que seguía ocupado por libros y papeles. Vio también un cenicero, un tintero lleno de plumas y una tacita de café en el borde lateral.

Ni siquiera sabía qué estaba buscando. Al caballero Burrano lo habían asesinado precisamente allí. Unas pocas habitaciones más allá y cincuenta y siete años después, aparecía en una tumba horrenda el cadáver de una de sus amantes. Era imposible que no existiera conexión alguna.

Antes de salir hizo unas cuantas fotografías desde varios ángulos. Probablemente ni siquiera llegaría a analizarlas, pero nunca se sabe, se dijo.

Alfio Burrano permanecía discretamente apartado, a la espera de que la subcomisaria concluyese aquella última inspección adicional.

–¿Puedo preguntarle una curiosidad, subcomisaria?

–Claro.

–En casos como este, ¿por dónde se empieza?

¡Buena pregunta!

–Por el principio, señor Burrano –le respondió, críptica.

Una vez más, tuvo la sensación de que la actitud de aquel hombre tendía a dirigirse hacia el terreno de lo confidencial, cosa que no estaba dispuesta a permitir. O, al menos, no mientras estuviera de servicio.

Burrano la acompañó hasta la salida, donde esperaban los dos inspectores.

Mientras Marta se peleaba con el portón e intentaba cerrar las dos hojas para volver a colocar el precinto policial, Vanina intentó imaginar el hipotético recorrido que tendría que haber seguido alguien para introducir el cadáver dentro de la casa. La entrada principal se encontraba precisamente en la zona más expuesta de la terraza que rodeaba la villa, que además resultaba visible incluso desde la plaza. Entre escaleras exteriores, portón monumental y escalera interior, desde luego el asesino no podría haber buscado un lugar más impracticable para esconder un cadáver.

–A la pobre mujer la asesinaron dentro de la casa –afirmó.

Los dos inspectores volvieron simultáneamente la mirada hacia el jardín en pendiente y luego hacia la fachada de la villa.

–La verdad es que es increíble, subcomisaria –observó Spanò, mientras revolvía los hallazgos–. En caso de homicidio, hoy en día habrían analizado minuciosamente estos objetos. En cambio, nuestros colegas de la época los dejaron allí.

–Era el año 1959, Spanò. Y el caso Burrano, por lo que he visto, parece que no exigió una investigación muy exhaustiva. Se resolvió en pocos días. Aun así, sería útil recuperar los objetos que en aquella época se encontraron en el lugar de los hechos.

—En el expediente que ha encontrado Fragapane debería haber fotos —sugirió Marta.

Todo el mundo sabía que a la subcomisaria no le gustaba trabajar con fotos. El motivo oficial era que le costaba concentrarse en los detalles, pero la verdad —y eso era algo que únicamente Marta y Spanò sabían— era que Garrasi solo se fiaba de sí misma. Estaba convencida de que siempre había algo, algún detalle más, que ella percibía y que al fotógrafo forense se le escapaba. Y, por lo general, siempre acertaba.

Burrano salió de la villa con ellos.

—Si me necesita, subcomisaria Garrasi, me tiene a su completa disposición —afirmó, con un pie ya a bordo de su equipadísimo todoterreno.

—Gracias, señor Burrano, pero me temo que por su edad no encaja usted en el grupo de personas que pueden aportar información sobre los hechos.

Burrano asintió, sonrió y la saludó con un gesto antes de marcharse a todo gas, con el tunecino en el asiento del copiloto.

El agente Lo Faro había tardado un poco en perfilar la clase de búsqueda que necesitaba la subcomisaria, pero ahora que lo había conseguido, avanzaba a velocidad de vértigo. Ya había sacado de la base de datos siete denuncias de desaparición cuyas características encajaban con lo que necesitaba Garrasi, y se disponía a someter otras dos a la atención de su colega de más edad.

A Fragapane se le daba muy bien trabajar con papel impreso, pero no se entendía mucho con los ordenadores. Cada vez que Lo Faro encontraba una ficha, él le pedía que se la imprimiera y solo entonces empezaba a analizar el contenido. Eso, lógicamente, lo hacía ir más lento, pero era fundamental para llevar a cabo la investigación de una manera pormenorizada. También porque en Catania había muy pocos policías que tuvieran tanta experiencia como él a la hora de encontrar indicios ocultos entre los documentos. Así pues, había que admitir que Fragapane valía su peso en oro, y así se le consideraba.

La subcomisaria Garrasi y el inspector Spanò llegaron justo cuando Fragapane había terminado de extraer la información esencial de aquellas primeras siete denuncias de desaparición.

—Bueno —dijo el suboficial, mientras se humedecía la punta del dedo índice para pasar las páginas del cuaderno que se había fabricado con las hojas que Lo Faro había imprimido—. De momento, solo tenemos a siete mujeres jóvenes desaparecidas en Catania en aquella época, más otras dos que Lo Faro me está imprimiendo.

A Vanina y Spanò les habría encantado ganar tiempo consultando la información en la pantalla del ordenador, pero los dos evitaron hacer comentarios al respecto.

—Empecemos por las denuncias de 1959: son cuatro. Dos están fechadas más o menos por la fiesta de Santa Ágata. El asesinato de Burrano se produjo el 5 de febrero, precisamente el día de la patrona.

—¿Dos de cuatro? —preguntó la subcomisaria, incrédula, mientras se sentaba en el escritorio sobre una pierna y cruzaba los brazos.

—Sí, jefa. La fiesta de Santa Ágata es un día en el que todos los cataneses salen de casa y regresan de madrugada. En el jaleo de esa noche siempre se hacen gilipolleces y nosotros lo sabemos muy bien.

Spanò le cogió a Fragapane los papeles que tenía en la mano, les echó un vistazo rápido y se los devolvió con una expresión resignada, como si ya intuyera que no iban a servir de mucho.

Fragapane, diligente, prosiguió:

–Nunziata Cimmino, veintitrés años, soltera. Desapareci-da la noche del 4 de febrero. Nunca apareció. La denuncia la puso el padre. También investigaron los *carabinieri*. Trabajaba como panadera en la calle Pebliscito. –Les mostró la fotogra-fía: una chica simplona, de rostro regordete–. Luego tenemos a Teresa Gugliotta, veintiséis años, casada con un profesor de música del conservatorio. Algunas personas aseguraron haber-la visto subir a un tren, pero el caso quedó sin resolver. Según parece, corrían algunos rumores sobre ella.

–Demasiado recatada –decretó Spanò, mientras examinaba la blusa de cuello cerrado con un camafeo, que no recordaba en absoluto la elegancia vistosa de la momia.

Vanina tuvo la sensación de que la niebla que rodeaba el caso iba aumentando palabra a palabra, como la tormenta de arena volcánica que lo envolvía todo y que no parecía dispues-ta a amainar.

Al otro lado de la puerta entrecerrada vio a Macchia, que se disponía a entrar y saludaba a alguien con la mano apoyada ya en la manija. Un instante después, el jefe de la Judicial irrum-pió con su inmensa mole en el despacho de la subcomisaria Garrasi para informarse de las novedades.

–¿Dónde está Bonazzoli? ¿La habéis perdido?

–En la Científica, ha ido a entregar a Manenti los objetos que hemos encontrado en Villa Burrano.

Al darse cuenta de que Vanina no tenía intención de bajar del escritorio, Macchia se acomodó en el sillón de la subcomi-saria y le hizo un gesto a Fragapane para que prosiguiera con su informe.

Lo Faro trajo en ese momento las otras dos fichas impresas, que se remontaban a 1960 y 1961. En cuanto vio al máximo responsable sentado en el sillón de Garrasi, no se movió ni un milímetro del despacho, dispuesto a lucirse a las primeras de cambio.

De entre las nueve mujeres desaparecidas, solo una se acercaba mínimamente a la idea que ofrecían de la víctima la ropa y los objetos descubiertos junto al cadáver momificado. Vera Di Bella, de soltera Vinciguerra, treinta años, casada con un abogado que según Spanò era muy conocido en la época. La denuncia la había puesto el marido en el 59. Según una nota, al parecer corrían muchos rumores sobre aquella mujer.

Vanina observó el papel y la fotografía con atención, como si de aquel documento vetusto y de aquella foto desteñida pudiera extraer algún detalle y asociarlo a la mujer momificada.

—Bueno, pues en mi opinión podría ser esa mujer —comentó Macchia, balanceándose en un sillón que a cada movimiento chirriaba bajo su peso.

La subcomisaria asintió y descendió de la mesa.

—Spanò, intentemos averiguar algo sobre la tal Vinciguerra. Localicemos a algún familiar, a poder ser alguien que recuerde algo de aquel periodo. El marido que denunció la desaparición, por ejemplo. Si aún vive, que venga mañana.

—Ya te lo he dicho, Garrasi: si quieres encontrar testigos de esta historia, primero tendrás que rezar para que estén vivos y en condiciones de proporcionarte información —comentó el jefe de la Judicial, mientras le cedía el sitio—. ¿Cómo tienes pensado proceder?

—La tal Vinciguerra parece la más probable, aunque desapareciera más de dos meses después de la muerte de Burrano. Las otras denuncias nos las guardamos por si acaso. Mientras, trataremos de localizar a Masino Di Stefano, el administrador asesino. Siempre que aún se encuentre bien de salud, claro. Si los de la Científica consiguen analizar los restos que les hemos llevado y compararlos con los del cadáver y resulta que coinciden, lo citaremos.

–Estás convencida de que esta historia está relacionada con el homicidio de Burrano, ¿verdad?

–Me parece, como poco, una coincidencia. Y dado que las coincidencias siempre huelen mal...

–¿Se te ha ocurrido pensar que tal vez la mató él?

–Claro que lo he pensado.

–¿Y que, si así fuese, resultaría casi imposible probarlo?

–Sí.

–Lo importante es que seas consciente de ello –concluyó, rozándole la mano.

Después de despedirse de los demás con un gesto genérico, salió del despacho y se encontró de golpe entre los brazos a la inspectora Bonazzoli, que en ese momento entraba apresuradamente con la vista clavada en una hoja de papel.

El tono de piel de Marta cambió al rojo tomate.

–¿Todo bien, inspectora?

–Sí, gracias, señor.

Macchia la observó con una sonrisa indulgente que solo aumentó la incomodidad de la inspectora.

–¿Y bien? ¿Se lo has entregado todo a Manenti? –le preguntó Vanina, acudiendo al rescate.

El Gran Jefe se batió en retirada y el baboso de Lo Faro se fue tras él, pisándole los talones.

–Sí –respondió la inspectora, mientras se acomodaba en la silla que acababa de cederle Spanò.

–¿Qué ha dicho?

–Ha dicho que solo un loco se tomaría tan en serio un caso como este.

–¿Y?

–Que a los locos hay que hacerles caso. Por tanto, se pondrá manos a la obra. Pero ha precisado que llevará su tiempo, porque los restos son antiguos y están muy deteriorados. Ya nos dirá si encuentra algo que se pueda analizar.

—Será capullo, pues claro que encontrará algo que analizar: en el cepillo había pelos. Fragapane, hágame un favor y llame a Nunnari. Y ya puestos, vaya a rescatar a Lo Faro, antes de que Macchia lo eche a patadas de su despacho.

El suboficial se echó a reír y salió del despacho. Spanò soltó una risita irónica entre dientes.

—¿Por qué lo dices? ¿Crees que está en el despacho de Macchia? —preguntó Marta.

—Me juego lo que quieras: estará lamiendo todo lo lamible.

Fragapane regresó seguido del oficial y de Lo Faro, que parecía sofocado. Vanina sonrió para sus adentros al pensar en la vehemencia con que el suboficial debía de haberlo obligado a volver.

—¿Tenías que ir al baño, Lo Faro? —le preguntó.

—No, yo pensaba...

—¿Qué pensabas?

—Que habíamos terminado...

—¿Terminado el qué? —dijo, alzando la voz—. Vamos a ver, será mejor que te aclare varias cosas. Primero: cuando hay un cadáver de por medio, sea viejo o nuevo, el único momento en que puedes decir que has terminado es cuando has encontrado al asesino y lo has mandado a la cárcel, siempre que mientras tanto no suceda nada más, porque en ese caso la palabra «fin» la puedes dejar congelada hasta vete a saber cuándo. Segundo: si estás en mi despacho escuchando a mis hombres hablar conmigo sobre una investigación en la que te he dejado participar, aunque solo sea para ordenar los documentos, tú no sales por esa puerta hasta que yo te diga que puedes hacerlo. Tercero: que sepas que solo conozco a una persona que odie a los lameculos más que yo y esa persona es Tito Macchia. Por eso mismo, te aconsejo que te lo replantees, a no ser que quieras pasarte la vida en la oficina apilando expedientes.

El agente se quedó en medio del despacho, aturdido y aterrorizado a la vez por la amenaza. Buscó el apoyo de sus colegas, pero lo único que encontró fue la mirada piadosa de la inspectora Bonazzoli.

Vanina bajó el tono de voz:

–Y eso es todo. Ahora ya puedes irte.

–¿No me... dejará participar más? –preguntó el chico, con un aire consternado que le arrancó una sonrisa a Spanò y apaciguó a la subcomisaria.

–Tú quédate en tu sitio y haz bien tu trabajo. Y ya verás como te dejo participar.

Ya en la puerta, Lo Faro se detuvo azorado.

–Disculpe, subcomisaria, sobre la agenda telefónica...

Vanina bajó de las nubes. Se había olvidado por completo de la tarea que le había asignado al agente, tal vez porque ya imaginaba que no iba a conseguir gran cosa.

–Ah, sí, la agenda. ¿Qué tienes?

–Estoy intentando contactar con alguien del archivo histórico de Telecom, porque probablemente los números que ellos tienen guardados empiezan en fechas posteriores. En 1959, la compañía de teléfonos en Sicilia era... –dijo, mientras consultaba una hoja– Set.

Había hecho los deberes. Aun así, era improbable que obtuviera información por esa vía.

–Muy bien. A ver si consigues averiguar algo.

Lo Faro se marchó, más tranquilo.

–Nunnari, haz una cosa. –El oficial adoptó su actitud de «Señor, sí, señor»–. Intenta averiguar qué ha sido de Tommaso Di Stefano, el hombre que mató a Gaetano Burrano. Descubre si aún vive, si está en pleno uso de sus facultades mentales, dónde reside y qué hace. Si el cadáver resulta ser el de alguien que vivía con Burrano, puede que Di Stefano tenga muchas cosas que contarnos.

—A la orden, jefa.

Vanina despidió a todo el mundo y se dejó caer en el sillón que chirriaba.

—Una tarde perdida con tu cadáver momificado. He terminado ahora mismo —respondió Adriano Calí.

—¿Y a qué esperabas para llamarme?

—A quitarme esta bata asquerosa y salir de esa nevera que es la sala de disección. Para evitar que el cadáver se licuara, hemos trabajado en todo momento a temperaturas polares.

—¿Y qué puedes contarme?

—Mira, Luca ha vuelto hoy y me está esperando en la plaza con unos amigos. También está Giuli. Vamos a hacer una cosa: tú me vienes a buscar, me llevas allí y por el camino te lo voy contando todo. Y luego te quedas a tomar el aperitivo con nosotros, así te aireas un poco.

—Tú lo que eres es un pelota. ¿Quién te ha engañado para que me líes? ¿Giuli?

—Pero ¿qué dices? ¿Tú crees que yo soy de los que se dejan engañar? Bueno, ¿qué? ¿Te espero o le digo al técnico de sala que me lleve?

—Espérame ahí. Pero ni hablar de quedarme a tomar el aperitivo.

Adriano ya estaba montando guardia en la salida trasera del hospital Garibaldi. Con su ceñido impermeable azul, su bolsa en bandolera y su auricular *bluetooth* en la oreja derecha.

A sus treinta y dos años, y con aquella sonrisa y aquel aspecto, parecía recién salido de cualquier parte menos de un examen necroscópico.

–Aquí me tienes, querida, a tu merced.

Encendieron sendos cigarrillos y bajaron las ventanillas.

–¿Y?

–Qué quieres que te diga. En mi opinión, realmente lleva muerta cincuenta años. Después de desnudarla, he examinado las etiquetas de la ropa y del abrigo, o por lo menos lo poco que se podía leer. Tenían nombres de casas de modas que no existen desde hace... yo qué sé, cuarenta años o puede que más. No he encontrado heridas ni de arma blanca ni de arma de fuego. Tampoco he encontrado proyectiles. Si murió estrangulada o envenenada, por desgracia ya no es posible determinarlo a estas alturas, aunque en el fondo tampoco creo que te interese mucho.

–¿Algún indicio destacable? ¿Fracturas, dientes de oro o cosas así?

–Nada. Tenía una dentadura perfecta.

Vanina aspiró una bocanada de humo y lo expulsó por la ventanilla del coche. Tamborileó con los dedos sobre el volante, pensativa.

–Ya te dije que esta vez no podría ayudarte mucho.

–Dime, Adri, ¿recuerdas los nombres de las casas de modas que has leído en las etiquetas?

–La del abrigo sí: Tramontana. La otras no se leían muy bien. Pero, vamos, están todas en manos de la Científica. Igual tienen algún truco para descifrarlas.

–¿Sabes si era una peletería famosa? ¿O elegante?

–La mejor de Catania en aquella época. Pero cerró antes de que tú y yo naciéramos.

–Y entonces... ¿cómo lo sabes?

–Cariño, no olvides que me crie rodeado de un ejército de mujeres que daban miedo: mi madre, mi abuela y tres tías. Todas envueltas en pieles. –Se rio entre dientes mientras le daba la última calada al cigarrillo–. ¿Tú qué dices? ¿Será ese el motivo de que yo sea gay?

Vanina le respondió con una carcajada. Las personas capaces de animarla se podían contar con los dedos de la mano. Y Adriano Calí era una de ellas.

Las tiendas de *corso* Italia aún estaban abiertas y en la plaza Europa no había sitio para aparcar ni pagando a precio de oro. Vanina cogió al vuelo la excusa para no quedarse. Es más, con un poco de suerte hasta conseguiría abandonar la ciudad antes de las ocho, con lo que evitaría la cola en la salida hacia los pueblos del Etna.

Seguro que Giuli se lo tomaba fatal, pero la idea de pasarse media tarde enterándose de todas las novedades y cotilleos varios de la sociedad catanesa no le apetecía en absoluto.

Vanina dejó atrás el pueblo y siguió hasta Viagrande. Con un poco de suerte, encontraría abierta su tienda gastronómica favorita. Aparcó delante del parque público y bajó a toda prisa del coche para dirigirse corriendo a la tienda. Cestas rebosantes de paquetes, estantes llenos de botellas de vino, productos de alimentación cuidadosamente seleccionados y presentados con rústicos cartelitos... El centro de la tienda estaba ocupado por un mostrador enorme, de forma circular, en el que se exponían embutidos, carnes, kilos de pan y una gran variedad de frutos secos de todo tipo.

Sebastiano la recibió con una inclinación de cabeza que desplazó el gorro de cocinero que llevaba puesto. La tienda pertenecía a su familia desde hacía casi un siglo, durante el cual –gracias en parte al talento de Sebastiano– se había convertido en un punto de referencia para *gourmets*.

–Buenas tardes, Sebi –saludó la subcomisaria, segundos antes de que Sebastiano le ofreciese, desde el otro lado del mostrador, un colín con semillas de sésamo envuelto en una loncha de jamón.

–Anda, prueba este jamoncito, que se deshace en la boca.

Con un vago sentimiento de culpa, Vanina aceptó tres degustaciones en dos minutos, las tres para quitarse el sombrero: el jamón, luego un salchichón de cerdo negro de Nebrodi y, para terminar, un trocito de queso *caciocavallo ragusano* curado en Nero d'Avola.

No servía de nada engañarse: las dietas no eran para ella.

Se llevó a casa cien gramos de jamón, una *mozzarella* de búfala procedente de las granjas de Ragusa, que llegaba a la tienda solo dos veces por semana, y medio *cuccidato di San Giovanni*, un pan casero con forma de rosquilla cocido en horno de leña. Había llegado con la última hornada de la tarde y aún estaba tibio.

Al pasar por delante de la puertaventana de Bettina vio la luz encendida en el salón, lo cual indicaba que era noche de buraco. Intentó escabullirse, pero la luz que se encendió automáticamente al pasar alertó a la vecina, que se asomó a una ventana situada a un metro del suelo.

–¡Vannina! ¿Qué hace, no llama?

–Buenas tardes, Bettina. He visto que tenía visita y no quería molestar,

–Pero ¡cómo va a molestar! Ande, entre usted y le presento por fin a mis amigas. Ya estaban a punto de irse.

Cerró el cristal y se retiró antes de que Vanina pudiese declinar la invitación. Reapareció en la puertaventana, seguida por tres viudas empolvadas con las que compartía las veladas y cuyas vidas, muertes y milagros ya los conocía Vanina gracias a su vecina. Una de ellas, Luisa, había vivido muchos años en Palermo con su difunto esposo.

Mientras intentaba esquivar el asalto de las tres mujeres se le ocurrió que, en vista de la edad que tenían, tal vez le resultaran de ayuda para obtener cierta información que podía serle de utilidad en la investigación.

–¿Puedo hacerles una consulta, señoras?

Las cuatro dejaron de hablar y prestaron atención. Qué cosas, con un poco de suerte se iban a convertir en nada menos que en confidentes de una subcomisaria de policía...

–¿Alguna de ustedes compró alguna vez un abrigo de pieles en Tramontana?

Bettina y otra de las mujeres, Ida, levantaron simultáneamente la mano, como si estuvieran en el colegio.

–Mi marido, en paz descanse, sentía pasión por los abrigos de pieles –le explicó su vecina en tono nostálgico.

–¿Y era un sitio caro?

Las mujeres intercambiaron una mirada.

–Cara sí que era, aquella peletería. Era de las buenas. En nuestra época, o se tenía dinero o a una ya ni se le ocurría entrar en ciertas tiendas.

Percibió curiosidad en la cara de las cuatro mujeres, que en aquel momento habrían querido saber el motivo de aquella consulta, pero Vanina no les preguntó nada más.

Antes de que pudiera dirigirse a la puerta, Luisa la retuvo un momento. Le cogió una mano y se la estrechó como si no quisiera soltarla.

–Ha sido un verdadero honor conocerla, subcomisaria Garrasi. Es usted igual que su padre, salta a la vista. Mi marido lo conocía bien. Éramos comerciantes. Me acuerdo como si fuera ayer cuando... Un héroe, eso era el inspector. Hacer lo que él hacía en Palermo, durante aquellos años desdichados...

Dirigió la mirada hacia sus amigas, como si quisiera explicarse. La subcomisaria Garrasi recibió dos miradas de perplejidad y consternación, y una –la de Bettina– de preocupación.

Asintió despacio, incómoda. Notó una opresión en el pecho, como le ocurría cada vez que alguien nombraba a su padre. Regresó el dolor sordo del día anterior. La fecha fatídica que todos los años marcaba el tiempo transcurrido desde aquella mañana horrible.

El monitor se encendió y le ofreció a Bettina la imagen de dos niños sonrientes delante de los farallones de Aci Trezza. Les mandó un beso imaginario a aquellos dos diablillos, a los que no veía desde hacía un mes. Menos mal que habían inventado los ordenadores, y Skype y Facebook, y todas aquellas brujerías que una mujer de su edad, por lógica, no debería ser capaz de usar. Pero la sangre es la sangre y prevalece siempre ante todo, incluso ante la incompatibilidad natural entre la cabeza de una anciana de setenta y tantos y la tecnología moderna.

Clicó en el icono de Mozilla Firefox, porque su sobrino Pietro le había explicado que era «la conexión más segura» y se cogían menos virus. Cómo era posible que una máquina cogiera un virus era algo que Bettina aún no había conseguido entender. Cuando le aparecieron las letras de colores con la línea blanca debajo tecleó muy despacio, con el dedo índice y equivocándose un par de veces, «inspector Garrasi Palermo». Abrió la primera página que le salió. Pegada a la pantalla, con las gafas apoyadas en la nariz, leyó de un tirón la página dedicada al hombre del cual había oído hablar por primera vez aquella tarde. Se echó lentamente hacia atrás y se apoyó en el respaldo de la silla mientras maldecía la curiosidad que la había llevado a descubrir lo que su inquilina predilecta no había querido contarle nunca. Ahora lo entendía. Todo.

Vanina se giró hacia el interfono como si aquel artilugio provisto de videocámara, que había hecho instalar nada más tomar posesión del apartamento, pudiera responder a distancia a la pregunta que le estaba formulando con el ceño fruncido. Pausó la película y se levantó trabajosamente del sofá, el mismo sofá gris que se había llevado incluso a Milán.

Maria Giulia De Rosa observaba el videointerfono con expresión inquieta.

–¿Me abres o me tengo que quedar aquí contemplando la luz de la cámara?

–¿Ya habéis terminado de tomar el aperitivo?

–Son las diez.

–He estado contigo en aperitivos eternos. ¡Mucho más allá de las diez!

Giuli le entregó una tarrina de helado envuelta en papel. Avellana y chocolate, informó. Tenía la expresión sombría de las noches que se tuercen.

–¿Pasa algo?

–No, nada. Aparte de que me has dejado sola con Adriano y Luca.

–Pero... ¿no había más gente?

–Personas irrelevantes. Apenas las conocía.

Vanina sacó vasos y cucharillas.

–Lo siento, pero no me apetecía. Ha sido un día muy largo.

–Si estás en casa, significa que no hay por ahí ningún cadáver recién asesinado. Te he llevado de fiesta en noches mucho más complicadas que esta, así que no me tomes por tonta.

Giuli se sentó en el sofá, delante de la pantalla de 42 pulgadas, ahora detenida en un fotograma en blanco y negro.

–Ya veo que te estabas divirtiendo con una de tus películas del tiempo de Maricastaña. ¿Quién es ese macizorro del cigarrillo en los labios?

—Es Gabriele Ferzetti, uno de los actores más fascinantes del cine italiano. Y la película del tiempo de Maricastaña es *La aventura*. ¿Te suena Michelangelo Antonioni? —ironizó Vanina.

Era una de las escenas ambientadas en el hotel San Domenico de Taormina, donde acaba la película. Cada vez que ella y Adriano pasaban por allí, entraban a dar una vuelta por el hotel y a tomar algo en el antiguo comedor, que era donde se había filmado aquella escena.

Se sentó al lado de Giuli y le ofreció un vaso lleno de helado.

—¿Has dejado la movida catanesa solo para venir a comer un poco de helado conmigo y criticar mis gustos cinematográficos, o te pasa algo?

—¿Y tú? ¿Te has refugiado en casa solo para repasar las escenas de tus películas favoritas o te pasa algo?

Vanina se impacientó.

—Déjalo ya, Giuli. Me alegra que hayas venido a verme, pero esa cara de amargada no es propia de ti. Así que, ya que has venido, aprovecha y cuéntamelo.

Maria Giulia De Rosa era una mujer pragmática, que no se compadecía de sí misma. Abogada matrimonialista, y además rotal. Las tragedias familiares y los dramas de pareja le daban de comer y, precisamente por eso, se consideraba inmune a esos males. Tan inmune que hasta ahora ningún hombre había satisfecho lo que ella llamaba los parámetros esenciales de una convivencia pacífica. Vanina Garrasi, a saber por qué, era la única persona ante la cual la abogada se quitaba, de vez en cuando, la máscara.

—Esta tarde Luca estaba más bueno que de costumbre.

Luca Zammataro, periodista comprometido, especializado en guerra, corresponsal extranjero para un periódico nacional. El hombre más atractivo e inescrutable de Catania, pero para desesperación de Giuli y de otras muchas, abiertamente gay y casado desde hacía más de diez años con Adriano Calí. Luca era el único hombre por el que la abogada De Rosa habría renunciado a sus parámetros y habría cometido alguna locura. Lo de la velada que había tenido que soportar junto a aquella pareja, que más unida no podía estar, era una cantinela que a Vanina le tocaba escuchar, a épocas, desde hacía once meses.

Hundió la cucharilla en el helado, ignorando la voz de advertencia de su conciencia. Después de aquellos dos días, después de Palermo y después de las palabras de la señora Luisa, una buena dosis de azúcar era la única alternativa a un mucho más peligroso paquete de cigarrillos.

–Come y no le des más vueltas, es lo mejor –le sugirió a Giuli.

–Ha llegado con el pelo aún mojado y la barba que olía a ese perfume...

–Giuli, déjalo ya.

–Tienes razón. En fin, no he venido por eso. Y tampoco es el motivo por el que esta noche he intentado sacarte de casa. Hace tres días que no respondes a mis llamadas. Ayer estuviste en Palermo sin decir nada a nadie. Me escondes algo.

El caso era –y también a saber por qué– que la confianza que se había establecido entre Giuli De Rosa y Vanina Garrasi era recíproca. La abogada era una de las pocas personas privilegiadas a las que la subcomisaria había contado la reducida porción de asuntos privados cuyo recuerdo a duras penas toleraba.

–Era la conmemoración.

Maria Giulia dejó el vaso y le acercó la mano congelada al rostro. Se volvió hacia el estante que estaba sobre el televisor y contempló de pasada la solitaria fotografía enmarcada, en el único espacio que no ocupaban los vídeos y los DVD.

–Veinticinco años, ¿verdad?

Vanina asintió y se puso en pie, con la mirada clavada en la fotografía. Se acercó lentamente, mirando a los ojos al inspector Giovanni Garrasi, que parecía hacerle un guiño bajo la visera de la gorra reglamentaria. ¿Qué pasa, mi niña? Dímelo y yo me encargo.

Con el cigarrillo en los labios y la sonrisa torcida. Los ojos grises que no bajaba nunca ante nada ni nadie. Qué guapo estás, papá.

Y él se hubiera echado a reír.

Aquel día también le había dicho que estaba muy guapo. Y él se había reído.

Aquella risa tendría que haberse convertido en el último recuerdo de su padre. Su abrazo estrecho ante las puertas del instituto Garibaldi. Anda, vete, antes de que tus compañeros nos vean y se burlen de ti durante los próximos cinco años.

Habría tenido que hacerle caso y despedirse allí. Cruzar la verja, subir los escalones, llegar a su nueva clase y quedarse allí. Si lo hubiera hecho, el último recuerdo que habría conservado de su padre habría sido el adecuado.

Pero no lo había hecho. Tal vez porque sabía que se trataba de una ocasión especial, su primer día en la escuela que él consideraba la más importante de su vida, y que difícilmente volvería a tener la oportunidad de verlo allí, delante de la verja; tal vez porque lo que pensaran los demás no le importaba a ella y quería decírselo; o tal vez porque de forma inconsciente había tenido una premonición... El caso es que Vanina había vuelto atrás. Había cruzado el portón a contracorriente, esquivando al bedel que le decía que estaba sonando el timbre, y se había detenido en el escalón más alto al tiempo que dirigía la mirada hacia la calle. Su padre aún estaba allí, encendiendo un cigarrillo en la acera de enfrente, junto a la puerta ya abierta del Fiat Uno.

A Vanina le bastaban dos minutos. Siete escalones, otro beso, otro abrazo y luego adiós, a cumplir con su deber como él le había enseñado.

Dos minutos. Pero no los tuvo.

Habían llegado en dirección contraria desde el Jardín Inglés. Dos motos, cuatro cascos que avanzaban directamente hacia el coche del inspector Garrasi. Y entonces los disparos. Muchos. Que parecían no terminar nunca. Un insulto a gritos y un puñado de billetes arrojados al suelo, cerca del rostro ensangrentado, como un gesto de desprecio ante un hombre que se creía capaz de desafiar en solitario el mundo en el que ellos vivían. «Ahí tienes, pedazo de mierda, te ha llegado la hora».

El rugido de los motores que huían tranquilamente. Impunes.

Si no hubiera estado tan indefensa, si hubiera podido, si hubiera tenido un arma en la mano... los habría matado ella misma. A todos, sin piedad. Se había jurado a sí misma que nunca más se dejaría sorprender, que nunca más asistiría con impotencia a algo así. Que aplastaría a aquellos cabrones asquerosos. Uno por uno.

Lo había jurado. Y lo había hecho.

7.

El comisario jubilado Biagio Patanè arrugó la frente y se acercó el periódico a la cara. Pensó que había leído mal. A los ochenta años, cataratas aparte, no es raro que la vista te juegue una mala pasada.

Releyó el titular que abría la crónica de Catania. Decía así: «Muertos del pasado en la villa de los Burrano». Incrédulo, pasó a leer el artículo.

Sigue sin identificar el cadáver momificado hallado de forma casual el domingo por la noche en la villa de los conocidos empresarios del sector vinícola. Según parece, se trata de una mujer cuya muerte se produjo hace muchos años, probablemente décadas. En el cuerpo, que yacía en el interior de un montacargas cuya existencia ignoraban incluso los propietarios de la casa, no se halló ningún documento de identidad. Tras el aviso del propio Burrano, que fue quien descubrió el cadáver, en el lugar de los hechos se personaron los agentes de la Policía Judicial de Catania, a las órdenes de la subcomisaria Giovanna Garrasi, y el fiscal sustituto Vassalli. La Policía Científica y el médico forense están trabajando para obtener detalles que puedan facilitar la identificación de la víctima. Villa Burrano, deshabitada desde hace tiempo, hizo correr ríos de tinta hace más de cincuenta años con motivo del atroz crimen que se produjo entre sus paredes, el asesinato del caballero Gaetano Burrano...

Alzó la vista, pensativo. Dejó el periódico abierto sobre la mesa, junto a la ventana, guardó las gafas en el bolsillo interior de la chaqueta y se la puso. Se colocó bien la corbata delante del espejo de cuerpo entero de la entrada. Después estiró el cuello hacia la cocina.

—Angelina, que ya me voy —dijo.

Se escabulló por la puerta antes de que su mujer lo siguiera con el gabán, porque después le tocaría llevarlo en la mano todo el rato.

—Gino, ¿dónde vas a estas horas, hombre de Dios? Coge el móvil, anda, no vaya a ser que te haga falta algo...

Después de haberle aguantado a su esposo todo lo que le había aguantado, podía decirse en voz bien alta que Angelina era una santa, pero siempre había tenido la manía de decidir el atuendo basándose en el calendario, sin haber sacado siquiera el brazo por la ventana. El hecho de que fuese bastante más joven que él, detalle que lo había entusiasmado al casarse con ella, se le estaba volviendo en contra de unos años a esta parte: Angelina parecía haberse convencido de que debía vigilar a su esposo, por motivos y métodos distintos a los que había utilizado en su juventud para descubrir sus infidelidades.

Con el paso más ágil que le permitían las caderas, llegó al vetusto Panda blanco que todos los días abandonaba en los lugares más variados. Atravesó media ciudad hasta llegar a la calle Sangiuliano. Aparcó en la zona del teatro Bellini y se dirigió a pie hasta el portón cerrado tras el que giraba el mundo en el que había vivido durante cuarenta años.

Si la idea que se había hecho de ella se ajustaba a la realidad, el caso no podía haber caído en mejores manos que las de la subcomisaria Giovanna Garrasi. Y él, tal vez, pudiera ayudarla.

–Jefa, ha venido un señor que pregunta si puede hablar con usted.

Vanina levantó la vista de la *Gazzetta Siciliana* que Spanò le había llevado momentos antes y observó a Nunnari con una mirada interrogante.

–¿Y quién es ese señor, Nunnari?

–Biagio Patanè.

–¿Y qué quiere de mí ese tal Biagio Patanè?

–No lo sé, subcomisaria. No ha querido hablar ni conmigo ni con Bonazzoli. Ni siquiera ha querido decirme de qué se trata. Me ha mirado como si yo tuviera que recordar su nombre. Tiene por lo menos ochenta años. ¿Usted sabe quién es?

–¡Y cómo voy a saber yo quién es, Nunnari, que solo llevo once meses en Catania!

–Entonces, ¿qué hago? ¿Le digo que pase?

–¿Qué vamos a hacer, si no? ¿Dejarlo ahí fuera?

Ochenta años era justo la edad mínima que debía tener cualquier superviviente que pudiera aportar información relevante para el caso de Villa Burrano.

Nunnari hizo ademán de salir del despacho para ir a buscar al anciano cuando lo vio avanzar la mar de contento por el pasillo, cogido del brazo de Carmelo Spanò, que lo trataba con deferencia y se dirigía a él como si fuera una celebridad.

–No te preocupes, Nunnari, ya me encargo yo –lo tranquilizó el inspector, mientras acompañaba al recién llegado al despacho de Garrasi. Llamó a la puerta–. ¿Jefa?

Con los brazos cruzados y una severa mirada en sus ojos gris hierro, la subcomisaria Giovanna Garrasi estaba reclinada en el respaldo de su sillón. Sentía curiosidad por saber quién era el tal Patanè, que después de haberse negado a hablar con sus colaboradores, ahora cruzaba la puerta de su despacho acompañado del inspector Spanò, que le hacía los honores.

Cuerpo esbelto, camisa inmaculada, traje impecable y ocho décadas llevadas con elegancia: esa fue la primera impresión que le causó a Vanina el hombre que estaba entrando en su despacho. Lando Buzzanca, pero en versión anciana.

–Subcomisaria Giovanna Garrasi –se presentó, al tiempo que apoyaba un codo en el escritorio y le tendía la mano.

–Comisario jubilado Biagio Patanè, Policía Judicial –respondió el anciano, esbozando una reverencia.

Perpleja, Vanina lo invitó a sentarse.

Spanò sonrió con amabilidad y le señaló la silla que estaba delante del escritorio.

–El comisario dirigió la patrulla de Homicidios durante... ¿cuánto, señor? ¿Treinta años?

–No exageremos, hombre. Al principio no dirigía nada, solo era un poli. Luego me gradué y me ascendieron a comisario. Pero antes de dirigir nada tuve que trabajar mucho.

–Subcomisaria, el comisario Patanè fue mi primer jefe.

Vanina sonrió.

–Es todo un placer, comisario. El suboficial Nunnari no me ha dicho nada de su cargo.

–No, subcomisaria, es que no se lo he dicho. Nunca he soportado a las personas que entran en un sitio y enseguida se presentan para obtener un trato especial. Aunque tampoco es que estuviera pidiendo la luna. Estoy seguro de que usted me habría recibido incluso sin la presencia de Carmelo. ¿Me equivoco?

–No, no se equivoca. Cuénteme.

–Esta mañana, cuando me he topado con la foto de Villa Burrano en la crónica de sucesos, casi me da un síncope... Carmelo, hijo, ¿me harías el favor de traerme un vaso de agua?

Spanò salió disparado.

El hombre sacó del bolsillo dos bombones y le ofreció uno a Vanina, quien a modo de respuesta le mostró las reservas que tenía sobre el escritorio.

—Bendito chocolate. A mi edad, basta con hacer muy poco para sentirse débil.

Spanò entró en ese momento con una botella de agua que había comprado en la máquina expendedora de la planta baja y tres vasos de plástico. Patanè bebió casi sin respirar.

—Verá, subcomisaria, siempre he tenido la costumbre de archivar en la mente los casos cerrados clasificándolos en tres categorías: los definitivamente resueltos a la primera; aquellos en los que la pista correcta se halló tras ciertos titubeos y algún error garrafal; y, por último, los que se cierran pero dejan alguna duda, aunque sea mínima. Los primeros y los segundos, a menos que sean casos legendarios, no tardan en caer en el olvido. Los últimos, en cambio, que por suerte son pocos, siempre vuelven aunque pase el tiempo, siempre permanecen en algún rincón de la mente y te impiden dormir. De estos, el más puñetero, el que no me puedo quitar de la cabeza cada vez que asoma, es el homicidio de Gaetano Burrano.

Bebió otro vaso de agua, mientras Vanina y Spanò lo observaban conteniendo el aliento.

—Para el comisario Torrisi, la resolución del caso fue sencilla. Las pruebas y los indicios de culpabilidad que apuntaban a Di Stefano estaban por todas partes: en la villa, en su casa, incluso en el sillón de Burrano. Tenía restos de sangre en la ropa. El cadáver lo encontró él y él fue quien nos llamó, además de ser la única persona presente en la villa. En Catania todo el mundo estaba festejando el día de Santa Agata. Nadie puso en duda que Di Stefano fuera el asesino. Nadie excepto yo, que en aquella época no pinchaba ni cortaba nada en la Judicial.

ARENA NEGRA

Bueno, supongo que se preguntará por qué he sacado el tema del asesinato de Burrano, teniendo en cuenta que en el caso que tienen entre manos la víctima es una mujer y que, además, ni siquiera se sabe exactamente cuándo murió.

Vanina comprendió el juego. Aquel anciano era muy astuto.

–En su opinión, ¿tendría que preguntármelo?

Patanè sonrió.

–Subcomisaria, yo creo que es usted aún más inteligente de lo que dicen.

–Gracias, señor Patanè. Estaba usted diciendo...

–Cuando he leído que en Villa Burrano han encontrado el cadáver de una mujer, he recordado de repente un hecho al que, en aquella época, si le soy sincero, no di mucha importancia. Poco después de la muerte de Burrano, vino a verme una joven, una exprostituta. Me contó que una amiga suya, también exprostituta, pero bastante más conocida que ella, había desaparecido y no tenía noticias de ella desde hacía algún tiempo. La mujer desaparecida se hacía llamar Madame Luna, pero su verdadero nombre era Maria Cutò. Hasta el día en que el Estado la había obligado a bajar la persiana, había estado al frente de una de las casas de tolerancia más renombradas de Catania, una de primera categoría, para entendernos. La casa... –Cerró los ojos y se concentró–. No me viene el nombre, en cuanto me acuerde se lo digo. –Se volvió hacia Spanò, que había empezado a escarbar entre los documentos de Fragapane en busca de una Cutò–. Déjalo, Carmelo –le aconsejó, al tiempo que bajaba la cabeza como si quisiera decir «Total, es inútil».

Spanò lo observó con una mirada que al momento se tornó perpleja, antes de mostrar resignación.

Vanina intuyó lo que ocurría, pero no hizo ningún comentario. Tal y como iban las cosas, si empezaba a interrumpir el relato, les iban a dar las tantas.

116

–No hubo ninguna denuncia. La chica no quiso ponerla y dado que la desaparición de Maria Cutò, una vez cerrado el burdel, no le importaba a nadie... –Se irguió de golpe en la silla y chasqueó los dedos–. ¡Casa Valentino, así se llamaba! El burdel más caro de Catania.

–¿Por qué no quiso denunciar la desaparición?

–Esa es la cuestión, subcomisaria, el gusanillo que ha vuelto a hacer acto de presencia esta mañana después de tantos años. Al convertirse en madama, Luna ya no ejercía el oficio excepto para unos pocos elegidos que pagaban generosamente. Parece que uno de ellos era el propio Gaetano Burrano, que siguió frecuentando su compañía incluso después de que cerrara el burdel. La chica tenía miedo de que, si presentaba una denuncia formal, tal vez acusaran a Luna del homicidio, cuando en realidad ella creía que, o bien le había pasado algo, o bien había huido para no verse involucrada en el asunto.

–Pero si no quería que lo supiera la policía, ¿por qué fue a verlo a usted?

–¿Cómo que por qué, subcomisaria? –dijo, al tiempo que agitaba una mano como si la respuesta fuera obvia–. Yo era quien era. Había resuelto bastantes asuntos entre las paredes de aquellos lupanares. Riñas, violencia, hasta un par de asesinatos de prostitutas... Sí, es cierto que en Valentino no pasaban esas cosas o, si pasaban, sabían silenciarlas mejor que en otros sitios. Las chicas confiaban en mí. Pero yo no estaba tranquilo. Su amiga podía jurar y perjurar tanto como quisiera que era imposible, pero a mí nadie me quitaba de la cabeza la idea de que Luna tenía algo que ver con el homicidio de Burrano. Luego se hallaron otras pruebas que incriminaban a Di Stefano y se cerró el caso. Sin embargo, me he preguntado durante mucho tiempo qué había sido de Maria Cutò.

–Y por eso cree que el cadáver que estamos investigando podría ser el de Maria Cutò.

–Pienso que es solo una hipótesis. Que, naturalmente, habría que verificar.

Vanina inclinó hacia atrás el sillón, pero desde que Macchia se había columpiado en él se había vuelto inestable y producía movimientos exagerados. Se aferró al borde del escritorio para recuperar el equilibrio.

–Sí, pero ¿cómo la verificamos? Por lo que he entendido, la tal Cutò no tenía familiares próximos. Dejando de lado los análisis de ADN, va a resultar casi imposible encontrar a alguien que pueda identificarla basándose en la ropa o en algún detalle. Usted mismo ha dicho que a nadie le importaba qué había sido de ella. ¿Cómo se llamaba la amiga?

–Se hacía llamar Jasmine, de eso me acuerdo, pero el nombre de verdad... Le estoy dando vueltas desde esta mañana. Recuerdo que vivía al lado del Valentino, en un par de habitaciones alquiladas. Pero a estas alturas...

–¿Está muerta?

–No lo sé. Pero suponiendo que no lo esté, seguro que ya no vive allí.

Spanò había estado escuchando todo el tiempo y tomando notas.

–Jefa.

Los dos se volvieron hacia él.

Carmelo se dirigió a la subcomisaria Garrasi.

–Casi todas las casas de San Berillo están abandonadas. Algunas en ruinas, otras ocupadas ilegalmente. Es un barrio degradado.

–¿Y Casa Valentino estaba en San Berillo?

–Sí, ese era el barrio –explico Patanè–. Antes de que lo demolieran para construir encima el *corso* Sicilia era más grande y en él vivían muchas familias. También había muchos talleres de artesanía. Pero Casa Valentino no estaba entre esas callejuelas decadentes que te estás imaginando, Carmelo, donde hoy en día travestis y prostitutas ocupan los bajos de las casas. Estaba en la calle Carcaci. Si quieres, te acompaño –se ofreció, esperanzado.

Vanina tuvo la clara sensación de que no se iba a librar fácilmente de aquel anciano, sobre todo porque Spanò parecía pendiente de todas y cada una de sus palabras. Pero, en realidad, no le molestaba en absoluto; más bien al contrario.

–Pues venga, vamos a darnos una vueltecita por la calle Carcaci –dijo, mientras se ponía en pie y recogía el teléfono y los cigarrillos de la mesa.

Patanè se levantó despacio de la silla, con gesto vacilante, y la siguió delante de Spanò hasta el exterior del edificio. No sabía muy bien qué había ahora donde antes estaba Casa Valentino, seguramente una vivienda, o tal vez una cervecería, pero la idea de volver al prostíbulo de su juventud en compañía de una mujer lo incomodaba un poco. Era así y no podía hacer nada para evitarlo. Sin embargo, las ganas de participar en aquella investigación, que consideraba suya, lo estaban devorando por dentro. Si existía alguna esperanza de que aceptasen su colaboración, esta dependía de la voluntad de la subcomisaria Garrasi. Y algo le decía que expresar su perplejidad no era la mejor jugada.

En la escalera se cruzaron con Fragapane, que volvía del Banco de Italia.

–¿Y bien? –le preguntó Vanina.

–Los billetes son de la serie de las Repúblicas Marítimas, emitida de 1948 a 1963, que coincide con lo que Lo Faro y yo habíamos visto en internet. Los billetes que encontramos se emitieron en enero de 1959. –El suboficial se acercó bajando la voz, mientras echaba un breve vistazo a aquel anciano que lo escuchaba con una sonrisita alegre. Fragapane se volvió de golpe, esta vez con la boca abierta–. ¡Comisario!

Se abrazaron. Ahora que ya sabía quién era el anciano en cuestión, Fragapane se sintió autorizado a seguir con su informe:

–El empleado ha dicho algo que me ha llamado la atención. Dice que en aquella época los billetes de diez mil liras eran una especie de título al portador. Eran muy pocas las personas que manejaban billetes de ese valor. Y difícilmente había mujeres entre ellas. En la caja de caudales había un millón de liras en billetes de diez mil. En aquellos tiempos, un millón de liras era una fortuna. ¿De dónde los había sacado?

–Si calculamos en liras, ahora serían... unos veinte millones. En euros, diez mil. ¿Dónde has encontrado todo ese dinero, Salvatore? –intervino Patanè.

Spanò y Fragapane dirigieron simultáneamente la mirada hacia el anciano. Lo más probable era que el informador que había proporcionado la noticia a los periodistas hubiera olvidado mencionar ese detalle.

El inspector evitó ser el primero en responder, pues dudaba mucho que a la subcomisaria le gustase aquella intromisión ajena en la investigación. Sin embargo, fue la propia Garrasi quien dio las explicaciones:

–En el montacargas, al lado del cadáver.

El comisario se quedó pensativo.

–Ahora, subcomisaria –prosiguió Fragapane–, yo me hago una pregunta: ¿quién mata a una mujer y luego la entierra junto a un millón de liras?

Así que el suboficial había llegado a la misma conclusión...

–Es la primera pregunta que me hice yo. La caja de caudales que nadie recuperó jamás es el indicio más útil que tenemos hasta ahora. Llame a su amigo de la Científica y pregúntele si por casualidad han encontrado restos de huellas dactilares en los billetes, aunque después de tanto tiempo...

Sonó el teléfono de la subcomisaria. Era Marta.

–¿Dónde estás, jefa?

–En la escalera.

–Está a punto de llegar el hijo de la mujer desaparecida, la tal Vinciguerra.

–Se me ha ido completamente de la cabeza. ¿El hijo, dices? ¿Y cuántos años tenía cuando desapareció su madre?

–No lo sé, siete u ocho, supongo.

–¡Y de qué se va a acordar! En fin, ocúpate tú. Enséñale las fotografías, a ver si por casualidad reconoce algo: algún objeto o alguna prenda... Spanò y yo volvemos dentro de un rato.

Envió a Fragapane a ayudar a la inspectora y subió al coche que, mientras Spanò tanto, había sacado del aparcamiento.

Aprovechando la ausencia de Marta, y después de verificar que Patanè no padecía ninguna enfermedad cardíaca ni pulmonar, Vanina encendió un cigarrillo, que le duró exactamente lo mismo que el trayecto: rodear la plaza y recorrer un trecho de la calle Sangiuliano. El aparcacoches callejero que montaba guardia en la plaza Manganelli se mostró indiferente a su llegada. Es más, para demostrar que no tenía nada que ver con la logística de los aparcamientos, se alejó unos cuantos metros.

Subieron a pie hasta la calle Carcaci. Patanè se detuvo delante de una casa de dos plantas, vieja pero no decrépita. No parecía habitada, pero tampoco abandonada. Junto a una puertecita desconchada, cerrada con una cadena, se adivinaba en la pared una abertura más ancha, tapiada y mal disimulada por un enlucido que se caía a trozos y dejaba a la vista los bloques de piedra. Al otro lado había un portal más modesto, pintado en época relativamente reciente. Spanò se acercó a leer el nombre del interfono, pero no llevaba gafas y el plástico protector del timbre estaba requemado por el sol, de modo que no entendió gran cosa.

Vanina le indicó con una seña que se hiciera a un lado, burlándose de él.

–Esto no es lo suyo, Spanò. A ver, con buena vista y un poco de imaginación, podría ser Frasca... Frasta... o Fresta –leyó.

–¿Cómo ha dicho? ¿Fresta? –se despertó de golpe Patanè.

–Puede ser.

El hombre se acarició el mentón, con los ojos entornados y la cabeza inclinada hacia atrás. Spanò reconoció el gesto del viejo comisario Patanè en acción y, sin proponérselo, sonrió.

–¿Le dice algo el nombre de Fresta? –lo apremió la subcomisaria.

Por toda respuesta, el comisario sacó de su chaqueta un teléfono antediluviano, de los pequeñitos con tapa. Pulsó las teclas con una lentitud exasperante y luego esperó.

–¿Rino? Con el móvil te estoy llamando, sí... Tú que tienes buena memoria: ¿por casualidad te acuerdas de cómo se llamaba Jasmine, la put... eh, la prostituta que trabajaba en el Valentino? Piensa bien, hombre. ¿Podría ser Fresta?... ¿Estás seguro?... Me acuerdo, me acuerdo, por eso te he llamado a ti. Gracias, Rinuzzo, cuídate, mañana paso a verte.

Cerró el teléfono con una sonrisa que dejó al descubierto o bien unos dientes increíblemente perfectos o bien una dentadura muy cara.

–¡Bingo!

Vanina empezó a impacientarse.

–¿Sería tan amable de iluminarnos?

–Alfonsina Fresta. Ella es.

–O era –comentó la subcomisaria, mientras levantaba la mirada hacia el balcón. Sin embargo, y a juzgar por el buen aspecto de las plantas, parecía habitado–. ¿Estamos seguros?

–¿De la memoria del subteniente Iero? Pondría la mano en el fuego.

Ah, claro, en la época de Patanè aún existían subtenientes. Spanò asintió, sonriendo. Pulsó dos veces el timbre. No respondió nadie. Llamó con fuerza a la puerta, pero sin resultado.

–Inspector, anote la dirección y averigüe quién vive aquí.

Patanè contemplaba el balcón con insistencia, decepcionado. Ahora que lo había contado todo y les había proporcionado una pista, seguro que la subcomisaria ya no consideraría oportuna su participación en el caso, pero si hubieran encontrado a Jasmine...

Vanina se acercó a la otra puertecita, la que en otros tiempos debió de ser la entrada del lupanar. Lógicamente, no había nada escrito; es más, ni siquiera tenía interfono. Solo una aldaba, sujeta a una especie de medallón oxidado que no se entendía muy bien qué representaba. Una cabeza de animal, quizá.

Intentó mover la aldaba y llamó a la puerta.

Tenía que razonar sin dejarse influir por el comisario, que estaba poniendo en aquella investigación todas sus esperanzas de resolver un caso que, sin duda, debió de tenerlo obsesionado durante años. Vanina sabía muy bien lo que significaba tener que cerrar una investigación sin estar convencida. Sabía lo mucho que podía desestabilizar. Solo que, en esa cuestión, ella había tenido suerte hasta el momento. Los únicos casos dudosos con los que se había encontrado a lo largo de su carrera se remontaban a la época en que estaba en la división de Crimen Organizado. Y suponiendo que por culpa de un soplo erróneo o una pista equivocada el resultado final no la hubiera convencido del todo, la verdad es que tampoco le hubiera dejado un gran peso en la conciencia. En casos de ese tipo, cuanta más gente enviara a la cárcel, mejor, porque en el fondo todos los que llevaban esa vida abyecta tenían alguna pena que expiar.

Su única preocupación era dejarse a alguno en la calle. Pero si la incertidumbre la hubiese asaltado a resultas de un homicidio común, en el que un posible error suyo podría haber mandado a la cárcel a un inocente, estaba segura de que esa idea la habría atormentado para siempre.

Estaba claro que la pista de la prostituta había que investigarla, sobre todo porque era la única que permitía entrever algún indicio, pero no por ello debía dejar de lado los otros indicios.

–Creo que ya nos podemos ir, subcomisaria –concluyó Spanò.

Vanina asintió. Mientras se dirigían al coche, se fijó en un anciano que avanzaba con paso vacilante por la acera, cargado con el peso de dos bolsas de plástico verde como las que habitualmente dan en los mercados.

Lo vio detenerse a observarlos. No tendría que haberla sorprendido, pues a fin de cuentas ella y Spanò eran dos caras conocidas. Dos putos polis para la gente de un barrio que, pese a ser muy frecuentado gracias a sus muchos bares y pizzerías, no dejaba de ser una zona difícil.

Sin embargo, aquel anciano parecía más confuso que desafiante.

–¿Comisario Patanè?

El comisario se volvió, con las manos unidas a la espalda. Observó al hombre, que había dejado las bolsas en el suelo y estaba cruzando la calle para acercarse a él.

–Comisario... ¿es usted?

–Soy yo, sí. Disculpe, pero... ¿nos conocemos?

–Soy Giosuè... ¿se acuerda? Ya me parecía a mí que era *usté* el que andaba cerca de mi casa.

El comisario entornó los ojos e hizo un esfuerzo por recordar, aunque al parecer no lo condujo a ninguna parte.

–Ese señor de ahí estaba llamando a mi casa –se explicó el anciano, mientras señalaba a Spanò.

Vanina se acercó.

–Ese señor de ahí es el inspector jefe Spanò, de la Policía Judicial. Soy la subcomisaria Giovanna Garrasi, ¿con quién tengo el placer de hablar?

–Giosuè Fiscella me llamo. Pero... ¿por qué, qué he hecho yo? –respondió el hombre, un poco asustado.

–Nada, no se preocupe. ¿Conoce a una tal Alfonsina Fresta, que hace tiempo vivía en esa casa?

–Mi parienta es. Pero... ¿por qué?

Patanè, que hasta ese momento había permanecido en silencio, soltó de repente una exclamación:

–Pero ¿tú eres Giosuè «Corre Corre»?

–¿Lo ve como se acuerda *usté*?

–¡Pero si eras un crío! Subcomisaria Garrasi, Giosuè era el chico de los recados de la Casa Valentino. Vaya, ¿así que te casaste con Jas... con Alfonsina?

–No se preocupe *usté*, comisario, que yo no me ofendo *pa' ná* si la llama Jasmine.

Vanina recondujo la conversación.

–Escuche, señor Fiscella, quisiéramos hablar con su esposa. Necesitamos que nos facilite cierta información.

–Como *usté* mande, señora.

–Subcomisaria –lo corrigió ella, fulminándolo con la mirada.

No había nada que la cabrease más que el hecho de que la llamaran «señora» cuando estaba de servicio. En una ocasión, incluso se había visto en la absurda situación de tener que presenciar cómo llamaban «comisario» a uno de sus inspectores mientras que a ella la relegaban al grado de «señorita».

El hombre los acompañó hasta el umbral de la puertecita y abrió con la llave.

–¡Alfonsina! ¡Soy yo! –gritó.

El tramo de escalones, oscuros y húmedos, empezaba en el umbral mismo. Spanò se apiadó del pobre anciano y cargó con la compra, mientras vigilaba de reojo que el comisario Patanè no tuviera problemas para subir.

–Va en silla de ruedas la pobrecilla, pero de aquí de la azotea está requetebién –le explicó Giosuè, que subía jadeando.

Los dejó esperando en un recibidor estrecho.

Vanina echó un vistazo a través de la única puerta del inmueble y vio un comedor luminoso, en el que se oía parlotear en tono sumiso al anciano. Poco después, encogida en una silla de ruedas en la que parecía perderse y con las piernas tapadas por una manta a cuadros de aspecto raído, apareció una mujer menuda, de edad indefinida. Posó sus ojos vivarachos, casi endemoniados, en el comisario Patanè, que la estaba observando. De golpe parecía trastornado pero, al fijarse mejor, Vanina se dio cuenta de que solo estaba impresionado.

–Buenos días, subcomisaria Garrasi –la saludó la mujer, tendiéndole la mano.

–Buenos días, señora Fresta.

Giosuè los condujo al comedor. Muy humilde, pero bien cuidado.

–Hemos venido porque necesitamos información sobre su amiga, la señora Maria Cutò. Por lo que sabemos, desapareció hace cincuenta y siete años y desde entonces no han tenido noticias suyas. ¿Es así?

–Sí, es así. El comisario conoce toda la historia.

A diferencia de su esposo, Alfonsina se expresaba en un italiano casi correcto.

–¿No la ha visto ni ha sabido nada de ella desde entonces?

–No, nada.

–¿Ha pensado que tal vez esté muerta?

–Lo he pensado, del mismo modo que se me ha pasado por la cabeza que tal vez esté viva. Certezas no he tenido nunca, subcomisaria, ni en un sentido ni en el otro. Y como la esperanza es siempre lo último que se pierde... Pero ¿cómo es que me preguntan por ella, después de todo este tiempo? A estas alturas, aunque siga viva, puede que esté igual que yo, o peor.

Dirigió la mirada hacia Patanè, que permanecía en silencio sentado en un rincón.

–Disculpe, señora, pero... ¿recuerda usted qué tipo de relación tenían Maria Cutò y Gaetano Burrano?

La mujer se sobresaltó de forma casi imperceptible, pero Vanina lo notó. El marido, en cambio, solo parecía perplejo.

–¿Por qué quiere saber esas cosas, subcomisaria?

–La otra noche apareció el cadáver de una mujer, escondido en la villa en la que asesinaron a Burrano. Un cadáver que, casi con toda probabilidad, se remonta a la época del homicidio.

La anciana palideció de golpe. La mirada de sus ojos negros parecía aún más endemoniada que antes.

–No, no, no, no... –comenzó a repetir, mientras movía la cabeza–. Luna no...

Giosuè, muy serio, se sentó en el borde de la silla.

–Pero... ¿de verdad puede ser ella? ¿De verdad puede ser Luna? –preguntó.

–Lo único cierto es que se trata de una mujer, muerta hace mucho tiempo. En cuanto a la identidad, podría ser cualquiera. Necesitamos la ayuda de la señora Fresta para identificar algo, aunque solo sea un detalle, que pueda confirmar o descartar que se trata de su amiga.

–Dice *usté*... ¿que tenemos que verla? –preguntó Giosuè, cada vez más pálido, mientras tragaba saliva.

–No, no es necesario, sobre todo porque no serviría de gran cosa –dijo Vanina, aunque sin explicar los motivos–, pero los objetos que se hallaron junto al cadáver, la ropa... Nos resultaría útil que la señora Fresta viese todo eso.

–No, no, no... Luna no.

Patanè se puso en pie y se acercó a la silla de ruedas.

–Escucha, Jasm... Alfonsina: es posible que no sea ella. Pero la única que puede decirlo eres tú.

–Pero ¿tenemos que ir a la policía? Porque sacar de casa a mi parienta es un jaleo, con esos escalones –preguntó Giosuè, inquieto.

–No se preocupe, no será necesario. El inspector Spanò les traerá algunas fotos, para que la señora nos diga si reconoce algo.

–No, no, no... –proseguía la cantinela.

–Perdónela, subcomisaria, que mi Alfonsina es un poco rara. A veces se pone como ida, ¿sabe *usté*? Siempre ha sido así, la pobrecilla.

La subcomisaria se puso en pie para dirigirse a la puerta. Como esperaba, el gesto sacó a Alfonsina de su ensimismamiento, pero la anciana se sumió en un silencio asfixiante y triste.

Por el rabillo del ojo, Vanina vio a Spanò acercarse a la ventana. Se asomó y echó un vistazo al exterior.

–¿Qué es? ¿Un patio interior? –le preguntó el inspector a Fiscella, sin demasiado interés.

–Sí. Antes Alfonsina tenía ahí su huerto, pero ahora...

–Y esas ventanas cerradas y medio caídas, ¿de dónde son?

–De la casa –respondió el hombre, como si resultara obvio.

–¿Qué casa?

–La casa de Luna.

La subcomisaria se volvió de golpe.

–¿La casa de Luna?

Alfonsina se acercó, impulsándose con su silla de ruedas, con una mirada de nuevo atenta.

–La casa, esa casa, se la compró Luna.

Vanina percibió un titubeo en su voz.

Solo era una sensación, pero la mirada de la anciana no la convencía.

Veía demasiadas ambigüedades en aquella historia. Aunque lo más probable era que no tuviese absolutamente nada que ver con el cadáver, valía la pena profundizar un poco.

—¿Y cuándo se la compró? —intervino el comisario Patanè, molesto porque aquel detalle se le había escapado.

¿O tal vez era él quien lo había olvidado? La duda lo irritó aún más.

—Cuando cerraron el burdel.

—Señora Fresta, vamos a ver si nos entendemos. Su amiga Maria Cutò desapareció hace cincuenta y siete años, ¿correcto? —preguntó Vanina.

Lo de llamar Luna todo el rato a la mujer desaparecida empezaba a ponerla de los nervios. Tenía nombre y apellido: aquellos sentimentalismos inútiles la exasperaban.

Alfonsina asintió.

—Usted habló con el comisario Patanè, pero no quiso denunciar la desaparición, ¿correcto?

Asintió de nuevo.

—Por lo que he entendido, el comisario no tenía ni idea de que el antiguo prostíbulo era propiedad de la señora Cutò. ¿Por qué no se lo dijo?

—¿Y qué tenía eso que ver?

—¡Cojones, Jasmine! ¿Cómo que «Y qué tenía eso que ver»? —estalló el comisario.

La mujer bajó la mirada, pero solo durante un segundo. Luego volvió a alzarla, más endemoniada que antes.

—No se me enfade, comisario. La registraron de arriba abajo cuando Luna desapareció. Usted y el subteniente Iero, ¿no se acuerda? Que la casa fuera suya, ¿qué cambiaba?

Vanina se fijó en el rostro cada vez más amoratado de Patanè. Poco faltaba para que se le hinchasen las venas del cuello bajo la camisa. «Esperemos que no le dé un ataque», pensó. En una persona de su edad, los arranques de cólera podían resultar fatales.

—Olvidemos lo que ocurrió entonces. ¿Qué ha pasado con la casa? —preguntó.

Alfonsina se encogió de hombros.

—¿Y qué quiere que pase, subcomisaria? Ahí está.

—¿Me está diciendo que desde entonces no ha entrado nadie?

—Solo Giosuè y yo de vez en cuando, para comprobar que todo esté en orden. Pero sin tocar nada —puntualizó, como si aquella fuera la cuestión principal.

—¿Y ustedes llevan toda la vida cuidando de una casa cuya propietaria podría estar muerta?

—Para que Luna la encontrara tal y como la había dejado si volvía. Y si no volvía... pues paciencia. Al menos la casa no terminaría en manos de vaya usted a saber quién.

El comisario Patanè negó despacio con la cabeza.

Vanina empezó a comprender.

Sonó el teléfono de Spanò, interrumpiendo así la atmósfera extraña que se había creado.

—Dime, Salvatore. —Escuchó, mientras dirigía la mirada hacia la subcomisaria—. Entiendo —asintió. Le pasó el teléfono a su jefa—. Es Fragapane.

Vanina se alejó un poco.

—Dígame, Fragapane.

—Los de la Científica han conseguido aislar material analizable en el cepillo que les entregamos ayer.

—*Deo gratias.* ¿Ha llegado el hijo de Vinciguerra?

—Sí. Ha hablado un rato con Bonazzoli y ha visto las fotografías. Pero se ha empeñado en esperarla a usted.

–¿A mí? ¿Por qué? ¿Es que Marta no ha sido exhaustiva?

–Puede que demasiado. Pero... ya sabe usted cómo es la inspectora Bonazzoli. En mi opinión, el tipo está más confuso que convencido. Habla, divaga, pero ella lo interrumpe y le hace la pregunta precisa. En cambio, si lo dejara desfogarse es posible que descubriéramos algo más.

«¿Cuánto más, en comparación con Maria Cutò?», se preguntó la subcomisaria. Además, hasta el momento ni siquiera ella había descubierto nada concreto, aparte de que Cutò era propietaria de un antiguo burdel.

–Que espere –concluyó.

Le devolvió el teléfono al inspector, que mientras tanto había iniciado una conversación informal con Fiscella, y regresó junto a Alfonsina.

–Señora Fiscella, no ha contestado aún a la primera pregunta que le he hecho: ¿qué clase de relación existía entre Maria Cutò y Gaetano Burrano?

–El caballero era un cliente especial, subcomisaria. Más no sé.

Su esposo la observó extrañado, pero no dijo nada.

Vanina se dio cuenta de que la mujer estaba mintiendo, pero decidió seguirle el juego de momento.

–¿Hacía mucho tiempo?

–Cuando Luna aún era prostituta, él era su cliente más fiel. Luego se convirtió en uno de los pocos que mantenía.

–¿Y tras el cierre?

–¿Cómo voy a saberlo? Después del cierre, cada uno hizo su vida.

Seguía mintiendo, pero por la forma en que la miraba abiertamente a los ojos debía de saber que la subcomisaria no la estaba creyendo.

–A mí me dijiste que siguieron siendo amantes incluso después –se entrometió Patanè.

—Pues entonces sería así. Han pasado cincuenta y siete años, mi memoria ya no es lo que era.

—Señor Fiscella, ¿sería usted tan amable de acompañarnos al interior de la casa? —preguntó Vanina.

—Claro.

El hombre cogió unas llaves de un cajón.

Alfonsina no movió ni un solo músculo facial. Se limitó a levantar una mano en un gesto de indiferencia.

—Vaya usted, vaya, subcomisaria. Giosuè conoce todas las habitaciones de la casa.

Salieron por una puerta que daba al centro de una escalera, iluminada únicamente por la luz que entraba a través del montante de abanico situado sobre la puerta de la planta baja. Subieron los últimos escalones para llegar hasta otra puerta, esta más grande. Giosuè abrió con la llave y, para sorpresa de sus tres acompañantes, encendió la luz. Mientras abría las ventanas de par en par, recordó los tiempos del Valentino, cuando por ley las persianas tenían que permanecer bajadas.

Del recibidor salía un pasillo que conducía hasta un saloncito amueblado con sofás, sillones y un banco circular en el centro, construido en torno a una estatua: una Venus de pésima factura. En un rincón había una especie de mostrador de recepción, con un asiento detrás. Las paredes estaban tapizadas con una tela en la que la humedad había hecho estragos y estaban adornadas con apliques de dudoso gusto. El color predominante era el rojo, en todas sus tonalidades.

—Pero si aún es el Valentino... —murmuró Patanè, impresionado.

Se dirigieron a la planta superior, que constaba de un pasillo al cual daban seis habitaciones, todas más o menos iguales, todas decoradas con el mismo estilo que el salón y provistas de lavabo y bidé. Sin tener en cuenta el polvo, la humedad y las telarañas, en general las habitaciones se habían conservado bastante bien. La última, que era también la más amplia, incluso tenía una cama con dosel y una bañera tan grande que ocupaba casi una tercera parte del espacio.

El comisario Patanè, con un nudo en el estómago que no conseguía deshacer, encontró el lugar tal y como lo recordaba.

–Esta era la habitación de Luna –dijo Giosuè.

–Lo suponía –comentó la subcomisaria.

Metió las manos en los bolsillos, una costumbre que había adquirido con el paso de los años para no ceder al instinto de hurgar con las manos desnudas en la vida de quienes caían en la red de sus investigaciones, y dio una vuelta por la habitación.

Pero tras aquel primer vistazo no encontró nada. Nada destacable, nada personal, nada que pudiera parecerse ni que fuera remotamente al contenido de los bolsos.

Spanò se acercó a ella.

–Jefa, en mi opinión lo único que hacemos aquí es perder el tiempo.

–Sí, probablemente así es.

Pero no estaba del todo convencida.

Usando la manga a modo de guante, porque nunca se sabe, abrió los cajones. Todos llenos de combinaciones y corsés que nada tenían que ver con las prendas que vestía el cadáver; también encontró boas de plumas de avestruz, medias de rejilla, saltos de cama de gasa transparente... Cada oficio requiere su propio uniforme, pensó. Solo el último cajón estaba medio vacío: contenía varios objetos diseminados aquí y allá, entre ellos un peine. Más pelo disponible, anotó, por si en algún momento hacía falta. Un detalle le llamó la atención. Sacó el teléfono y lo fotografió.

En la planta inferior había otras tres habitaciones: misma decoración, mismo estilo. Una cocina y, al lado, un cuarto pe-

queño abarrotado de cajas y cajones de madera. En el suelo
había al menos una decena de fichas metálicas, que al parecer
habían salido rodando de una bolsita de terciopelo que estaba
medio abierta. Vanina no pudo resistir la tentación de inclinar-
se y recoger una de aquellas fichas. La habitación estaba en penumbra, lo que no le permitió ver qué era, pero sí guardársela
en el bolsillo sin que los demás se dieran cuenta.

Lo que sí se distinguía, porque estaba apoyado en una caja
e iluminado gracias a la luz que se colaba por la puerta, era
un cartel de madera con la lista de precios de la casa y otros
detalles, como garantías de máxima higiene y discreción, y la
recomendación –dirigida a los clientes– de pagar al momento los servicios de la casa «para evitar equívocos». Y todo ello
dominado por un blasón incomprensible –quizá debido a la
distancia– y el nombre del lupanar, adornado con dibujos y
garabatos de todo tipo: CASA VALENTINO y, debajo, DE MADAME
LUNA.

A su regreso, encontraron a Alfonsina contemplando inmóvil la ventana, exactamente en la misma posición en que la
habían dejado. La anciana se despidió de la subcomisaria con
una mirada ambigua, como si quisiera dar a entender que no
tardarían en volver a verse.

El hijo de Vera Vinciguerra se llamaba Andrea Di Bella. Sesenta y cinco años, de profesión docente universitario en la Facul-
tad de Letras. Se había presentado acompañado de su mujer,
que escuchaba en silencio, serena y con las manos cruzadas
sobre el regazo.

Andrea Di Bella había traído unas cuantas fotografías de su
madre, que en ese momento se hallaban sobre el escritorio de
Vanina junto al vetusto expediente que Fragapane había conseguido desenterrar en el archivo.

–Le ruego que me perdone por haber querido hablar con usted, subcomisaria Garrasi. No quería parecer descortés delante de la inspectora, pero... esta es una situación en la que ya hace muchos años que no esperaba encontrarme. Dios sabe cuántas veces hemos creído haber encontrado algún rastro de mi madre. Cuando era niño pensaba que lo mejor era imaginarla muerta, pero al hacerme mayor cambié de idea. Prefería pensar que seguía viva y que tal vez había perdido la memoria. Nunca soporté la idea de un alejamiento voluntario, como decían sus amigas. Ya sabe, subcomisaria, es como cuando uno está muy enfermo, ve a muchos médicos y luego quiere conocer la opinión del médico responsable del departamento. Así que, dadas las circunstancias, he sentido la necesidad de hablar con usted.

Vanina contuvo una mueca sardónica. Di Bella era sin duda una persona magnánima, alguien a quien le gustaba mostrar las cosas bajo la luz que le parecía más decorosa. La clase de persona que solo con hablar ponía a Vanina de los nervios. Alguien como Di Bella necesitaba un interlocutor atento, capaz de escuchar todos los detalles inútiles que a él le parecía interesante aportar, para después formular las preguntas más directas. Y a Marta no se le daban bien esos juegos de astucia. Sin tener en cuenta que, para las personas como Di Bella, un cargo más alto era garantía de mayor diplomacia. Durante un segundo sintió la tentación de comunicarle que, para ser exactos, el verdadero «médico responsable del departamento» no era ella y después dejar aquel marrón en las manos de Macchia, pero después decidió sacrificarse en nombre de algún posible indicio. Intercambió una mirada con Marta, que estaba apoyada en la pared detrás del escritorio, y se sentó en el sillón.

Volvió a enseñar a Di Bella las fotos del cadáver.

–¡Dios bendito! –exclamó el hombre, echándose hacia atrás.

–¿Recuerda si su madre tenía algún abrigo de pieles?

–Creo que sí... Cuando era niño me gustaba esconderme dentro. Allí me sentía seguro. Tal vez, en mi subconsciente, ya intuía lo que iba a suceder...

–¿Cree que podría reconocer la etiqueta?

–No, subcomisaria. Ya se lo he dicho a la inspectora, nunca se me ocurrió mirarla.

–Veamos, ¿su padre usaba brillantina Linetti?

El hombre la observó, extrañado.

–¡Y quién no la usaba! Yo también, cuando era joven.

–¿Y su madre?

–No. La brillantina no era un producto para mujeres –dijo, con una sonrisa de profesor indulgente que irritó a Vanina.

–Su madre tenía un amante.

El hombre se sobresaltó.

–Yo... no creo...

–No era una pregunta. Figura en el expediente. Por otro lado, en aquella época usted no era más que un niño, supongo que había ciertas cosas que no sabía. ¿Su padre nunca le contó nada?

El hombre se irguió en su silla.

–A estas alturas, ¿qué sentido tiene remover esas cosas? Puede que una vez, alguna alusión... aunque no querría que se formara una imagen de mi madre que...

–Profesor Di Bella, la única imagen que nos interesa a nosotros es la identidad de ese cadáver. En el caso de que resulte ser su madre, si estuviera en su lugar, lo único que me interesaría saber es quién la asesinó y por qué. Así que déjese usted de guardar las apariencias y dígame lo que recuerda, si es que recuerda algo.

El hombre bajó la cabeza e interrogó con la mirada a su esposa, que seguía con las manos unidas sobre el regazo, aunque con una expresión algo menos imperturbable que antes.

El teléfono de la subcomisaria empezó a sonar. Al ver en la pantalla el número de su madre pulsó dos veces el botón lateral para rechazar la llamada. Como temía, el teléfono volvió a sonar al cabo de diez segundos. Lo puso en vibración y envió un mensaje automático: «No puedo contestar».

Di Bella carraspeó, como si se estuviera preparando para pronunciar un largo discurso.

–Una vez, cuando ya era muy mayor, me dijo que en su opinión a mi madre se la había llevado el diablo. Le pregunté qué quería decir y me dijo que solo el diablo podía haber llevado por el mal camino a una mujer como ella. Luego comprendí que se refería a un amante... Pero, repito, era viejo y ya no estaba en sus cabales.

Vanina le puso delante el frasco de colonia y las joyas. Contempló durante un instante el trozo de papel con los números y el símbolo que no se distinguía bien, antes de mostrárselo a Di Bella.

–¿Tienen en casa papel de carta o tarjetas con un diseño parecido a este? –le preguntó.

El hombre dijo que no con la cabeza.

–Quizá la colonia podría ser la misma –dijo, en tono dubitativo.

Vanina llamó a Lo Faro y le pidió que trajera la agenda telefónica. Se la mostró al hombre.

–¿Le dicen algo los números? ¿O los nombres?

–No, subcomisaria, nada. ¿Qué me iban a decir? Han pasado ya tantos años...

Era cierto. Mientras se tratara de desenterrar testigos y recuerdos que se remontaban a quince o incluso veinte años atrás, la cosa era factible. Las investigaciones archivadas, probablemente, se habrían realizado con los mismos métodos. Pero en 1959 las cosas eran muy distintas, los métodos eran menos rigurosos y los resultados dependían tan solo de la capacidad deductiva de los investigadores. Y no todos eran el comisario Maigret.

–De acuerdo, profesor –dijo, mientras recogía las fotografías y se las pasaba a Marta–. ¿Estaría usted dispuesto a someterse a una prueba de ADN?

Al profesor se le iluminó la cara.

–Tengo que confesarle una cosa: ¡hasta hace un momento pensaba que no me lo iba a pedir! Incluso estaba a punto de sugerirlo.

Cuánto daño hacía la televisión. Vanina prefirió no decir nada.

–Ocúpate tú, Marta.

Los envió a los dos con Bonazzoli, que sin la menor duda llevaría a cabo la tarea cumpliendo con el procedimiento establecido.

La mañana que había pasado con Patanè la había dejado bastante perpleja. El comisario le había confesado a Spanò que la inspección en la casa de Maria Cutò lo había impresionado mucho. Aunque Vanina sabía que delante de ella no lo hubiera admitido jamás, era evidente que Patanè había pasado mucho más tiempo en Casa Valentino como cliente que como policía. Y que estaba convencido de que incluso así, dejándose llevar por una corazonada, algún detalle del cadáver tal vez le confirmara si de verdad se trataba de la prostituta más famosa de la posguerra catanesa.

Vanina dejó a un lado los objetos y se entretuvo una vez más con el trocito de papel que contenía aquella especie de blasón.

Sacó del bolsillo la ficha que había robado en la despensa de Maria Cutò. Era pesada, de un material que parecía latón, y tenía un agujero en el centro, alrededor del cual figuraba una inscripción, CASA VALENTINO, que empezaba y terminaba con una cabeza femenina en relieve.

Abrió el ordenador y buscó «casas de tolerancia, años cincuenta». Le salieron una serie de páginas relacionadas, con muchas imágenes, algunas de las cuales se remontaban a la época fascista. Descubrió cómo se organizaban los burdeles controlados por el Estado, en qué categorías se subdividían, a qué normas estaban sujetos. Aprendió que las chicas solían rotar cada dos semanas, que iban de una casa a otra de la misma categoría –aunque quizá en ciudades distintas– para «la quincena». Fue consultando diversas páginas hasta llegar a una dedicada al antiguo barrio de San Berillo, que en otros tiempos albergaba todos los burdeles de Catania: vio las callejuelas de las que había hablado Patanè e incluso las imágenes antiguas de cuando habían demolido el corazón del barrio para construir encima.

Era suficiente con buscar entre las imágenes de Google para encontrar decenas de carteles como el que había visto en casa de Cutò, algunos incluso más explícitos y menos elegantes. Finalmente, cuando ya estaba a punto de cerrar el ordenador, se topó con la imagen de una ficha parecida a la que guardaba en el bolsillo. Una chapa, así se llamaba, que servía para el pago de los servicios prestados.

Spanò llamó dos veces a la puerta entornada y entró.

–¿Jefa?

Vanina apartó la mirada de la pantalla y le hizo una seña para que se acercara. El inspector observó la pantalla con curiosidad.

–¿Qué es?

–Usted también es demasiado joven para saberlo, ¿eh? Una chapa, Spanò.

Se acercó al ordenador, aunque no demasiado para no tener que ponerse las gafas de vista cansada que aún se negaba a aceptar. Desvió la mirada hacia el escritorio de la subcomisaria y descubrió un objeto parecido.

—¿Y esa de dónde la ha sacado?

—De la casa de Maria Cutò. En el suelo de la despensa había muchas.

Spanò se sentó delante de ella.

—Dígame la verdad, jefa: usted sospecha que la muerta es la prostituta.

—De lo que estoy casi segura es de que Alfonsina nos ha contado de la misa la media. Y también estoy segura de que Patanè no lo ve claro.

—Hasta yo tengo esa impresión, porque el comisario nos lo ha dado a entender de todas las maneras posibles. Así pues... ¿cómo procedemos?

—Vaya con Fragapane esta misma tarde a casa de los Fiscella y llévense las fotografías de la muerta y de los objetos. Quiero que se las muestren una a una, empezando por las más inocentes hasta llegar a las más espeluznantes, y que observen su reacción. Sobre todo, la de la mujer. Luego, redacten un informe con todo lo que les digan.

—¿Usted cree que al ver el cadáver se asustarán y empezarán a hablar?

—Me juego lo que quiera a que no dirán nada.

—¿Por qué?

—Porque les interesa que Maria Cutò siga viva el máximo tiempo posible.

Spanò se paró a pensar.

—No irá a decirme que sospecha de ellos.

—¿De que la hayan matado ellos? ¡Ni se me ha pasado por la cabeza! Lo que sí creo es que Alfonsina no llegó nunca a poner la denuncia por miedo a que, en el caso de que Maria estuviera muerta, la policía acabara descubriéndolo.

—Entiendo, pero... ¿por qué?

—Piense un poco, Spanò: ¿dónde viven los Fiscella?

—En un entresuelo pegado a la casa de Maria Cutò.

—Un entresuelo que comunica directamente con la escalera de entrada a la casa. Bien, en su opinión, ¿a quién pertenecen esas habitaciones?

—A Cutò.

—Pero si estuviera muerta...

—¡Coño! Pues claro. Si Cutò está muerta, sin familiares ni herederos, a saber qué pasará con la casa.

—Y con ellos.

Se miraron a los ojos sin hablar, mientras cada uno analizaba por su cuenta aquella deducción.

—Y precisamente por eso, hoy no obtendremos nada —concluyó el inspector.

—Algo sí que conseguirán, confíe en mí.

Spanò no profundizó más. Que la subcomisaria dejara las frases a medias significaba que ya tenía una idea, pero no quería arriesgarse.

Vanina alejó el sillón, que cada vez basculaba más.

—Tengo que pedir que lo arreglen. No quiero acabar en el suelo un día de estos —reflexionó, mientras se ponía en pie—. O peor, que acabe en el suelo el jefe Macchia, teniendo en cuenta lo mucho que le gusta columpiarse —concluyó.

Spanò se echó a reír. Se acercó, empujó el respaldo y examinó la inclinación. Estuvo de acuerdo en que era excesiva.

—Una cosa, Spanò, antes de ir a ver a los Fiscella asegúrese de que la casa está efectivamente a nombre de Cutò y que las tres habitaciones forman parte de la propiedad. Dígale a Lo Faro que lo investigue. Y compruebe también si Giosuè Fiscella y Alfonsina Fresta tienen antecedentes, del tipo que sea. Aunque lo dudo.

–A sus órdenes. Y usted, ¿qué va a hacer ahora?

–¿Yo? Me voy a comer, que son más de las dos.

Salió de la comisaria a pie. Llevaba casi toda la mañana sentada y le apetecía caminar. Giró hacia la calle Teatro Massimo y se dirigió al teatro Bellini, que se erguía con su monumental fachada parda. El arquitecto que lo había proyectado, Carlo Sada, era –según había dicho Burrano– el mismo que el patriarca había enviado a África en busca de inspiración para construir la famosa torre.

Pasó por delante de la verja y giró de nuevo hacia la calle Sangiuliano. Cogió el teléfono del bolsillo y se dio cuenta de que lo había dejado en silencio. Tenía cuatro llamadas, tres de ellas de su madre.

Siguió por el camino que daba más vuelta y pasó de nuevo por delante de la casa de Maria Cutò, que no estaba muy lejos de la *trattoria* Da Nino, su destino. Se preguntó a qué parte del edificio correspondería la abertura tapiada.

Si el instinto no le hubiera sugerido que era más útil enviar a Spanò, no le habría importado inspeccionar de nuevo el Valentino aquella misma tarde. Pero la subcomisaria Garrasi sabía que, a veces, era más útil quedarse entre bastidores observando que subir al escenario.

Tras aquella reflexión, e impulsada por la vorágine que se desataba cada vez con más intensidad en su estómago, decidió apretar el paso. Recorrió otras dos manzanas y entró en la *trattoria*.

Nino le indicó la mesa de siempre y enseguida mandó a alguien con el pan y un platito de aceitunas, mientras él se ocupaba de otros treinta clientes.

Había descubierto aquel restaurante de comida casera gracias a Spanò, pues era allí donde todo el equipo solía ir a comer con frecuencia. Incluso a la inspectora Bonazzoli le gustaba el sitio, pues según ella preparaban «platos veganos sin saberlo», como la sopa de habas. Nino recibía con un abrazo al inspector jefe, a quien tuteaba. A Marta le besaba la mano. A la subcomisaria Garrasi, en cambio, le reservaba una discreta inclinación de cabeza. Tal vez fuera por el puesto que ocupaba o tal vez porque la actitud esquiva de Vanina no daba pie a confianzas. Su madre lo definía como «conducta intimidatoria».

Vanina aprovechó el momento para llamarla.

–Vanina, cariño.

–Hola, mamá.

–El otro día te marchaste corriendo y ya no he vuelto a saber nada de ti. ¿Te parece normal?

–Te mandé un mensaje al llegar.

–¿Y eso es saber de ti?

–Tuve que irme enseguida.

Oyó un suspiro al otro lado de la línea. Se la imaginó medio sentada a la mesa del comedor puesta para uno, con un cigarrillo en la mano y la taza de café recién bebido al lado. Maquillaje impecable, pelo recogido, collar de perlas al cuello.

–En fin, que no te he llamado por eso. Quería decirte que mañana Federico tiene que ir a Catania para un congreso. Le gustaría mucho verte. ¿Crees que podrás encontrar un ratito?

Federico Calderaro, el segundo marido de su madre. Ilustre cardiocirujano, además de profesor universitario. El hombre que había elevado a Marianna Partanna Garrasi del estatus de viuda de un inspector de policía muerto en acción, con una hija a su cargo, al de señora elegante del Palermo pijo.

Vanina dirigió la mirada al cielo. Lo que le faltaba.

–Ah... ¿y dónde?

–No lo sé, supongo que te llamará. Intenta ser amable. Ya sabes que te quiere mucho.

Era cierto, Federico la quería mucho. Era ella la que no lo tragaba.

Alfio Burrano se materializó de repente delante de la subcomisaria, con una sonrisa que dejaba los dientes a la vista.

–Tengo que colgar, mamá.

–Sí, pero prométeme que...

–Que quedaré con Federico, sí.

Burrano seguía allí plantado, a la espera de que ella terminase de hablar por teléfono.

–También podrías invitarlo a tu casa. El pobre siente mucho no haber estado el otro día en la conmemoración de papá. Pero ya sabes qué vida lleva, siempre está por ahí en algún congreso. Y, además... creo que le iría bien hablar un poco contigo.

Vanina no entendió a qué se refería, pero tampoco le dio demasiada importancia. Aquellas disculpas no solicitadas la habían inquietado.

–Claro. Siempre que esté dispuesto a seguirme hasta un pueblecito en la ladera del Etna ya entrada la noche, porque antes de esa hora no consigo volver nunca a mi casa.

–Vale, Vanina, mensaje recibido. Trátalo bien, por lo menos.

–¿Es que alguna vez lo he tratado mal?

–Más bien no lo has tratado y punto, si a eso vamos. Pero, en fin, dejémoslo correr, no quiero discutir.

–Eso, mejor. Además, tengo que colgar.

–Ve con cuidado –le pidió su madre.

Una recomendación atenta, en el fondo, típica de cualquier madre. Era el regusto de aquellas palabras lo que las hacía insoportables. Un regusto amargo. Imperceptiblemente acusador. Podrías evitar jugarte la piel cada día; podrías haber elegido un oficio tranquilo; podrías vivir la vida de ricachona que te he construido.

–Buenos días, subcomisaria Garrasi –la saludó Burrano en cuanto Vanina dejó el teléfono.

–Buenos días, señor Burrano.

–Esta mañana quería llamarla, pero luego he pensado que a lo mejor no era buena idea...

–¿Quería decirme algo?

–Mi tía me ha sacado de la cama a las ocho de la mañana, hecha una furia por ese artículo que se ha publicado en la *Gazzetta Siciliana*. ¡Vamos, como si yo tuviera la culpa! El otro día usted me aseguró que...

–Yo no le aseguré nada, señor Burrano. Los periodistas hacen su trabajo y tienen una multitud de informadores. Yo no puedo pararlos a todos.

–Disculpe, subcomisaria. Ya sabe, mi tía tiene una edad y para ella no es un buen momento. El artículo ha llamado la atención de una cantidad de curiosos que ni se imagina. Hasta una entrevista le han pedido.

–No, la verdad es que no me lo imagino.

En cambio, de cara a la investigación aquel artículo había sido una bendición. A veces ocurría.

–Está usted... sola –constató Burrano.

–Sí.

–Yo también.

Ahora solo faltaba que le propusiese comer juntos.

–Hoy Nino no tiene ni una mesa libre. ¿Le molestaría que me sentara con usted? –se aventuró con la naturalidad de quien frecuenta esos bistrós parisinos en los que uno comparte mesa con cualquiera.

Vanina reprimió una carcajada. Menudo fresco, el Burrano ese. Tal y como la había formulado, ni siquiera parecía una proposición, por lo que negarle el único sitio libre era casi descortés. Con aire condescendiente, le hizo una seña para que se sentara.

Nino apareció enseguida para tomarles nota.

—Y bien, subcomisaria, ¿cómo va la investigación? ¿Ha conseguido identificar a la mujer? Cuanto antes termine esta historia, ¡antes recuperaremos la tranquilidad! —empezó a decir Burrano en cuanto se marchó Nino.

—Estamos en ello, señor Burrano. No sé cuánto tiempo nos llevará, pero le garantizo que resolver rápidamente los casos es siempre una de mis prioridades absolutas —le respondió en un tono más seco de lo que se proponía, casi hostil.

—Disculpe, no quería molestarla.

Vanina suavizó el tono:

—Mire, señor Burrano, existen ciertos problemas objetivos. El cadáver se remonta a una época difícilmente evaluable y no llevaba documentación.

—A la época de mi tío, supongo —meditó Burrano.

—Es posible.

—Y considerando la de mujeres que frecuentaba, podría ser cualquiera.

La subcomisaria no hizo ningún comentario. Pues sí que tenían interés los Burrano por dejar claro que el caballero era un mujeriego. Tal vez demasiado. Alfio, sin embargo, no podía saber gran cosa por una simple cuestión de edad.

—¿Se lo ha contado su tía? —se aventuró Vanina.

—Mi padre, en paz descanse, lo comentaba de vez en cuando. Mi tía me ha insinuado algo hoy, por primera vez. Tiene un carácter difícil, subcomisaria. Es mi única pariente, pero le aseguro que no es fácil quererla. Es una vieja... una mujer un poco irascible.

«Una vieja bruja», concluyó mentalmente Vanina. Burrano se había contenido justo a tiempo, pero eso era lo que iba a decir. Lo cual encajaba, *grosso modo*, con la idea que Vanina se había hecho de Teresa Burrano.

Ante la *caponata* y el plato de albóndigas y rollitos de Nino, que tanto Vanina como Burrano consideraban inimitables, Alfio cambió de tema y en diez minutos le contó la historia de su vida: su actividad como productor vinícola; el hijo que vivía en Milán con su madre, con la que Alfio no se había casado nunca; la villa medio en ruinas que su tía Teresa se negaba a reformar...

La imagen que se formó Vanina fue despiadada: un vividor ocioso. Pero agradable.

–¿Postre? –propuso Nino, que se había materializado junto a ellos después de completar una gincana entre el resto de las mesas.

Vanina tuvo el tiempo justo de terminar un trozo de tarta de requesón y pistachos cuando la pantalla de su teléfono se iluminó y apareció el rostro vibrante del inspector Spanò. Se levantó de la mesa y se dirigió a la salida antes de descolgar. Por el rabillo del ojo vio a Alfio acercarse a la caja y pagar la cuenta, mientras charlaba alegremente con Nino.

–Jefa, disculpe si la molesto, ¿está comiendo?

–Acabo de terminar, ¿por qué?

–Hemos encontrado algo raro al comprobar de quién es el inmueble en el que estaba la Casa Valentino.

–¿El qué?

–Está a nombre de dos personas.

–¿Quiénes?

–Maria Cutò y Rita Cutò.

Vanina arrugó la frente y salió a la calle.

–¿Y quién es esa Rita? –farfulló, mientras sujetaba un cigarrillo entre los labios e intentaba encenderlo con la mano libre.

Burrano acudió en su ayuda con un mechero ya encendido.

–Pues eso es lo raro: que no existe.

–¿Qué significa que no existe, Spanò?

–Mejor dicho, que se desconoce su paradero.

–¿Ella también? ¡Qué coñazo!

–¿Qué hace, jefa? ¿Vuelve al despacho?

–Pues claro.

Burrano había mantenido una respetuosa distancia y estaba fumando un puro.

Vanina se despidió y le dio las gracias por la comida. En realidad, habría preferido pagársela de su bolsillo, pero lógicamente no se lo dijo.

8.

–Aquí está: Rita Cutò, nacida en Catania el 26 de noviembre de... ¡Joder! De 1956 –exclamó el inspector Spanò.

Bonazzoli cogió la hoja que Fragapane había hecho imprimir y la releyó. No había duda: cuando Maria Cutò había desaparecido, la tal Rita tenía más o menos tres años. No hacía falta una intuición especialmente fina para comprender quién era.

–La cosa se está volviendo cada vez más confusa. ¿No será que por hacerle caso al comisario Patanè nos estamos metiendo en una historia que no tiene nada que ver con nuestra muerta? –dijo Fragapane, en tono de inquietud.

Le tenía muchísimo cariño al anciano comisario y jamás hubiera puesto en duda una de sus corazonadas, pero también era cierto que Patanè tenía ochenta y tres años y tal vez su memoria ya no fuera tan fiable como antes.

Spanò parecía muy serio y pensativo. Él, en cambio, veía las cosas de otra manera y estaba seguro de que Garrasi pensaba lo mismo. Aquella novedad complicaba las cosas, era cierto, pero también añadía a la historia una pieza que –aunque ni siquiera él sabía por qué– centraba aún más la atención en Maria Cutò.

–¿No podemos llamar al comisario y preguntarle si le suena de algo ese nombre? –propuso Bonazzoli.

149

Spanò y Fragapane consultaron su reloj al mismo tiempo. Las tres y media. Se miraron y negaron con la cabeza. Seguro que a aquellas horas Patanè estaba echándose la siesta. A Bonazzoli no terminaba de entrarle en la cabeza que, en Sicilia, por no decir en todo el sur de Italia, se considerase de mala educación llamar a alguien por teléfono a primera hora de la tarde.

La subcomisaria abrió la puerta y se asomó.

–Venid a mi despacho –pidió.

Los tres presentes recogieron el material y la siguieron.

Con cautela, Vanina se acomodó en el sillón basculante y se sorprendió al notarlo más estable.

–¿Cómo es posible? ¡No me digáis que ya ha venido alguien a arreglarlo!

–No, subcomisaria, me he encargado yo. Solo había que «atrancar» mejor la palanca que hay debajo –respondió Spanò.

Bonazzoli le dirigió una mirada interrogante.

–«Atrancar»: apretar, fijar... En italiano no hay un sinónimo exacto –le explicó el inspector.

–Recapitulemos –pidió Vanina.

Spanò comentó lo que había descubierto.

El detalle de la edad que la misteriosa Cutò número dos debía de tener en el momento en que se le había perdido el rastro a la Cutò número uno hizo fruncir el ceño a la subcomisaria. Había algo que no le cuadraba en las sibilinas declaraciones de Alfonsina.

–Id a ver a los Fiscella. Haced lo que habíamos dicho, pero lo primero que quiero que le enseñéis a Alfonsina es esta hoja. Quiero saber cómo reacciona. Luego, seguid con las fotografías y todo lo demás.

El oficial Nunnari llamó a la puerta entornada y entró con la cara cubierta de ceniza volcánica.

–¿Otra vez ha empezado a llover ceniza? –preguntó Vanina.

—En Catania no, jefa. Ha cambiado el viento.

—Y entonces, ¿de dónde vienes?

—De Zafferana Etnea. Allí sigue lloviendo ceniza a lo bruto y dicen que ayer hasta cayó algún trozo más gordo.

—¿Y qué hacías tú en Zafferana Etnea?

—Es donde vive Masino Di Stefano. En una callejuela perdida. He tenido que dar tres vueltas al pueblo entero para encontrarla. Al final he aparcado y he ido a pie. Delante de la dirección que he encontrado esta mañana, cuando investigaba, hay un bar. He entrado, he pedido una taza de chocolate y un par de *sciatori* y me he puesto a charlar con el dueño.

—¿Y a nosotros no nos has traído nada? —preguntó la subcomisaria, con la esperanza de que el oficial hubiera aprovechado el viaje para aprovisionarse de aquellas galletas blandas, recubiertas de chocolate fundido, que en sus orígenes debían de servir precisamente para que los esquiadores que bajaban desde las nieves del Etna recuperasen las fuerzas.

—Claro que sí —respondió el oficial mientras le daba una palmadita a su mochila Invicta, que se remontaba por lo menos a sus años de instituto. Nunnari adoraba aquella mochila y la describía como *vintage*.

Garrasi lo animó a proseguir con un gesto.

—Poco a poco, arrancándole prácticamente las palabras, me he enterado de la vida y milagros de todos los vecinos, pero de algo ha servido. Según parece, Di Stefano no solo está vivo, sino que goza de buena salud. Hasta el punto de que todas las mañanas se da un paseo de cinco kilómetros con su perro. Es viudo, lleva diez años viviendo allí y todo el mundo sabe que ha estado en la cárcel, aunque desconocen los motivos. Dicen que es una persona tranquila, pero que va a lo suyo y no se relaciona mucho con nadie.

Vanina reflexionó.

–Traedlo aquí.

–Disculpe, jefa, pero... ¿no esperamos a tener los resultados de la Científica? –se adelantó Spanò.

–Los resultados de la Científica pueden tardar hasta diez días. Ese hombre es el único que puede contarnos algo útil. Y es un posible imputado. Así que ya basta de esperar: mañana lo quiero aquí. Si puede venir por sus propios medios, perfecto. Si no es así, ve tú a buscarlo, Nunnari, y llévate a Lo Faro.

–A la orden, jefa –respondió Nunnari.

La expresión dudosa de Spanò parecía estar preguntándole los motivos de aquel repentino cambio en el programa, pero Vanina no se dignó a responder. Ni siquiera ella sabía por qué. Era como si el viento del sur que había liberado la ciudad de la lluvia volcánica hubiera empezado también a disolver la bruma que envolvía aquella investigación.

Observó el expediente del homicidio de Burrano, que llevaba desde el día anterior sobre su escritorio, a la espera de que se decidiera a echarle un vistazo. Había escuchado el informe de Fragapane y había dado por buenos los recuerdos del padre de Spanò, pero aún no había llegado el momento de meter la nariz en aquellos documentos y formarse su propia opinión. Y no porque le faltara tiempo. Estaba segura de que tarde o temprano la asaltaría el impulso de abrir la carpeta y pasar la noche en vela leyendo el expediente, y de que el motivo de ese impulso sería algún detalle en apariencia insignificante pero que podía volverse decisivo. Aquel caso cerrado hacía más de cincuenta años no la convencía y no solo por su posible relación con el cadáver de la mujer. Había algo que no encajaba y el testimonio del comisario Patanè no había hecho más que confirmar sus sospechas.

De Vassalli solo había recibido una breve llamada por la mañana, justo antes de que apareciera el comisario. Por las pocas opiniones que habían intercambiado, le había parecido más que evidente que el fiscal ni siquiera se habría dignado a considerar aquel caso de no ser porque estaba implicada la familia Burrano. En consecuencia, intentaba desviar toda atención del viejo expediente, que en manos de alguien como la subcomisaria Garrasi podía convertirse en una bomba de relojería.

Tarde o temprano, y aunque fuera con su habitual pachorra, el fiscal empezaría a exigirle resultados y no sería propio de ella presentarse sin nada concreto entre manos. Sobre todo, ahora que el hallazgo había pasado a ser del dominio público.

El oficial Nunnari sacó de la mochila una bandeja de *sciatori* y la dejó sobre la mesa de la subcomisaria. Se acercaron todos, excepto Bonazzoli.

–Yo es que no entiendo que a algunos les guste desgraciarse la vida –consideró Spanò, mientras cogía un par de galletas y las envolvía en una servilleta para llevárselas al Gran Jefe.

Marta, herida en lo más profundo como de costumbre, enderezó los hombros.

–¡Yo no me «desgracio» nada! Estoy la mar de bien como estoy. Y si los demás lo entendieran, también estarían mejor.

Vanina reclamó la atención del inspector jefe, alejándolo de un debate completamente improductivo con Bonazzoli.

–Basta, niños, se acabó el patio. En cuanto el horario lo permita, Spanò y Fragapane cogen todo el material que necesiten y se van a casa de los Fiscella. Inspector, ¿sabe usted por casualidad dónde vive el comisario Patanè?

–Claro, jefa. Al principio de la calle Umberto. ¿Por qué?

No le respondió.

El expediente del homicidio de Burrano requería horas y horas de estudio, que nadie hasta ese momento había podido dedicarle.

Vanina sacó de la carpeta las fotografías que se habían tomado en la escena del crimen. A través de la sombra opaca del tiempo se veía alguna que otra imagen: un hombre caído sobre un escritorio, un agujero ensangrentado en la nuca, unas cuantas hojas esparcidas por el suelo. Buscó una imagen de conjunto, que mostrara el despacho de Burrano en condiciones algo mejores en comparación a como lo habían encontrado ellos cincuenta años después, durante la segunda inspección. Tuvo la sensación de toparse de nuevo con los mismos adornos y los mismos libros que había visto ella. ¿Era posible que nadie los hubiera cogido, que nadie los hubiera analizado ni catalogado? Lo cierto era que parecían libros totalmente corrientes, que poco podrían haber aportado a la investigación, pero se preguntó si entre todos ellos tal vez se ocultaba algo que en aquella época habían pasado por alto y que tal vez ahora pudiese conducirlos a Maria Cutò. O a Vera Vinciguerra, pensó, añadiendo ese nombre a su monólogo mental. Aunque cada vez creía menos en esa hipótesis.

Se fijó en que, sobre el escritorio, delante de la cabeza apoyada de Gaetano Burrano, había algo que se parecía al cenicero que había visto ella, pero al observarlo con la lupa se dio cuenta de que estaba lleno de colillas. Anotó mentalmente aquel detalle, que sin duda debía de haberse convertido en objeto de análisis por parte de la Científica de entonces, pero dados los pocos medios de los que disponían en aquella época, con suerte lo único que habrían hecho había sido identificar la marca de los cigarrillos o detectar marcas de pintalabios. A un lado estaba la taza de café. Pero ahí acababa todo. Empezó a buscar el informe de la Científica entre los documentos y lo leyó con rapidez. Luego lo dejó correr. Se le había ocurrido una idea mejor.

Spanò y Fragapane salieron poco después de las cinco.

También era buena hora para ir a molestar a Patanè, que sin duda recibiría la interrupción dando imaginarios saltos de alegría. Vanina recogió el expediente y lo metió en una bolsa de tela, de las que venden en las librerías. El eslogan decía LEER PUEDE CREAR INDEPENDENCIA, y era su preferida. Cogió una foto del caballero de Villa Burrano que le había robado unos momentos antes a Spanò y se la guardó en el bolsillo.

Pasó por la sala contigua a recoger a la inspectora Bonazzoli. La sorprendió al teléfono, inclinada hacia delante como si no quisiera que la oyeran, aunque los puestos de Nunnari y Lo Faro estaban vacíos. Nada más verla entrar, Marta cortó la llamada.

–Podías haber seguido hablando –le dijo Vanina. Luego le hizo un gesto para que se pusiera en pie–. Ven conmigo, nos vamos a casa de Patanè.

–¿Del mítico comisario Patanè? Spanò y Fragapane llevan toda la tarde hablando de él –dijo Marta, al tiempo que se levantaba y cogía la chaqueta, colgada del respaldo de la silla.

Vanina la observó con disimulo: últimamente estaba aún más delgada. Cómo no, si se alimentaba solo de té y verduritas. Y, sin embargo, no parecía que fuera un problema de gustos alimentarios. No comer proteínas animales no significaba necesariamente pasar hambre. Ella misma, por ejemplo, si en un arranque de locura hubiese decidido abrazar el veganismo –eventualidad en la que ni siquiera se atrevía a pensar–, podría haber sobrevivido perfectamente a base de pasta, chocolate amargo y las *scacce* que preparaba Bettina con acelgas silvestres. Todo ello con un índice glucémico altísimo que, sin duda, no la ayudaría a perder peso. Por tanto, tenía que haber otro motivo. Su olfato le decía que la inspectora Bonazzoli no era una persona feliz. El porqué, conociéndola, seguiría siendo un misterio que Vanina colocaría en su casillero personal bajo el concepto «Marta», al lado de otro misterio no resuelto, el de cómo había terminado en la Policía Judicial de Catania una inspectora de Brescia.

La voz de mujer que había respondido al interfono guardó silencio, perpleja.

–¿Quién? –preguntó, después de que Vanina hubiera recalcado su nombre y, sobre todo, su cargo.

–Soy la subcomisaria Giovanna Garrasi. Necesito hablar con el comisario Patanè.

La parte central del portón se abrió con un chasquido, franqueándoles el acceso a un zaguán oscuro. Al lado de una escalera gris con pasamanos de hierro batido destacaba un ascensor postizo, sin duda de una época más moderna. Vanina se dirigió resueltamente hacia allí.

–Pero si la mujer no nos ha dicho qué piso es –objetó Marta, que ya se disponía a subir por la escalera para buscar su destino rellano por rellano.

–Tienes razón. Vamos a hacer una cosa: tú que estás más en forma sube por la escalera. Cuando encuentres el piso, me pegas un grito por el ascensor, ¿qué te parece?

–Segundo piso –les llegó la voz del propio comisario.

La inspectora Bonazzoli empezó a subir los escalones. Vanina se dejó convencer. Total, si solo eran dos pisos. De un edificio antiguo, sí, con una escalera empinada y oscura, pero en el fondo seguían siendo dos pisos.

Patanè las esperaba en la puerta con una sonrisa que dejaba al descubierto los dientes, verdaderos o falsos.

–¡Subcomisaria! No pensaba que volviéramos a vernos tan pronto. ¿Y esta jovencita tan guapa quién es?

–Inspectora Marta Bonazzoli –se presentó ella misma.

Una mujer despampanante de unos setenta años, con delantal de cocina y zapatillas ortopédicas, las observó fijamente.

–Angelina, te presento a la subcomisaria Garrasi y a la inspectora Bonazzola.

–Bonazzoli –corrigió la inspectora mientras miraba de reojo a Vanina, que no había podido contener una mueca.

–Bonazzoli, ¡disculpe! Y esta es mi mujer, Angelina.

–Giovanna Garrasi –se presentó Vanina, al tiempo que le tendía la mano.

–Ah, o sea que ahora es usted la que manda en Homicidios –comentó la mujer mientras se volvía hacia su esposo, que permaneció indiferente.

–Sí –confirmó Vanina, sin saber si lo que leía entre líneas era asombro o pesar.

El comisario las acompañó al salón, una estancia no demasiado grande, amueblada con un estilo falsamente antiguo y repleta de adornos. En lugar de dirigirse hacia el sofá, que su esposa ya estaba indicando a las dos invitadas, el anciano encendió una lámpara curva de suelo que iluminaba una mesa redonda y apartó dos sillas para Vanina y Marta.

–Imagino que, si ha venido hasta aquí en persona, no es solo para hablar conmigo, sino que seguramente tendrá que enseñarme algo. ¿Es cierto?

Vanina asintió esbozando una sonrisa. Aquel hombre le empezaba a caer bien.

Satisfecho, Patanè retiró el tapete beis de encaje de bolillos y el inevitable jarrón de flores de plástico. Entregó ambas cosas a Angelina y la envió a preparar café.

–Comisario, ¿sabe usted si Maria Cutò tenía una hija? –empezó a decir enseguida Vanina, sentándose a su lado.

El hombre se rascó la barbilla, pensativo.

–¿Una hija, dice? Pues... creo que no... Pero podría ser perfectamente. Verá, subcomisaria, entre aquellas pobres desgraciadas había muchas que eran madres. Si terminaban haciendo la calle, a veces era precisamente para sacar adelante a esos hijos. Luna era muy lista y por eso había llegado a madama siendo tan joven. Si tenía una hija, desde luego no lo iba pregonando a los cuatro vientos. ¿Por qué me lo pregunta?

–Porque la casa está a nombre de Maria Cutò y de una tal Rita Cutò. Nacida en... ¿Cuándo nació, Marta?

–En 1956 –respondió la inspectora.

–Ah... –dijo el comisario, mientras apartaba lentamente la mirada de Marta.

–En 1956, ¿Maria Cutò ya era la madama? –le preguntó Vanina.

–Creo que sí, pero no estoy del todo seguro. Podría preguntárselo al subteniente Iero. Él estaba entonces en la Patrulla Social y puede que se acuerde mejor que yo de esas cosas. No es fácil rastrear ciertos detalles, porque todos los documentos, las tarjetas, los pases de las chicas cuando iban de un burdel a otro para la quincena... todo se destruyó tras la entrada en vigor de la ley Merlin. Pero, disculpe, ¿qué ha sido de esa tal Rita?

–Suponemos que terminó igual que su madre.

–O sea, también desaparecida –adivinó Patanè.

–Veamos, comisario, ¿qué es lo que hacía exactamente Giosuè Fiscella en el Valentino? –preguntó Vanina, retomando el hilo de sus pensamientos.

–¿Giosuè? Era el «serafín». Así se llamaba a los chavales que trabajaban en los burdeles. Realizaba algunas tareas, arreglaba tuberías, se encargaba de los trabajos pesados. Y, en el caso de clientes indeseados, hacía de gorila y los echaba. En aquella época, era un chaval musculoso. Era buena persona, subcomisaria, yo no perdería el tiempo con él.

Marta escuchaba en silencio. Cuando iba por ahí con Garrasi, le tocaba estar presente en interrogatorios basados en razonamientos que a ella le costaba un trabajo descomunal interpretar. En esa ocasión, sin embargo, se añadía otro agravante que la hacía sentir aún más fuera de lugar: el anciano comisario y la subcomisaria parecían conectar muy bien, como si llevaran años trabajando juntos.

Abrió el expediente del homicidio de Burrano, que aún no había tenido ocasión de ver, y le echó un vistazo a la primera fotografía que encontró. Era una imagen de conjunto del lugar de los hechos, tomada desde una perspectiva que no acertaba a identificar. Dejó de escuchar y se concentró en la imagen. Cogió su teléfono y buscó las fotos de la Científica que, a petición de Vanina, había inmortalizado para tenerlas siempre a mano. Estaba tan absorta que ni siquiera se dio cuenta de que Garrasi y Patanè habían dejado de hablar.

—¿Bonazzoli? —la llamó Vanina.

Marta levantó la mirada y se encontró con los ojos del comisario, que la observaba con curiosidad.

—¿Has encontrado algo interesante? —le preguntó la subcomisaria, perpleja.

—Puede que sí —respondió, mientras giraba la foto y se la mostraba, junto a la imagen de su Samsung—. Fíjate en la estatua —sugirió.

—Es la misma que tapaba la puerta del montaplatos en el primer piso —constató Vanina, pensativa.

Pero la habitación no era la misma. Es más, si no recordaba mal, se hallaban en zonas distintas de la casa. Buscó en su iPhone una foto que había hecho el día posterior al hallazgo del cadáver, cuando habían entrado en el despacho en el que Burrano había sido asesinado. Allí no había ninguna estatua.

Patanè se había puesto las gafas y se había acercado para ver mejor.

–La estatua del viejo Burrano. Estaba en la habitación del crimen, me acuerdo muy bien. ¿Qué hace ahí?

–Estaba ahí. Ocultaba una de las aberturas del montacargas en el que estaba escondido el cadáver de la mujer.

El comisario arrugó la frente y se acarició el mentón, pensativo.

Vanina cogió el móvil y buscó un número en la agenda.

–¿Señor Burrano?

–¡Subcomisaria Garrasi! Me alegro mucho de tener noticias suyas tan pronto.

–Necesito cierta información: la estatua que desplazaron cuando descubrieron el montaplatos, ¿siempre ha estado ahí?

–No lo sé, pero creo que sí... Es más, pensándolo bien, estoy seguro.

–¿Y no hay ninguna otra igual en la casa? ¿Es posible que hubiera otra en el despacho y la cambiaran de sitio?

–Creo que no, subcomisaria. Es una pieza única. Además, creo que la hizo un escultor famoso, por eso no puede haber ninguna reproducción.

–De acuerdo, gracias.

–Bueno, a ver si lo entiendo –dijo Patanè en cuanto la vio colgar–: el cadáver de la mujer apareció en un montacargas, cuya abertura estaba escondida tras la estatua del patriarca Burrano. Y esa escultura, en el momento del homicidio del caballero, estaba en la escena del delito. ¿Correcto?

–Para ser más exactos, una de las dos aberturas, aunque el montacargas estaba parado en la planta inferior.

–Y no le cuadra el hecho de que alguien pudiera cambiar la estatua de sitio y dejarla precisamente allí.

–No me cuadra porque, según parece, en la villa no ha entrado nadie desde entonces. No se ha tocado nada. Hasta encontramos las tazas usadas y la mesa puesta. Así que, si alguien cambió de sitio la estatua, lo hizo con la clara intención de ocultar mejor la puerta del montacargas.

El comisario reflexionó. En efecto, algo no cuadraba.

Vanina cogió el expediente y rebuscó entre las imágenes hasta encontrar aquella sobre la que quería hacerle una pregunta a Patanè.

–Supongo que, en su momento, los de la Científica debieron de analizar las colillas de este cenicero, ¿no?

–Claro.

–¿Y no encontraron nada especial, no sé, alguna colilla manchada de carmín?

Patanè hojeó entre los documentos y extrajo sin vacilar el primer informe de la Científica. Lo leyó velozmente, concentrado. Vanina inclinó la cabeza y se acercó a Patanè, para leer el informe al mismo tiempo que él.

Marta contemplaba fascinada la energía que transmitía el anciano.

En ese momento apareció la señora Angelina, armada con café y galletas de almendra. La mirada que le lanzó a aquella extraña que parecía pendiente de cada palabra de su marido y a la otra «niñata», que lo trataba como un compañero de armas, no fue precisamente benévola. Se plantó junto a ellos y no se movió de allí.

–Dos marcas distintas de cigarrillos –fue la respuesta–. Pero una era la que fumaba Di Stefano y otra la de Burrano. Aquí lo dice.

Vanina ya lo sabía antes de preguntárselo, pero al obligarlo a releer la documentación esperaba rescatar de su memoria algún detalle que no apareciera en los informes de la Científica.

–¿No recuerda si por casualidad se hallaron colillas de otras marcas...? Mentola, por ejemplo.

El comisario se quitó las gafas y la observó con aire risueño.

–Subcomisaria Garrasi, le agradezco la confianza que ha depositado en mi capacidad mnemotécnica, pero después de cincuenta y siete años me es imposible recordar un detalle de esa clase, por mucha buena voluntad que le ponga. Si no se menciona aquí, deduzco que no las encontraron.

Rebuscó de nuevo entre la documentación, pero finalmente meneó la cabeza para indicar que no había nada.

–Madre mía, ¡qué impresión! –dijo, mientras le devolvía la carpeta a la subcomisaria–. Algunos de esos informes los escribí yo y ahora, después de tanto tiempo, los vuelvo a tener en las manos. ¿Qué querrá decir eso?

Pero él sabía lo que significaba eso. Quería decir que el caso llevaba cincuenta y siete años esperándolo. Y desde el momento que Garrasi había ido a su casa a buscarlo, ella también debía de saberlo.

Vanina guardó el expediente.

–Quisiera enseñarle una última cosa, comisario.

Patanè volvió a ponerse las gafas. Miró de reojo a Angelina, que seguía detrás de él sin moverse.

–Angelina, tesoro, que estamos hablando de un caso de homicidio. ¿Por qué no te vas a leer un libro o a mirar la tele un ratito? Que estas cosas no son para ti, mujer.

La mujer no ocultó su decepción. Dejar a su Gino solo, entre las garras de dos mujeres jóvenes y de buen ver, por muy policías que fuesen, le parecía algo inaceptable.

A regañadientes, sin embargo, recogió las tazas y la bandeja, y se batió en retirada.

A Gino tampoco le gustaba la idea de echarla de aquella manera, pero no le había quedado más remedio. La intuición le decía que era fundamental observar aquel último detalle que Garrasi quería mostrarle con una objetividad que la presencia de su esposa no le habría permitido.

Vanina sacó del bolsillo la fotografía del cadáver momificado de Villa Burrano y se la mostró. Observó a Patanè mientras este la cogía enseguida y la observaba sin inmutarse, pero concentrado. Comprendió que ya se lo esperaba.

Patanè respiró hondo.

—Los cigarrillos Mentola los encontraron junto al cadáver, ¿no?

—En el bolso, para ser más exactos.

—Comprendo. Bueno... pues vista así, en ese estado, podría ser cualquiera. En aquella época, todas las mujeres que tenían dinero vestían así.

—¿Y Maria Cutò tenía dinero?

—¿Que si tenía, dice? Luna manejaba a una cantidad de prostitutas que ni se imagina usted. Y tocaba mucho dinero, se lo aseguro. Cuando salía siempre iba muy elegante. Sí, con una elegancia un poco llamativa, pero no demasiado, ¿me entiende? Para ser lo que era, la verdad es que sabía vestirse muy bien. Pero, bueno, volviendo al cadáver, si lo que me está preguntando es si reconozco algún detalle, lo siento, pero no puedo ayudarla. Pero si lo que me pide es que, basándome en el atuendo, le diga si podría o no tratarse de Maria Cutò, la respuesta es sí, podría ser ella perfectamente. Pero también podría ser alguna de las muchas amigas que le alegraban la existencia a Gaetano Burrano. Y créame, subcomisaria, era un putero de primera categoría.

—Lo sé.

Marta carraspeó, incómoda.

—Disculpe, comisario, pero... ¿era normal que una prostituta fuera tan elegante y vistiera tan bien? —preguntó.

—Una prostituta cualquiera no, pero Luna no era una cualquiera.

—Desapareció justo en aquella época, vestía como el cadáver y tenía una relación especial con Burrano... ¿No les parece que son demasiadas coincidencias?

—Ya —se limitó a decir Patanè.

Vanina prefirió no pronunciarse. Para ella no existían las coincidencias. Las probabilidades de que aquel cadáver fuera el de Maria Cutò eran cada vez más altas, aunque en esencia nada lo probara.

En ese momento, el móvil de Marta interrumpió el silencio.

—Dígame, inspector —respondió.

Vanina prestó atención y Marta enseguida le pasó el teléfono.

—¿Habéis terminado, Spanò?

—Sí, subcomisaria, hemos acabado. Ha ido exactamente como usted decía: no han reconocido nada, pero cuando nos íbamos Giosuè estaba pálido como un fantasma y Alfonsina parecía aturdida.

Vanina asentía y Patanè se inclinaba más sobre la mesa, como si quisiera participar en la llamada.

—Y de que la casa esté a nombre de dos personas, ¿han dicho algo?

—Nada, han fingido quedarse de piedra, pero me juego algo a que lo sabían.

—De acuerdo, nos vemos en el despacho dentro de un rato.

—Alfonsina y Giosuè no han reconocido a Luna, ¿verdad? —adivinó Patanè.

—Era de esperar.

—Y aunque fuera ella, esos dos no lo admitirán nunca. No aceptarán que esté muerta.

—No. A menos que después de lo de esta tarde... —Se interrumpió.

Solo era una idea lanzada al aire, pero tuvo la sensación de que Patanè la había captado al vuelo.

–Estaremos atentos –concluyó el comisario, mientras Vanina y Marta recogían los documentos esparcidos sobre la mesa y se dirigían a la salida.

La señora Angelina se materializó en la entrada. Plantada en el centro de la estancia, esperó a que la puerta se cerrara tras ellos antes de apoyar las manos en las caderas con aire beligerante.

–Vaya por Dios, o sea que «el subcomisario» con el que has estado toda la mañana... ¿es una subcomisaria? Ay, Gino, Gino, ¿no te da vergüenza? A tus ochenta años...

Gino la miró, sorprendido. Luego estalló en una ruidosa carcajada que terminó por contagiar a su esposa.

Vanina entró por la puerta de casa cuando aún no eran ni las siete. Un acontecimiento sin precedentes.

Al pasar frente a la puertaventana de Bettina había visto que estaba todo cerrado, señal de que aún no había vuelto o de que había salido con las viudas. Hasta las luces del jardín estaban apagadas.

Inna, la chica moldava que Bettina le mandaba en días alternos para limpiar, le había dejado sobre la mesa del comedor una nota con la lista de productos de limpieza que se habían terminado. Para que no se le olvidara, Vanina respondió de inmediato con otra nota en la que le rogaba, como siempre, que se encargara ella. Adjuntó cincuenta euros y lo dejó todo en el mismo sitio.

Depositó sobre la encimera de la cocina la cena que acababa de comprar en Sebastiano y fue enseguida a quitarse los zapatos y los pantalones. Se acurrucó en su sofá y encendió la televisión. Le parecía tan raro estar en casa a esas horas que casi se sentía incómoda. Podía cenar a una hora decente, ver una película, quizá empezar un libro... Demasiadas cosas para una sola noche.

Sin embargo, se sentía mejor. Un año más había superado la crisis anual del 18 de septiembre.

Fue pasando rápidamente los canales, descartando programa tras programa hasta que se topó con el logo del Telediario Regione, que por lo general veía en diferido en el ordenador, en *streaming*. Puesto que a aquella hora era en directo, no podía saltarse las noticias que no le importaban para centrarse en las más interesantes. La primera sección estaba dedicada a política regional, cosa que Vanina aprovechó para ir a la cocina a prepararse un *spritz*, con unas cuantas almendras tostadas para acompañar, y encender un cigarrillo. Le echó un vistazo al teléfono y leyó todos los mensajes de WhatsApp que había recibido durante la tarde. Envió un mensaje de saludo a un chat de excompañeros de universidad, en el que nunca tenía tiempo de participar de forma activa. Le respondió a Giuli mientras con una oreja prestaba atención al presentador del informativo, que en ese momento daba inicio a la segunda sección.

«Esta mañana ha aparecido un coche robado, con los cables de arranque al descubierto, delante de la vivienda del fiscal Paolo Malfitano, que desde hace años se dedica a la lucha contra el crimen organizado. Esta es, pues, la más inquietante de la serie de amenazas recibidas desde la apertura de importantes procesos judiciales en los cuales el letrado desempeña un papel protagonista. Gracias a las escuchas ambientales autorizadas por la Fiscalía de Palermo en el curso de una reciente operación, se ha sabido que una importante cantidad de material explosivo...».

Levantó la mirada, incrédula, y cogió el mando a distancia para subir el volumen. Dejó el vaso sobre la mesilla que estaba al lado del sofá y apagó el cigarrillo en el cenicero. Se dio cuenta de que no conseguía controlar el temblor impulsivo de las manos y la asaltaron unas náuseas cada vez más intensas. Respiró hondo para contener las arcadas.

«No se trata de la primera vez que Paolo Malfitano es objeto de amenazas tan graves como estas. Cabe recordar el atentado del 14 de agosto de 2011, en el que un agente de su escolta perdió la vida y el propio fiscal resultó herido. Un atentado que, recordemos, fue frustrado por la intervención fortuita de la entonces comisaria jefa Giovanna...».

Vanina consiguió llegar al baño con el tiempo justo de no vomitar el *spritz* en el suelo recién abrillantado.

Cuando pudo volver a respirar con normalidad, se secó las lágrimas que seguían nublándole la vista. Contempló su rostro desencajado en el espejo y se fijó en los ojos, rodeados de un cerco de maquillaje corrido. Volvió al comedor y llegó casi a tientas al sofá. Cogió su iPhone, buscó un número en los contactos e hizo una llamada.

–Giacomo –dijo, con una voz ahogada que ni siquiera le parecía la suya.

–Vanina.

–Perdona si te molesto, no sabía a quién llamar.

–No me molestas para nada. Es más, después de las noticias de hoy, ya esperaba tu llamada.

–He visto el telediario. ¿Cómo... está?

–Está bien. O, al menos, eso parece. Ya lo conoces, siempre desdramatiza. Dice que se han marcado un farol solo para llamar la atención. Yo solo espero que no se equivoque.

Vanina consideró aquella teoría cualquier cosa menos aventurada. De no ser porque su proverbial racionalidad se había venido abajo de un modo bastante indigno, probablemente ella habría pensado lo mismo.

–Estoy seguro de que tú entiendes de estas cosas más que yo, y él también. Pero aún no he olvidado la ocasión en que lo hirieron. Lo recuerdo a la perfección. Y también me acuerdo de cómo habrían terminado las cosas si no hubieras llegado tú. ¿Has oído que el periodista te mencionaba?

–No, no lo he oído.

No podía. Estaba vomitando.

–En fin, han reforzado su escolta.

–Claro.

Como si aumentar el número de dianas bastase para evitar lo peor.

–¿Y tú? ¿Estás bien?

–Sí, estoy bien, gracias.

O así era hasta media hora antes. Giacomo intentaba mantener una conversación, pero estaba claro que le costaba. Lo mismo que a ella se le hacía difícil responderle.

–Lamento haberte molestado –insistió Vanina, antes de despedirse.

–Pues yo me alegro de que me hayas llamado. El hecho de que sea hermano de Paolo no significa que tú y yo ya no seamos amigos, ¿verdad?

Dado que era todo un caballero, había evitado aludir al motivo de aquella llamada inquieta. ¿No era Vanina quien se había distanciado de todos ellos?

–Gracias, Giacomo.

–¿Vanina? ¿Quieres que le diga que has llamado?

–No, mejor que no.

–¿Estás segura?

–Me conformo con saber que está bien. Y... Giacomo –le dijo–. Prométeme una cosa: que si alguna vez pasa algo, lo que sea, yo no me enteraré por el telediario.

Giacomo se lo prometió.

CRISTINA CASSAR SCALIA

Vanina arrojó el iPhone a la otra punta del sofá. Cogió el paquete de cigarrillos y encendió uno. Se quedó así, con la cabeza inclinada hacia atrás, durante un tiempo indeterminado. Oyó volver a Bettina y se dio cuenta de que eran las diez. Se arrastró hasta la cocina y metió en la nevera la bolsa de comida tal y como la había traído. No estaba para cocinar.

Puso al fuego un cazo con leche, su salvación en los peores momentos. Empezó a beber la leche a sorbitos y luego mojó una cantidad indeterminada de galletas de chocolate.

Cogió de nuevo el teléfono. Antes de apagarlo, le envió un mensaje de buenas noches a su madre y se acordó de que al día siguiente llegaba Federico. Ya no estaba tan segura de que la idea le pareciera desagradable.

La violenta reacción que acababa de experimentar la había dejado aturdida.

Y la duda que más la inquietaba ahora, pese a los años que habían transcurrido, era que todo lo que había hecho entonces hubiera resultado inútil.

9.

–Subcomisaria, ¡dígame que ya se lo imaginaba! Tengo al teléfono a Alfonsina Fresta, que quiere hablar con usted –anunció con emoción el inspector Spanò mientras entraba en el despacho de la jefa.

Vanina contuvo, tras una media sonrisa de satisfacción, el impulso de chocar los cinco consigo misma: había acertado de pleno.

Pidió que le pasaran la llamada.

–¿Subcomisaria Garrasi?

Fingió sorpresa.

–Señora Fresta. Buenos días.

–¿Puedo pedirle que venga a verme?

Vanina hizo una estudiada pausa. Ahora le tocaba a ella tenerla en ascuas.

–¿Ha recordado algo? Enseguida le envío al inspector Spanò.

–No, subcomisaria... Es con usted con quien necesito hablar en persona. Es importante.

Justo lo que Vanina esperaba.

–Intentaré ir lo antes posible.

–Gracias, subcomisaria Garrasi.

Vanina percibió cierta incertidumbre, pero Alfonsina se despidió y colgó.

Spanò había permanecido inmóvil delante del escritorio, sin perder detalle.

—¿Volvemos a casa de los Fiscella? —preguntó.

—No, voy yo. La señora Fresta dice que quiere hablar conmigo a solas.

—¿Y qué cree que quiere decirle?

—La verdad.

El inspector asintió.

—Ya se lo esperaba, ¿no? —dijo con una sonrisita de complicidad.

A aquellas alturas, ya conocía bien a la subcomisaria Garrasi, hasta el punto de que incluso era capaz de anticipar algunas de sus jugadas. Y por eso le parecía muy bien hacer de poli bueno. La tarde anterior podría haber presionado un poco más a aquel par de ancianos para obligarlos a escupir el sapo que se empeñaban claramente en seguir tragando, pero si la subcomisaria le había pedido que no sobrepasara ciertos límites, significaba que tenía en mente otros planes. Y la llamada de Alfonsina era la confirmación.

La subcomisaria abrió un cajón. Sacó la chapa que había birlado en el Valentino y la bolsita transparente con el trozo de papel, y los colocó delante de Spanò.

—Observe el dibujo de este trocito de papel que encontramos en el bolso del cadáver —dijo.

Spanò se palpó todos los bolsillos para encontrar las gafas. Se las puso renegando y comparó los dos objetos.

—Podría ser el mismo símbolo —afirmó con una sonrisa socarrona, como si quisiera decir «Ya sabía yo que algo le rondaba la mente».

—Y eso no es todo. ¿Recuerda el cajón que abrí en casa de Cutò? Mire lo que había dentro.

Sacó su iPhone y buscó la imagen de una cajita verde, que enseguida amplió.

—Brillantina Linetti —constató Spanò.

Vanina sonrió, satisfecha.

El inspector se apoyó en el escritorio con ambas manos.

–Me parece que el test de ADN al hijo de Vinciguerra nos lo podríamos haber ahorrado.

En el pasillo se oyó jaleo de pasos y voces, entre las cuales destacaba una bastante estentórea, la del jefe de la Policía Judicial.

La subcomisaria se puso en pie y salió del despacho para ir a ver a Macchia. Descubrió al agente Lo Faro plantado delante del despacho, como si estuviera luchando consigo mismo para no deshacerse en zalamerías. Al parecer, el lavado de cerebro había surtido efecto.

Macchia extendió una mano para saludar a Garrasi mientras seguía hablando con el comisario jefe Giustolisi, de Crimen Organizado. Le hizo un gesto a Vanina para que lo siguiera a su despacho. Allí se encontraba también un inspector, además de un agente de Narcóticos.

Vanina tuvo que vencer sus reticencias hacia los temas que se estaban tratando allí dentro. Notaba las piernas pesadas tras una noche insomne y lo último que le apetecía en aquel momento era sumergirse temporalmente en aquel barro cenagoso que durante años había removido con las manos desnudas; el mismo barro del cual había huido.

Esperó apoyada en la pared, arrepintiéndose de haber salido de su despacho, mientras sus colegas disertaban sobre tráfico de drogas, venganzas entre familias y lealtades. Incluso mencionaron a los Zinna, cosa que animó a Macchia a lanzarle a Garrasi una mirada elocuente para implicarla en la conversación. Pero el papel que aquella familia había desempeñado en el caso que a ella le interesaba, es decir, el de los Burrano, era tan marginal e impreciso, además de lejano en el tiempo, que casi resultaba irrelevante.

–Si necesitas información sobre la familia Zinna, pídesela al inspector. Se sabe de memoria el árbol genealógico hasta la cuarta generación –le dijo el comisario jefe antes de despedirse y dejarle el campo libre.

Garrasi le dio las gracias y le dijo que se trataba de hechos sucedidos en una época demasiado lejana en el tiempo.

Acababa de acomodarse delante del escritorio de Macchia cuando Giustolisi se dio la vuelta.

–Por cierto, Tito, ¿te has enterado de lo que ha pasado en Palermo? –preguntó.

El jefe de la Judicial asintió despacio, con el puro que acababa de encender entre los labios, y le lanzó una triste mirada a la subcomisaria Garrasi, que palideció pero ni siquiera parpadeó.

Vanina notó de repente la boca seca y, por un momento, temió experimentar la misma reacción que la noche anterior. Por suerte, el compañero se limitó a comentar el aspecto técnico del caso, con alguna que otra referencia a las arriesgadas investigaciones que el fiscal Malfitano estaba llevando a cabo. No profundizó más.

–Será mejor que cambiemos de tema –dijo Macchia, en cuanto el comisario hubo cerrado la puerta.

Vanina asintió, agradecida. Era evidente que Tito debía de saber algo respecto a ella y Paolo.

–Bueno, ¿qué me cuentas de nuestra «cabaretera» asesinada hace cincuenta años?

Se le había metido en la cabeza que aquel era el término adecuado para referirse a la investigación.

Le comentó los últimos avances y despertó la curiosidad de Macchia por el comisario Patanè.

–La próxima vez que venga aquí, yo también quiero conocerlo –afirmó.

Vanina le habló también de Di Bella, pero le dio a entender que a aquellas alturas ya consideraba el test de ADN al que lo había sometido una simple formalidad, al objeto de descartar definitivamente que el cadáver hallado fuera el de su madre.

–O sea, que en resumen... tú crees que el cadáver es de esa exmadama de la que te ha hablado el comisario Patanè, desaparecida en la misma época en que fue asesinado Burrano y, según parece, también amante suya. ¿Correcto?

–Correcto.

–Y estás convencida de que las declaraciones del matrimonio ese son decisivas para determinarlo, ¿no? Pero tú misma has dicho que a esos dos les interesa mantenerla viva para no tener que marcharse de la casa...

–Sí, pero no son tontos. Saben muy bien que, si lo descubrimos por nuestra cuenta, su situación se complicará.

Vanina le habló también de la chapa y del dibujo del trozo de papel.

–¿Un burdel que tenía su propio papel con membrete? Me parece difícil, Vani –dijo, en tono escéptico.

Desde un punto de vista lógico, tenía razón. Añadió el detalle de la brillantina Linetti.

–¡Estamos en un mundo paralelo! –fue el hilarante comentario de Macchia.

La inspectora Bonazzoli llamó tímidamente a la puerta y entró.

–¡Inspectora! –la recibió Macchia, sonriendo.

Marta se quedó plantada junto a la puerta, incómoda.

Vanina se preguntaba a menudo cómo era posible que una chica tan despierta como Marta se sintiera tan cohibida delante de Tito. Tal vez fuera por su mole imponente, su barba o su voz impostada. O tal vez fuera el papel que Macchia representaba: el de Gran Jefe.

—Disculpa, Vanina, pero tengo al comisario Patanè al teléfono. Dice que es importante.

Macchia, azuzada su curiosidad, se incorporó en el sillón.

—Pasa aquí la llamada —pidió.

Marta desapareció y enseguida sonó el teléfono. Respondió directamente Vanina.

—Subcomisaria, le pido que me disculpe, pero hace nada que me ha llamado Giosuè Fiscella. Dice que Alfonsina le ha pedido a usted que vaya a verla porque tiene que contarle algo muy importante. Y dice también que a su mujer le gustaría que yo estuviera presente también. O sea que, si no lo he entendido mal, tengo que ponerme de acuerdo con usted para saber cuándo tiene pensado ir a verla.

Eso sí que no se lo esperaba Vanina, aunque era comprensible. En los recuerdos de aquella mujer, Patanè era una figura amiga, alguien a quien ella conocía muy bien y no solo en calidad de comisario, eso ya había quedado claro.

—De acuerdo, comisario. Nos vemos directamente allí dentro de...

Consultó su reloj. Primero tenía que averiguar a qué hora habían citado a Masino Di Stefano, a cuyo interrogatorio no podía faltar. Lo ideal sería hablar antes con Alfonsina, para disponer de algún dato más.

Puso al comisario en espera y salió para hablar con Nunnari. El oficial le confirmó que tenía que ir a recoger a Di Stefano por la tarde.

—Nos vemos allí dentro de una hora —dijo, cogiendo de nuevo el teléfono.

Macchia, que seguía esperando, se columpiaba en su sillón. Vanina lo puso enseguida al corriente y luego, con su permiso, se marchó.

El comisario Patanè había llegado antes de la hora y la estaba esperando delante de la puertecita de los Fiscella, fumando un cigarrillo.

–Pero ¿qué hace, comisario? ¿Usted fuma?

–¿Y? Usted también.

–Pero yo tengo treinta y nueve años –le respondió ella, en un tono mordaz.

–¿Pues sabe que parece más jovencita? En fin, en todo caso tendría que ser al revés: que usted fume es peor. Yo lo que tenía que hacer en esta vida ya lo he hecho y, en el mejor de los casos, no es que me quede mucho tiempo, así que no me viene de cuatro cigarrillos. Pero usted... Llenarse los pulmones de alquitrán a su edad, sabiendo lo que le puede pasar, no es muy inteligente.

Vanina aceptó el rapapolvo con una sonrisa.

–Bueno, si mañana me pegan un tiro y me matan, al menos no me quedará la pena de haber renunciado a mis pocos vicios para vivir algún que otro año más.

Se acercó a la puertecita con dos zancadas y llamó al interfono. Una paloma que estaba inmóvil en la cornisa se asustó y, al emprender el vuelo, desplazó diez centímetros cúbicos de arena negra que cayeron justo encima de la subcomisaria.

–¿Sabía –dijo Patanè– que hace cincuenta y siete años, cuando mataron a Burrano, la *Muntagna* también había entrado en erupción? La naturaleza es muy extraña.

Giosuè Fiscella los recibió en el mismo comedor de la otra vez, donde Alfonsina estaba en su silla de ruedas con la mirada vuelta hacia la ventana. Los hizo sentarse delante de su esposa, que había extendido ambas manos para saludarlos a los dos a la vez.

–Subcomisaria Garrasi, supongo que querrá saber por qué he querido verla junto con el comisario.

–¿Es que ayer mis hombres no fueron lo bastante exhaustivos? –preguntó Vanina.

–¡Puede que hasta demasiado! Despiadados se mostraron, subcomisaria. Con todas esas fotos y esas imágenes tan duras...

–Señora Fresta, si me ha hecho venir para quejarse de la actuación de mis hombres, entonces puedo irme tranquilamente. Tampoco entiendo por qué motivo ha avisado también al comisario.

–Calma, subcomisaria... No se me enfade usted. Cuando ayer por la tarde se marcharon los inspectores, Giosuè y yo estábamos impresionados. No podíamos quitarnos de la cabeza aquellas fotografías y no pegamos ojo en toda la noche. Miren, durante todos estos años yo siempre he pensado que Luna volvería tarde o temprano. Puede que quisiera convencerme a mí misma, o a lo mejor es que estoy loca de verdad, como dice la gente, pero siempre creí que si no había dado señales de vida, era porque no podía. Y puede que al principio fuese así, ¿verdad, comisario? Ya se lo dije: lo más seguro es que Luna huyera para no verse metida en el ajo. Cuando matan a alguien, la policía tiene que encontrar a un culpable. ¿Creen ustedes que iban a dejar escapar a una exprostituta? Así que pensé que había huido y que cuando la cosa se resolviera, la vería otra vez por aquí, más guapa que nunca y con la chiquilla de la mano.

Vanina y Patanè intercambiaron una mirada.

–Sí, ya lo sé, subcomisaria: ayer le dije al inspector que no sabía quién era Rita Cutò. La cosa es que me pilló por sorpresa. Yo ignoraba que la casa también estaba a su nombre. Rita Cutò es la hija de Maria –dijo, para después guardar silencio y bajar la mirada, como si estuviera a punto de decir algo demasiado difícil de soportar– y de Gaetano Burrano.

La subcomisaria y el comisario dieron un respingo al mismo tiempo.

—Alfonsina, pero ¿qué majaderías dices? —preguntó Patanè, incrédulo.

—No, comisario, no digo ninguna majadería.

—¿Y por qué no me contaste nada entonces?

—¿Y qué le iba a contar? A Burrano lo habían asesinado, Maria había desaparecido y yo no sabía dónde podía encontrar a Rita. ¿Se imagina la que se habría armado? Solo yo lo sabía. ¿Cómo cree que Luna ganó el dinero necesario para convertirse en madama y luego comprarse la casa? ¿A base de chapas? Diez vidas habría necesitado, comisario, aunque fuera la más solicitada de todas. Todo se lo compró Burrano: primero el burdel, para que no siguiera acostándose con otros hombres, y luego las joyas y los vestidos. El colegio para la chiquilla. Y la casa. Ah, sí, Gaetano Burrano estaba loco por Luna. Y ella también lo quería mucho.

Vanina se dio cuenta de que la conversación estaba adoptando un tono de relato novelesco y que Patanè estaba cayendo en él de cuatro patas.

—Señora Fresta, en las fotografías que ayer le mostraron mis hombres, ¿reconoció algo que perteneciera a Maria Cutò?

—Todo, subcomisaria.

—¿Concretamente qué?

—El abrigo de pieles, el fular, el vestido, las joyas, los cigarrillos mentolados, el trocito de carta con el escudo del Valentino. Es ella, sí.

Vanina no se había equivocado. Aquel burdel de lujo tenía hasta su propio papel con membrete.

—¿Por qué les dijo ayer a mis hombres que no reconocía nada? Sabe usted que con una mentira como esa puede incurrir en un delito de falso testimonio, ¿verdad?

—Qué voy a saber yo, subcomisaria Garrasi, si soy una ignorante como mi Giosuè. Si hablo un poco mejor el italiano, es solo porque en el Valentino no se admitían palurdas. Dentro de la desgracia que era hacer de prostituta, trabajar en un burdel de lujo era lo mejor que podía pasarle a una. Y para poder quedarme allí, aprendí italiano y hasta franchute. Por eso me hacía llamar Jasmine. ¿Que por qué no les dije enseguida que había reconocido a Luna? Porque cuando tienes ochenta años y vas en silla de ruedas y entre tu marido y tú no llegáis ni a los ochocientos euros de pensión, si te quedas sin casa, adiós. Esta casa me la dio Luna, gratis. Podía quedarme aquí todo el tiempo que quisiera. Pero si Maria estaba muerta...

A Vanina le costó mantenerse imperturbable.

–¿Y qué ha cambiado ahora? ¿Por qué se ha decidido a hablar? –preguntó.

–Mi Giosuè me dio la idea anoche, pero ya era muy tarde para llamar. Comprendí que no se trataba solo de la desaparición de Maria, de su muerte. A ella la mataron justo en casa de Burrano y justo en los mismos días en que también lo asesinaron a él en el mismo sitio. Me di cuenta de que no podía ser casualidad y que yo sabía ciertas cosas que... podían ayudarles a ustedes a saber la verdad, a descubrir quién fue el hijo de mala madre que la mató. Lo único que puedo hacer es contarlo todo, todos los secretos que he guardado durante cincuenta y siete años. A costa de perder la casa y puede que la vida, pero total, yo ya no sirvo para nada. Y eso es lo que ha cambiado desde ayer. Me ha parecido justo que estuviera presente también el comisario, porque se lo merece –dijo, mientras le sonreía a Patanè.

–Alfonsina, le advierto que todo lo que me está contando luego tendremos que redactarlo. Tendrá que repetirlo –informó Vanina, atenuando la voz.

–Lo sé. Pero si es que lo que he dicho hasta ahora no es *ná*, subcomisaria –respondió la mujer.

–¿Por qué? ¿Qué más tiene que contarme?

–Cosas que lo cambian todo, hágame caso.

–Cuéntemelas.

–Cuando cerraron los burdeles, cada una se fue por su lado. Para muchas solo fue un traslado: de la casa a la calle. Y supongo que no hace falta que le diga que no fue un cambio agradable. Otras, en cambio, consiguieron cambiar de vida después de recuperar sus derechos civiles. Algunas, como yo, se casaron y empezaron a trabajar en oficios más dignos. Yo, por ejemplo, he sido modista toda la vida. Y hasta hubo alguna, por lo que he sabido, que terminó en un convento de clausura. Para Maria no fue un problema: tenía dinero, una casa, un hombre que la mantenía y que además era el padre de su hija. Maria era generosa: en cuanto le dije que me había casado con Giosuè, enseguida me ofreció estas habitaciones. Así me vigilaréis la casa cuando yo esté fuera, decía. Era lo único que nos pedía a cambio. Mi Giosuè y yo casi ni nos lo podíamos creer.

–¿Conocía usted personalmente al caballero Burrano? –le preguntó Vanina.

–De vista. Cuando era prostituta nunca tuve nada... nada que ver con él. Además, yo no me metía en los asuntos de los demás. Era muy guapo. Un poco soberbio, como todos los hombres ricos y poderosos. Luna decía que le gustaba mucho mandar. Pero a ella no le importaba.

–¿Y la niña?

Alfonsina sonrió con ternura.

–Era una chiquilla preciosa. Yo era la única que la conocía. La habían mandado a no sé qué internado. Maria me contaba que Burrano, aunque la situación no era fácil, quería mucho a la niña. Era su única hija.

En la imaginación de Vanina, poco dada a dejarse arrastrar

por el lado sentimental del relato, empezaban a abrirse escenarios de investigación impensables.

—¿Qué ocurrió en 1959? —preguntó, encarrilando así el relato.

Estaba segura de que la anciana hubiera llegado igualmente a ese punto, pero tras una eternidad.

—Maria pasaba todas las noches con Burrano. A veces era él quien venía aquí, pero normalmente era ella la que iba a aquella villa en la que ahora... la han encontrado. En un momento determinado empezó a hablar de grandes cambios: Gaetano quería marcharse, cambiar de ciudad durante un tiempo y hasta quería llevarse a la chiquilla. Recuerdo que hablaba de Nápoles. Y entonces, poco a poco, el proyecto se fue concretando, hasta el punto de que cogieron a Rita y la metieron en un internado de allí. Era justo después de Navidad y Maria se marchó sola con la chiquilla. Volvió al cabo de unos días y empezó a preparar el traslado. Creo que me dijo que ella y Burrano tenían que ocuparse allí de algunos asuntos.

Vanina aguzó el oído.

—¿Qué clase de asuntos?

—No lo sé. De esas cosas Maria me hablaba poco. En los tiempos del burdel me decía que cuanto menos supiera, mejor para mí. Ella ya se había pasado al otro lado...

Durante un segundo pareció perder el hilo de sus pensamientos. Justo cuando la cosa se estaba poniendo más interesante. Patanè, muy serio, escuchaba en silencio.

—Era el primer día de Santa Agata —prosiguió Alfonsina—, me acuerdo muy bien, el 3 de febrero, cuando Maria me dijo que ya lo tenía todo listo para marcharse y que Giosuè y yo teníamos que ocuparnos de la casa. Hasta nos dejó un montón de dinero, para los gastos del día a día. Aquella noche vino

Burrano y habló con Giosuè. Le dijo que confiaba en nosotros. ¿Te acuerdas, Giosuè?

–Me dijo que si pasaba algo en la casa tenía que hablarlo con Di Stefano, que era su persona de confianza. ¡Y pensar que fue él quien lo mató, pobrecillo!

«Persona de confianza», anotó mentalmente Vanina.

–¿Y luego qué pasó? –le preguntó a Alfonsina.

–Luego se fueron a Sciara y Maria me dijo que volvería a despedirse la noche de Santa Agata y que se marcharían desde aquí. No volví a verla.

Mientras escuchaba el relato, la subcomisaria iba reelaborando el interrogatorio al que pensaba someter a Masino Di Stefano. Empezaba a haber demasiadas cosas que no le cuadraban.

Alfonsina hablaba como si estuviera agotada: la piel terrosa, la respiración jadeante... Giosuè llegó enseguida con una pastilla y un vaso de agua. La mujer se tomó la píldora y cerró los ojos mientras respiraba hondo.

–Alfonsina, si me hubieses contado todo eso hace cincuenta y siete años... –le reprochó el comisario Patanè mientras imitaba a la subcomisaria Garrasi y se ponía en pie.

La mujer no le respondió.

–Subcomisaria Garrasi –dijo–, prométame que cogerá al cabrón hijo de puta que mató a mi amiga.

Vanina así lo hizo.

–¿Alfonsina? –dijo, antes de marcharse.

–Diga, subcomisaria.

–¿Qué hay detrás de esa abertura tapiada, al lado de la puerta?

–El garaje –respondió la mujer, como si fuera obvio.

–Ah, ya. Y supongo que estará vacío.

–No, el coche sigue allí. Ya le dije que mi Giosuè y yo no tocamos nada de nada.

–¿El coche de Maria?

–No, Maria no sabía conducir. El coche de Burrano.

Vanina palideció. Se quedó inmóvil en el centro de la habitación y tardó unos segundos en procesar la noticia.

Patanè, consternado, miró a Giosuè mientras el anciano asentía.

–Enséñeme el garaje, señor Fiscella –pidió la subcomisaria, con una firme resignación.

¿Qué sentido tenía omitir un detalle como aquel? Y, sin embargo, la ausencia total de mala intención en aquel olvido era más que evidente.

Giosuè los acompañó de nuevo a la casa de Maria Cutò.

Abrió una puerta lateral y se metió por un estrecho pasillo de servicio, que terminaba en una angosta escalera. Encendió la luz, una triste bombilla de cuarenta vatios que colgaba del techo.

–¿Cómo es que no dieron de baja la electricidad? –preguntó Vanina.

Ya se había fijado en ese detalle el día anterior.

–Porque la luz de nuestra casa está conectada a este contador. Y por eso siempre hemos pagado las facturas de Luna. Si no, teníamos que hacer un contrato nuevo y vaya usted a saber si nos hubieran pedido algún documento de la casa... Complicaciones. Además, Luna me lo había dicho: Giosuè, por favor, encárgate tú de todo cuando yo no esté. Hasta dinero me dejó.

Al pie de la escalera, en un rellano casi a oscuras, sacó otra llave y abrió otra puerta, esta de hierro, que daba a una estancia tan húmeda y con el aire tan viciado que resultaba difícil respirar allí dentro.

Patanè empezó a toser.

–¿Se encuentra mal, comisario? –se inquietó Vanina.

–No, no. Es el polvo –dijo, mientras alzaba la mirada–. Giosuè, pero ¿dónde coño estam...? –preguntó, pero se interrumpió a mitad de frase.

Vanina siguió la dirección de su mirada perpleja y se topó con un coche enterrado bajo una capa de polvo, en un garaje con la puerta tapiada. Lo primero en lo que se fijaron los dos fue en el modelo: un Lancia Flaminia.

–¡Comisario! Pero... ¿este no es el Lancia Flaminia que robó Di Stefano?

Patanè asintió mientras interrogaba con la mirada a Giosuè, que permanecía la mar de tranquilo en un rincón, completamente ajeno al significado de aquel coche.

–Luna me pidió que nunca dejara entrar a nadie aquí y eso hice. Y como ella no volvía, para estar más seguro fui tapiando la entrada por las noches –explicó.

Era absurdo creerlo, pero aquel matrimonio había vivido en una especie de realidad paralela durante toda su existencia. La serenidad con que Giosuè confesaba haberse limitado a obedecer las órdenes de su exjefa, cumpliéndolas sin preguntarse jamás los motivos, era la prueba.

Patanè se acercó a la manija de la puerta, dispuesto a abrirla, pero Vanina le cogió el brazo.

–Nunca con las manos desnudas, comisario –le recordó, mientras sacaba del bolsillo un par de guantes de látex que siempre llevaba encima–. Uno usted y uno yo.

Patanè esbozó una sonrisa. Se puso el guante y abrió la puerta del lado del conductor.

–Abierta la dejaste, Giosuè –constató.

–Abierta la encontré, comisario. Llaves no me dio el caballero. Y por eso tapié la entrada, porque si no, y aunque Alfonsina y yo viviéramos justo arriba, a saber cuántas veces habrían intentado robar el coche. ¿Recuerda usted cómo era este barrio hasta hace cuatro días, comisario?

Vanina concentró toda su atención en el asiento posterior. Abrió la puerta trasera y observó el equipaje: tres bolsas de cuero de distintos tamaños, y dos cajas envueltas y adornadas con lazos. No tocó nada y le recordó a Patanè que hiciera lo mismo.

Estaba segura de que aquel coche les iba a proporcionar un valioso tesoro de indicios y no tenía la más mínima intención de alterarlos.

10.

El inspector jefe Spanò se reunió con la subcomisaria Garrasi en la mesa de siempre, la del rincón.

–¿Dónde está el comisario?

–En casa, haciendo los honores a la comida de su mujer. Agotado.

Spanò se sentó junto a ella y vio que ya estaba con el postre.

–Los colegas de la Científica han encontrado el carné de identidad de Maria Cutò y el carné de conducir de Gaetano Burrano. Estaban guardados en un portapliegos, en la guantera del coche.

Manenti y sus hombres habían llegado hacía poco. La operación iba para largo. Había que sacar el coche del garaje, lo cual suponía derribar el muro de bloques de piedra que había construido Fiscella. El equipaje que Burrano y Cutò tenían pensado llevarse a Nápoles estaba repartido entre el maletero y los asientos posteriores del Flaminia: para hacer un informe de todo el material hubieran necesitado horas y allí, en aquel garaje que se había convertido en un ir y venir de gente, era imposible respirar.

No tenía sentido quedarse allí y estar encima de la Científica, por lo que había decidido salir a comer algo.

El comisario Patanè, muy agitado, había salido casi al mismo tiempo que Garrasi.

–Ya lo sabía yo, ya lo sabía –repetía–. ¿Comprende lo que significa, subcomisaria? Que si yo hubiera seguido investigando... Porque... ¿era normal que todas las pruebas, y digo todas, llevaran hacia la misma persona? Dígame usted, ¿era normal? En mi opinión, no. Sobre todo porque, hablemos claro, Burrano no era precisamente un santo. Tenía muchos chanchullos por ahí, en Catania y su provincia. Y el administrador siempre lo había ayudado. Di Stefano no era ningún ingenuo y los Zinna menos aún. ¡Los Zinna, subcomisaria! ¿Sabe usted de quién estamos hablando?

Vanina lo sabía, sí, lo sabía muy bien. Y no le gustaba nada encontrarse de nuevo con ese apellido.

–Tendría que haber hecho lo que yo quería. Haber pasado de mis superiores y hasta de todas las pruebas. Sí, ¡de las pruebas de esta mierda! –había exclamado, mientras golpeaba con la mano el techo de su Panda blanco.

Luego se había disculpado por haberse dejado llevar, un poco avergonzado pero no demasiado. Le había pedido a Garrasi que le dejara leer de nuevo el expediente del homicidio de Burrano, esta vez entero.

Vanina lo había animado y hasta lo había invitado a estar presente en el interrogatorio de Masino Di Stefano. Tal vez habían sido imaginaciones suyas, pero tenía la sensación de que el comisario se había marchado pisando a fondo el acelerador de su Panda.

Estaba de acuerdo con él en todo y no quería privarlo de la satisfacción de participar en una investigación en la que su ayuda estaba resultando fundamental. Una investigación, además, que podía conducir a la reapertura de un caso ya de por sí bastante espinoso, en el que sería indispensable contar con la colaboración del anciano comisario.

Frente a la casa de Maria Cutò se habían empezado a formar corrillos de curiosos, intrigados por el ir y venir de policías. ¿Qué pasaba? ¿Habían arrestado a alguien? ¿Se había producido un robo o un asesinato? Mantenían las debidas distancias y fingían indiferencia, como si temieran verse implicados de algún modo –con la policía de por medio, nunca se sabía–, pero en realidad se morían de curiosidad. Vanina no se atrevía ni a imaginar lo que podía pasar cuando echaran abajo el muro y se llevaran el coche de Burrano. Ya había visto un par de caras conocidas del periódico local y a un fotógrafo encamarado en una moto como un buitre, listo para disparar su cámara. Sabía que ya la habían inmortalizado y eso era más que suficiente para tocarle los imaginarios atributos masculinos que, en opinión de muchos, tenía.

Refugiarse en la *trattoria* de Nino, que estaba justo detrás pero al mismo tiempo se hallaba lo bastante lejos como para garantizar un mínimo de tranquilidad, le había parecido la única vía de escape.

Ahora el cadáver tenía nombre y apellido, además de un vínculo con el difunto Burrano que iba más allá de cualquier teoría que hubieran barajado hasta entonces.

Spanò no tardó en dar alcance a la subcomisaria, tras ventilarse en cinco minutos un plato de pasta con anchoas que hubiera bastado para alimentar a tres personas. Vanina lo esperó para tomar un café rápido y reunirse de nuevo con el resto del equipo.

Delante de la casa de Cutò, el caos iba en aumento. Manenti, en mangas de camisa, lanzaba gritos a diestro y siniestro, convencido de que así se daba importancia delante de todos los curiosos que se paraban a observar. Al principio de la calle, y por orden directa de la subcomisaria, se había colocado una patrulla de apoyo cuya misión era impedir el paso de coches. Un par de agentes vestidos con mono y provistos de picos se disponían en ese momento a derribar el muro de bloques de piedra.

–¡Subcomisaria Garrasi! Ya me parecía raro que no estuvieras aquí supervisando la asquerosa tarea que nos has encargado. En ese puto garaje no hay quien respire, se queda uno tieso.

–Pero, bueno, Manenti, ¿aún estamos así? Anda, pásame un pico que yo misma echo abajo el muro ese, al menos así dejas de sufrir.

–¿Qué intentas decir? Me parece que no te he entendido. Mis hombres llevan una hora trabajando sin descanso.

–Cierto. Ellos están haciendo de verdad el trabajo asqueroso. Ellos.

Uno de los dos hombres vestidos con mono asestó el primer golpe al muro, que al poco empezó a agrietarse gracias a la acción conjunta de los dos picos. Manenti se acercó lo justo para que se le llenaran de polvo los pantalones de cinturilla alta en plan años ochenta, las Timberland marrones y la camisa a cuadros con el cuello tres centímetros demasiado largo.

Los curiosos empezaron a congregarse en la acera de enfrente del garaje, donde se había apostado Vanina para tener una perspectiva más amplia.

–Señores, por favor, no se queden aquí –les dijo, mientras trataba de alejar cortésmente a un grupito de transeúntes armados con teléfonos. No tuvo mucho éxito–. Por favor, no es un espectáculo divertido, ni siquiera es interesante. Les ruego que se alejen.

Los curiosos asentían, pero no se movían. Vanina empezó a perder los estribos.

–Pues vale. Fragapane, Bonazzoli: tomad los datos de todas estas personas. Nunca se sabe, a lo mejor hay alguno que conozca a los propietarios de la casa –dijo, en tono alterado, para marcarse un farol.

La multitud se dispersó al momento. La inspectora Bonazzoli se acercó a la subcomisaria.

–¿De verdad tengo que tomarles los datos? –preguntó, perpleja.

–No. ¿Todo bien con los Fiscella?

–Sí, sí. Me han repetido lo mismo que te han contado a ti. ¡Menuda historia!

El testimonio de Alfonsina había conmovido, sin duda, el alma romántica de la joven inspectora.

–Burrano debía de sentir un gran amor por Luna si de verdad estaba dispuesto a marcharse con ella de la ciudad –reflexionó.

–Fuera cual fuera la naturaleza de la relación que mantenían, lo único cierto es que era esencial, hasta el punto de unirlos incluso en la muerte.

Un especulador falto de escrúpulos y una exmadama: tal vez fuera cosa suya, pero por mucho que se esforzara no veía ni un ápice de romanticismo en aquella relación.

–Y que difícilmente pudo matarla él –concluyó, bajando la voz.

Se impuso un triste silencio, que ni Marta ni Spanò –que mientras tanto se les había acercado– se atrevieron a interrumpir. Era uno de esos momentos cruciales en que Garrasi no comunicaba gran cosa. Y no era una cuestión de confianza ni de falta de consideración hacia ellos. Muy a menudo, sobre todo en aquella fase de la investigación, la subcomisaria no tenía una estrategia clara. Se guiaba más bien a tientas o, mejor dicho, siguiendo su olfato.

En el portal del antiguo Valentino apareció Fragapane, congestionado, y tras él un agente.

–Respire un poco de aire fresco, Fragapane. No me diga que ha estado todo el rato dentro del garaje.

—Subcomisaria —jadeó el suboficial—, ¿puede subir un momento? Mi amigo de la Científica, el oficial jefe Pappalardo, quiere enseñarle algo.

Vanina lo siguió por la escalera.

—Jefa, ¡ni se imagina lo que había dentro de ese coche! Equipaje para un regimiento de personas, y tantos juguetes y cosas para críos que se podría montar una guardería.

El oficial jefe Pappalardo era bastante más joven que Fragapane y también bastante más bajo en relación con la estatura media. Congestionado por culpa del aire irrespirable del garaje, la esperaba de pie debajo de la Venus, con un maletín de cuero abierto en la mano.

—Salvatore me ha dicho que los documentos que hemos encontrado en esta bolsa podrían servirle para un interrogatorio.

La subcomisaria cogió una carpeta que contenía cuatro hojas mecanografiadas, sujetas con una pinza, y un sobre abierto dirigido al notario Arturo Renna. El remitente era Gaetano Burrano. Se disponía a sacar la carta que contenía el sobre cuando se fijó por casualidad en el primer documento que había extraído de la carpeta. Desconcertada, apartó momentáneamente el sobre y cogió el documento en cuestión. Lo leyó de cabo a rabo, dos veces, con los labios torcidos en una media sonrisa. Le hizo una foto. Luego echó un vistazo a los otros documentos, que no aportaban nada a la noticia bomba contenida en el primero. La carta, por último, era la guinda del pastel.

La sonrisa de la subcomisaria Garrasi se hizo más amplia.

—¿Los necesitan o puedo llevármelos a la oficina?

—Ya los he incluido en el informe, así que si Manenti no tiene inconveniente...

Seguro que Manenti sí tenía algún inconveniente.

Le dio las gracias a Pappalardo y volvió a reunirse con Spanò y Bonazzoli en la calle.

–Yo vuelvo a la oficina a esperar a Masino Di Stefano. Marta, tú quédate aquí a vigilar el garaje junto a Fragapane. Estad atentos. Y haz que salga a respirar un poco, que coma algo o beba un café antes de que se me desmaye aquí. Spanò, usted venga conmigo, que tenemos muchas novedades.

El inspector jefe obedeció.

Aunque el despacho no quedaba muy lejos, horas antes habían ido hasta allí con un coche de servicio, al que Vanina subió mientras terminaba de hablar por teléfono.

–Hasta luego, comisario –dijo.

Spanò comprendió que se trataba de Patanè y, teniendo en cuenta la hora, se sorprendió.

–El comisario Patanè no tardará en llegar –le comunicó Garrasi.

El inspector la interrogó con la mirada, al tiempo que lanzaba una ojeada a la carpeta de un tono verde descolorido que la subcomisaria sostenía entre las manos.

–¿Sabe qué hay aquí dentro, inspector? Un contrato firmado por Gaetano Burrano y Gaspare Zinna para la construcción de un acueducto.

Spanò frenó de golpe, cosa que provocó un coro de rabiosos bocinazos.

–¡Joder!

–Y eso no es todo: también hay una carta no enviada a un notario, un tal Arturo Renna. Contiene un testamento ológrafo, fechado el 1 de febrero de 1959.

–¿Hizo testamento antes de morir asesinado?

–¡No creo que eso formara parte de sus planes, Spanò! Es obvio que pensaba enviarlo en cuanto llegara a Nápoles.

–Si es ológrafo, puede que siga siendo válido. ¿Y qué dice?

–Divide su patrimonio en dos partes iguales, una para su mujer y la otra para Maria Cutò. Con la obligación en ambos casos, escuche bien, Spanò, de que a la muerte de ambas todo pasara a manos de Rita Cutò. Cosa que naturalmente no ha sucedido porque el testamento se quedó en el Flaminia, que no apareció nunca.

–Entonces, ¿es posible que Di Stefano no tenga nada que ver con el homicidio?

–Sinceramente, no me sorprendería.

Entraron en el aparcamiento y volvieron a salir a pie. Cruzaron la calle y se adentraron por la puerta, siempre abierta de par en par, del edificio que albergaba las dependencias de la Policía Judicial.

–¿Usted ya sospechaba que podía ser inocente?

–Piense, Spanò: durante años, Burrano tiene como administrador a un pariente de los Zinna, pero un buen día se despierta y decide que ya no quiere seguir teniéndolos metidos en sus negocios. ¿Es factible?

–¿Por qué ha dicho «seguir teniéndolos»? ¿Es que ya había hecho negocios con los Zinna?

–Puede que oficialmente no. Es posible que Di Stefano fuera la cara limpia de la familia Zinna, no sé si me explico. Burrano tenía sus chanchullos, compraba burdeles... En su opinión, ¿en manos de quién podía estar la prostitución legal en Catania, inspector?

–Disculpe, subcomisaria, pero... ¿qué es lo que quiere hacer? ¿Reabrir el caso Burrano? –preguntó Spanò como quien no quiere la cosa.

El silencio ambiguo de la subcomisaria le proporcionó la respuesta.

–Joder... pues no va a ser fácil, jefa. ¿Se imagina el lío que se va a armar? En la tele acabamos, se lo digo yo.

Vanina sonrió a medias. Le apetecía mucho armar ese lío.

El teléfono empezó a vibrar cuando iba por la tercera página del famoso expediente, en el que la subcomisaria había sentido el impulso de sumergirse nada más sentarse en el sillón que ya no basculaba.

—¡Federico! —respondió.

Se había olvidado por completo de él.

—Vanina, tesoro, ¡disculpa que no te haya llamado antes! He terminado ahora mismo. ¿Cómo estás?

Sonrió y pensó que, si la hubiera llamado antes, probablemente ni habría oído el teléfono.

Federico había terminado con su congreso y no veía el momento de abrazarla. «Pues qué bien», se dijo la subcomisaria. No tenía la menor intención de darle a su madre la satisfacción de echarle en cara una vez más que había tratado mal a su padrastro. Por otro lado, y si era totalmente sincera, no quería que Federico tuviera la impresión de que intentaba evitarlo.

Aún faltaba una hora para que Nunnari llegara con Di Stefano. Después aún sería más complicado: no sabía en qué momento estaría libre, ni siquiera sabía si lo llegaría a estar.

Calculó que del recinto ferial Le Ciminere, donde se celebraba el congreso, a su oficina había unos diez minutos escasos en taxi. Le propuso, pues, quedar en la oficina.

Cogió el viejo expediente del caso Burrano y empezó a hojear los documentos con una atención que hasta ese momento no había sentido urgente. Había llegado el momento de sumergirse en la investigación de 1959 y revisarla, punto por punto.

Las declaraciones de Di Stefano, consideradas falsas, tal vez encontraran apoyo en los documentos que acababan de aparecer. Y, dadas las circunstancias, la colaboración de Patanè era imprescindible.

El comisario llegó pocos minutos antes que Federico, con un paso más ágil que de costumbre y un destello de emoción en la mirada. Vanina le entregó la carpeta verde que había aparecido en el maletero del Flaminia, que Patanè cogió con la cautela que se reserva a una reliquia, y el expediente Burrano. Luego lo dejó todo, comisario incluido, en manos de Spanò.

Federico la esperaba ante la puerta. Americana azul y pantalones grises, el gabán doblado sobre el brazo. Tenía el pelo casi completamente blanco, pero aún abundante. Daba la sensación de que no envejecía nunca.

Hacía meses que no lo veía.

—¡Aquí está mi investigadora preferida!

La estrechó entre sus brazos con un entusiasmo que le habría gustado ver correspondido.

Se sentaron en el bar más cercano, en la calle Vittorio Emanuele.

—Siento mucho no haber estado el otro día, pero ya sabes que septiembre es un mes de muchos congresos. Estaba volviendo de Berlín —empezó a decir Federico, apesadumbrado.

—No te preocupes, ya sabía que estabas fuera —dijo ella, mientras torcía los labios en un intento de sonrisa.

Él la observó con una mirada de comprensión, la misma con la que había encajado durante veintitrés años la indiferencia de Vanina a la hora de corresponder a las mil y una atenciones que él le dedicaba a diario. Federico Calderaro había intentado hacerle de padre de todas las formas posibles. Y ahora que era adulta, Vanina lo comprendía, pero a los quince años no, le había resultado imposible. Pobre Federico, era una batalla perdida ya desde el principio. Una lucha en desigualdad de condiciones contra la rabia dolorosa de una chica que había amado visceralmente a su padre, su verdadero padre, y lo había visto morir asesinado delante de sus propios ojos.

Sin saber cómo, recordó la insinuación de su madre respecto a que Federico quería hablarle de algo. Para romper el hielo decidió encauzar la conversación hacia ese tema y cruzó los dedos para que no se tratase de alguna cuestión de la que tuviera que ocuparse ella misma.

–Tu madre tiene la costumbre de hablar demasiado –dijo Federico, en un intento de bromear.

Desvió la conversación hacia un tema neutro. Le habló de Costanza, la hermana fruto de las segundas nupcias de su madre, dieciséis años más joven que Vanina y tan distinta a ella como la noche y el día. Estaba a punto de casarse con el discípulo número uno del padre. Pero Federico olvidaba que, con esa actitud, lo único que conseguía era animar a Vanina a profundizar aún más en el tema.

Bajo el fuego amigo de sus preguntas, Federico empezó a ceder y finalmente se soltó del todo. Le habló de la crisis profesional que lo había asaltado a los sesenta y ocho años, después de cuatro décadas de carrera feliz, por culpa de un par de pacientes que habían presentado contra él denuncias inmerecidas y le exigían indemnizaciones astronómicas. Con un sabor amargo en la boca, le habló de los abogados que lo esperaban a la salida del hospital, apostados como zorros, de gente absurdamente convencida de que la medicina era una ciencia exacta, de la cantidad de denuncias injustas que a diario se intentaban presentar contra los médicos, a menudo con fines meramente especulativos, y de la reacción que todo eso podía provocar.

La suya había sido terrible: había decidido recoger velas. El gran profesor Calderaro, cuyo talento atraía a pacientes de todo el sur de Italia, cirujano por vocación antes que por profesión, ya no tenía ganas de correr riesgos.

A Vanina, por primera vez, le supo mal tener que separarse de él, así que le prometió que aquella noche lo llevaría a su casa.

Tommaso Di Stefano permanecía sentado, muy sereno, ante el escritorio de la subcomisaria. Tenía los ojos negros y bastante juntos, separados por el inicio de una nariz desproporcionada, y los labios torcidos en una especie de mueca. Sus ochenta y siete años –treinta y seis de los cuales pasados en régimen de pensión completa en Piazza Lanza– se reflejaban uno a uno en las arrugas. Era Ebenezer Scrooge antes de su redención, pensó Vanina.

El comisario Patanè se había acomodado en la silla que Spanò había colocado junto a la de Vanina. Hasta ese momento no había abierto la boca.

Di Stefano lo observaba con una hostilidad resignada, como si quisiera decir «A ver ahora qué quiere este de mí».

La subcomisaria ocupó su sitio detrás del escritorio. Había insistido en que el interrogatorio no se desarrollase en la sala dedicada a tal efecto, sino en su despacho, como si fuera una entrevista informal. Di Stefano estaba allí en calidad de persona conocedora de los hechos, eso tenía que quedar claro.

–Buenas tardes, señor Di Stefano. Soy la subcomisaria Garrasi.

El hombre, cauteloso, desvió la mirada hacia ella.

–Buenas tardes, subcomisaria –respondió, frunciendo los labios para acentuar la mueca–. ¿Puedo saber por fin para qué me han citado?

–Ah, ¿no se lo han dicho? –fingió sorprenderse Vanina.

Di Stefano negó muy despacio con la cabeza, mientras se volvía hacia Nunnari. El oficial adoptó una expresión de perplejidad: ¿no era ella quien le había pedido que fuera impreciso en ese sentido?

–Sin duda, se habrá enterado de lo que ocurrió en Villa Burrano hace un par de noches –empezó a decir Vanina.

–Me va a perdonar, señora subcomisaria, pero cuanto menos sepa de esa villa, mejor para mí. ¿Por qué, qué pasó hace dos noches?

Parecía sorprendido de verdad.

–¿Es que no lee la prensa, señor Di Stefano?

–No. Y me va la mar de bien. Total, para lo que hay que leer...

–O sea, que no sabe que la otra noche, precisamente en Villa Burrano, se encontró un cadáver que al parecer llevaba allí cincuenta años.

Di Stefano permaneció en silencio, desconcertado.

–¿Un cadáver? ¿De quién?

–Una mujer, identificada casi con toda probabilidad como Maria Cutò.

El hombre cerró un instante los ojos, casi en un gesto de asentimiento. Luego volvió a abrirlos: su mirada era triste. Sacudió la cabeza muy despacio.

–Pobrecilla Luna, con lo bonita que era. Qué mal acabó. –Alzó la mirada de golpe–. Un momento, ¿no estarán pensando acusarme también de ese homicidio? –dijo.

Se volvió hacia uno y otro lado: de Spanò a Nunnari, pasando por el comisario Patanè. Vanina levantó una mano para tranquilizarlo.

–No lo hemos citado por ese motivo.

La expresión interrogante del exadministrador se adelantó por unos pocos segundos a la de los polis.

–Esta mañana se ha encontrado un Lancia Flaminia azul, con matrícula CT12383, propiedad de Gaetano Burrano –le comunicó la subcomisaria.

Di Stefano se la quedó mirando, impasible al principio. Luego, su sonrisa despectiva se fue acentuando hasta transformarse en una carcajada estentórea, falsa, casi histérica.

–¡Mangan un coche y ustedes tardan cincuenta años en encontrarlo! –canturreó.

Spanò saltó enseguida, molesto por la burla.

–¡Eh, Di Stefano! Modere ese tono.

Vanina le indicó con un gesto que lo dejase correr.

–¿No le interesa saber dónde? –le preguntó, con calma.

–¿Y eso qué cambia? Total, yo mi condena en el talego ya la he cumplido.

–En su momento, usted declaró que no sabía dónde estaba el coche, incluso cuando mis compañeros de entonces supusieron que lo había vendido para hacer frente a sus deudas de juego.

El hombre dirigió la mirada hacia Patanè.

–Vamos a ver, subcomisaria Garrasi, ¿tan imbécil me cree como para mangar precisamente el coche de Burrano?

El comisario Patanè permaneció impasible; sabía que la provocación iba dirigida a él.

–Deduzco que el caballero Burrano no le comunicó dónde lo había dejado –prosiguió Vanina.

–Es obvio, ¿no? De haberlo sabido, lo habría dicho y al menos me ahorraba una acusación.

–A menos que decirlo complicase aún más su situación.

El comisario la observaba sin perplejidad, como si supiera exactamente adónde quería llegar Garrasi con aquella improvisación. Los demás, en cambio, parecían más confusos que convencidos.

—¿En qué sentido? —preguntó Di Stefano, desafiante.

—Verá, señor Di Stefano, ha pasado algo raro: el Flaminia del caballero Burrano ha permanecido durante cincuenta y siete años en un garaje, que una persona muy atenta tuvo la idea de tapiar para evitar que alguien lo robara de verdad. ¿Sabe qué garaje era? El de Maria Cutò. Debajo de la antigua casa de tolerancia Valentino. ¿Se acuerda?

El estupor de Di Stefano resultó evidente.

—Si usted hubiera indicado a mis colegas de entonces —prosiguió Vanina— que el coche estaba allí, se habría arriesgado a ponerlos sobre la pista de otro homicidio, del cual también se habría convertido en el único sospechoso.

El anciano abrió los ojos como platos.

—¿Otro homicidio? —preguntó.

—El de Maria Cutò.

—Pero... ¿de qué está hablando? Si yo ni siquiera sabía que esa pobrecilla estaba muerta —exclamó, moviéndose inquieto en la silla—. No me he equivocado cuando he dicho que me estaban acusando otra vez. Pero esto es un abuso, subcomisaria. Quiero un abogado.

—No lo estoy acusando de nada, señor Di Stefano. Solo estoy razonando. Y no lo he citado como sospechoso.

—Yo no tenía ni idea de que el coche de Tanino estuviera en casa de Luna. ¿Por qué iba a decírmelo? Los únicos asuntos que me incumbían eran los económicos. Que cuando lo mataron Maria desapareció, eso lo descubrí enseguida, pero... ¿qué podía hacer yo? ¿Implicarla a ella para intentar defenderme? Ella no podía haberlo matado.

—¿Por qué está tan seguro?

—Primero porque era el padre de su hija y puede que tuviera intención de reconocer a la chiquilla tarde o temprano, y segundo porque para ella era una mina de oro. No, el verdadero asesino estaba escondido vaya usted a saber dónde, subcomisaria, y hablar de Maria con los put... con los polis solo habría servido para armar un escándalo y levantar polvo innecesario. Polvo negro, que convierte el aire en humo. Como el del Etna.

—Junto al cuerpo de Maria Cutò apareció una caja de caudales y dentro había un millón de liras. ¿Ese dinero era de Burrano?

El anciano dio la impresión de perderse en sus pensamientos.

—Me parece difícil.

Vanina disimuló su sorpresa mientras cogía un cigarrillo.

Patanè abrió el expediente del homicidio de Burrano y lo hojeó hasta encontrar algo que había marcado. Se lo puso delante a la subcomisaria y le indicó un detalle. La subcomisaria le echó un vistazo antes de dirigir de nuevo la mirada hacia Di Stefano.

—¿Qué es lo que le parece difícil?

—Tanino no usaba cajas de caudales. El dinero lo guardaba siempre en un maletín, de esos que tienen combinación y esposas de seguridad. En aquel viaje se llevaba consigo tres millones, no uno. Y de eso estoy seguro porque yo mismo fui al banco a retirar el dinero. Ya le dije al comisario Torrisi que el maletín con el dinero había desaparecido, pero lo interpretó como otra prueba en mi contra —dijo, con una sonrisa sardónica.

En la hoja que señalaba Patanè, los tres millones aparecían entre las pruebas contra Di Stefano.

—¿Puedo preguntar dónde encontraron a Maria Cutò? —preguntó el anciano de repente.

—En un montacargas.

El hombre se extrañó.

—¿El montacargas de la torre?

—¿Por qué, es que hay otros?

–No lo creo. Lo que pasa es que no lo usaba nadie. No funcionaba bien, siempre se bloqueaba, y además era difícil accionarlo. Tanino lo usaba de vez en cuando como escondite, pero no para cosas de valor porque abrirlo era fácil.

–Todas las aberturas estaban escondidas detrás de algo. En la cocina había un aparador. En la planta superior una estatua. Spanò, enséñele las fotos –pidió Vanina.

El inspector cogió las fotos de la estatua, en la primera y en la segunda ubicación.

El anciano se puso un par de gafas que probablemente habían pasado treinta años en la cárcel con él. Reaccionó al instante.

–¡Esta sí que es buena! ¿Quién la ha cambiado de sitio? Y además... me va a perdonar, pero ¿puede repetir eso del aparador?

Vanina pidió las imágenes fotográficas del hallazgo y las colocó delante del anciano.

–A ver, ¿dice que el montacargas estaba en la cocina?

–¿Por qué, no tenía que estar allí?

Di Stefano movió la cabeza de un lado a otro.

–No, no, no. Hay algo que no me cuadra.

–Señor Di Stefano, hay un cadáver dentro. Eso es lo que no le cuadra, ¿no cree?

–No, subcomisaria, no cuadra nada. Aunque tampoco cuadraba nada hace cincuenta y siete años, cuando lo de Tanino... Ah, no, perdón, se me olvidaba: ahí sí que encontraron rápido al culpable –dijo, al tiempo que recuperaba la sonrisita despectiva–. ¿Qué opina, comisario Patanè? ¿A usted le cuadraban las cosas en el 59?

Patanè no había abierto la boca en todo aquel tiempo. No sabía cómo comportarse. Garrasi estaba llevando el juego de una forma muy hábil, eso era innegable. Poco a poco, estaba llegando justo adonde ella quería. Pero le resultaba espantoso comprobar hasta qué punto era evidente la inocencia de Di Stefano. Las pullas y las miradas desdeñosas no hacían más que recordarle que lo había abandonado a merced de sus superiores. Porque Di Stefano sabía muy bien que Patanè nunca había estado completamente convencido de que él fuera culpable, que habría querido ampliar el radio de acción. Y era cierto: el comisario Patanè, en aquella época inspector, nunca había llegado a creérselo del todo, pero más de una vez lo había asaltado la sospecha de que fuera precisamente ese el motivo de que lo hubieran apartado de la investigación.

–¿Qué es lo que no le cuadra, señor Di Stefano? –insistió Vanina.

–Para empezar, me acuerdo muy bien de que el montacargas estaba parado en el primer piso y que no había nada que tapara la puerta. La estatua del padre estaba en el despacho, también el día en que Tanino murió. Y lo mismo en la cocina: el aparador estaba en otro sitio.

–¿Quién sabía poner en marcha el montacargas?

El anciano se encogió de hombros.

–Qué sé yo... Tanino, supongo. Eran cosas muy antiguas, de la época de su padre. Ni los sirvientes sabían usarlo. Tenía una maquinaria rara, una especie de motor –dijo.

Respiró hondo, como si le faltara el oxígeno. Vanina se reclinó en el respaldo y alejó el sillón del escritorio.

–Eso es todo por hoy.

Di Stefano se levantó de la silla como si fuera un cojín de espinas en el que lo habían obligado a sentarse. La subcomisaria se acercó a él.

–Una última pregunta, señor Di Stefano –le soltó a bocajarro–. El acueducto que iba a construirse en los terrenos de los Burrano, ¿era el primer negocio de Gaetano Burrano con la familia Zinna?

El anciano alzó la mirada e irguió la espalda todo lo que pudo para clavar los ojos en los de Vanina.

–Subcomisaria Garrasi, usted es muy libre de no creerme, igual que antes que usted no lo hicieron sus colegas de entonces –dijo, mientras señalaba a Patanè con la barbilla–. Yo no maté a Tanino Burrano, ni tampoco los Zinna.

–Di Stefano, le he hecho una pregunta muy concreta.

–No: aquel negocio no fue el primero ni hubiera sido el último.

Vanina y Patanè se habían quedado solos, cara a cara.

–Subcomisaria, dígame que los dos pensamos lo mismo –soltó, mientras desenvolvía el tercer bombón en una hora.

La subcomisaria se puso en pie y se dirigió al balcón. Abrió un postigo y encendió un cigarrillo.

–No sé qué es lo que piensa usted, pero puedo decirle sobre qué estaba meditando yo hasta hace un rato: que por cada día que Di Stefano ha pasado en Piazza Lanza, un asesino de verdad se ha librado de la cárcel –dijo, mientras contemplaba las ventanas de enfrente.

Estaban protegidas con barrotes. En otros tiempos, antes de convertirse en un cuartel que albergaba las dependencias de la policía, aquel palacio borbónico había sido la Cárcel Vieja de Catania.

Patanè esbozó una sonrisa amarga.

–Y, en su opinión, ¿es suficiente para pedir la revisión del caso?

–Es suficiente para encaminar la investigación. Estoy convencida de que la persona que asesinó a Maria Cutò es la misma que acabó con la vida de Gaetano Burrano. Y dado que parece bastante obvio que Di Stefano es tan culpable como mi abuela...

–¿Y cómo lo demostramos? –dijo Patanè, que a aquellas alturas ya hablaba directamente en plural.

–Analicemos los elementos nuevos, comisario: el coche, el contrato para el acueducto, el testamento... El acueducto existe, eso está claro, y por tanto alguien lo construyó. El agua de los Burrano debió de despertar intereses y me jugaría algo a que los Zinna tenían algún adversario, presumiblemente de su misma calaña. ¿Me explico?

–Se explica la mar de bien, subcomisaria Garrasi. Los Zinna no tenían muchos adversarios capaces de competir contra ellos. Los Cannistro y los Tummarella eran, sin duda, los más capacitados, aunque le sugiero que no pierda el tiempo con los primeros.

–Eso mismo pienso yo –se mostró de acuerdo Vanina.

A mediados de los ochenta, la familia Cannistro había sido diezmada, por no decir aniquilada, a golpe de *kalashnikov*. Era historia.

Volvió a llamar a Spanò.

–Intentemos averiguar todo lo posible sobre el acueducto que pasa por las tierras de los Burrano: proyectistas, constructores... Noticias oficiales y no oficiales, sobre todo estas últimas. Investigue usted solo, sin hacer demasiado ruido, que en estos momentos no nos beneficiaría.

–Usted déjelo en manos de un servidor –la tranquilizó el inspector, mientras asentía y se dirigía a la puerta.

–Este chaval vale un imperio –dijo Patanè, con orgullo de padre.

Vanina sonrió. Un imperio sí que valía, pero lo de «chaval»...

La llamada a Vassalli se alargó más de media hora. Cuando Vanina consiguió colgar, eran las siete y media de la tarde.

Ya hacía rato que Patanè había vuelto a su casa cuando la pantalla del iPhone de Vanina se iluminó para avisarla de que tenía un mensaje de Federico. A excepción de Spanò, que había entrado en acción nada más terminar la entrevista con Di Stefano, el resto del equipo ya había roto filas. La última en despedirse había sido Marta, después de haberle entregado a Vanina una nota adhesiva con todas las noticias y números de teléfono que esta le había pedido.

Poco después, Vanina había visto pasar por delante de la puerta abierta a Tito Macchia, escoltado por el habitual séquito de acompañantes. Reclinada en su respaldo, escuchando la voz implacable de Vassalli que le taladraba el oído, Vanina había respondido con un gesto resignado al saludo, rebosante de risueña compasión, que el Gran Jefe le había dedicado desde el umbral de la oficina.

El expediente del homicidio de Burrano la atraía más que nunca como si fuera un imán.

Se lo guardó en la bolsa de tela: si tenía que dedicarle la noche entera, más valía hacerlo repantigada en su sofá, a modo de colofón de la velada que estaba a punto de compartir con su padrastro.

Solo le quedaba una cosa por hacer antes de levantar el campamento también ella. Despegó de la pantalla del ordenador la nota adhesiva que tan minuciosamente había redactado Marta y marcó el número de teléfono subrayado. Viva la longevidad, se rio con sarcasmo al leer las notas de la inspectora.

–¿Con el notario Nicola Renna?... Soy la subcomisaria Giovanna Garrasi, de la Policía Judicial. Lo llamo porque necesitaría hablar con su padre.

Solo era una idea vaga. Una sensación. Y quería verificarla en persona.

A Federico Calderaro le había encantado la vivienda próxima al huerto de cítricos, por no hablar de la hamaca: ¿cuántas veces había pensado en comprarse una y colocarla en la casa de Scopello? Ah, qué agradable debía de ser volver a casa por la tarde, tras la jornada de trabajo, y tumbarse allí para no pensar en nada. Pero luego, ya sabes cómo son las cosas, el tiempo es limitado y lo vamos posponiendo todo. Y los años pasan, sí, tesoro, pasan uno tras otro tan rápido como si fueran días, o minutos... y uno descubre que se ha hecho viejo sin darse cuenta. Pero a partir de ese momento ya no pensaba regalárselo a nadie: el profesor Calderaro era dueño de su propio tiempo.

Hablaba. Bebía cerveza, fumaba los Gauloises que le había ofrecido Vanina –sobre todo que no se entere tu madre, ¿eh?– y hablaba. Hablaba tanto que la metáfora del disco rayado se hubiera quedado corta.

Vanina apenas lo reconocía. No sabía si atribuirlo al alcohol –cuando media hora antes lo había recogido en el hotel Excelsior, el profesor ya llevaba entre pecho y espalda un Negroni poscongreso– o al estrés psicológico que, según él mismo había confesado, sufría en aquella época. La suya era una alegría forzada; desde luego, no era un estado natural en él.

Bettina, como siempre, había resultado providencial.

Aunque claro, con eso de que la subcomisaria quería ponerse a dieta –«Ella sabrá por qué quiere ponerse a dieta. ¿Usted qué piensa, doctor?»– le había preparado únicamente verduras: berenjenas en salsa agridulce, calabacines rellenos y pimientos al horno. Valor calórico incalculable. De haber sabido que la subcomisaria tenía invitados, le habría preparado algo más sustancioso. Bettina jamás lo habría admitido, ni siquiera bajo tortura, pero no confiaba demasiado en las aptitudes culinarias de su inquilina. Y no le faltaba razón. La subcomisaria Garrasi apreciaba la buena mesa, pero no se llevaba bien con los fogones. Así que había resuelto la cena con los *involtini alla messinese* que le había comprado a Sebastiano la noche anterior.

De dietas ni hablar, claro, pero el resultado fue una cena más que digna y Federico pareció disfrutarla. Sobre todo, porque le había servido de excusa para saltarse una cena de gala. No había nada que hacer: si no estaba Marianna para controlarlo, en los eventos sociales se atiborraba.

De haberlos visto allí, la madre de Vanina se hubiera alegrado. Era la primera vez en bastantes años que la subcomisaria le dedicaba a Federico la atención que merecía. Tal vez su ausencia en aquella velada se hubiera convertido en una circunstancia favorable. Aunque también era cierto que, si su madre no hubiera insistido tanto en empujarla hacia él, tratando de vendérselo como el padre nuevo perfecto, tal vez el profesor habría terminado convirtiéndose en un buen amigo para ella. Quién sabe, quizá aún estuvieran a tiempo de recuperar el tiempo perdido.

Vanina estaba recogiendo las sobras de la cena, antes de acompañar a su padrastro al hotel, cuando un primer plano de Paolo Malfitano ocupó las 42 pulgadas de la pantalla de la tele, recién encendida.

Federico la miró de reojo.

Vanina consiguió adoptar una impasibilidad serena y atenta, pero le costó más que si hubiera recorrido un kilómetro en subida con una mochila de veinte kilos en la espalda. Federico se lo contaba todo a Marianna, por lo que una reacción como la de la noche anterior habría dado paso a una cascada de recriminaciones a base de «Ya te lo dije», un arte en el que su madre era toda una experta. Así que debía evitarlo como fuera.

Con la naturalidad de un gesto programado, abrió un armario bajo y sacó dos vasitos. Inspeccionó el interior del mueble, en busca de algún licor que tal vez hubiera olvidado alguien, pero solo encontró una botella de mosto sulfitado, un vino licoroso de producción artesanal que elaboraba un conocido de Bettina. A Vanina no le gustaba especialmente, pero el grado alcohólico era el apropiado para la ocasión. Se lo vendió a Federico como una especialidad local que debía probar y, con esa excusa, se bebió un vaso lleno hasta los bordes.

Subieron al coche nada más terminar la entrevista, que duró cinco minutos escasos. Dadas las circunstancias, Paolo jamás habría concedido más tiempo a ningún periodista. «Es más, ya era mucho que hubiese aceptado aquellas cuatro preguntas», pensó Vanina.

Fue su único comentario, que no convenció del todo a Federico.

Estaba claro que él tenía algo que decir, pero también que no sabía ni por dónde empezar.

—Qué cosas, pobre Paolo —dijo, cuando estaban ya en el semáforo de la plaza Verga y Federico contemplaba el Palacio de Justicia como si le hubiera inspirado aquella reflexión.

Tenían delante el hotel Excelsior, al otro lado de la plaza, donde justo en ese momento un grupito de hombres vestidos de gris y mujeres con traje chaqueta bajaban de un autocar. Los supervivientes de la cena de gala.

Habían sido cuatro palabras vagas, preliminares. Exploratorias. ¿Puedo continuar o no te apetece hablar?

Vanina no dijo nada.

—Hace falta valor para seguir adelante, pese a todo —prosiguió Federico.

Hacía falta valor, sí. Y también un poco de inconsciencia. «O de sentido de la justicia, que a menudo era lo mismo», pensó Vanina.

–En este momento, solo le faltaban las intimidaciones, pobrecillo –soltó el profesor, adentrándose poco a poco en la cuestión.

–¿Por qué? ¿Hay momentos mejores y momentos peores para recibir una amenaza de muerte? –ironizó Vanina.

«A ver qué me contesta», pensó.

–No, claro. Pero cuando uno tiene una familia que lo apoya, las cosas se afrontan mejor.

Federico avanzaba dando rodeos, pero Vanina empezó a comprender adónde quería llegar. Y no le gustó.

–Lamento llevarte la contraria, Federico, pero aparte de expresar cierto nivel de angustia, la familia no puede hacer gran cosa.

–Pero si a la preocupación por la propia integridad física le añades el sufrimiento de una familia que nada más nacer ya se está disgregando...

–Federico, acabaremos antes si me dices directamente lo que quieres. O lo que mi madre te envía a decirme.

El profesor vaciló, incómodo por la frialdad que de repente notaba.

–Deja a tu madre, que no tiene nada que ver –protestó. Ojito con tocarle a Marianna–. Lo he pensado antes, cuando lo he visto en la tele. ¿Sabías que la mujer de Paolo se ha ido de casa, después de apenas tres años de matrimonio y una hija pequeña?

No, no lo sabía. ¿Quién se lo iba a contar? Ninguno de los pocos amigos que le quedaban en Palermo se atrevía a sacar el tema. Ni lo sabía ni quería saberlo, pero Federico ya había puesto la directa.

–Dice que él la engañaba. ¿A ti te parece posible? Con la vida caótica que lleva, el peligro siempre acechando y él volcado en el trabajo... ¿se va a poner a engañar a su mujer? Yo tengo mis dudas. Nos lo contó Costanza hace unas semanas. Sabes que ella y Nicoletta Malfitano son amigas, ¿no? Pues claro que se acordaba de que eran amigas. Aquella amistad había sido su punto fuerte. Saber que existía una chica preciosa y perdidamente enamorada de Paolo, esperando para consolarlo en el momento oportuno, había hecho que todo resultara más fácil. Le había bastado con obligarse, con herirlo al abandonarlo de repente, con mentir a todo el mundo –incluida a ella misma– y huir. Lejos. Porque solo así las cosas irían como tenían que ir.

Pero en la vida existen realidades cuya importancia solo puede valorarse a posteriori. Muy a menudo, las cosas no son lo que parecen, regla básica que no debe olvidarse jamás.

Y algunas decisiones pueden acabar resultando solemnes gilipolleces, aunque en el momento parecieran inevitables, por no decir providenciales.

Esa era otra regla básica, pero en aquel entonces posiblemente se le había olvidado.

11.

El notario Nicola Renna había ocupado el puesto que antes había sido de su padre Arturo, de noventa y un años. Alto, enjuto, de pelo cano pero abundante, y gafas rojas en plan Oliviero Toscani. Los recibió en pleno ataque de estornudos, que duró unos treinta seguidos.

–Una alergia muy fuerte –explicó, mientras se sorbía la nariz y pedía disculpas. Ni siquiera distinguía los olores.

El despacho del notario era una obra de arte *high-tech* digna de una exposición en el MoMA de Nueva York. En realidad, parecía una versión vaciada y remodelada por algún famosísimo interiorista del despacho contiguo, donde el anciano notario Arturo Renna recibió a la subcomisaria Garrasi y al inspector jefe Spanò.

A Vanina, no hace falta decirlo, la comparación se le antojó cruel. El despacho del anciano era un conjunto armónico de muebles antiguos, sillones de cuero, alfombras y dos librerías repletas, todo lo cual le daba al espacio una calidez y un aire experimentado que no estaban al alcance de ningún decorador del tercer milenio.

En cuanto a la personalidad, en cambio, padre e hijo le causaron exactamente el efecto contrario. Lo que en Nicola Renna era cordialidad, en su padre era altanería. Era un hombre corpulento, de estatura media y mandíbula firme. Una copia mala del Marlon Brando de *El Padrino*. De no haber sido porque Marta había especificado la edad del jurista en la nota adhesiva, Vanina le habría echado diez años menos.

Que además de una buena salud el notario conservaba un cerebro en perfecto estado era algo que Spanò había descubierto tras una llamada a su padre. Una conversación de casi un cuarto de hora que le había confundido aún más las ideas, pero que también le había proporcionado respuestas útiles. Sí, el notario Renna estaba fresco como una rosa y en sus cabales. Y sí, conocía muy bien a Gaetano Burrano.

Tras haber insinuado una especie de besamanos y haber repasado de arriba abajo a Garrasi con la precisión de un escáner corporal, Arturo Renna concentró su atención en Spanò y le dirigió la pregunta destinada al responsable de la Judicial.

–¿A qué debo la visita, subcomisario?

El inspector miró de reojo a Vanina, que observaba al anciano con una expresión sardónica. Era poco frecuente que la subcomisaria pasara por alto errores como aquel y, si sucedía, era solo porque el infeliz que lo había cometido le inspiraba benevolencia. Y no era el caso.

Nicola Renna carraspeó, avergonzado, sorbiéndose la nariz con desesperación.

–Papá, él no es el...

–Notario Renna, tengo que hacerle unas cuantas preguntas –intervino Vanina, imperturbable ante la expresión de sorpresa del anciano.

El inspector jefe suspiró, aliviado. Tal y como había empezado la cosa, Garrasi era muy capaz de arrancar en cuarta y a ver quién la paraba después. Pero aquel tono intencionadamente moderado, tras el que el inspector percibía un disimulado siseo entre los dientes, significaba que no estaban allí solo para recabar información, sino para aclararse las ideas sobre alguna cuestión. Y él aún no había pillado cuál era esa cuestión.

Vanina se había pasado la mitad de la noche revisando el viejo expediente Burrano. Nada más llegar al despacho, con el capuchino aún intacto en la mano y sin saludar a nadie, había hecho dos llamadas: la primera a Masino Di Stefano y la segunda a Alfonsina Fresta. Había recabado información útil para aquella entrevista.

—El asesinato de un cliente no es algo que pase todos los días —respondió el notario.

Por lo que recordaba, en su opinión la cosa había resultado bastante sencilla. No había hijos y la división de los bienes familiares con el hermano ya había sido establecida por el padre. Única heredera, la esposa.

—¿Cómo es que están investigando de nuevo un caso resuelto hace tanto tiempo? —le preguntó.

Si una subcomisaria de policía se tomaba molestias por un muerto de hacía más de medio siglo, la cosa debía de ser seria.

Vanina eludió la cuestión con otra pregunta:

—¿Estaba usted informado de la relación entre Gaetano Burrano y una mujer llamada Maria Cutò?

Renna apretó los labios en una especie de sonrisa vaga.

—¿Y quién no tenía «relaciones» con Maria Cutò?

—Por tanto, ¿no le consta que Gaetano Burrano y Cutò fueran amantes?

—No tengo la costumbre de hablar de ciertos temas en presencia de una dama, pero en vista de que aquí la policía es usted... Supongo que sabe cuál era el oficio de la señora Cutò. Si Tanino Burrano era su amante, entonces yo era... en fin, mejor que no entremos en detalles.

Y allí estaba, el gran macho siciliano. El *physique du rôle* perfecto para un buen uniforme negro de federal. Hasta consiguió imaginárselo subiendo la escalera del Valentino la mar de engreído.

—Mejor, así podrá ayudarnos usted. Siendo como era un cliente tan querido, imagino que debía de ser también el notario de Cutò. ¿O prefería mantener su profesión al margen de las alcobas del Valentino?

En la oreja de Spanò, el siseo se estaba convirtiendo en un rugido.

El notario guardó silencio, incómodo por la ausencia de medias tintas y por el tono seco de la subcomisaria. Su hijo carraspeó un par de veces, mientras le lanzaba miradas inciertas al anciano. Pero Renna padre no le hizo caso.

—Es posible. No lo recuerdo —respondió—. ¿Puedo preguntarle por qué el Departamento de Homicidios de la Policía Judicial se interesa tanto por una exprostituta que no se deja ver por Catania desde hace... no sé, unos cincuenta años?

—Porque la encontramos hace unos días en Villa Burrano. Muerta. O, mejor dicho, momificada. Sí, notario, tiene usted razón, hace unos cincuenta años. Cincuenta y siete, me atrevería a decir.

Esta vez, el notario acusó el golpe. Observó a Garrasi en silencio, pero con una expresión consternada en el rostro.

—¡Ah, claro, el cadáver del montacargas! En *La Repubblica* de hoy sale un artículo —exclamó Nicola Renna.

Desapareció en el despacho *high-tech*, mientras Vanina interrogaba a Spanò con la mirada. El inspector extendió los brazos, afligido. En el bar que solía frecuentar, *la Repubblica* no era precisamente uno de los lujos que se ofrecían a los clientes. Con la *Gazzetta Siciliana* tenían más que suficiente.

Renna hijo volvió en ese momento con un periódico abierto en la mano.

Vanina y Spanò intercambiaron una segunda mirada.

Renna padre pareció comprender de golpe que se estaba hablando de un homicidio y que él era uno de los pocos supervivientes que habían conocido a la víctima. Sí, ahora que se acordaba, Cutò sí que había redactado un documento. Pero habría que ir a comprobarlo al archivo notarial. Spanò tomó nota. ¿Que si se había convertido en la amante de Burrano? Podía ser. Tanino había tenido muchas amantes. Y, en el fondo, después del cierre de las casas de tolerancia nadie había vuelto a tener noticias de Madame Luna. Era una madama, al fin y al cabo. Y no era plan de dejarse ver por las calles o en situaciones potencialmente equívocas, como otras sí habían hecho.

–Por la gloria de la ley Merlin –añadió recuperando la sonrisa.

–¿Recuerda si Burrano le había hablado alguna vez de su última voluntad? ¿De un testamento que tenía intención de redactar?

–No me acuerdo, pero creo que no. Era demasiado joven. Repito: murió sin testamento.

–Una última pregunta, notario Renna –dijo Vanina, de pie y a punto de despedirse.

Spanò aguzó el oído: sí, aquel era el momento en que la subcomisaria disparaba a bocajarro la pregunta que se había estado reservando durante toda la conversación, la más importante de todas.

–¿Su amistad con Burrano venía de tiempo atrás o era fruto de relaciones profesionales?

El anciano apretó las manos a la espalda, muy tenso.

–Ni una cosa ni otra. Mi familia era muy amiga de los Regalbuto, la familia de Teresa.

–Ah, claro –asintió Vanina, como si no se esperase aquella noticia–. ¿Y por eso ayudó usted a la señora a llevar a buen puerto el proyecto del acueducto?

El anciano la observó fijamente y, durante un segundo, dejó entrever cierta inquietud.

—¿Qué tiene eso que ver con Madame Luna?

—Bah, seguramente nada. Curiosidad. A veces, es uno de mis mejores recursos, ¿sabe, notario? He resuelto más casos basándose en mi curiosidad que ateniéndome a los datos oficiales.

Lo observó, a la espera de su respuesta.

—Sí, naturalmente. Yo asesoré a Teresa. Una mujer sola e inexperta se habría convertido en presa fácil para ciertas personas sin escrúpulos. Y aquel proyecto ya se había cobrado una víctima.

—Una víctima del proyecto, sí. Bien, notario, espero no tener que volver a molestarlo —dijo, mientras lo saludaba con la sonrisa radiante que dedicaba a quienes sabía que volvería a ver.

Vanina cubrió con la mano la llama del encendedor para protegerla de una ráfaga de viento y se encendió un cigarrillo. Entornó los ojos para protegerse de aquella arena negra que por fin parecía haber dejado de caer, pero que nadie se había tomado aún la molestia de barrer de las calles.

La calle Umberto estaba en el punto álgido del bullicio matutino: coches en fila, motos que se colaban por todas partes, peatones temerosos porque los pasos de cebra nunca han garantizado la integridad física... Las aceras estaban cada vez más concurridas a medida que se acercaban al cruce con la calle Etnea. Y luego, encabezando la lista de zonas de máximo caos, la entrada de la calle Corridoni al mercado municipal: *'a Fera 'o Luni*.

El silencio de Spanò era más elocuente que cualquier pregunta directa.

—Adelante, inspector, sea sincero. Dígame qué pasa.

–¿La verdad? Aparte de que el viejo tiene una cara que me dan ganas de estampársela contra la pared, no he entendido ni jota de la conversación. Aunque si le soy sincero, jefa, eso es algo que suele ocurrir cuando uno va por ahí con usted. Pero teniendo en cuenta que yo también estoy recabando información...

–Y usted también tiene razón, Spanò. Bueno, vamos a analizar la situación mientras tomamos un café.

Sin dudarlo en ningún momento, se dirigieron hacia la esquina, giraron hacia la calle Etnea y se dejaron caer en la primera mesa libre. Los cafés se convirtieron en dos granizados de almendra con café y el correspondiente bollo caliente que la subcomisaria tenía que probar sí o sí porque, como dijo el inspector, bollos así no los hacían en ninguna otra parte.

–Tenga en cuenta, Spanò, que lo que estoy a punto de decirle no tiene ninguna base concreta. Son elucubraciones. Mías. Ideas que se me han ocurrido esta noche, mientras estudiaba a fondo el expediente Burrano. El notario Renna aparece varias veces entre los testimonios, en concreto cuando se habla del tristemente célebre acueducto. Tres personas en concreto afirmaron que Burrano se había enemistado con Di Stefano y que no tenía ninguna intención de hacer negocios con su familia: Teresa Regalbuto, viuda de Burrano; Vincenzo Burrano, que supongo que era el padre de Alfio Burrano; y Arturo Renna. No coincide en absoluto con lo que cuenta Alfonsina Fresta. Solo la versión de Di Stefano coincide en muchos puntos con la de Alfonsina. Por tanto, o Di Stefano y Fresta estaban conchabados, lo cual me parece raro porque, si así fuera, al menos el coche habría aparecido enseguida, o los que mienten son los otros tres. Y Di Stefano me ha confirmado esta mañana que Renna era muy amigo de la señora Burrano.

El inspector se había quedado con la cucharilla en una mano y el copete del bollo en la otra.

–Perdone, pero... ¿por qué iban a mentir la viuda, el hermano y el amigo?

–¿Por qué, Spanò? Pues para encubrir al asesino, por ejemplo.

–No puede ser, jefa... Además, ¿por qué iban a cargarse a Burrano? Los mantenía a los tres. Ni siquiera el hecho de que estuviera a punto de marcharse con Cutò les habría cambiado la vida.

–Se olvida usted del testamento.

–Que seguía allí, en su sobre, y por eso nadie sabía nada.

El razonamiento de Spanò fluía, puede que incluso mejor que el de Vanina, que cada vez se le enredaba más en la mente. Sobre todo, porque Alfonsina le había confirmado que nadie había ido a reclamar el coche de Burrano. Y, sin embargo, la subcomisaria seguía teniendo una extraña sensación en lo que a Renna se refería.

–¿Y la información que le pedí sobre el acueducto?

–Más tarde lo tendré todo, puede que algo más de lo que me pidió. Todo controlado, subcomisaria –la tranquilizó el inspector, mientras se inclinaba sobre su granizado, dispuesto a mojar un trozo de bollo.

Vanina sonrió ante aquel gesto inconfundiblemente catanés.

Aunque, para ser exactos, Giuli le había contado que el verdadero catanés, es decir, el de pura cepa, nunca mojaba un bollo en el granizado. Mojaba pan. Y, a poder ser, caliente.

En cuanto mordió el copete, blando y crujiente por el azúcar granulado, perfumado de mantequilla pero solo el punto justo, sin otros aromas artificiales añadidos, tuvo que admitir que muy pocas veces en su vida había comido bollos tan deliciosos como aquel. Es más, para ser exactos, solo una vez: en Noto, en un famoso café al que la había llevado Adriano Calí.

Mientras el inspector rebañaba el fondo del vaso, Vanina abrió la versión digital del periódico que les había mostrado Nicola Renna. En ambas versiones se imponía la imagen del muro derribado delante del garaje de Cutò, además de una serie de detalles especulativos sobre el caso. En la parte central del artículo aparecían un par de referencias al homicidio de Burrano, con el que este «nuevo misterio» tenía que estar forzosamente relacionado, seguidas de alusiones que sacaban a colación a los Zinna con expresiones como «hombre de honor», «ejecución mafiosa» y similares. Y para colmo de males, los dos periodistas concluían refiriéndose al cadáver como «la cabaretera», el nombre con el que –según decían– habían bautizado a la difunta los polis de la Judicial.

–Y otra cosa, inspector; ¿podemos averiguar quién es ese cretino bocazas que habla con los periodistas sobre nuestra investigación? Porque a menos que Macchia se haya vuelto loco y haya decidido desperdiciar el poco tiempo que tiene revelando detalles de nuestra investigación a la prensa, cosa que me parece como mínimo improbable, la referencia a la «cabaretera» me hace pensar que el gilipollas de turno es alguien bastante cercano.

Spanò asintió, resignado.

–Más que cercano, yo diría... servil –puntualizó.

A Vanina no le hizo falta pensarlo ni un segundo.

–Siempre el mismo, ¿eh? ¿También tiene amistades entre la prensa?

–Más bien... una amistad. Femenina. Pero en el periódico de Palermo. Sobre la prensa de Catania, ni idea. Pero creo que después del artículo inicial, aquella gente no escribió nada más. Ni seguirán haciéndolo, hasta que no le demos la versión oficial, y eso siempre que no le toque las narices a nadie... –concluyó, sarcástico.

–Spanò, le juro que como ese imbécil no se calme un poco, con enchufe o sin enchufe se va a encontrar de un día para otro tragando polvo en el archivo de la jefatura.

El comisario jubilado Biagio Patanè había pasado una noche inquieta. Que en esa historia las cosas no cuadraban era algo que sabía desde hacía más de cincuenta años, por lo que ya estaba acostumbrado a esa idea. Pero esta vez se trataba de algo distinto, algo que debía de haberle llamado la atención aunque no lo bastante como para quedársele grabado en la memoria. Y hasta que no consiguiera llegar al fondo de aquel dilema, lo de conciliar el sueño quedaba descartado.

Para desesperación de Angelina, que lo había oído dar vueltas en la cama y lo había observado preocupado, como si creyera que en cualquier momento se fuese a desmayar. Con ojeras profundas como surcos, pero los ojos brillantes por la anhelada intuición, Patanè se había presentado en el despacho de la subcomisaria Garrasi a las diez y media, apenas unos minutos después de que Vanina se marchara con Spanò.

Se había ocupado de él la inspectora Bonazzoli, aquella venus rubia, un poco delgaducha para su gusto, pero de una belleza incuestionable. Es más, el mismísimo responsable de la Judicial, un titán barbudo de aspecto autoritario, había abandonado su despacho para dedicarle diez minutos de su tiempo. Hasta había accedido a dejarle meter las narices en la documentación del caso, que había definido como «el de la cabaretera».

Una vez que hubo encontrado la hoja que estaba buscando, el comisario tardó unos segundos en confirmar la causa de su insomnio. Aliviado, decidió sin embargo que solo lo comentaría con Garrasi, así que se comió un par de bombones y se puso cómodo mientras la esperaba.

Y allí lo encontró Vanina, absorto en la lectura del código de procedimientos penales, que había sacado de la librería.

–De vez en cuando va bien repasarlo –dijo Patanè, al ver su sorpresa.

Marta le repitió con exactitud todas las peticiones del comisario, quien –con el permiso del jefe Macchia– había consultado más de un documento.

–Mira que llega a ser estirada esa chiquilla... Guapa es, salta a la vista, pero... ¡parece una montaña de sal! –comentó el comisario en cuanto se fue Bonazzoli.

Vanina se echó a reír.

Patanè fue directo al grano.

–Subcomisaria, esta noche no he pegado ojo. Algo me rondaba la cabeza, pero no acababa de saber qué era. Y por eso he venido a cotillear entre sus papeles. Es más, dele las gracias de mi parte a su jefe, que ha sido muy amable y me ha dejado echar un vistazo a lo que me interesaba. Y menos mal que estaba él, ¡porque la inspectora no me hubiera dejado tocar nada!

Y menos mal que ella ya había pasado por el despacho y le había dado tiempo de devolver el antiguo expediente a su sitio. No le gustaba nada la idea de que Macchia hurgase entre sus documentos con el comisario Patanè y no encontrase lo que supuestamente debía estar allí. Ciertas licencias que ella se permitía, como llevarse a casa documentos importantes, no contaban con el beneplácito del Gran Jefe.

–¿Y bien? ¿Qué ha encontrado, comisario? –le preguntó.

–Fíjese en esta carta, el testamento. Está lleno de borrones de tinta y faltas. Hasta hay alguna palabra tachada. Mire aquí, ¿lo ve? –le mostró.

Vanina examinó la hoja con más atención.

–En aquella época, no teníamos ordenadores –prosiguió Patanè–. Las cartas se escribían a máquina, o a mano, y luego se pasaban a limpio. Siempre. ¿Me entiende, subcomisaria Garrasi? Y, sobre todo, un documento tan importante como este.

–O sea, usted cree que la carta que encontramos es el borrador y que la copia en limpio se entregó en su día –concluyó Vanina.

–Desde el principio, no me ha convencido nada eso de que Burrano quisiera enviar la carta desde Nápoles. Ya sabe cómo son estas cosas: son ideas...

–Sí que lo sé. Son sensaciones vagas que uno no sabe explicarse. Pero... cuántas veces dan en el clavo, ¿verdad, comisario?

Patanè asintió.

–He ido a hablar con el notario Renna.

El comisario sonrió casi con alegría.

–¡Ya sabía yo que se le ocurriría a usted solita! –dijo, con una expresión satisfecha en el rostro.

Como si se tratase de una discípula suya, y no de una subcomisaria de policía con la que hasta un par de días antes no había intercambiado ni una frase. Y, encima, con una trayectoria que hacía imposible no preguntarse por qué alguien como ella perdía el tiempo en un caso tan absurdo, en lugar de poner sus dotes de investigadora al servicio de la detención de criminales. De los de verdad. De esos que ella había enviado a la cárcel durante años, sin apiadarse de nadie. Patanè había seguido sus investigaciones en la prensa y las recordaba todas. Incluida aquella en la que la entonces comisaria jefa Garrasi había mandado al 41 bis, junto a una decena de hombres de honor de la peor calaña, al instigador del homicidio de su padre. Y la había admirado por ello.

Y ahora estaba allí, comentando con ella un caso en el que él había participado casi sesenta años atrás.

–He soltado a Spanò. Ha dicho que tenía que hablar con una tía suya, que era «peinadora». Solo él usa esas palabras tan anticuadas.

–¿Maricchia Spanò? ¿Aún vive? –le preguntó el comisario mientras unía las manos jovialmente.

–Sí es la tía peinadora, deduzco que sí.

Patanè estaba contento, lo cual no era difícil de entender. Para una persona de su edad, descubrir que alguien aún más viejo estaba vivito y coleando, hasta el punto de ser capaz de proporcionar información a la policía, debía de ser una idea reconfortante.

–Si conserva la buena memoria por la que era famosa, Maricchia sí que puede resultar útil. Con la excusa de peinar, aquella mujer frecuentaba las casas de media Catania. Una chismosa de primera categoría. Una correveidile capaz de crear enredos que ni se imagina usted, subcomisaria.

Patanè se puso en pie, resuelto y entusiasmado como un novato que se dispone a participar en su primera investigación importante.

–Si le parece bien, me voy a pedirle cierta información a mi amigo Iero, el subteniente. En aquel entonces estaba en la Patrulla Social, no sé si se lo había dicho.

–Sí.

Varias veces, para ser más exactos. Más exacto, pero también más descortés, y Patanè no se merecía su escarnio.

–Puede que nos resulte útil saber quién movía los hilos del Valentino, no sé si me explico...

–Desde luego. Luna solo era la madama. Detrás del Valentino tenía que haber alguien, un empresario. ¿No es así?

–Iero seguro que se acuerda de esas cosas –confirmó el comisario, mientras se despedía con un gesto y se dirigía a la puerta.

Vanina lo siguió con la mirada hasta el final del pasillo. El subteniente Iero, pensó mientras entraba de nuevo en su despacho y se dirigía al balcón con un cigarrillo en la mano. Spanò había dicho que era más viejo que Patanè, así que debía de tener por lo menos noventa años. Otro válido colaborador listo para unirse al ejército de ancianitos dispuestos a ayudar. U obligados a hacerlo.

Spanò siempre salía de casa de su tía Maricchia con un par de kilos de más y cargado como un burro de dulces de todo tipo.

La señorita, que pese a su edad no podía estarse quieta, se había reciclado a pastelera ya hacía algunos años. Pero no de pasteles normales y corrientes, no. Solo recetas antiguas, solo sicilianas y preparadas a su modo. Y desde el momento en que ciertos postres tradicionales se habían vuelto a poner de moda, pero eran muy pocas las personas que sabían elaborarlos como es debido, poco a poco Maricchia Spanò se había ido convirtiendo en un *must* en Catania. Su actividad había pasado a ser un verdadero negocio: generaba tanto trabajo que habría dejado para el arrastre a cualquiera, pero la octogenaria señorita lograba seguir el ritmo sin inmutarse. Sí, es cierto que tenía dos trabajadoras, más una contable que se encargaba de las cuentas, porque la tía Maricchia no había ido mucho al colegio. Solo mujeres, y todas jóvenes y enérgicas. Pero la cabeza pensante, la que tomaba todas las decisiones, hasta el último grano de azúcar de la última tarta de requesón, era siempre ella.

Teniendo en cuenta la época del año, a Carmelo y a su colega Fragapane les tocó aquella tarde la *mostata*, un dulce a base de mosto, y una cantidad industrial de *cotognata*, la mermelada de membrillo.

Aquel chute glucémico, del cual sinceramente podría haber prescindido, le había reportado al inspector Spanò el equiva-

lente de su peso en noticias, chismes e indiscreciones cuyo
origen prefería no conocer, pero de cuya veracidad no tenía
motivos para desconfiar.

Así pues, Gaetano Burrano había sido definido como «uno
que chanchullaba en asuntos turbios». Su mujer Teresa, de
soltera Regalbuto, «menuda mosquita muerta, ¡madre mía del
amor hermoso!», le inspiraba al parecer un profundo desdén,
que después Maricchia había justificado con una serie de re-
velaciones.

Ahora bien, de que Garrasi se olía algo no cabía duda. Pero
la conversación con el notario, aquella pizca de mordacidad
que se adivinaba más en la expresión de la subcomisaria que
en sus palabras, siempre calculadas... En resumen, que algo le
olía mal.

Fragapane, en cambio, había entendido muy poco o nada.
Lo único que sabía a ciencia cierta era que aquel caso se com-
plicaba más y más cada día y, en su opinión, eso no era bueno.
No, no era bueno en absoluto.

–Al menos lo que queríamos saber ¿lo hemos averiguado,
compañero? –preguntó cuando llegaron al coche patrulla, que
llevaba dos horas aparcado en la calle Principe Nicola.

El inspector jefe Spanò sacudió la mano derecha, como si
quisiera decir «Ni te imaginas hasta qué punto». Por increíble que parezca, le pidió al suboficial que condujera el coche.
Llegarían un poco más tarde, pero al menos así podría hablar
por teléfono con Garrasi. Si era verdad, como decían, que la tía
Maricchia nunca erraba el tiro, mejor aprovechar al máximo
el factor tiempo y evitar que empezaran a circular ciertas noticias entre los protagonistas de la investigación.

Y pensar que apenas unos días antes él mismo consideraba excesivo el fervor con que la subcomisaria se estaba entre-
gando a aquel caso antiguo y turbio... Ahora, en cambio, era a

él a quien le preocupaba que alguien se les pudiera adelantar. Se estaba dibujando un cuadro que cambiaba por completo la perspectiva.

Aquel caso rebosaba injusticias por todas partes. Y si había algo que Carmelo Spanò no soportaba, en ninguna de sus formas, era la injusticia.

Marcó el número de Garrasi y esperó, mientras miraba de reojo a Fragapane. En silencio, y con cara de ofendido porque no lo habían incluido en la investigación de un modo más activo, el suboficial acababa de dejar la calle Principe Nicola y se estaba adentrando a diez por hora en la calle Giacomo Leopardi, lo cual había suscitado un coro de bocinazos que ni una carroza en la ronda.

—Compañero, en cuanto termine de hablar con la jefa te lo cuento todo con pelos y señales.

Cuando Spanò colgó, la cara de perplejidad de su compañero decía por sí sola que ya no hacía falta que le contara nada.

El oficial Nunnari se dirigió a la puerta del despacho que compartía con Bonazzoli y Lo Faro, y la abrió de par en par justo cuando la subcomisaria Garrasi estaba a punto de cruzar el umbral.

—¡Joder, Nunnari! No nos hemos chocado por un pelo.

—¡Perdone, jefa! Justo iba a verla —farfulló, más por la vergüenza de haber estado a punto de atropellar a su superiora, cosa que en las películas estadounidenses no pasaba, que por el esfuerzo de haber corrido los cinco metros que lo separaban de aquella puerta.

—A ver si lo adivino: ¿has descubierto al asesino de la mujer momificada y estabas yendo a buscarlo a alguna residencia de ancianos? ¿O al cementerio Tre Cancelli a llevarle unos cuantos crisantemos? —se burló ella.

–¿El asesino de la mujer...? –balbuceó el oficial–. Pero qué dice, subcomisaria, ¿está de broma? No, es que han llamado de la Científica para decir que los objetos encontrados en el maletero del Flaminia ya han sido registrados y que, si queremos, están a nuestra disposición. El informe ha llegado ahora mismito.

–Excelente. Analizadlo bien. Manda a Fragapane a la Científica y dile que hable un poco con su amigo, que parece un tipo despierto y puede que nos resulte útil. Por cierto, ¿dónde está Fragapane?

–Con el inspector Spanò, claro.

–Claro. Llámalo y dile que lo traiga aquí y que luego se pase por la Científica, antes de volver al despacho. ¿Marta?

La inspectora apartó la mirada del móvil con aire ausente.

–¿Sí?

–¿Es interesante?

Aire aún más ausente.

–No, decía el chat –aclaró Vanina.

–¿Chat? ¿Qué chat...? Estaba contestando el mensaje de un amigo... o sea, de una amiga.

–Ah, una amiga. Lástima. Pero no deja de ser un chat. Marta, querida, tienes que espabilar. Con lo guapa que eres, es una pena verte siempre tan sola. ¿Tengo razón, Nunnari?

El oficial asintió como pudo, pues aquella pregunta tan directa lo había pillado desprevenido.

Marta Bonazzoli había llegado a la Judicial de Catania hacía un año, dos meses, cuatro días y casi tres horas. Y desde hacía un año, dos meses, cuatro días y casi tres horas y cuarenta y cinco minutos, el rechoncho oficial Nunnari dedicaba a su colega más de un pensamiento al día. Con la serena resignación de quien sabe que no tiene la más mínima oportunidad.

–Tiene muchísima razón, subcomisaria –intervino Lo Faro desde el fondo de la habitación, donde se hallaba su escritorio, siempre lleno de documentos inútiles.

Vanina no se molestó en girarse. Solo el hecho de ver a aquel cretino columpiándose sobre las dos patas posteriores de su silla mientras mascaba chicle, como si fuera un maestro de escuela, habría bastado para lanzarle los peores insultos que existían en italiano o, mejor dicho, en siciliano.

–Cuidado con lo que contestas, Marta. Que si hablas demasiado en presencia de ese de ahí, igual aparece en el periódico de mañana un artículo sobre la poli rubia de la Judicial de Catania. ¿Qué hará la hermosa norteña Marta Bonazzoli en una ciudad como Catania? ¿Qué la habrá impulsado a trasladarse al sur? Que, en el fondo, es lo que nos preguntamos todos, ¿verdad, Lo Faro?

Dos miradas interrogantes y una gélida se posaron sobre el confuso agente Lo Faro, que, en equilibrio sobre la silla, tenía los ojos como platos, el chicle apretado entre los dientes y una expresión de culpabilidad que no merecía ni el beneficio de la duda.

–¿Por qué... lo dice? –respondió, no muy seguro.

Vanina lo observó largamente, en silencio.

–Piénsalo, Lo Faro, y seguro que encuentras la respuesta tú solito. Y más tarde, cuando Bonazzoli y yo volvamos de un destino que nunca sabrás, y todos los que trabajan de verdad se hayan marchado, hablaremos. Esta noche.

Marta no preguntó nada. Se limitó a seguir a la subcomisaria por la escalera hasta llegar al portón de entrada.

–Vamos a pie –dijo Vanina, mientras giraba en dirección a la calle Vittorio Emanuele.

–Perdona, jefa, pero... ¿adónde vamos? –se atrevió a preguntar Marta.

–A ver a la vieja. La señora Burrano.

–¿A estas horas? –preguntó, perpleja.

Desde hacía un año, todo el mundo le repetía que en Sicilia ni se llama por teléfono ni se visita a la gente antes de una hora determinada. No eran ni las cuatro y media.

–Sí, a estas horas.

–¿Y la señora no estará descansando?

–Pues entonces la despertaremos.

Bonazzoli no puso objeciones. Seguro que había un motivo. Pero le costaba entender esa costumbre que tenía la subcomisaria Garrasi de ir a casa de las personas con las que deseaba hablar, en lugar de citarlas en la comisaría. Sí, de acuerdo, la señora Burrano ya tenía una edad, pero tampoco es que fuera inválida.

No tenía claro si Garrasi lo hacía movida por una especie de deferencia hacia ciertas personas, cosa que en realidad no le parecía propio de ella, o más bien por aprovechar el factor sorpresa. En aquel caso concreto, Marta se inclinaba claramente por la segunda hipótesis.

La calma del volcán, tan temporal como irreal, parecía haber franqueado el paso a la primera brisa fresca de la estación. El sol había desaparecido y el cielo se había cubierto de nubarrones de tormenta. Una breve insinuación del otoño que, según las previsiones, no duraría mucho.

Vanina se abrochó la chaqueta de piel y se enrolló mejor la bufanda. Dos de las pocas prendas que constituían su nuevo guardarropa otoñal. Pocas, pero escogidas. Minimalistas, casi masculinas pero nunca del todo, gama de colores del negro al gris claro con alguna nota de beis, para cambiar un poco. Nada de marcas destacadas o reconocibles para la mayoría. Nada de clasicismos, ni de combinaciones de colores demasiado estudiadas, algún que otro desgarrón en lugares estratégicos, efecto usado, pero no usado de verdad. Ropa para entendidos, vamos. Prendas que costaban un ojo de la cara, pero no lo iban pregonando por ahí. Solo quien lo sabía se daba cuenta y no eran muchos.

Era su único vicio, si es que se podía llamar así, y cada temporada le costaba el sueldo de un mes entero.

Esperó que, aunque solo fuera una vez, la previsión meteorológica no se hubiera equivocado al anunciar una ola de altas temperaturas para el fin de semana. Si todo iba bien, si el caso no se complicaba hasta el punto de exigir horas extra y no aparecían más cadáveres, aquel fin de semana se iba a conceder dos días de paz en Noto, en el refugio de Adriano y Luca.

Vanina y Marta giraron hacia la calle Etnea. Dejaron a la izquierda el elefante de la plaza del Duomo, 'u Liotru, con su columna plantada en la espalda y los atributos viriles bien a la vista. De no ser por la piedra gris con que habían construido aquellos edificios, su belleza podría haberse descrito como deslumbrante. Algunas fachadas estaban rehabilitadas e impecables y otras no, aunque eso no hacía que resultaran menos bonitas.

Para un palermitano, admitir que admiraba Catania no era fácil, pero a Vanina confesarlo ante sí misma le había servido para ahuyentar del todo aquella sensación de provisionalidad que la perseguía desde hacía meses.

Mioara, la muchacha rumana que estaba al servicio de Teresa Burrano, recibió a las dos policías con una expresión de perplejidad. Sí, la señora estaba en casa. No, no estaba descansando. Estaba en el salón pequeño con «su amiga señora Clelia».

Desapareció para anunciar su llegada a la señora y luego las acompañó al salón.

Teresa Burrano alzó la mirada de un tablero de ajedrez repleto de torres, caballos, peones y demás piezas del repertorio.

—Subcomisaria Garrasi, ¿a qué debo esta sorpresa?

—Supongo que recuerda, señora Burrano, que dirijo la investigación del homicidio cometido en su casa.

—Esa villa nunca ha sido mi casa —puntualizó la anciana, mientras invitaba a la subcomisaria y a la inspectora a sentarse en torno a la mesa.

Clelia Santadriano se hizo a un lado y abandonó el salón.

A Vanina le quedó claro que la mujer vivía en aquella casa. Era un detalle que despertaba su curiosidad, pero por el momento tenía otras cosas de las que preocuparse.

Al escuchar el nombre y el apellido con que se había identificado a la mujer encontrada en Villa Burrano, la anciana ni siquiera se inmutó. De su marido podía esperar eso y mucho más. En cuanto al hallazgo del Flaminia, no ocultó que se había enterado por la prensa.

—¿Sabía usted que su esposo se disponía a abandonar la ciudad durante largo tiempo, en compañía de la señora en cuestión? —le preguntó Vanina.

La vieja hizo una mueca.

—Lo de «señora»... No, no lo sabía. Pero me parece bastante improbable que mi marido quisiera dejar a su familia por una prostituta.

—La familia a la que se refiere la formaba solo usted, si no me equivoco.

—Yo, su hermano y su madre. Moribunda.

—El Flaminia iba cargado hasta los topes de maletas. En su interior hemos encontrado también la documentación de su esposo y la de la señora Cutò. Lo cual avala la hipótesis de que se disponían a emprender un viaje juntos.

A la señora Burrano le tembló levemente el párpado izquierdo, pero se mantuvo imperturbable.

–Si tan segura está, no veo por qué razón me lo pregunta a mí. Lo único que puedo decirle es que, si realmente era así, lo más probable es que el asesino fuera la misma persona, ¿no le parece?

–Ya. Es lo que parece, sí.

–Y localizarlo no es difícil. Aún está vivo, ¿sabe? Vive en...

–¿Zafferana Etnea?

–Siempre se me olvida que no es usted de las que pierden el tiempo. Y, además, su fama la precede.

–Si tan bien conoce mi fama, debería saber que nunca acepto una hipótesis formulada por los demás hasta que la verifico personalmente. Y a la luz de varios elementos nuevos, que han aparecido gracias al hallazgo del coche, no pondría la mano en el fuego de que el responsable del asesinato de su esposo sea la misma persona que ha cumplido condena.

La señora ni siquiera parpadeó.

–¿Y entonces?

–Y entonces la búsqueda va a ser laboriosa. Y puede que larga. Tal vez sea necesario revisar el juicio que se celebró en aquella época. Ya sabe cómo son las cosas hoy en día: disponemos de medios de investigación que en 1959 ni siquiera se habían inventado. Y, por suerte, la villa ha permanecido deshabitada desde entonces. Suceda lo que suceda, necesitaremos la máxima colaboración por su parte, pero también la de su sobrino y la de todos los testigos que aún viven.

–Mi sobrino –resopló con desdén–. Dígame qué es lo que quiere saber.

Acercó la mano a la mesilla esquinera y cogió un paquete de Philip Morris. Con bastante dificultad, debido a la deformidad de los dedos, sacó uno y luego buscó algo a su alrededor.

–¿Dónde está mi encendedor de oro? –ladró.

Cogió uno de plástico y consiguió encender el cigarrillo, tras lo cual arrojó el encendedor a la alfombra casi como si le diera asco.

En la mesilla empezó a sonar un teléfono gris que debía de llevar allí por lo menos desde los años setenta, pero la anciana pareció no darse cuenta.

–Que usted recuerde, ¿su marido había manifestado abiertamente alguna vez que no quisiera tener relación alguna con la familia de Di Stefano? –preguntó la subcomisaria.

–No hacía falta. Aunque sea usted palermitana, sabe perfectamente quiénes son los Zinna. ¿Cree usted que mi marido haría negocios con ellos?

–¿Y nunca le entró la duda de que su marido en realidad sí quería firmar el famoso contrato del acueducto o, mejor todavía, que ya lo hubiese firmado?

–Eso es lo que dijo Di Stefano, pero era imposible de creer. Además, el famoso contrato no apareció nunca. Si mi marido hubiese firmado un documento de ese tipo, habría conservado una copia en lugar seguro. En su despacho, muy probablemente. Y, sin embargo, allí tampoco se encontró ni rastro. Pero si quiere usted perder el tiempo buscándolo, adelante.

–Ya no es necesario, señora.

La arrogancia de la anciana se resquebrajó un poco.

–¿Por qué?

–Porque lo hemos encontrado. Como usted ha dicho, bien escondido.

En aquel momento regresó Mioara.

–Señora, ¿qué le ocurre? –exclamó la muchacha, mientras se acercaba apresuradamente a su señora, que había palidecido.

Burrano alejó a la joven con un gesto de rabia y la echó de la estancia. Con los ojos tan entornados que parecían rendijas y el tono alterado dijo:

—Subcomisaria Garrasi, ¿qué es lo que intenta decirme? ¿Que mi marido hacía negocios con una familia mafiosa? ¿Que el patrimonio de nuestra familia se ha construido a través de medios poco lícitos? ¿Que...?

Vanina la interrumpió con un gesto de la mano.

—Señora, esa clase de asuntos no son de mi incumbencia desde hace ya bastante tiempo. Mi único interés es averiguar quién mató hace cincuenta y siete años a Maria Cutò y si alguien ha pagado con más de tres décadas de cárcel un crimen que no cometió. Y desde el momento que ambos delitos se cometieron en su casa, no puedo evitarle el fastidio de tener que responder a mis preguntas.

—Entonces, le aconsejo encarecidamente que interrogue al señor Di Stefano, en lugar de perder el tiempo conmigo. Si mi marido de verdad firmó el contrato, seguramente lo hizo bajo amenaza. Y es probable que luego se arrepintiera. Los parientes de ese señor son... Es inútil que se lo diga, usted lo sabe mejor que yo.

La tesis de la culpabilidad de Di Stefano era, en opinión de la señora Burrano, inmutable. Tenía argumentos para desmontar cualquier hipótesis que demostrase lo contrario. Era perfectamente posible que el administrador se hubiera puesto de acuerdo con la prostituta para embaucar a Gaetano. Y por eso había tenido que eliminarla después, porque podía convertirse en una testigo incómoda. O tal vez, quién sabe, en un arranque de ira motivado por aquella mujerzuela que se proponía buscarle problemas, su marido la había matado y la había escondido allí antes de que a él también lo asesinaran. Sí, ella misma había sido la primera en decir que eso era imposible, pero...

¿quién sabe qué se le puede pasar a un hombre por la cabeza en ciertas situaciones? Y las mujeres que se dedican a ese oficio saben, desde el primer día, que pueden terminar mal.

–Señora Burrano, lamento tener que desengañarla, pero la mujer en cuestión compartía con su esposo algo más que un interés. En primer lugar, tenían una hija. En segundo lugar, llevaban años haciendo negocios juntos y tenían intención de expandirse a otras ciudades. No sé aún en qué sector, pero le aseguro que no tardaré en averiguarlo. Y, sobre todo, Maria Cutò aparecía en el testamento ológrafo que hemos encontrado en el Flaminia, en el mismo portapliegos que contenía también el tristemente célebre contrato para el acueducto... firmado por Gaspare Zinna.

–Mi marido murió sin dejar testamento –dijo entre dientes la anciana–. Y no tenía hijos. Tenga cuidado con lo que dice, subcomisaria Garrasi.

Vanina se puso en pie.

–No, tenga cuidado usted, señora Regalbuto. Lo que yo digo, y sepa usted que de no estar segura no se lo habría comunicado jamás, está escrito en los documentos de su marido, los que han aparecido en el Flaminia cuya desaparición denunció usted misma, junto a la documentación de su esposo y la de Maria Cutò. Todo ha sido debidamente clasificado y recogido en los informes.

–No existe ningún testamento, subcomisaria Garrasi, y el notario Renna podrá confirmárselo –insistió la mujer.

El teléfono de la subcomisaria empezó a vibrar. Era Patanè. Sin saber si rechazar o no la llamada, Vanina optó finalmente por lo primero. Pero el comisario no se rindió y lo intentó varias veces más.

El teléfono de Patanè parecía sacado de un depósito de residuos bélicos, y la posibilidad de que él estuviera capacitado para enviar o leer mensajes era bastante remota. Dado que toda aquella insistencia anunciaba novedades como si fuera la sintonía de un telediario, no le quedó más remedio que alejarse para responder.

No se arrepintió.

La última información que Vanina le proporcionó a la señora Burrano, que durante aquel rato había estado esperando con el aliento contenido, fue lapidaria: Gaetano Burrano llevaba una vida paralela y era esa vida la que ella se proponía investigar.

La dejó lívida.

Alfio Burrano se las había visto y deseado para aparcar en un sitio decente su Range Rover recién salido del túnel de lavado. Si aquel coñazo de volcán no se ponía a escupir ceniza otra vez, quizá el blanco de la carrocería tendría alguna posibilidad de mantenerse intacto.

Desde la noche en que había descubierto el cadáver, todo le salía mal, ya fuera por una cosa o por otra. Su hijo –con la colaboración de la madre, tocahuevos como ella sola– apenas le hablaba. La vieja pagaba con él el malhumor que le provocaban aquellas circunstancias absurdas, especialmente su rabia hacia los periodistas que se dedicaban a tejer historias. Y, por si eso fuera poco, encima estaba ella, su tormento de los últimos cuatro meses. Aquella a la que, por seguridad, prefería no nombrar ni siquiera ante sí mismo, pero a la que no podía dejar de ver.

La tía Teresa lo había citado por enésima vez. Con un tono más grave y glacial de lo acostumbrado. Parecía dispuesta a endilgarle a él la culpa de las molestias de los últimos días. Es más, con la franqueza que le salía en determinados momentos y encima humillándolo delante de su amiga napolitana, lo había acusado de haber contravenido uno de sus deseos expresos y haber contribuido, con su manía de querer preservar la villa, al hallazgo de aquella pobre desgraciada, que a saber quién era y qué hacía allí. Que era lo único que faltaba para «alterar» el pasado de la familia Burrano.

Para ser francos, a Alfio el pasado de su familia –y, especialmente, de aquella rama de la familia– no podía interesarle menos. Su tío Gaetano era un capullo que se había aprovechado de la debilidad de su hermano para concentrar en sus manos todo el patrimonio familiar. Y menos mal que la justicia divina se acordaba de vez en cuando de dar señales de vida, porque con el tiempo todo acabaría en manos de Alfio. Soportar a la vieja bruja era el precio que le tocaba pagar.

La subcomisaria Garrasi se le cruzó justo delante del portón de entrada. Con un cigarrillo en la mano y el paso rápido, estaba absorta en su conversación con la poli flacucha a la que Alfio ya había visto la noche del hallazgo del cadáver.

Su amigo abogado había perdido la cabeza por aquella rubia, pero a él no le decía nada. Parecía una modelo. Mucho mejor la subcomisaria, que bajo aquella ropa de corte masculino debía de esconder un cuerpo de hembra alfa.

Aceleró el paso y las alcanzó.

Vanina acababa de subir a la acera de la calle Etnea con Marta cuando, de repente, Alfio Burrano se le plantó delante con la agilidad de un velocista, envuelto en una nube de perfume que haría palidecer a su sosias hollywoodense en el anuncio de Givenchy Gentleman. Atractivo, desde luego, pero en aquel momento también bastante inoportuno.

Les propuso de todo: café, granizado, helado, incluso acompañarlas al despacho en su potente coche. Siempre con una sonrisa de oreja a oreja que dirigía única y exclusivamente a la subcomisaria Garrasi. En vano, claro.

Pidió detalles sobre la historia del coche encontrado en el garaje de la calle Carcaci, que había leído en la prensa. Vanina le comentó las novedades que acababa de trasladar a su tía Teresa.

–O sea, que las cosas se están complicando –concluyó Burrano, alarmado.

Era obvio que, para él, el problema no era tanto la investigación en sí como las repercusiones que podía tener en la tranquila vida que llevaba. La idea de que aquellas «complicaciones» pudieran sacar de nuevo a la luz el caso de su tío Gaetano no le suponía ninguna molestia a Alfio Burrano. Al contrario, aquel tema más bien despertaba su curiosidad.

–¿Qué puedo hacer para ayudar? ¿Necesitan documentación o algún tipo de información sobre la villa? Pídanme a mí lo que sea, así por lo menos dejamos en paz a mi tía y tanto ella como yo dormimos más tranquilos. Por ejemplo, puedo buscar...

–Vamos a hacer una cosa, señor Burrano: si necesito información, ya lo llamaré yo. Por desgracia, en estos momentos no puedo prescindir de su tía, dado que es una de las poquísimas personas que pueden recordar los hechos.

En la plaza Stesicoro, delante de la excavación del anfiteatro romano, Vanina se detuvo y se despidió de él amablemente, pero con firmeza.

–Madre mía, ¡qué pesado es ese hombre! –comentó Marta, en cuanto Alfio dio media vuelta.

–*Incutto*,* como diría Spanò.

* En siciliano, el término *incutto* se utiliza para referirse a una persona que está muy unida a otra. En este contexto, y dado que se utiliza en un sentido más bien negativo, quizá podría traducirse como «empalagoso». *(N. de la T.)*

240

Era uno de aquellos términos dialectales que la subcomisaria Garrasi se esforzaba en aprender y que guardaba en una nota creada a tal efecto en su iPhone bajo el título de «catanesadas». El dialecto que ella hablaba era palermitano y así seguiría siendo, pero era necesario estudiar la terminología local, aunque fuera a un nivel puramente teórico.

La inspectora echó a andar junto a ella. En un momento determinado, se metió la mano en el bolsillo y sacó algo envuelto en papel.

–Toma. Haz lo que consideres oportuno.

Vanina contempló asombrada el encendedor rojo de plástico que asomaba del pañuelo de papel.

–Y ahora, ¿puedo pedirte un favor? –dijo Marta–. ¿Puedo empezar a entender algo también yo, en lugar de seguir juntando piezas del rompecabezas sin una lógica clara?

En las investigaciones, siempre llegaba un momento en que la inspectora Bonazzoli levantaba la cabeza y pedía que la pusieran al corriente de las teorías que la subcomisaria tendía a compartir solo con Spanò, con lo que todos los demás quedaban relegados al papel de peones.

Era un deseo legítimo y Marta se lo merecía. Vanina lo olvidaba a menudo, pero la joven le había demostrado en más de una ocasión que bajo su timidez –de la que, sinceramente, Vanina empezaba a tener dudas– se escondía una intuición sorprendente. Y aquella tarde la había sacado a relucir.

Estaban todos allí, en el despacho del Gran Jefe: Vanina delante de él, Marta sentada muy tiesa en el borde de la otra silla y Spanò de pie detrás de ellas. Macchia las había interceptado en la escalera: él volvía en aquel preciso instante, la mar de contento por la colosal operación antidroga que la brigada de Narcóticos había llevado a cabo aquella noche junto a los compañeros de Crimen Organizado, y que se había saldado con seis detenciones y la incautación de una ingente cantidad de sustancias diversas.

Vanina había tenido el tiempo justo de cruzar la información que le había proporcionado Patanè con la que ella había obtenido después de la noche dedicada al expediente y los diversos encuentros del día. No había llegado a hablar con Spanò de las noticias más recientes ni a escuchar la opinión de Marta.

Macchia estaba repantigado en su gigantesco sillón, con el puro apagado entre los labios y el ceño fruncido en un gesto pensativo. Esperaba en silencio que la subcomisaria Garrasi desenredara por él la maraña de elementos que había conseguido recabar de aquel caso, como poco, novelesco.

−Maria Cutò y Gaetano Burrano mantenían una relación desde hacía tiempo. Y no hablo de vínculos pseudosentimentales ni de la hija que tenían en común. Burrano tenía tres casas de tolerancia: el Valentino, que dirigía con la ayuda de Cutò, y otras dos de categoría inferior. Estas últimas, según fuentes no oficiales, estaban en manos de una red de proxenetas y matones vinculados con la familia Zinna.

−Y todo eso, ¿cómo lo sabemos? −preguntó Macchia.

−El comisario Patanè lo ha averiguado a través del subteniente Iero, un colega suyo de confianza, que trabajó durante muchos años en la Patrulla Social.

−¿Colega suyo? Entonces... ¿cuántos años tiene el tipo en cuestión?

−Y yo qué sé. Noventa o por ahí.

−Vani, pero... ¿te das cuenta de que estás confiando en la memoria de un nonagenario?

−Dejando a un lado el hecho de que es la memoria a corto plazo la que tienen afectada los ancianos, y no la memoria a largo plazo, ¿tengo alternativa?

Macchia meditó un instante.

–La verdad es que no. Continúa.

–Todo va muy bien hasta que llega la ley Merlin y les fastidia los planes. El Valentino, que era cosa de Burrano, pasa a estar a nombre de Cutò. De los otros dos burdeles no se vuelve a saber nada más. En el 59, la relación entre Burrano y Cutò ya está consolidada, y Rita Cutò es la única hija de Gaetano. Sea porque la madre era muy lista, o simplemente por una cuestión sentimental, el caso es que Burrano está muy encariñado con la niña y quiere darle un futuro. La pareja decide que es mejor cambiar de aires y trasladar sus negocios a Nápoles. Cómo, dónde y con quién es, lógicamente, algo que no podemos saber, pero sí conocemos que Burrano está dispuesto a abandonar Catania durante un tiempo indeterminado. Antes, sin embargo, tiene que asegurarse de que su mayor negocio, el del acueducto, se ejecute según sus planes. Firma el contrato con Gaspare Zinna, el mismo hombre con el que sin duda había hecho negocios durante años en el mundo de la prostitución, y decide dejarlo todo en manos de su hombre de confianza: Masino Di Stefano. Conserva una copia del contrato firmado en una carpeta en la que guarda también una carta-testamento dirigida al notario Arturo Renna, abierta y no franqueada, que señala como herederas a su esposa y a Cutò, y que establece que a la muerte de ambas mujeres todo el patrimonio debe pasar a manos de Rita. Pero la noche antes de marcharse muere asesinado. Maria Cutò desaparece, ahora ya sabemos dónde estaba. ¿Y quién pasa treinta y seis años en la cárcel acusado de homicidio? Masino Di Stefano, el único que no tenía ningún motivo para matarlo.

–Perdona, pero... ¿cómo es que Zinna y Di Stefano no tenían una copia del contrato?

–Casi con toda probabilidad, la copia que hemos encontrado es la que se quedó el caballero. La otra, la que debía ser entregada al administrador, desapareció y no se supo más de ella. Lo cual afianzó la hipótesis de que Di Stefano mentía y se convirtió en otra prueba en su contra. La enésima.

–Alguien hizo desaparecer el contrato –insinuó Spanò.

–Y no solo eso –precisó Vanina, despertando el interés del Gran Jefe, que frunció el ceño–. Me ha dado la idea Patanè. Cuando encontramos el testamento, dimos por sentado que era una carta que Burrano no había tenido tiempo de enviar. Pero al analizarla mejor, nos hemos dado cuenta de que está llena de borrones. Demasiados, para un documento tan importante como ese. Más bien parece el borrador de una carta que, casi con toda probabilidad, ya se había enviado al notario Renna pero de la que no hay ni rastro. Y así es como Burrano murió sin testamento, todo su patrimonio fue a parar a manos de su mujer y el proyecto del acueducto emprendió un nuevo camino.

El jefe la observó, concentrado, mientras mordisqueaba su puro.

–¿Cuál? –preguntó.

–El de Idros S. R. L. Adivina quién era el administrador.

–¿A qué jugamos ahora, Vani, a las adivinanzas?

–Arturo Renna.

Macchia se quitó el puro de los labios y permaneció en silencio. La novela negra de la cabaretera estaba a punto de abandonar el universo paralelo para adentrarse por el molesto camino del mundo real.

–¿Y estamos seguros de eso, o se trata de otro testimonio obtenido en algún geriátrico?

En ese momento intervino Spanò, levantando la mano como si fuera un alumno durante la visita del director.

–Son informaciones contrastadas, jefe. Tengo en mi despacho todos los documentos. Hasta finales de los ochenta, el administrador de Idros era Renna. Luego lo sustituyó su yerno.

–Otro tema importante: la amistad especial que unía al notario Renna y a Teresa Burrano. Una historia de la que, por lo que parece, se hablaba y mucho en Catania –añadió Vanina.

–¿Y eso también lo sabemos por una fuente fiable? –preguntó Macchia.

–Muy fiable, jefe –intervino Spanò–. Mi tía Maricchia es mejor que un archivo histórico.

–Entonces, en tu opinión –resumió Macchia, volviéndose hacia Vanina–, la señora tiene algo que ver con el homicidio del marido y, por tanto, también con el de Cutò. El notario, por otro lado, habría hecho desaparecer el testamento para encubrirla. Así que... habría que revisar el proceso de entonces.

–Es probable.

–¿Y Vassalli conoce toda esta historia?

–Aún no.

Macchia se apoyó en el respaldo y volvió a ponerse el puro en la boca con aire socarrón.

–Me muero de ganas de saber qué te responderá.

12.

A finales de septiembre, haga frío o calor, Aci Trezza vuelve al modo invierno. Ni soláriums, ni pasarelas ni baños abiertos, y todos los embarcaderos del puerto turístico en fase de abandono.

El catanés típico, decía Adriano, cierra la casa de la playa a finales de agosto, cuando terminan las vacaciones, y regresa a la montaña. La misma que llevaba días vomitando fuego sin parar.

Y, sin embargo, en los primeros días de septiembre el mar suele estar mucho más bonito que durante el resto de la estación.

En aquel pueblecito marinero, delante de los farallones negros, Vanina había pasado casi todo el verano. O, mejor dicho, los únicos días estivales en los que nadie había asesinado a nadie en territorio catanés.

Era la primera vez, desde el hallazgo del cadáver en Villa Burrano, que Vanina se concedía una pausa para comer más larga de lo normal. Pero no era una buena señal.

Vassalli le estaba dando largas desde hacía ya unos cuantos días. La había escuchado sin inmutarse, incluso había asentido un par de veces, había tomado nota de su petición de grabar las conversaciones telefónicas de Teresa Burrano y de abrir también una investigación sobre el proceso de Masino Di Stefano.

Pero la respuesta final había sido que tenía que pensarlo. Se trataba de indagar sobre una persona sin antecedentes penales basándose en indicios que no llevaban a ninguna parte y de pedir la revisión de un caso resuelto más de cincuenta años atrás con un culpable que había cumplido condena.

Habían pasado varios días. La previsión meteorológica había fallado de pleno y el fin de semana en Noto se había cancelado una vez más.

La única buena noticia, hasta aquel momento, llegaba de la Científica. El ADN hallado en el cepillo y el peine recogidos en Villa Burrano y el extraído de los objetos que se habían descubierto en el cajón del Valentino se correspondían con el ADN del cadáver momificado. Lo cual confirmaba definitivamente que la víctima era Maria Cutò. Manenti incluso la había asombrado con efectos especiales, por primera vez en once meses: había conseguido extraer huellas dactilares parciales de algunos objetos hallados en el escritorio de Burrano que Vanina le había obligado a examinar minuciosamente unos días antes.

Lástima que, desde que Vanina había implicado al fiscal, la investigación parecía haber entrado en una fase de estancamiento que sin duda no iba a ser de mucha ayuda.

Maria Giulia De Rosa la sorprendió por detrás mientras estaba sentada bajo el templete del embarcadero, observando perdida en sus pensamientos la isla Lachea.

—En tu opinión, ¿dónde rodó Visconti la escena del puerto de *La tierra tiembla*, aquí o en el otro puertecito? —preguntó Vanina.

La abogada le lanzó una mirada interrogante. ¿La escena de qué?

—*La tierra tiembla*, la película de Visconti basada en *Los Malavoglia* de Verga, que se rodó aquí en Aci Trezza con actores no profesionales... Venga ya, ¡no me digas que una catanesa de pura cepa no conoce esa película!

–¿Y cuándo se rodó?

–En 1948, Giuli. En fin, déjalo; de hecho, era difícil que conocieras esa película.

–Vani, puedo entender lo de esa colección tuya, lo del cine de autor, pero admite que no es muy normal que alguien de tu edad se pase la vida viendo películas rodadas en 1948.

La subcomisaria le lanzó una mirada de resignación. Menos mal que tenía a Adriano.

–Pero, bueno, en mi opinión esta asquerosidad no existía en el 48 –meditó la abogada.

La mirada de Vanina pasó de la resignación a la perplejidad.

–No, quiero decir... ¿Has visto el agua? –dijo Giuli, en tono desdeñoso.

La subcomisaria bajó la mirada hacia el mar del interior del puerto y se inclinó un poco hacia delante.

De una abertura situada debajo del muelle, justo al lado del embarcadero, brotaba agua marrón de dudosa procedencia. Un desagüe abierto y directo al mar. Y, ahora que se fijaba mejor, también bastante maloliente.

–¿Qué es esta asquerosidad?

–Las cloacas, tesoro.

–Supongo que estás de broma.

–¿Por qué? ¿No sabías que el alcantarillado de esta zona va directo al mar?

–¿Y tú, hace menos de un mes, me dejaste tocar las amarras de tu zódiac sin advertirme?

–Tranquila, subcomisaria. Cuando tú viniste, el desagüe no estaba. O, mejor dicho, estaba pero no arrojaba porquería. Debajo de esta plazoleta hay una cuba enorme a la que va a parar todo el alcantarillado de Aci Trezza. Normalmente se utiliza un mecanismo bastante primitivo, regulado por una especie de bomba, para encanalar parte de los líquidos pútridos hacia una tubería que desagua en el otro lado del pueblo.

–¿También en el mar? –quiso saber Vanina.

–Pues claro. Pero qué preguntas haces... –respondió Giuli, sarcástica–. Pero, por lo menos, no desemboca dentro de un puerto cerrado, entre las barcas. Cuando la bomba se estropea, la cuba se llena. Y la porquería rezuma por las aberturas que hay debajo del muelle.

–Pero... ¿esto no era una reserva marina protegida, de esas que si echas el ancla vienen a multarte en medio segundo por molestar a la fauna?

–Yo conozco a un tipo de fauna a la que sí que habría que molestar, y mucho. Son bípedos y no tienen branquias.

–¿Por qué no arreglan la bomba?

–Suelen pasar cuatro o cinco días antes de que la reparen.

–¿Suelen? ¿Por qué, ya se ha estropeado otras veces?

–Casi todos los años. Has tenido suerte de que no pasara cuando viniste. Una vez ocurrió en agosto. Tuve que remover cielo y tierra para que la arreglaran en pleno verano, no te lo puedes ni imaginar. Interlocutores, lógicamente, cero. Y nadie que moviese un dedo para ayudarme. Todos resignados. Todos con la esperanza de que se construya por fin el famoso colector de aguas residuales del que se habla desde hace años. Total, las amarras les toca limpiarlas a los pobres marineros que trabajan en el embarcadero y que se desesperan cada vez que sucede esta mierda. Monté un pollo que ni te imaginas: llamadas, Guardia Costera... hasta a la asociación Legambiente llamé.

Maria Giulia De Rosa no hacía distingos con nadie y, en ese sentido, ella y la subcomisaria Garrasi se entendían a la perfección. Sin contar con que la zódiac Clubman 26, provista de dos motores cuatro tiempos de 250 caballos, era el objeto más preciado de la abogada. Una bestia de casi nueve metros de eslora que le permitía corretear por toda la costa oriental, incluidas las islas Eolias.

–Perdona que te haya hecho venir hasta aquí, pero tenía que rendir cuentas con el embarcadero. Si quieres, vamos juntas a comer algo –dijo Giuli, mientras se alejaban del puerto y se dirigían a un restaurante del cual era clienta habitual.

Allí sabían, sin que tuviera que decirlo, que no quería perejil sobre la pasta, que era alérgica a la pimienta y a la guindilla, que el atún le gustaba casi crudo y que siempre tenía prisa. Siempre, sin excepción.

Y, lo más importante, los propietarios eran antiguos clientes de su padre.

–Ya lo tengo todo planificado para Nueva York. Si me das el OK, lo pongo en marcha –le soltó la abogada en cuanto se sentaron a la mesa.

Vanina pensó que tal vez no hubiera sido muy buena idea contarle a Giuli que le gustaría volver a Nueva York. Lo había soltado así por las buenas, sin meditarlo mucho, y Giuli, que por lo general atrapaba al vuelo cualquier oportunidad de cruzar el océano, se había pegado a aquella posibilidad como una ventosa.

–Finales de noviembre. Después de Acción de Gracias, así ya estarán puestos los adornos de Navidad –añadió Maria Giulia, abalanzándose hacia la cesta del pan con el mismo entusiasmo que desprendía su mirada.

Vanina ya se la imaginaba paseando por Nueva York, con el mapa de todos los santuarios de compras en la mano, cual Sarah Jessica Parker con alguna que otra concesión al estilo Audrey Hepburn delante del escaparate de Tiffany's.

Distinta a ella como el día y la noche, pero más relajante que ninguna otra compañía.

–Envíame el programa y te digo algo –le respondió con prudencia.

Para ella, Nueva York era un lugar especial en el que le gustaba refugiarse para alejarse de su mundo. La última vez que lo había hecho había sido antes de trasladarse a Milán. Se había fundido los ahorros y se había quedado un mes entero, para lamerse las heridas que ella misma acababa de infligirse.

–También podemos cambiar las fechas, si no te va bien. Dime en qué época estás más tranquila.

–¿Quieres decir cuándo estoy segura de que no van a asesinar a nadie durante cinco días?

–Vale, Vanina, lo pillo. No estás de humor. Basta con que no te arrepientas: a mí me va bien todo, aunque sea un *last-minute*. Pero es una lástima, porque había encontrado una superoferta en Booking de un hotel guapísimo.

A Vanina le costaba asociar el término «guapísimo» con una ocasión real de ahorro. Conociendo a Giuli y sus exigencias, debía de tratarse como mínimo de un hotel de cinco estrellas diseñado por Philippe Starck que la abogada, gracias a un golpe de suerte, había encontrado de oferta, a trescientos noventa y nueve dólares la noche en lugar de quinientos cincuenta. ¡Una ganga que no se podía dejar pasar!

La clase de sitio con el que Vanina ni siquiera se habría permitido soñar.

–Lo pensaré, de verdad –la tranquilizó.

Pidieron dos platos de *linguine* con cigala real –la prima siciliana de la langosta–, uno de los cuales llegó lógicamente sin perejil y sin guindilla.

–La otra noche me acordé de ti –le dijo Giuli, con expresión seria, después del primer bocado.

CRISTINA CASSAR SCALIA

Vanina bajó del último piso del Empire State Building, donde se había refugiado con el pensamiento.

–¿Y eso es raro? –bromeó, aunque poniéndose alerta.

–¡Burra! Vi el telediario. Te mencionaron.

Vanina se irguió en la silla.

–Giuli, prefiero no hablar de eso.

–Lo suponía. De hecho, como habrás podido comprobar, no te llamé enseguida, aunque me hubiera gustado. Pero luego me pasé el día pensando que a estas alturas ya creía saberlo todo de ti y, sin embargo, me di cuenta de que ignoro cosas importantes. Y no me gustó.

–Son cosas que evito recordar.

–Salvaste al fiscal Malfitano, amiga mía. No es algo que pueda hacer cualquiera. Deberías sentirte orgullosa.

–Créeme, Giuli, no es tan fácil –la interrumpió, lanzándose sobre los *linguine* antes de que se le cerrase el estómago.

Giuli la dejó terminar.

–Es él, ¿verdad? –empezó a decir, mientras esperaban la cuenta.

–¿Quién?

–El hombre al que dejaste en Palermo y de quien no me has contado nada.

–Sí, Giuli, es él. –Suspiró Vanina, agotada–. ¿Contenta?

–Y le salvaste la vida.

–Sí, le salvé la vida.

Aquella vez sí tenía un arma en la mano. No estaba indefensa. Aquella vez había podido matarlos a todos.

–Y luego lo dejaste.

Vanina no respondió.

Giuli respetó su silencio.

–Por cierto, he sabido que has conocido a Alfio Burrano –dijo, yéndose por los cerros de Úbeda.

253

Hablaron un poco de la investigación y de Vassalli, abrumado con las novedades. La abogada era alguien de quien podía fiarse y, además, conocía a media ciudad.

–¡Ya ves! Nadie en Catania soporta a la señora Burrano, pero nadie se atreve a mantener las distancias con ella ni expulsarla de su círculo de amistades –comentó a continuación.

–¿Por qué?

–Porque es poderosa, cariño. Y tiene amigos poderosos. Hasta el pobre desgraciado de Alfio, que no es precisamente una lumbrera, está atado a ella de pies y manos.

En resumen, nada nuevo, a excepción de un detalle que se le pegó a la oreja como una molesta pulga.

Teresa Burrano no solo era una bruja rica. También era poderosa. Y temida.

Y algo le decía que no se había vuelto así con la edad.

Spanò se le acercó en la escalera.

–¡Menos mal que ha llegado, jefa!

–¿Qué ocurre, Spanò? No me diga que el fiscal Vassalli ha decidido pasar a la acción –bromeó Vanina al verlo tan ansioso.

–No, jefa. El comisario Macchia quiere verla inmediatamente en su despacho. Es importante, parece.

La subcomisaria empezó a subir más deprisa.

–¿Y no tenemos ni la más remota idea de lo que quiere decirme?

Por precaución, Spanò jamás lo hubiera admitido abiertamente, pero el despacho de Macchia no tenía secretos para él. Con o sin la bendición del Gran Jefe, las noticias que podían resultarle de interés le llegaban a la velocidad de un SMS, la mayoría de las veces antes incluso de recibir una comunicación oficial.

—Bueno... algo he intuido —respondió el inspector en voz baja.

Vanina se detuvo a mitad de la escalera.

—¿Y es...?

—Una llamada para usted desde Palermo. De un abogado, un tal Massito. ¿Lo conoce?

La subcomisaria hizo un esfuerzo mnemotécnico. Massito. Aquel nombre le sonaba de algo.

Spanò se acercó a ella y bajó aún más la voz:

—Me parece que es el abogado de no sé qué pez gordo.

Vanina siguió subiendo, muy seria. Aquella información no le gustaba. Ya hacía muchos años que no quería saber nada de los peces gordos palermitanos y no tenía la más mínima intención de retomar el contacto. Pero debía de tratarse de un asunto delicado si Tito Macchia había preferido esperar a que ella regresara en lugar de pedir que la llamaran por teléfono.

Los escalones parecían multiplicarse de manera directamente proporcional a la tensión que aumentaba, que luego se convirtió en irritación y, por último, en rabia. ¿Quién coño era el tal Massito?

—Ugo Maria Massito, abogado penalista, especialista en recursos de casación —la informó Tito, mientras alejaba el papel para no tener que ponerse las gafas—. Defensor de toda la escoria de Palermo y alrededores, aunque eso no lo dice aquí —añadió.

Había echado a todo el mundo, lo cual era una señal de que aquel asunto no tenía que ver ni con la Judicial ni con la investigación, sino solo con ella: la subcomisaria Giovanna Garrasi, que ahora lo observaba conteniendo el aliento.

—Un cliente del abogado Massito dice que quiere hablar contigo —dijo Macchia, escueto. Se concentró de nuevo en el papel, esta vez con las gafas apoyadas en la nariz–. Rosario Calascibetta, alias Tunisi, que lleva ocho años encarcelado en el módulo de colaboradores con la justicia de la cárcel de Ucciardone. Alguien a quien, lógicamente, deberías conocer.

Vanina guardó silencio, sorprendida.

Tunisi. Se le hacía un nudo en el estómago solo de recordar su cara. Un mafioso de la vieja escuela, un confidente de la peor calaña, de esos que no dicen las cosas claramente, sino que las dan a entender a base de metáforas y personajes inventados. Alguien con quien había terminado la partida años atrás, para siempre. Y resulta que se había convertido en colaborador de la justicia. ¿Qué querría decirle?

–Cómo no. Claro que lo conozco. Un caballero. ¿Sabes por qué lo llaman Tunisi? Porque en los años ochenta se convirtió en un pez gordo del negocio de la heroína vendiendo en Palermo cargamentos procedentes de Túnez.

Tito se quitó las gafas.

–Vamos a hablar claro, Vani. Ya sé que se trata de tu vida privada, pero yo necesito saber qué relación tienes con Paolo Malfitano. –Vanina se estremeció ligeramente y Macchia se dio cuenta–. Quiero decir... ¿sabes algo que pueda comprometerte? ¿Te hizo confidencias?

–A ver, Tito –dijo Vanina. Se le había puesto la voz ronca y se la aclaró–. He pasado bastante tiempo en la lucha contra el crimen organizado como para saber que, cuando andan por ahí individuos como Tunisi, nada es realmente privado. Así que te respondo ya mismo y por orden. Uno: no veo a Paolo Malfitano ni hablo con él desde hace más de tres años. Dos: obviamente, no sé nada de su trabajo. Tres, pero esto es una opinión personal, así que tómatela con muchas reservas: no creo que alguien como Tunisi me quiera precisamente a mí para hacer de intermediaria con Paolo Malfitano.

–¿Eso significa que no tiene motivos para hacerlo o que no le conviene? Vanina, habla con claridad, por favor –le pidió Tito, con cautela.

–Digamos que el hecho de que Rosario Calascibetta, alias Tunisi, siga en la cárcel de Ucciardone a sus setenta y tantos años, pese a haber colaborado en numerosas ocasiones con la justicia, es culpa de una servidora.

–O sea, que podría ser algo personal hacia ti.

–Elimina el condicional –dijo mientras cogía un cigarrillo, pero el gesto que hizo Tito Macchia con el índice, pese a que él también era fumador, la obligó a no encenderlo–. Me sorprende que alguien como él aún tenga ganas de hablar conmigo –concluyó la subcomisaria.

–En cualquier caso, aquí tienes el número de Massito –dijo el jefe, mientras le acercaba un papel–. A lo mejor contigo es más explícito. Pero en el caso de que decidas ir, te aconsejo que te lleves a alguien. Spanò, Fragapane o a quien te dé la gana a ti.

–¿Por qué? ¿Crees que podría haber planeado un atentado en la sala de entrevistas de la cárcel? –dijo la subcomisaria, con una sonrisita irónica.

–Garrasi, déjate de sarcasmos y cuando sepas qué quiere de ti ese tipo, infórmame.

Macchia era un hombre comprensivo y tolerante, pero que se dirigiera a ella por el apellido significaba que estaba nervioso.

Vanina recogió el papel con el número de teléfono y se fue a su despacho.

Spanò la siguió con una mirada aprensiva hasta que llegó a su escritorio.

–¿Todo bien, jefa?

–Todo bien, Spanò. No se lo tome mal, pero tengo que hacer una llamada y preferiría estar a solas.

El inspector se batió en retirada, no sin antes haberle lanzado una mirada interrogante. Pero aparte de una creciente irritación, que no podía negar, Vanina no sentía la más mínima consternación. Saber que el tema tenía que ver con Tunisi, que por lógica ya había saldado cuentas con la justicia, e incluso con la mafia, mucho tiempo atrás, excluía casi por completo cualquier implicación de Paolo. Casi.

Massito fue breve: nada de detalles especulativos ni juegos de palabras. Su cliente estaba en posesión de cierta información que podía resultarle útil a la subcomisaria Garrasi y estaba dispuesto a compartirla con ella. Lo antes posible.

Claro como el mensaje de un contestador automático.

Y no dejaba espacio para dudas de ninguna clase: si quería saber de qué se trataba, solo había un camino y llevaba directamente a la cárcel de Ucciardone.

13.

En realidad, Vanina había tomado la decisión de actuar con rapidez antes incluso de hablar con el abogado. Iría lo antes posible y sin llevarse a nadie.

No era por desconfianza ni por esa escasa capacidad de trabajar en equipo que siempre le habían echado en cara los jefes que había tenido a lo largo de su carrera. Todo lo que tenía que ver con Palermo pertenecía a otra vida, de la que Spanò y los demás compañeros de la Policía Judicial quedaban automáticamente excluidos. De vez en cuando, Tito adoptaba con ella una actitud protectora, pero Vanina estaba convencida de que jamás lo habría hecho de no ser ella una mujer. Y le parecía obvio que, en aquella ocasión concreta, no necesitaba ninguna escolta. Dado que el caso de la cabaretera seguía atrapado en una calma tediosa, más le valía aprovechar y no perder más tiempo.

Recibió la llamada de Adriano Calí cuando estaba en el área de servicio de Sacchitello norte, meditando sobre los beneficios de la Coca-Cola Life en comparación con la Zero, con menos calorías pero llena de edulcorantes o, peor aún, con la Coca-Cola original, que siempre ocupaba el primer puesto, sobre todo si era en botella de cristal.

–¿Dónde estás que se oye tanto jaleo? –le preguntó el médico forense.

Vanina se dio cuenta en ese momento de que un grupo de

ruidosos escolares, que acababan de entrar en el autoservicio, estaban procediendo a vaciar el mostrador de bocadillos con la velocidad de una manada de lobos famélicos.

–Cerca de Enna –respondió, mientras salía del bar y se dirigía al Mini, aparcado justo delante.

–No habrás ido al *outlet* sin decírmelo –dijo Calí, airado.

Vanina tuvo que hacer un esfuerzo de memoria para recordar que justo antes de Enna había un *village* de compras con descuento, de esos que antes solo existían en el norte. Y antes de eso, solo en Estados Unidos.

¡En el *outlet*! Esas ideas solo se le ocurrían a Adriano.

–¿Qué *outlet*, Adriano...? Estoy camino de Palermo.

–Aah, ya decía. Acuérdate que me prometiste que iríamos juntos.

No se acordaba, pero le dijo que sí para hacerlo feliz.

–¿Me has llamado por eso? –lo provocó.

–Pero si no sabía ni que estabas de viaje. He ido a tu despacho a llevarte una cosa. Un DVD. Esperaba que pudiéramos verlo juntos, en tu casa o en la mía.

–¿Luca ya se ha ido?

–No, pero está adelantando trabajo para poder venir a Noto el fin de semana que viene. No se te habrá olvidado, ¿verdad?

–No, no. Es más, estoy casi segura de que podré ir.

A menos que lo que se disponía a hacer en Palermo la lanzara de cabeza a una ciénaga pútrida, de esas que no quería volver a ver ni de lejos. Aunque, sinceramente, le parecía una hipótesis bastante surrealista.

–¿Cuándo vuelves?

–Mañana por la tarde, espero.

–Vale, pues entonces no te adelanto nada. Mañana por la noche, cinefórum y pizza, tú decides si en mi casa o en la tuya. Te aseguro que no te arrepentirás.

–Eso de que te hagas el misterioso no augura nada bueno. Pero, bueno, vale, en cuanto termine nos vemos. Pero en mi casa. Las pizzas que tú pides solo valen para usarlas como frisbis. En Santo Stefano, entre la pizzería de al lado del teatro y el bar que está cerca de mi casa, comeremos mucho mejor.

–Joder, mira que eres difícil, subcomisaria. Pero, bueno, ya verás como al final me das las gracias.

Se despidió con aquella promesa, que en otro momento hubiera surtido el efecto deseado pero que entonces, ante la perspectiva del encuentro que la esperaba al día siguiente, la dejó indiferente.

Justo después del viaducto Himera, el que se había hundido –reabierto desde hacía poco, aunque solo con un carril en el lado que había quedado intacto–, Vanina se puso el auricular y pulsó la tecla de llamada.

–¡Jefa! –le respondió una voz al otro lado de la línea.

–¿Cómo estás, Manzo?

–¿Y cómo quiere que esté? Empantanado en un caso que no podía tocarme más los huevos.

El oficial Manzo había sido su brazo derecho –y, según decía él mismo, también el izquierdo–, primero en la comisaría Brancaccio y luego en la división de Crimen Organizado de la Policía Judicial de Palermo. Siempre leal, siempre a su lado. Tan leal que incluso ahora –y para fastidio de su nuevo superior, a quien sin duda no le hacía mucha gracia– seguía llamándola «jefa».

–Escucha, Angelo, estoy a punto de llegar a Palermo. Tengo que hablar contigo. ¿Crees que puedes escaparte diez minutos a las... no sé, a las siete?

–¿Es que lo duda, jefa? Por usted me escaparía aunque no pudiese.

–Déjate de peloteos y no hagas gilipolleces. Si no puedes, no puedes. ¿Es que en tantos años juntos no te he enseñado nada?

–Puedo, jefa, no se preocupe. ¿Dónde quiere que nos veamos?

–¿Te va muy mal quedar en la calle Roma? Podríamos vernos en el bar de siempre, cerca de la casa de mi madre.

Manzo casi ni la dejó terminar:

–A las siete allí. Hasta luego, jefa.

Había llegado al tramo de autopista que más le gustaba.

Siempre sentía la tentación de dar un pequeño rodeo. Perderse entre los montes Madonia y llegar hasta Castelbuono, el pueblo de su padre. Comprar un *panettone* a la crema de ambrosía y luego sentarse a contemplar el castillo en el que se había rodado una parte de *Cinema Paradiso*, una de las películas más bonitas de su colección. Pero no lo hacía nunca.

Luego se llegaba al mar. Las vistas se abrían hasta la costa, repleta de zonas industriales y horrendas construcciones que afeaban el panorama. Qué vergüenza, pensaba siempre Vanina.

Al llegar a Capo Zafferano, ya estaba muy cerca de Palermo.

La imagen del Monte Pellegrino le desbocó el corazón. Porque Vanina Garrasi amaba Palermo como no había amado ningún otro lugar en toda su vida. Por mucho que hubiera huido e hiciera todo lo posible por no volver, por mucho que lo que había dejado atrás fuera una carga tan pesada que la empujaba a renunciar para siempre a vivir allí, por mucho que estuviera segura de que aquel lugar ya no era para ella, Palermo seguía siendo su ciudad.

Vanina esperó que la entrada en la ciudad no le deparase ninguna sorpresa, como un tráfico más intenso de lo normal –¡lo que le faltaba!– o un nuevo desvío. Superó el consabido dilema de si pasar por el puerto, por la calle Giafar o coger la calle Oreto hasta la estación. Optó por lo primero, que le gustaba más.

Al llegar a la Cala, le apareció un mensaje de Manzo en la pantalla del teléfono: «Ya estoy aquí». Faltaban tres minutos para las siete.

El oficial estaba jugueteando con el teléfono. La taza vacía indicaba que se había tomado ya el décimo café del día.

—Manzo —lo llamó Vanina.

El hombre se puso en pie de un salto.

—¡Jefa! —exclamó, al tiempo que le estrechaba la mano con afecto.

Parecía casi emocionado. Y tal vez lo estuviera. Como ella, por otro lado; era inútil negarlo.

Se sentaron a una mesa y se contaron los últimos cuatro años. Bueno, todo no. Lo esencial, de forma resumida.

—Escucha, Angelo, necesito cierta información.

—Me tiene a su disposición, jefa.

—Pero no me gustaría que se supiera que te lo he pedido, ¿eh?

Manzo se ofendió.

—¿Usted cree que hace falta decirlo?

Tenía razón, claro.

—Rosario Calascibetta —dijo la subcomisaria.

—¿Quién, el viejo Tunisi? —preguntó Angelo, sorprendido—. ¿Y qué quiere saber, jefa? Sigue en la cárcel de Ucciardone desde que usted lo mandó allí. Colabora de vez en cuando y así sigue en el módulo de colaboradores con la justicia. Pero en realidad ya no cuenta mucho, ni dentro de la cárcel ni fuera. No sé si me explico.

Vanina se quedó con la última frase. Que era más o menos lo mismo que había imaginado ella: por eso estaba segura de que todo aquel asunto no tenía nada que ver con Paolo, lo cual la tranquilizaba en parte.

–Y, que tú sepas, ¿ha sucedido algo últimamente que pueda haber agitado las aguas en algún sentido? Que haya sacado a flote asuntos de otra época, en los que podamos haber trabajado tú y yo...

–Que yo sepa no –respondió el oficial, concentrado–. Pero... ¿por qué me pregunta todo eso, jefa? No me diga que está otra vez en Crimen Organizado...

–¡No, por Dios! Eso ya se acabó. Lo que pasa es que esta mañana Tunisi ha pedido hablar conmigo y no me imagino de qué puede tratarse. Llevo fuera de circulación demasiado tiempo y te confieso que no tengo ni la más remota idea.

Manzo reflexionó en silencio.

–A saber con qué gilipolleces le sale ahora el delincuente ese...

–¿Por qué dices eso?

–Porque ese viejo es capaz de lo que sea para acortar su condena.

–A saber, que debo esperarme cualquier cosa y debo coger con pinzas todo lo que me cuente. ¿Es eso lo que intentas decirme? –preguntó la subcomisaria, tras una pausa para reflexionar.

Manzo separó los brazos.

–Sinceramente, no me imagino qué puede querer decirle ese viejo chocho.

Manzo le aseguró que cuando volviera a su despacho investigaría un poco y que la avisaría enseguida si tenía novedades.

–Gracias, Angelo.

–Siempre es un placer trabajar para usted, jefa.

Vanina ya casi había llegado al coche cuando vio a Manzo correr hacia ella casi sin aliento.

—¿Qué ocurre? —le dijo, con una sonrisa.

—Escuche, jefa. ¿Quiere que la acompañe mañana? Porque si hace falta me cojo medio día libre y...

—Manzo, quítatelo de la cabeza. Te agradezco de antemano que investigues un poco y la próxima vez que hablemos te cuento qué tal ha ido. Es suficiente.

El oficial puso la expresión ambigua de quien no sabe si creérselo o no, pero no le quedó más remedio que tragar. Se despidió una vez más.

—Yo sigo esperando, jefa —dijo antes de irse.

—¿El qué?

—Que tarde o temprano vuelva usted a Palermo. Cuestión de tiempo.

Y se marchó así, esperanzado. Vanina no tuvo valor para desilusionarlo.

La velada en el hogar de los Calderaro fue un suplicio. La boda de Costanza se convirtió en el tema principal y, muy a su pesar, Vanina se vio obligada a participar. La cama era incómoda, en la habitación hacía calor y la idea de lo que la esperaba al día siguiente le resultaba tediosa.

A las dos de la madrugada le llegó un mensaje de Manzo: «Nada nuevo».

El agente de policía que la acompañó desde el registro de la cárcel de Ucciardone hasta la zona reservada a los abogados pensó, al parecer, que Vanina se pondría contenta si él le demostraba que se acordaba de ella obsequiándola con un repaso de sus investigaciones más sonadas. Por si eso fuera poco, había desenterrado «la más valiente, la más indómita, la más arriesgada» de sus hazañas: el tiroteo durante el que «había liquidado a un peligrosísimo asesino en acción, salvando así de una muerte segura a un ilustre fiscal».

De haber podido, a Vanina le habría encantado taparle la boca con un metro de cinta aislante.

Y ahora estaba allí, en la sala de interrogatorios de aquella cárcel borbónica, a la espera de que condujeran ante su presencia a Rosario Calascibetta, alias Tunisi. Tenía la sensación de haber retrocedido cinco años en el tiempo y no era una sensación agradable.

El hombre que se materializó delante de ella, escoltado por dos funcionarios, era más pequeño y estaba más encorvado de lo que recordaba. Pero la sonrisa torcida que parecía detenerse a mitad de los labios, la nariz ligeramente chafada y la mirada torva de aquellos ojillos astutos... todo eso no había cambiado. Tony Sperandeo en el papel de Tano Badalamenti en *Los cien pasos*, pero con treinta años más a la espalda.

—Subcomisaria Garrasi —dijo el hombre, inclinando la cabeza en un gesto de saludo, pero sin bajar la mirada.

—Señor Calascibetta. Ha pedido usted hablar conmigo.

—Ha hecho muy bien en no perder el tiempo. Usted lo sabe perfectamente, en las investigaciones a veces es cuestión de días, a veces de horas, que la verdad desaparezca para siempre —dijo, mientras extendía los diez dedos hacia lo alto, como si imitara una evaporación.

Tres minutos de conversación y aquella escoria mafiosa ya la estaba poniendo de los nervios.

—Tunisi, intentemos ser claros y directos, porque no tengo tiempo que perder: si tiene algo importante que decirme, dígamelo. Y no me venga con gilipolleces porque me daré cuenta.

—No se enfade usted, subcomisaria Garrasi. ¿Cree que la haría venir desde Catania para contarle gilipolleces? —le preguntó él, con una sonrisa cada vez más torcida.

—Lo escucho.

–¿Sabe usted cuál ha sido siempre la suerte de nuestras familias, sobre todo en otros tiempos, aquí en Sicilia?

Vanina se acordó de que Tunisi no pronunciaba jamás la palabra «mafia». Utilizaba otros términos: «familia», «organización», «sociedad»...

–¿Cuál? –le preguntó, resignada a escuchar toda la pantomima.

–Los cuernos. Hay muchos homicidios nuestros que a ustedes en cambio les constaban como historias de cuernos. Y antes era aún más fácil, porque existía aquella ley según la cual, si uno mataba a alguien que se estaba beneficiando a su mujer, no pasaba mucho tiempo en la cárcel. Siempre era fácil encontrar a un cornudo de turno. –Hizo una pausa y la miró.

–Gracias por la clase de historia, Tunisi, pero no es que me esté contando una gran novedad. ¿Por qué cree usted que debería interesarme la historia esa de los cuernos?

–¿Sabe usted, subcomisaria? En esa celda minúscula el tiempo no pasa nunca, por eso he adoptado la costumbre de leer libros. El último era de Sciascia. Debió de ser un hombre muy inteligente.

–Tunisi, si seguimos perdiendo el tiempo, me levanto y me voy. Y, por mucho que colabore, de esa celda minúscula sale usted con los pies por delante puede que dentro de otros quince años.

–Pero... ¿por qué se pone usted así, subcomisaria? Ya hace mucho que me he retirado de los temas gordos y usted también. Yo por un lado y usted por el otro, pero siempre estamos al margen. Y a mí la cabeza me dice que, si sé algo que puede ayudarles a ustedes a evitar meteduras de pata, es una lástima que me lo guarde.

Vanina respiró hondo y contó hasta diez para no insultarlo.

–Nos habíamos quedado en los cuernos –sugirió.

–Le voy a contar una historia tan disparatada que no se la va a creer. Una vez ocurrió que, al contrario de lo habitual, mataron a uno que tenía amantes a patadas: mujeres casadas, honradas, ricas y prostitutas. Tantas tenía que por todas partes había alguien que quería verlo muerto. Pero... ¿a quién culparon? A un primo mío. Que pertenecía a una de las familias más conocidas. Y más temidas también, para ser exactos. Alguien que no tenía ni el más mínimo motivo para quererlo muerto. Pero todo fue inútil: todas las pruebas apuntaban hacia él, por mucho que insistiera en que era inocente. ¿Qué dice usted, subcomisaria? En este caso, ¿era más poderosa la familia de los cuernos o la familia de los negocios?

La subcomisaria se quedó perpleja. ¿Con qué le salía ahora aquel hijo de mala madre?

Cogió aire y le soltó una pregunta en clave:

–¿Y la familia de los negocios no hizo nada para defenderse?

–¿Y cómo, subcomisaria? Pruebas a su favor no había. A lo mejor se habían perdido por el camino o, a lo mejor, quién sabe, estaban tan bien escondidas que nadie consiguió encontrarlas.

–¿Alguien las había escondido a propósito?

–O el muerto había ocultado tan bien sus cosas que no se encontraron hasta muchos años más tarde. Y, esta vez, fue a la cárcel un inocente de los nuestros.

La alusión estaba más que clara. Obviamente, Masino Di Stefano era tan primo de Rosario Calascibetta como ella hermana del papa, pero eso no cambiaba la esencia del relato.

–Tunisi, uno de los suyos nunca será inocente del todo. Motivos para acabar en la cárcel los tendrá a patadas –lo provocó.

–Eso no tiene nada que ver. Un homicidio es un homicidio. Aquella persona era incapaz de empuñar una pistola. Así que...

–Y supongo que la víctima conocía bien a ese presunto asesino.

–Hasta los sueños compartían. Y tal vez fuera ese precisamente el problema.

Vanina lo miró a los ojos con una expresión desafiante.

–Tunisi, no habrá leído esa historia en algún lado y habrá decidido tomarme el pelo, ¿verdad?

–Subcomisaria, tiene que fiarse de mis palabras. Y ahora le voy a demostrar por qué: la familia de mi primo y el muerto tenían muchos intereses en común. De acuerdo, eso significa que el señor en cuestión limpio del todo no estaba, pero una cosa está muy clara: que ese hombre jamás habría dicho que no a un negocio gordo, sobre todo con ellos. Y, de hecho, así fue. ¿Sabe qué ocurrió? Que mi primo no tuvo el tiempo de contar hasta tres y ya lo habían condenado. Primer, segundo y tercer grado. Rápido como el rayo. Y ya está, caso cerrado. A la cárcel va mi primo y la familia de los cuernos fastidia el negocio. Pero ya lo ve, subcomisaria, cuando uno nunca ha sido asesino, se puede jugar lo que quiera a que comete algún error. Si por casualidad, o no tanta casualidad, cae otro cadáver y lo haces desaparecer de la faz de la tierra, es cuestión de tiempo que aparezca. Y si un cadáver tiene delante alguien capaz de escucharlo, a veces puede hablar más que cualquier hijo de vecino por muy vivito y coleando que esté. ¿Usted sabe escuchar a un cadáver, subcomisaria Garrasi? Yo creo que sí.

Si alguien hubiese escuchado aquel diálogo desde el exterior, habría tomado por locos tanto al viejo mafioso arrepentido como a la subcomisaria que había ido a escucharlo. Pero, de aquel discurso, Vanina había descifrado hasta el último artículo y la última coma, recurso literario incluido. Y se había dado cuenta de que una declaración de aquel tipo podía reabrir el juego.

–Escuche, Tunisi. No sé por qué ha decidido ayudarme y la verdad es que tampoco quiero saberlo. Me basta con estar segura de que está usted diciendo la verdad y, sobre todo, que está dispuesto a contarme esa historia con más detalle y a dar nombres y apellidos, porque de lo contrario no deja de ser un cuento inútil y yo podría haberme ahorrado doscientos kilómetros.

Esta vez, Rosario Calascibetta, alias Tunisi, parecía decidido a colaborar de verdad. En cuanto Vanina le dio a entender que su testimonio sería determinante, el pez gordo soltó antecedentes, detalles e hipótesis sobre los culpables. Y sobre las familias.

A Vanina le correspondía decidir si darlos por buenos.

Cuando salió de la cárcel, con un cigarrillo en la mano que se disponía a encender, la expresión de la subcomisaria Garrasi era de satisfacción, cosa que nunca le había sucedido después de un encuentro de esas características.

Su intuición se había demostrado acertada una vez más. Y aquella conversación surrealista con Tunisi había otorgado a sus hipótesis basadas en los indicios la gravedad, precisión y congruencia que exigía Vassalli para considerarlas reales y factibles.

Se alejó del portón aún abierto, que en ese momento estaba cruzando una pequeña procesión de coches, y echó un último vistazo al antiguo murallón de piedra rojiza que rodeaba aquella inmensa jaula ruinosa. La leyenda PRISIONES JUDICIALES CENTRALES le recordó aquella vez en que se había caído una A y se había armado una buena. ¿Cuándo había sido? Ella ya llevaba un tiempo en Milán. Lo había leído en *La Repubblica*, edición de Palermo, que consultaba *online* todas las mañanas. Bajó de la acera y se dirigió hasta la callecita que tenía delante: su destino era la sombra de uno de los bancos situados a lo largo de los muretes. Sacó el teléfono del bolsillo y buscó en los contactos el número directo de Tito Macchia. Levantó de nuevo la cabeza, con el dedo ya sobre la tecla de llamada. Y entonces se quedó paralizada.

Paolo Malfitano bajó de un BMW X5 plateado y muy probablemente blindado. Observó a Vanina como si quiera cerciorarse de que era real, mientras cuatro agentes de su escolta salían inmediatamente de otro de los coches y lo rodeaban. Dio un paso hacia la acera situada enfrente de la entrada de la prisión. Con el teléfono en una mano y un cigarrillo encendido en la otra, la última persona a la que esperaba encontrar estaba allí inmóvil, de pie delante de un banco que se hallaba a la sombra de un ficus.

—¡Si no lo veo, no lo creo! ¿La subcomisaria Garrasi de servicio otra vez en suelo palermitano?

—Yo diría más bien en viaje por motivos de trabajo —dijo Vanina, mientras se dirigía hacia él.

Hacía más de tres años que no se veían ni hablaban y, durante ese tiempo, había llovido mucho. Para él más que para ella, desde el momento en que había tenido que encajar una decisión de Vanina que no compartía y que, además, le había caído encima de repente, como un jarro de agua fría.

—¿Y la gente de Catania te envía en viaje de trabajo a la cárcel de Ucciardone? —le preguntó, mientras se dirigía hacia el coche de atrás a instancias de los agentes.

Vanina se dio cuenta de que aún cojeaba un poco, casi imperceptiblemente.

—¿Tú crees que yo me dejo enviar a alguna parte por alguien?

—Por lo que sé de ti, no. Pero, en fin, qué te voy a contar...

Han pasado años. ¿Y si en un arrebato de locura te ha dado por aceptar las órdenes de tus superiores?

Dada la situación, el tono jocoso resultaba útil. Si se ponían en plan irónico, les resultaría más fácil charlar un rato sin sentirse incómodos.

No les quedó más remedio que subir al coche, que enseguida empezó a moverse.

–Oye, ¿adónde vamos? –protestó Vanina–. Tengo el Mini aparcado delante de la cárcel.

–No pasa nada, no te preocupes, luego te traigo otra vez. ¿Qué quieres que le haga? Están obsesionados con que no me quede quieto demasiado rato en ningún sitio. Y si no les hago caso, se ponen nerviosos, aunque no haya motivo.

–Ah, ¿sí? No me digas. Al fin y al cabo, ¿qué ha pasado? ¿Un par de amenazas de muerte?

La necesidad de desdramatizar de Paolo rayaba en la inconsciencia, pero eso no era ninguna novedad.

–Chorradas –replicó el fiscal, mientras descartaba esa idea con un gesto enérgico de la mano–. Y ahora, sé sincera y dime: ¿te parece verosímil que la Cosa Nostra de hoy en día esté planificando en serio eliminarme con un atentado con bomba, en plan años noventa? Solo es teatro, Vanina. Tenían que salir en las noticias. Y lo que me toca los huevos es que lo han conseguido.

Vanina guardó silencio, pero estaba de acuerdo. El TNT, las carnicerías... todo aquello pertenecía a un contexto muy distinto del actual. No había nada imposible, sobre todo para aquella gente, pero un salto atrás de aquellas características parecía, cuando menos, improbable.

–Puede que eso sea verdad, pero de todas formas quedan las otras amenazas. Teniendo en cuenta lo que estás haciendo ahora, por no hablar de lo que te ocurrió en el pasado, yo evitaría tomármelas a la ligera.

Paolo no respondió, pero por su expresión sombría, Vanina comprendió que estaba reflexionando. Lo observó: alguna que otra cana más, la cara un poco más delgada, un par de arrugas nuevas que, sin embargo, no le sentaban mal, más bien lo contrario.

–¿Qué pasa? –dijo él–. ¿Ya no te acordabas de mi cara? Últimamente, basta con poner la tele y seguro que te sale alguna imagen mía. Y, por lo que tengo entendido, tú también has visto algún reportaje en el telediario.

Nunca actúes por impulso. Llamar a Giacomo Malfitano no había sido precisamente una idea brillante.

–Estás más delgado –se limitó a responder Vanina.

Paolo sonrió a medias.

–¿Y qué quieres? Últimamente mi vida no es que sea un paseo por el parque.

«Ah, ¿porque alguna vez lo ha sido?», quiso preguntarle, pero lógicamente no lo hizo.

Se estaban alejando cada vez más del Barrio Antiguo, en dirección al Palacio de Justicia.

–Paolo, yo tengo que volver a Catania. ¿Adónde vamos?

–Tranquila. Ya te lo he dicho: no podía estar demasiado tiempo parado delante de la cárcel. Y como es la primera vez que te veo en casi cuatro años, no quería dejar pasar la ocasión. Quién sabe cuándo se me volverá a presentar.

Vanina observó por la ventanilla, en silencio. Los árboles y los escaparates de la calle Libertà pasaban por delante de su mirada distraída.

–Además, ¿por qué a Palermo? ¿No estabas trabajando en aquel caso un poco rocambolesco? –preguntó Paolo, recuperando la sonrisa ligeramente burlona.

–Tenía que ver a alguien.

–¿En Ucciardone? ¿A quién?

—¿Por qué? ¿Es que conoces a todos los reclusos de Ucciardone?

—¡Pues claro! ¿Es que ya no te acuerdas de mí?

Bromeaba y sonreía, pero su mirada decía otra cosa.

—Rosario Calascibetta —respondió Vanina.

Paolo frunció el ceño.

—Tunisi —dijo pensativo, mientras se acariciaba la barba corta con el índice y el pulgar de la mano derecha.

—No he decidido volver a Crimen Organizado, si es eso lo que te estás preguntando —le comunicó, por si acaso.

—No negaré que me haya entrado esa duda. Y por eso ahora siento curiosidad por saber de qué tenías que hablar con alguien como Tunisi.

Vanina le contó toda la historia, que Paolo escuchó con la expresión risueña de quien asiste al teatro de marionetas. De todas formas, estaba de acuerdo con ella: para resolver el caso del cadáver del montacargas, había que desenterrar de entre la naftalina el del homicidio de Burrano.

Y si dos y dos eran cuatro, o bien el asesino estaba muerto —y, dada la edad, no sería de extrañar—, o bien si aún se hallaba en pleno uso de sus facultades mentales debía de estar cagado de miedo. Lo primero que se aprende cuando se persigue a un delincuente es que el mejor momento para pillarlo es cuando está asustado.

—El miedo vuelve frágiles los límites de la prudencia —dijo Paolo, al tiempo que se giraba hacia ella—. Y baja las máscaras —añadió, mientras el coche emprendía de nuevo el camino hacia el Barrio Antiguo. Con él a bordo, para desesperación de sus ángeles custodios.

—¿No sería mejor que volvieses a tu despacho, adonde es obvio que te estaban llevando los agentes de tu escolta? —reflexionó Vanina, ignorando la alusión.

274

–No –respondió él, en tono seco y perentorio–. ¿Por qué llamaste a mi hermano? –le preguntó tras un minuto de silencio, alzando una mirada de repente cansada.

«Porque es cierto que el miedo desenmascara», pensó Vanina.

–Porque quería saber cómo estabas –le respondió.

–¿Es que acaso te importa saberlo?

Habían pasado casi cuatro años, pero aquella conversación se estaba deslizando hacia el punto al que habría llegado si la hubiesen mantenido a una semana de la separación.

Tú te fuiste, tú me abandonaste. Yo solo acaté tus decisiones. Detrás de aquella pregunta rencorosa se ocultaban todas esas recriminaciones, cifradas, pero aun así evidentes para Vanina.

–No hacía falta que me pasearas por todo Palermo en tu coche blindado durante... –dijo, mientras consultaba su reloj– cuarenta minutos para echarme en cara un momento de debilidad que me impulsó a actuar sin calcular las consecuencias. Le pedí a Giacomo que no te lo contara.

Estaban pasando por la plaza Sturzo. Delante de los pórticos, Paolo se inclinó hacia delante.

–Aldo, por favor, pare aquí y déjenos bajar.

–¿Qué haces? –protestó ella.

–Quiero un helado, Vanina. ¿Puedo tomarme un helado cuando me dé la puta gana? –dijo, casi gritando.

–Señor... –empezó a decir Aldo, pero se interrumpió nada más ver la mirada del fiscal a través del espejo retrovisor.

Vanina intuyó que no era el momento de llevarle la contraria, pues parecía una bomba a punto de explotar. Y no era por la rabia que sentía hacia ella, eso era evidente. Es más, sospechaba que el encuentro había resultado providencial y que por fin Paolo estaba sacando la tensión que debía de haber acumulado. Si había decidido desahogarse con ella, pues mala suerte. Lo conocía lo suficiente como para saber que no lo hacía con cualquiera.

–Bueno, vale, vamos a tomarnos un helado. Total, si alguien se atreve a tocarte los huevos, ya sabes que tardo medio segundo en sacar la parabellum –bromeó, aunque no le resultó fácil. Referirse a aquel día le costaba.

Los hombres de la escolta los observaron con los ojos muy abiertos mientras se alejaban del BMW para mezclarse con la multitud que abarrotaba una de las heladerías más concurridas de Palermo.

–Una subcomisaria como escolta. Solo yo he tenido un privilegio así –dijo Paolo, mientras se ponían en la cola del mostrador.

Tomaron un helado con bollo de pie en un rincón, protegidos por la muralla que formaban los entusiastas parroquianos.

–Vani –dijo Paolo, de repente.

–Dime –respondió ella, ignorando de forma deliberada aquel diminutivo íntimo que él había desenterrado.

–¿Me vas a contar por qué me dejaste?

Para no vivir con el terror de verte salir de casa y no volver más. Porque no podía estar detrás de ti para salvarte la vida cada vez que estuvieras en peligro. Porque a los catorce años aprendí lo que significa ver morir asesinado a alguien a quien amas y prefería renunciar a ti antes que arriesgarme a revivir esos momentos. Porque yo estaba convencida, Paolo, de que dejarte bastaría para protegerme de la pesadilla de perderte, como lo perdí a él.

Por eso te dejé, Paolo.

Pero no calculé que decir adiós no corta todos los vínculos, sobre todo si el vínculo es tan sólido como lo era el nuestro. Y no protege de ningún dolor. Es un sacrificio inútil.

Vendí la piel del oso antes de cazarlo, Paolo.

—Han transcurrido tres años, Paolo —respondió—, ¿por qué tenemos que hablar del pasado? Cada uno tiene su vida.

—Tres años y once meses. Y no, no tenemos nuestra vida, ni tú ni yo. Tú porque no la has rehecho y yo porque me había convencido de que podía volver a construirla con la persona equivocada. Lo he pasado muy mal, Vani. Y como no está claro que me queden aún muchos años por vivir...

—¡Paolo! —exclamó Vanina—. Déjalo ya —añadió, bajando la voz.

El helado ya había perdido todo su atractivo. Le hubiera resultado imposible tragar un solo bocado más.

—¡Pero si desde entonces hasta has tenido una hija! —dijo, esforzándose por usar un tono irónico—. Y, además, ¿qué sabes tú si yo he rehecho mi vida o no?

—No la has rehecho, Vani. Ni en Milán ni en Catania. Lo sé. En cuanto a mí, es verdad: he tenido una hija, que ha sido lo único positivo de mi matrimonio. Punto.

Vanina fingió no saber nada y no preguntó nada, pero tuvo la sensación de que Paolo estaba haciendo todo lo posible por decírselo. Ella, en cambio, no quería saberlo. No debía saberlo. Porque era evidente que aquella situación podía complicarse en apenas dos minutos. Bastaba con bajar la guardia un segundo, con liberar un solo gramo de los sentimientos que había guardado bajo llave y ¡zas! Y eso no debía suceder.

Era hora de volver a Catania.

Bajo el limpiaparabrisas del Mini aparcado en la calle Enrico Albanese vislumbró un papelito blanco cuya procedencia estaba muy clara.

—Encima me han puesto una multa, ¡y todo por el puñetero helado con bollo! —farfulló.

La temperatura del habitáculo rondaba los cincuenta grados.

–¡Joder, estamos a finales de septiembre y aquí dentro se podrían hornear pizzas! –reflexionó en voz alta, mientras encendía el aire acondicionado y salía como un cohete del coche.

Un viejecito, que pasaba por la acerca con un perro de raza desconocida, se detuvo y la miró como si le hubiera preguntado algo.

–Pues mire *usté*, un poco más allá tiene un chiringuito –dijo, mientras señalaba a la izquierda con el dedo extendido– que hace pizzas de las buenas. Todas las que quiera.

A Vanina le entró la risa. ¡Y pensar que el anciano hasta llevaba audífono! Le dio las gracias como si de verdad le hubiese pedido la información.

Aquel hombre la obligó a poner de nuevo los pies en el suelo y le recordó a la pandilla de viejecitos con los que tendría que vérselas a diario hasta haber resuelto el caso del doble homicidio en Villa Burrano.

Sí, porque aquel era el nombre adecuado: doble homicidio Burrano-Cutò. Mucho mejor que «cabaretera».

En cuanto consiguió librarse del tráfico que salía de la ciudad y llegó a la avenida Reggione Siciliana, recuperó los auriculares del fondo de su bolso y finalmente llamó a Tito Macchia. El Gran Jefe respondió al segundo tono. Vanina se sintió un poco culpable. El pobre había estado preocupado de verdad, mientras ella se lo tomaba con calma y se dedicaba a corretear por Palermo a bordo de un coche blindado de la fiscalía, con su exprometido, el mismo del que –como ella misma le había dicho a Macchia– no sabía nada desde hacía años.

Lo cual era cierto hasta el día anterior.

Ahora ya no.

Podía esforzarse por ignorar el tema hasta cansarse, pero para digerir aquel encuentro, iba a necesitar meses. Siempre que en el transcurso de aquel tiempo no ocurriera nada. Pero...

¿qué estaba diciendo? El estómago se le revolvía solo de pensarlo.

En Bagheria, la situación se había complicado. Ya hacía diez minutos largos que las palabras de Paolo le zumbaban en los oídos. «Y como no está claro que me queden aún muchos años por vivir...». ¿Cómo había podido decir algo así? Y además la mar de tranquilo, como quien está haciendo la cuenta atrás de los últimos días de vacaciones.

Se refugió en un par de llamadas. Una larga a Spanò, que mientras tanto estaba llevando en solitario una investigación sobre la anciana Burrano. Por qué era poderosa y por qué era temida: eso era lo que les interesaba saber, y el inspector estaba trabajando en ello.

La otra, más breve pero también más alegre, incluso bulliciosa, a Maria Giulia De Rosa, que ese día cumplía cuarenta años.

—Esta noche fiestorro en casa de mis padres. No se te habrá olvidado, ¿eh? —le gritó la abogada, antes de colgar.

Pero sí, se le había olvidado. Ni siquiera se había preocupado por saber si había una lista de regalos en algún lado. Además, había quedado para un cinefórum con Adriano, lo cual —sinceramente— le apetecía mucho más que aquella fiesta a base de mojitos y picoteo.

No podía hacerle un desaire así a Giuli. Por suerte, el forense ya se había preocupado de sacarla del lío con un mensaje de WhatsApp que Vanina leyó mientras ponía gasolina en Termini Imerese. «Cinefórum aplazado. Esta noche la abogada De Rosa celebra su cumpleaños», seguido del emoji de la tarta con velas. A continuación, el nombre de la tienda en la que se había abierto la lista de regalos y una propuesta que hizo que a Vanina le entraran ganas de abrazarlo de inmediato: «¿Quieres que me ocupe también de tu regalo?». Vanina le respondió que era un sol.

Aquello bastó para devolverla de nuevo a la vida real.

Pero cuando estaba casi llegando al desvío –Mesina a la izquierda, Catania a la derecha–, Paolo había destronado de nuevo a la vida real: se había plantado allí y no daba muestras de querer marcharse. Era, además, un pensamiento molesto porque no tenía que ver ni con la historia que habían vivido ni con los sentimientos de ambos, cualquier cosa menos enterrados. Tenía que ver con él. Que en aquel momento estaría en su despacho, ocupado con los documentos que le estaban valiendo una condena a muerte. Que aquella noche volvería a su casa, solo. Se lo imaginó sentado en el sillón gris, el compañero de aquel sofá medio roto que ella siempre llevaba a todas partes. Con la televisión encendida, que miraba de vez en cuando por encima de las gafas, y un montón de papeles amontonados sobre las piernas.

Pero era una imagen irreal. A lo mejor aquel sillón gris ni siquiera existía ya y a lo mejor sobre las piernas tenía a su hija. Y puede que, a pesar de todo, ni siquiera estuviera solo... como lo había dejado ella.

«Y como no está claro que me queden aún muchos años por vivir...». ¿Y luego qué? ¿Qué más quería decirle antes de que ella lo interrumpiera? ¿Que tenía derecho a saber por qué lo había dejado? ¿Por qué se había ido? Después de haberle salvado la vida a base de disparos del calibre 9, de haberlo velado en el hospital durante veintiuna noches, después de haber vivido un infierno para mandar entre rejas al único cabrón que había sobrevivido al tiroteo. Después de todo eso, Vanina se había marchado.

O había huido, que quizá era más exacto.

¿De qué había servido? La respuesta, cruel, no conseguía pronunciarla ni siquiera ante sí misma.

Los dos indicadores de la autopista estaban cada vez más cerca, allí en lo alto: Mesina a la izquierda, Catania a la derecha. Y tal vez deliberadamente, tal vez porque cuando uno lo ve todo demasiado negro se convence de que ceder a un deseo quizá sirva para restablecer el equilibrio, o tal vez por culpa de aquel molesto escozor en los ojos, que le nublaba la vista, Vanina se equivocó de dirección. Y en la primera salida se equivocó otra vez y siguió recto, hasta el cartel que decía Pollina-Castelbuono. Allí salió.

14.

Cuando Maria Giulia De Rosa hacía algo, lo hacía a lo grande.

La barra de cócteles parecía salida de una discoteca de Miami. En la pista de baile había más cubos de colores que en el estudio de Rubik y sobre cada uno de ellos alguien bailaba desenfrenadamente, sudando *caipiroska* de fresa. La escena inicial de *La gran belleza* en versión catanesa.

La abogada iba saltando de un lado a otro del jardín, del cubo amarillo al cubo verde, pasando por las mesas. Una metamorfosis que a Vanina le habría parecido inquietante de no ser porque era evidente que la había inducido el alcohol.

Adriano y Luca conocían casi a la mitad de los doscientos invitados; ella solo a unos diez y ni siquiera demasiado bien.

El médico forense y el periodista eran, sin duda, la pareja que estaba más de moda. Uno tan elegante que parecía un escaparate de Gucci, el otro con un falso estilo desaliñado en el que todo estaba perfectamente estudiado, incluidos la barba y el perfume. El riesgo de que Giuli, que ya había caído presa de los vapores del cuarto *cosmopolitan*, se le echase encima ignorando tanto sus preferencias sexuales como el hecho de que estuviese acompañado, era muy elevado.

Vanina se mantenía alejada de aquel pandemónium saltarín y de los altavoces, que parecían a punto de explotar. Organizar una fiesta al aire libre a finales de septiembre era un riesgo incluso en Sicilia. La humedad se podía cortar con un cuchillo y las únicas zonas protegidas eran la pista de baile, situada bajo una marquesina, y un templete colocado en mitad del jardín y provisto de cojines y pufs. Era precisamente aquel espacio el que Adriano y Luca habían requisado como cuartel general de sus relaciones públicas a base de ron Zacapa y habanos.

La subcomisaria estaba arrellanada en un sillón, fumando un Gauloises, sin saber si tomarse o no el segundo cóctel con alcohol de la noche.

No era su estilo, pero esa noche lo necesitaba de verdad.

El paseo por Castelbuono –con parada nostálgica delante de la casa de sus abuelos paternos, que a saber a quién pertenecía ahora *panettone* y castillos varios– había sido un breve paréntesis de oxígeno antes de dejarse arrastrar por la depresión. Y aquella fiesta, tan vilipendiada, había resultado providencial.

Se subió la cremallera de la chaqueta de piel negra, que siempre quedaba bien con cualquier conjunto de noche. El único defecto que tenía aquella carísima prenda era que no disimulaba demasiado bien la funda de la pistola. Y dado que salir desarmada era una opción que Vanina no consideraba ni siquiera cuando la ocasión lo permitía, todas las veces le tocaba coger un pequeño revólver North American calibre 22 que podía meter en cualquier bolso, por no decir directamente en el bolsillo.

Se alzó sobre los tacones de sus sandalias, arrepintiéndose de habérselas puesto, y se dirigió a la barra. Se había dejado convencer por Adriano Calí para pedir un *old fashioned.*

–El cóctel más refinado que existe.

Vanina se apoyó en la barra y bebió un sorbo. Vaya si era fuerte aquel mejunje.

–Te irá bien –respondió el forense ante sus protestas.

Debía de haber entendido más de lo que ella creía.

Se mezcló con la gente y empezó a buscar a Giuli. La encontró en el centro de la pista, bailando con desenfreno, y estuvo a punto de dar media vuelta, pero Giuli ya la había visto y se dirigía hacia ella.

–¡Ven a bailar, cariño!

–De eso ni hablar, Giuli.

–¡Venga ya, no seas tan estirada!

–Giuli, suéltame.

–¿Has visto cuánta gente ha venido? –comentó la abogada, satisfecha.

Vanina vio al notario Renna hijo, que la saludó de lejos agitando un vaso al ritmo de una canción de Enrique Iglesias. Estaba irreconocible.

Se acercaron a saludarla personas que la conocían, pero a las que ella no. De mala gana, tuvo que aguantar conversaciones, y encima a gritos, con personas cuyo nombre ni siquiera conseguía recordar.

Giuli se vio absorbida de nuevo por el remolino de los festejos y Vanina consiguió alejarse.

¿Cuántas manos había estrechado aquella noche? ¿Cien? ¿Y cuántas habría estrechado, según sus criterios de valoración, si hubiese conocido los delitos y faltas de todas aquellas personas?

Su padre siempre decía que en Palermo las manos se estrechan con los ojos cerrados, porque nunca se sabe a quién pertenecen realmente. Era improbable que, en ese sentido, Catania fuese muy distinta.

Como mucho podía resistir media hora más, luego fingiría una llamada de Spanò y se batiría en retirada.

–¿Subcomisaria Garrasi? –la llamó alguien desde el borde de la pista.

Alfio Burrano emergió de entre el griterío de un corrillo y se dirigió a ella con la mano tendida.

Pelo alborotado y camisa mojada, pegada al cuerpo. Una imagen que exigía una buena dosis de atractivo para no caer en lo desagradable. Y Burrano, en lo que a atractivo se refería, estaba bien servido.

—Se me hace raro verla... ¡así! —dijo, desplegando una sonrisa de dentadura perfecta.

Vanina le estrechó la mano, que por suerte estaba seca. Un punto a su favor.

—¿Así cómo? —le preguntó.

—Ah, no sé... Con tacones y maquillaje —dijo, pero se interrumpió al verla enarcar la ceja izquierda—. Disculpe la desfachatez... pero le queda muy bien.

No le lanzó una mirada gélida, cosa que sin duda él esperaba, y eso lo animó a continuar.

Le preguntó qué hacía allí, aunque en realidad era una pregunta retórica: era amigo de Maria Giulia De Rosa, obviamente. Aunque... ¿quién no lo era? La abogada prodigaba amistades a diestro y siniestro con la habilidad de un diplomático. Y luego estaban los amigos de verdad, claro, pero aquella era otra historia.

Burrano ya no volvió a bailar. Se metió bajo el templete y se apalancó en el sillón que estaba junto al que ocupaba la subcomisaria. Aceptó la botella de Zacapa que le ofrecía Luca, pero rechazó el habano.

—Solo Antico Toscano —explicó, mientras encendía un medio puro que tenía el mismo aspecto y desprendía el mismo olor que el que Tito Macchia llevaba siempre entre los labios, aunque en su caso apagado.

Vanina lo observó, divertida, y fue retrasando de media hora en media hora la llamada a Spanò. Alfio era simpático e inconsistente y su conversación, de una superficialidad que desarmaba. Y también era atractivo, algo que no había que subestimar. Perfecto para pasar un ratito y recuperar en parte el buen humor. Hablaba, coqueteaba y criticaba a todo el que pasaba por delante con el espíritu de un dibujante satírico. Y bebía Zacapa como si fuera Coca-Cola.

A los diez minutos ya se habían cogido confianza y habían empezado a tutearse.

Un hombre alto y rubio, con aspecto de jugador vikingo de baloncesto, se apartó de un grupo y se acercó corriendo a ellos.

–¡Alfio! Me preguntaba dónde te habías metido. Como siempre, te veo bien acompañado.

Se presentó a Vanina.

–Gigi Nicolosi. El mejor amigo de este personaje.

Mientras su amigo seguía hablando, Alfio asintió para confirmarlo. Aún lucía una sonrisa en el rostro, pero era distinta a la de hacía un rato. A Vanina se le escapaba el motivo, teniendo en cuenta que el relato de Nicolosi sobre los momentos que habían compartido y las anécdotas de su infancia parecía sincero.

Pero Burrano se quedó así, medio sonriente y medio pensativo, hasta que su amigo regresó al grupo del que se había alejado.

Nicola Renna pasó por delante de ellos, los saludó y le dedicó una sonrisa a la subcomisaria.

–Ojo con ese, que aunque no lo parezca lo intenta con todas –la advirtió Alfio, que volvía a ser el de antes–. Suelta cuatro zalamerías, saca el Morgan, luego te invita a ver su multimillonaria galería de arte moderno... y ¡ñac!

–¡Gracias por la advertencia! Pobrecita de mí, una chica indefensa... –dijo, con una sonrisa torcida.

Alfio soltó una alegre carcajada.

–Oye, subcomisaria, ¿puedo hacerte una pregunta? –le soltó, tras un segundo de silencio.

–Si no es información confidencial...

–¿Estás casada, prometida, ocupada...? ¿O eso es información confidencial?

–Muy confidencial –le respondió ella, entre risas–. Pero en vista de que te interesa tanto, por esta vez voy a hacer una excepción y te contestaré. No, no tengo marido, ni novio ni compañero.

Aquella respuesta sonó a salvoconducto para adentrarse por una calle prohibida al tráfico. Alfio elevó el nivel de las confidencias. Acercó su sillón al de Vanina y cambió el tono. Empezó con alguna insinuación. Discreta. Muy sutil, porque al final se trataba de Vanina Garrasi y era mejor no cometer errores, nunca se sabía. Ella decidió divertirse un poco.

–Y tu novia, en cambio, ¿cómo está? No la veo por aquí.

–¿Quién? ¿Valentina?

–¿Es que tienes más?

–Valentina no es mi novia.

–Qué lástima. Es muy guapa. Yo de ti me lo pensaría mejor. Y, además, después de la experiencia terrorífica que le hiciste pasar...

Burrano la miró sin entender.

–¿Qué experiencia?

–¿La exhumación de una momia te parece una experiencia agradable?

–Oye, que a mí también me hubiera gustado ahorrármelo, te lo aseguro –dijo, haciendo una mueca–. Desde que apareció el cadáver, ha sido un dolor de cabeza detrás de otro. Y encima... –dijo, pero se interrumpió.

Vanina puso la antena.

CRISTINA CASSAR SCALIA

—¿Por qué? ¿Qué más te ha pasado?

—Ah, nada. Es que se ve que la vieja no pega ojo y me está haciendo sufrir también a mí, porque si yo no me hubiera interesado por aquella parte de la villa, que según ella no es cosa mía, a estas horas la pobre muerta seguiría en el montacargas. Lleva sesenta años sin poner los pies en Sciara, y ahora que la casa está precintada y no se puede entrar, le ha dado por querer volver. ¿Está o no como una cabra?

Algo más que eso. Su interés podía significar que en la villa quedaba algún otro indicio que recuperar. O, con un poco de suerte, tal vez alguna prueba.

—Basta con ponerse de acuerdo con el juez y puedo pedir a alguno de mis hombres que os acompañe. O puedo acompañaros yo. A lo mejor tu tía recuerda algo.

—Ya se lo he dicho, pero casi me ha mandado a freír espárragos. Pero, bueno, ¿dónde se ha visto que ella tenga que pedirle permiso a Franco Vassalli para entrar en su propia casa? Hoy, además, estaba especialmente histérica. Y cuando está así se pone hasta violenta. Igual es porque se ha enterado de que en el montacargas apareció también un montón de dinero. Con lo roñosa y venal que es...

—¿Quién le ha dicho que había dinero? —preguntó Vanina, frunciendo el ceño.

Alfio entornó los ojos con una expresión socarrona.

—Si crees que mi tía se conforma con lo que comunicáis vosotros, la estás subestimando. Tiene sus propios informadores.

Y los estaba usando, esa era la noticia más importante.

—Y por eso le ha entrado la obsesión de ir a Sciara —comentó Vanina, en tono indiferente.

—Pues sí. Y, según dice, yo tendría que apoyarla en... en fin, mejor que no te diga en qué, subcomisaria.

Cogió medio puro de un estuche y sacó el encendedor.

Vanina tuvo la impresión de que más bien estaba impaciente por contárselo. Es más, que había llevado la conversación hacia ese tema de forma deliberada.

–Alfio, no puedes decirle a una subcomisaria de policía que prefieres callarte algo. O no hablas de entrada o desembuchas. Porque te advierto una cosa, si luego descubro que era algo importante y que tú no me lo habías contado, te vas a meter en un lío.

El puro de Alfio se quedó medio encendido.

–Ten piedad –dijo, levantando las manos–. No quiero asuntos pendientes con una subcomisaria de la policía. Sobre todo, si se trata de ti. La vieja quería que quitara los precintos y luego los volviese a dejar como estaban. A lo mejor es que no sabía que eso es delito. Se lo he explicado.

–¿Y lo ha entendido?

–Supongo que sí.

Burrano recuperó el tono alegre que había desaparecido al empezar a hablar de la investigación. Con todos los medios que tenía a su alcance, y un vasito más de Zacapa, intentó devolver a la subcomisaria adjunta Garrasi al modo «Vanina», que le gustaba más.

Y Vanina se lo permitió.

Los comentarios y los guiños con que la provocó Giuli, durante su paseo por el templete antes de soplar las velas, ayudaron a definir mejor la cosa.

El segundo *old fashioned* se encargó del resto.

–A ver si lo entiendo, subcomisaria Garrasi –dijo Eliana Recupero, fiscal de la Dirección Territorial Antimafia, que en diez minutos había autorizado el encuentro con Tunisi en la cárcel de Ucciardone. Unos cincuenta años, cuerpo menudo, ojos vivaces–. Calascibetta la ha llamado porque, tras haber leído en el periódico que ha vuelto a salir a la luz un homicidio por el que hace cincuenta años fue condenado el miembro de una familia afiliada, ¿ha considerado necesario contribuir con lo que sabe?

—Eso dijo.

—¿Y usted se lo cree?

—Puede que no exactamente con esas palabras, pero en términos generales sí, señora fiscal. Yo creo que Tunisi, o sea, Calascibetta, sabe que tras el cadáver descubierto hace unos días se oculta la misma persona que asesinó a Burrano. Y probablemente sabe que Di Stefano no es nuestro principal sospechoso. Pero dudo que eso lo haya averiguado a través de la prensa.

—Entonces, ¿quién cree que puede habérselo dicho?

—El propio Di Stefano.

Eliana Recupero la interrogó con la mirada.

Spanò solo había tardado media hora en descubrir la relación entre Tunisi y Di Stefano, es decir, el supuesto primazgo. Saveria Calascibetta, la única hija del colaborador de la justicia, estaba casada con Vincenzo Zinna, sobrino directo de Agatina, la esposa de Masino Di Stefano, y de Gaspare, el firmante del famoso acuerdo sobre el acueducto.

Para Vanina, las cosas estaban bastante claras. Después de cincuenta y siete años, los Zinna estaban ajustando cuentas con el verdadero asesino. Que, según se desprendía del relato del citado Tunisi, debía buscarse en el ámbito de la familia Burrano. La familia «de los cuernos».

—O sea, que no será necesaria la participación de sus compañeros de Crimen Organizado —concluyó la fiscal.

—Creo que no, señora fiscal. Porque, verá usted, Calascibetta tiene mucha razón en una cosa: aquella vez salió todo al revés. Un mafioso incriminado, en lugar de un cornudo. O una cornuda. El crimen organizado estaba implicado en los negocios de Gaetano Burrano y es posible que después de su muerte siguiera estándolo en los de quien lo sucedió en la gestión de dichos negocios, pero no en su asesinato. Y menos aún en el de Maria Cutò.

Eliana Recupero le dio la razón.

Vassalli la esperaba en el umbral con su retahíla de preguntas.

Había evitado deliberadamente acercarse al despacho de Eliana Recupero porque, conociéndolo, seguro que temía tanto las opiniones como los métodos expeditivos de la fiscal. Vanina, en cambio, apreciaba y compartía tanto unas como otros.

–¿Y si fuera todo un montaje? –argumentó el fiscal–. ¿Y si los Zinna hubiesen organizado toda esta farsa para evitar otra condena a su pariente? ¿Y si, en el último momento, Burrano hubiese cambiado de idea sobre el contrato? Aunque entre sus cosas se hallase una copia, el original no apareció nunca. Eso es un hecho. ¿Y si lo mataron por venganza y la pobre desgraciada de la prostituta acabó metida en el ajo porque sabía demasiado? Di Stefano no robó el coche, en eso estamos de acuerdo, pero es perfectamente verosímil que, para cubrir sus deudas de juego, robase el dinero que él afirmó haber sacado para Burrano. ¿Se le ha ocurrido pensarlo, subcomisaria Garrasi? ¿No deberíamos dejar este caso en manos de la Dirección de la Investigación Antimafia? Y si luego ellos deciden que realmente no existe ninguna relación...

Vanina dio un respingo en su silla.

–¿La DIA? Fiscal Vassalli, ¿se da usted cuenta de lo que está diciendo?

De haber podido, se habría puesto en pie y se habría largado, pero no podía arriesgarse a comprometer su investigación por una rabieta.

–¿No le parece un poco excesivo molestar a los colegas de la DIA por una historia de hace cincuenta años que, perdone que se lo diga, está claro que no merece su consideración? Créame, señor, he trabajado muchos años con Antimafia y le aseguro que no les gusta perder el tiempo –dijo, en tono sereno pero firme. Lo que le apetecía, en cambio, era rugir.

Vassalli dudó. Abrió un expediente, volvió a cerrarlo, desplazó un bolígrafo, luego volvió a ponerlo en su sitio. Era evidente que algo lo frenaba, algo que no podía decir o alguien a quien no quería meter de por medio.

–De acuerdo, subcomisaria Garrasi. Tomo nota del testimonio del colaborador, pero para avanzar en la dirección que usted propone, tiene que darme algo más. Algo concreto, subcomisaria. Búsquelo y, si lo encuentra, entonces adelante. De lo contrario, para mí el único sospechoso posible sigue siendo Tommaso Di Stefano.

Más claro no lo podía haber dicho.

Vanina salió de la fiscalía como si fuera una erinia. Le hubiera gustado destrozar a patadas el tubo de hierro que se encontró delante de los pies al salir de la plaza.

El pelele de Vassalli –porque así llamarían en Palermo a un inútil como él– la había dejado sola para que luchara contra molinos de viento. Y lo más absurdo era que, por primera vez en su carrera, la mafia estaba de su parte. No era motivo para alegrarse.

Entró en el bar de la esquina y desahogó su rabia con un iris de chocolate: un pan de leche que se vaciaba por dentro, se freía y luego se rellenaba con crema de chocolate. Una de sus «catanesadas» preferidas.

Aquella mañana, sus rituales diarios habían saltado por los aires. Nada de café con leche al despertarse, nada de pasar por el bar que estaba debajo de su casa para llevarse un cruasán y un capuchino al trabajo. Solo un café rápido en la Nespresso de casa para no llegar a la fiscalía con cara de zombi.

Había dormido tres horas. Cuatro, si contaba la hora de sueño en el sofá gris después de haber enviado a casa a Alfio Burrano. A dos velas.

Tenía que admitir que la idea inicial, cuando lo había llevado a su casa, era otra. Y vistos los preliminares, sin duda debía de ser una idea compartida. Pero luego algo –no sabía muy bien el qué– los había frenado a los dos y así se había acabado la noche.

Lo único que había sacado era un dolor de cabeza latente que podía atribuir a los refinados cócteles que le había sugerido Adriano Calí y a una cantidad de cigarrillos que, en circunstancias normales, se habría fumado en dos días.

La mesa de Bonazzoli y la de Nunnari estaban enterradas bajo una montaña de objetos en sobres.

El cerdo de Manenti le había enviado el inventario completo de los objetos hallados en el Flaminia: era su forma de devolverle la pelota por todas las veces que le había tocado las narices con las peticiones más disparatadas.

Con expresión abatida, Marta daba vueltas a una bolsita con las manos. Vanina se acercó y vio que contenía un muñeco. Un Pinocho de madera que parecía recién salido de una tienda de juguetes *vintage*.

–¿Qué crees que habrá sido de Rita Cutò? –le preguntó la inspectora, con los ojos húmedos.

–No lo sé, Marta –respondió ella, con un suspiro resignado–. Y a este paso, creo que no lo sabremos nunca.

Fragapane y Spanò salieron de su despacho, también abarrotado de bolsitas.

–Bienvenida, jefa –la saludó el suboficial.

El inspector se limitó a saludar con un gesto. Vanina ya había hablado con él por teléfono antes de llegar a la fiscalía para que la pusiera al día, pero hasta el momento los resultados de la investigación sobre Teresa Burrano no decían gran cosa.

–He hablado con Pappalardo, mi amigo de la Científica... –empezó a decir Fragapane.

–Silencio –lo interrumpió Vanina. Se volvió hacia el fondo de la habitación–. Lo Faro, vete a tomar un café.

El muchacho levantó la cabeza desde su mesa.

–Pero... bueno, es que ya he tomado café.

–Pues vete a comer algo, que ya es hora: son las once y media.

–Gracias, pero es que no tomo nada entre comidas.

–Pues a fumarte un cigarrillo... No –se adelantó–, no me digas que no fumas porque no me interesa. Vete a dar una vuelta, vete donde quieras con tal de que salgas de aquí.

Lo Faro rodeó su mesa con cara de perro apaleado y se dirigió a la puerta. No se atrevió a preguntar el porqué de aquel trato que la subcomisaria ya le había hecho patente un par de noches antes.

–¿Qué decía, Fragapane? –retomó Vanina la conversación.

–Le llevé el encendedor a mi amigo Pappalardo, como dijo usted, sin decirle de quién era. Le indiqué que seguramente tendría también las huellas de la compañera que lo había encontrado. Él me dijo que se daría prisa. Lo malo es que las huellas del cenicero solo son rastros, subcomisaria. No llegan ni de lejos a los catorce puntos, por lo que será imposible compararlas. La novedad de hoy, y supongo que Manenti la llamará más tarde para comunicársela, es que han conseguido aislar un fragmento de ADN en la taza. Pero no hay huellas.

Vanina tuvo que pensar un poco para comprender de qué estaba hablando.

–Ah, sí, la taza que los colegas de entonces no se habían molestado ni en mover de sitio. Bien. Puede que algún día nos resulte útil, en vista de que no nos queda más remedio que usar lo poco que tenemos...

Se hizo un breve silencio. Se miraron unos a otros, excepto Spanò, que permaneció impasible. Marta dejó la marioneta y se volvió hacia la subcomisaria.

–O sea, ¿no podemos investigar más? –dijo, incrédula.

–No sobre cosas o personas que no tengan un vínculo claro con la muerte de Maria Cutò.

Todos meditaron aquellas palabras.

–Perdone, jefa –intervino Nunnari–, no sé si me he perdido algo, pero yo pensaba que aún no habíamos encontrado vínculos claros con la muerte de Maria Cutò...

Vanina respondió encogiéndose de hombros.

–La puta de oros –farfulló Fragapane, entre dientes pero en tono audible.

–Pues sí. Y me parece que, en este caso, la expresión viene que ni pintada –concluyó la subcomisaria.

Los dejó allí, meditando sobre el sentido de la frase, y fue a refugiarse en su despacho.

Abrió la ventana y encendió un cigarrillo. Estaba prohibido, pero mala suerte.

Se recostó en el respaldo del sillón y apoyó el pie en la base para hacerlo girar lentamente a derecha e izquierda.

Reflexionó sobre los elementos que tenía a su disposición. Muchos teóricos, pero nada o casi nada concreto. A los elementos teóricos añadió también lo que le había contado Alfio la noche anterior. Por lo que Vanina había entendido, se la tenía jurada a la vieja y disfrutaba desacreditándola ante un representante de la ley. En comparación con lo que Vanina ya sospechaba, la información que Alfio le había proporcionado era una menudencia, pero eso él no podía saberlo. Ni intuirlo siquiera, puesto que el nombre de la anciana no había aparecido en ningún momento entre los sospechosos del homicidio de su esposo. Porque, en realidad, siempre había habido un único sospechoso. Y alguien quería que esta vez la cosa terminara igual. Pero ya podían irse al carajo: ella no era el comisario... ¿cómo se llamaba? Eso, Torrisi. Ni tampoco era el pobre Patanè, que a saber cuántas úlceras de estómago había tenido por culpa de aquella historia.

Se irguió de golpe y cogió el teléfono. Marcó el número de Patanè, que tenía siempre a la vista sobre la mesa, y esperó.

Apagó la colilla en los restos de un café que había cogido de la máquina un par de días antes y del cual solo se había bebido la mitad. Más de eso podría haberle provocado un trastorno gástrico. Se sintió satisfecha al comprobar que nadie había entrado en su despacho durante su ausencia, ni siquiera el personal de limpieza.

Como era de esperar, el comisario no respondió al móvil. Vanina probó con el número de su casa.

La señora Angelina respondió con voz aguda después de seis tonos.

—No, Gino no está —la informó, con evidente satisfacción.

—¿Estará a la hora de comer?

—Claro que sí. Mi marido está jubilado —dijo, aunque seguramente le hubiera gustado añadir «y parece que usted no se acuerda».

Spanò llamó a la puerta justo cuando Vanina estaba colgando el auricular. Fue a sentarse delante de ella con una expresión indignada en el rostro. Al parecer, él ya esperaba la actitud de Vassalli.

—¿Novedades? —le preguntó.

El inspector se alisó el bigote y suspiró.

—A ver: Teresa Regalbuto no ha sido pobre en su vida, ni de joven. Procede de una familia de industriales bien integrados en la alta sociedad de Catania. Gente acomodada y altiva, pero desde el punto de vista económico no más ricos que otras muchas familias. Lo que es dinero de verdad, Teresa solo lo tuvo después de casarse con Gaetano Burrano. Parece, aunque esto me lo ha dicho mi tía Maricchia, que la familia de ella no terminaba de ver con muy buenos ojos la boda. Para los Regalbuto, los Burrano eran una familia de advenedizos. Y Gaetano era indigno de la hija, a quien por lo que parece le sobraban pretendientes. Pero Teresa se encaprichó y tanto insistió que al final se casó con él. Burrano fue un pésimo marido, pero a su mujer nunca le faltaba dinero. La señora era una de las damas más conocidas de Catania. Sus salones eran famosos y se habían convertido en una especie de círculo cerrado en el que se forjaban amistades importantes.

—¿Y esas amistades importantes las tenía gracias al marido?

—A eso iba. Burrano era rico, influyente y no tenía escrúpulos. Por eso, lo lógico sería lo que ha dicho usted. Pero hay una cosa rara: si la señora solo se hubiese beneficiado del poder de su marido, tras la muerte de este la influencia de Teresa habría caído en picado, ¿no? Los salones se habrían convertido en un espacio solo de mujeres y sus fiestas habrían pasado a ser simples eventos mundanos. En cambio, no solo no fue así, sino que el ascenso de Teresa al trono de mujer más poderosa de Catania se volvió imparable. En los años ochenta, cuando en Catania circulaba mucho dinero, debajo de su casa siempre había un coche aparcado, de esos con chófer y antena en el techo. Algunos, aunque esto también es de la cosecha de Maricchia, murmuraban que se lo montaba con algún personaje de renombre. Gente de Roma... Ya sabe, Roma siempre está presente en la imaginación de todos, especialmente en la de quienes no la han visitado nunca.

Vanina se lo quedó mirando, impresionada.

—Bueno, ¿y no me va a decir de dónde ha sacado toda esa información?

—La familia Spanò tiene sus propios informadores.

—¿De confianza?

—Puede usted poner la mano en el fuego, jefa.

—Muy bien, Spanò. No dejan de ser elementos teóricos, pero cuantos más tengamos mejor.

El inspector asintió, complacido.

—Algo es algo. En fin, aún me falta uno. Un informador de otros tiempos. Alguien que, por lo general, sabía cosas importantes. Está fuera, pero me han asegurado que vuelve a Catania dentro de unos días.

Más días. Como si tuviesen por delante todo el tiempo del mundo. Cosa que, pensándolo bien, no era siquiera un hecho rebatible, teniendo en cuenta la época a la que se remontaba el cadáver. Lo único que podía desear era que no apareciese de golpe un homicidio más reciente al que tuvieran que dedicar su atención.

El comisario Patanè la llamó al fijo de su despacho. Treinta minutos más tarde, ya casi a la hora de comer, se presentó allí.

—Ayer la llamé al despacho, pero no estaba. Me pasaron con la agente rubia... ¿Cómo se llama?

—Bonazzoli.

—Eso. Intenté llamarla al móvil: el número me lo apunté el otro día en un papelito, pero no lo encontré. Miré en todos los bolsillos y nada. Tendrá que dármelo otra vez.

Vanina le entregó una tarjeta de visita.

—Pero si quiere un consejo, no se la guarde en el bolsillo.

–Claro –respondió maquinalmente Patanè. Luego la miró con suspicacia–. ¿Por qué lo dice?

Vanina sonrió.

–Por nada, comisario. Era broma.

El comisario lo entendió y se echó a reír.

–¡Razón no le falta! Pero qué quiere que le haga, subcomisaria Garrasi. Mi Angelina siempre ha sido así.

–Su Angelina es un encanto y usted, en lugar de irse a casa a comer, se viene aquí. Y por eso su mujer tiene razón.

–Hablemos de cosas más serias –dijo Patanè, mientras sacaba del bolsillo un bloc de notas cuadriculado, modelo lista de la compra, con la tapa hecha trizas y el cartón posterior lleno de garabatos–. Ayer por la mañana Iero y yo nos empleamos a fondo para intentar recordar qué era exactamente lo que no nos cuadraba cuando empezamos a investigar el homicidio de Burrano. Ya sabe, dos medias memorias hacen una entera, uno ve y el otro oye. En fin, que entre los dos conseguimos sacar algo en claro. Principalmente, porque yo tenía el expediente fresco. Me lo anoté todo para no olvidar los detalles.

–Lo escucho, comisario.

Patanè se puso las gafas y empezó a hablar:

–Primero: la maleta con el dinero desaparecida. Lógicamente, en la escena del crimen no había ni rastro, por tanto podríamos no haberlo sabido nunca. Si la hubiese cogido Di Stefano, ¿por qué iba a decirnos que existía? O inventársela, como dicen algunos. Segundo: el sirviente dijo que la noche del homicidio, antes del disparo, había escuchado alboroto y voces. Iero me recordó que aquello nos había llamado la atención. En el expediente debe de constar, porque el sirviente fue una de las primeras personas a las que interrogamos. Voces, dijo. Ahora bien, si solo hubiera estado allí Di Stefano, no habría escuchado jaleo. Ahora nosotros sabemos que aquella noche Luna también debía de estar allí. Por tanto, la cosa se complica aún más porque, si hacemos caso de la versión oficial, Di Stefano tendría que haber matado primero a Luna, esconderla en el montacargas y luego volver para disparar a Burrano, que mientras tanto... ¿se había quedado la mar de tranquilo en el escritorio, esperándolo? Por último, tendría que haber hecho desaparecer la pistola. O bien al revés, primero le disparó a Burrano, luego mató a la chica y la escondió en el montacargas. Pero, de esa manera, los tiempos no cuadran con el relato del sirviente, que afirmó que había subido corriendo para ver qué pasaba y que había llegado al despacho al mismo tiempo que el administrador. Y hay algo más, subcomisaria: el sirviente no habló en ningún momento de mujeres que vivieran en aquella casa con Burrano. Por tanto, si era cierto que Luna llevaba allí varios días antes de desaparecer, o el tipo mintió, tal vez obligado por la familia para evitar un escándalo, o de verdad no la había visto nunca y Luna estaba allí por casualidad. Precisamente aquella noche.

La primera vez que Vanina había hablado con ella, Teresa Burrano había eludido el tema de los sirvientes, pero era poco probable que alguien como Burrano viviera en una casa sin servidumbre. Por tanto, Patanè tenía razón: alguien había omitido algo.

Cogió el expediente Burrano y buscó en las primeras páginas. Patanè estiró el cuello para ver mejor.

–Creo que es ese –indicó en un determinado momento.

Allí estaba el testimonio del sirviente: media página arrugada a la que, sinceramente, no le había prestado demasiada atención porque repetía más o menos lo mismo. La única diferencia era la afirmación de que Di Stefano había llegado al mismo tiempo que él. Dato inútil para los investigadores de la época, puesto que, según ellos, el administrador había ido mientras tanto a deshacerse de la pistola y librarse del dinero.

–Demetrio Cunsolo, nacido en Catania en... 1934 –leyó–. Eh, ¿sabe que ese tipo aún podría estar vivo?

Patanè, herido en su orgullo, irguió la cabeza.

–Subcomisaria, le ruego que no olvide que está usted hablando con alguien nacido en 1933 que sigue vivito y coleando. Y que mi amigo Iero, el que tanta información nos ha proporcionado, es del 27.

Vanina sonrió un tanto avergonzada.

–Disculpe, comisario.

Llamó a Bonazzoli, pero se presentó Nunnari.

–¿Dónde está Marta? –le preguntó.

–Está hablando por teléfono con un compañero de las patrullas. Parece que han asesinado a una mujer en el aparcamiento que está delante del hotel Nettuno.

Vanina alzó la mirada al techo.

–¡Joder! –exclamó, como si le afectara.

–Tranquila, jefa, creo que ya han pillado al asesino.

–Perdona, ¿y eso?

En ese momento llegó Marta, que parecía más molesta que inquieta.

–Vanina... ¡Ah, perdona! ¡Ayer se me olvidó decirte que te había llamado el comisario Patanè!

–No te preocupes. ¿Qué es eso de que han asesinado a una mujer?

–¡Una historia absurda! –dijo Marta, sacudiendo la cabeza–. Un tío ha matado a su mujer a golpes con el gato del coche porque estaban discutiendo sobre cómo meter el equipaje en el maletero. La patrulla lo ha encontrado allí mismo, aturdido y con el arma aún en la mano.

–Eso aún no lo había visto –comentó Patanè, asombrado.

Vanina se relajó.

–Bueno. No entiendo qué necesidad había de llamarnos a nosotros, pero ya que nos han metido en el asunto... Ocúpate tú. Y llévate a Lo Faro, así nos distrae un poco a la prensa.

–De acuerdo, jefa. Me voy.

–¿Marta? –la volvió a llamar.

–Dime.

–¿Se lo has dicho a Macchia?

–No... O sea, te lo he dicho a ti –respondió la inspectora.

–Pero yo estoy con otra cosa ahora mismo. Hazme un favor, llama a la puerta y díselo tú.

Marta se quedó inmóvil un segundo, confundida.

–¿Yo?

–Sí, Marta, tú. –Vanina le sonrió–. No muerde, tranquila.

La joven se escabulló hacia la puerta de enfrente.

–Debe de ser tímida –comentó Patanè en voz baja.

Nunnari dejó vagar la mirada tras ella.

–Volvamos a lo nuestro –lo reprendió la subcomisaria, mientras le tendía un papel con los datos del sirviente de Burrano y le encargaba que lo buscara.

–A sus órdenes, jefa –dijo el oficial, acercando la mano a la frente antes de retirarse.

–La verdad es que tiene usted un equipo... –empezó a decir Patanè.

–Todos atacados, ¿verdad, comisario? –se le adelantó Vanina–. Pero son muy buenos, ¿sabe? No lo parece, pero son muy buenos.

–Y luego tiene a Carmelo Spanò –puntualizó el comisario.

–Que vale por tres.

Vanina oyó la voz de Macchia en el pasillo, señal de que había salido de su despacho detrás de Bonazzoli. Dos minutos y se presentaría allí exigiendo que lo pusiera al día de todo, incluida –es más, especialmente– la charla con Vassalli en la fiscalía.

–Escuche, comisario, quisiera pedirle un favor.

–Dígame, subcomisaria.

–¿Le interesaría acompañarme esta tarde a Villa Burrano para hacer una inspección?

Patanè contuvo el aliento. Jamás se hubiera atrevido a esperar tanto.

–¡Pues claro, subcomisaria! Pero qué preguntas... Me haría usted muy feliz.

–Quiero entrar allí con calma y estudiar la situación.

Tito Macchia irrumpió en el despacho en aquel preciso instante.

–¡El comisario Patanè!

Patanè hizo ademán de ponerse en pie, pero la mano del gigante, que ocupó la silla contigua, lo obligó a sentarse de nuevo.

Vanina le resumió a grandes rasgos lo que no había conseguido en la fiscalía, con una pequeña digresión para alabar la seriedad y la profesionalidad de Eliana Recupero, con quien lamentaba no poder trabajar.

–Pásate a la SCO y ya verás si trabajas con ella –la provocó Tito.

La SCO era la Sección del Crimen Organizado. No era raro que el jefe intentara encaminarla en aquella dirección. Vanina se limitó a lanzarle una miradita y, acto seguido, lo puso al día del resto de asuntos.

El comisario tardó un minuto largo en acostumbrarse a la penumbra, el mismo tiempo que Vanina tardó en abrir las ventanas.

La subcomisaria cruzó el comedor y se fue directa al despacho. Encendió las luces y abrió también los porticones de aquella estancia.

Patanè se quedó en el umbral, inquieto. Aquella escena del crimen lo había perseguido durante tanto tiempo que le parecía haber estado allí dentro cientos de veces.

Lo recordaba como si fuera ayer.

Vanina deambulaba por la sala en busca de inspiración. Abrió una segunda puerta, en el otro extremo, y se encontró al pie de la escalera.

—¿En qué habitación encontraron el montacargas? —preguntó Patanè.

Vanina lo condujo al saloncito del piso de arriba.

—Comisario —le dijo—, en el informe de la Científica de entonces no se mencionan estas habitaciones. ¿No las inspeccionaron o no se encontró en ellas nada relevante?

—Estaban cerradas con llave. Las llaves aparecieron más tarde, en el cadáver de Burrano. Iero derribó la puerta principal con el hombro. Abrimos todos los cajones y todos los armarios, pero no había nada, subcomisaria. Son habitaciones privadas que no tenían nada que ver con la escena del crimen.

—¿Sigue pensando lo mismo ahora?

Patanè reflexionó en silencio.

—Es posible. Por otro lado, el cadáver de Luna se encontró en la cocina, ¿verdad? No aquí. Así que el montacargas tenía que estar también allí.

—Entonces, ¿en su opinión el asesino actuó solo en la planta baja?

—Según mi impresión, sí.

—Pero entonces... ¿quién trajo aquí esta estatua? —replicó Vanina, mientras señalaba el medio busto de Burrano sénior.

Patanè no supo responder a eso.

Bajaron a la cocina. Una cinta blanca y rosa delimitaba la zona en la que habían trabajado los de la Científica.

–¿Han conseguido averiguar si por casualidad había restos de sangre en el suelo? Ya sabe, con esa brujería que usan ahora, que si hubiera existido en mis tiempos me habría ahorrado mucho trabajo y muchos dolores de cabeza.

–El luminol –dijo ella echándose a reír–. ¡Brujería, dice! No, no han encontrado sangre ni restos de otros fluidos. Aunque la verdad es que ha pasado mucho tiempo, comisario. Dicen que la sangre es resistente, por encima de todos los rastros, pero cincuenta años son cincuenta años.

–De acuerdo, pero vamos a trabajar con una hipótesis. Pongamos que la mataran en otro sitio y luego la escondieran aquí.

–Aunque así fuese, eso no cambia lo sustancial.

Patanè empezó a toser por el polvo y Vanina corrió a abrir la única puertaventana, protegida por una verja de hierro. El comisario se aferró a la reja y respiró a pleno pulmón el aire del jardín.

La pared que contenía el montacargas, de un metro de espesor, terminaba precisamente allí. En el lado corto, más o menos a la altura de los ojos, había una especie de ventanilla de madera pintada de blanco.

–Subcomisaria, ¿tiene usted unos guantes? –le preguntó Patanè.

Vanina sacó un guante de látex, el único que llevaba en la bolsa.

El comisario se lo puso y abrió la ventanilla, tras la que se escondía un minúsculo cuadro de mandos.

La parte inferior estaba ocupada por un artilugio mecánico provisto de una manivela grande. La superior, en cambio, albergaba una especie de cuadro técnico antediluviano con un interruptor de palanca bajado en el centro.

—Subcomisaria, no quisiera equivocarme, pero en mi opinión este interruptor accionaba el montacargas —dijo, mientras indicaba con el dedo primero hacia arriba y luego hacia abajo, como si dijera «subir» y «bajar».

La manivela, en cambio, debía de ser el mecanismo más antiguo, el original. En aquella época, interruptores como ese había muy pocos y debía instalarlos una empresa especializada. En Catania, habría una o dos como mucho.

Alfio le había contado que su tío había hecho instalar la corriente eléctrica en toda la villa. Era poco probable, pues, que hubiera excluido solo el montacargas.

La idea le estalló en la mente de golpe.

—¡Comisario! —dijo, casi gritando.

Patanè se sobresaltó.

—Joder, subcomisaria... —dijo, mientras se llevaba una mano al pecho—. ¿Qué quiere, que me dé un síncope?

—No toque la palanca, ni siquiera con los guantes. Es más, cierre la ventanilla.

—¿Se cree que soy tonto? Tal y como están esos cables, lo más fácil es quedarse enganchado.

Pero Vanina estaba absorta en sus pensamientos.

—Admitamos que a la mujer la mataron en otro sitio —dijo.

—¿Y yo qué he dicho?

La subcomisaria, sin embargo, no lo estaba escuchando.

—Razonemos, comisario. Si Burrano estaba en el despacho con alguien, fuese quien fuese, lo más probable es que Cutò no se hallara allí con él. Lo más probable es que estuviese en la planta de arriba.

Patanè movió el dedo enguantado hacia uno y otro lado al tiempo que apretaba los ojos, como si quisiera dar ritmo a sus reflexiones.

—La matan y la esconden en el montacargas. Luego cierran

la puerta con llave y bajan a la cocina. Accionan el montacargas y lo envían a la planta baja, luego tapan la abertura con el aparador. Finalmente, cogen la estatua y la llevan al piso de arriba –dijo, entusiasmado.

Vanina analizó aquel razonamiento y luego sacudió la cabeza.

–Hay algo que no encaja, comisario.

–¿El qué?

–La noche del homicidio, la estatua aún estaba en el despacho. ¿Se acuerda? Lo descubrimos juntos.

Patanè no se rindió.

–Puede que la subieran en un segundo momento.

–Puede ser. Por tanto, tenía que ser alguien con acceso fácil a la villa. Y que supiera poner en marcha el montacargas.

–Hablemos claro, subcomisaria. Total, los dos estamos pensando lo mismo. Le confirmo que la única persona que tenía libre acceso a la villa era Teresa Burrano.

Vanina se apartó de la puertaventana y paseó por la estancia.

–Su marido está a punto de dejarla para largarse a Nápoles con otra mujer, con la que incluso ha tenido una hija. Está dejando todo su patrimonio en manos de un administrador medio mafioso, con el que además está planeando un negocio de los gordos. A partir de ese momento, será Di Stefano quien lo gestione todo, incluso la generosa renta que Burrano le pasa mensualmente a su esposa. Además, ha redactado un testamento en el que ella, Teresa Burrano, recibe el mismo trato que una prostituta y que la obliga, a su muerte, a dejárselo todo a la hija de dicha prostituta.

–Pero... ¿cómo sabe eso Teresa Burrano?

–A través de Arturo Renna, gran amigo y puede que algo más. Tras la muerte de Gaetano, ella lo convence para que haga desaparecer el documento. El testamento es ológrafo, lo cual significa que no está registrado y que, por tanto, no quedará ni rastro de él. De esa manera, ella lo hereda todo.

—¿Y el contrato?

—Lo mismo. Se da cuenta de que para jugársela a Di Stefano y apropiarse también del negocio gordo lo primero que tiene que eliminar es el contrato. Y así todo resulta más fácil. Es su palabra contra la de Di Stefano, para todo el mundo. Incluso para aquellos que la apoyan, por ejemplo el cuñado y el notario. Y si detrás de Di Stefano están los Zinna, detrás de Teresa Regalbuto está todo el mundo. La gente que cuenta, la gente que manda.

—Lógicamente, tiene que eliminar también a la pobre Luna. La mata y la esconde en el montacargas —concluyó Patanè.

Vanina asintió.

—Solo hay una cosa que no me termina de convencer.

—¿El qué?

—Que Teresa Burrano jamás habría enterrado a Maria Cutò con una caja de caudales llena de dinero.

—Esa parte no encaja.

—No, no encaja.

—Tenemos que analizarlo bien, si no el razonamiento se nos desmonta.

—Sí, tenemos que analizarlo. Pero, de todas maneras, en estos momentos el razonamiento se nos desmonta igual. ¿Y sabe por qué? Porque no tenemos nada que lo demuestre. Y, en estos cincuenta años, Teresa Regalbuto se ha vuelto aún más poderosa que antes. No sé si me explico, comisario.

—Se explica perfectamente, subcomisaria. Ahora entiendo por qué me quitaron la investigación de las manos en cuanto empecé a dudar de la culpabilidad de Di Stefano. Y entiendo también lo que le estaba usted diciendo antes a su superior, lo que ha pasado esta mañana en la fiscalía. Por eso me ha pedido que la acompañe aquí: tiene que encontrar una prueba y cree que yo puedo ayudarla. Espero ser capaz de conseguirlo, subcomisaria. Lo espero tanto por usted como por mí.

Vanina lo miró a los ojos. Supo que podía fiarse de él al cien por cien, así que decidió compartir con él un último detalle, lo que Alfio le había contado la noche anterior.

–O sea, que aquí dentro tiene que haber algo. Puede que incluso se trate de la pistola. La cuestión es descubrir dónde –dijo Patanè, mientras abandonaban la villa.

–En fin, por lo menos hoy hemos avanzado un paso –concluyó Vanina, mientras colocaba de nuevo el precinto policial.

–¿Cuál?

–El interruptor del montacargas es de metal liso y está protegido por la tapa de plástico. ¿Sabe qué significa eso, comisario? Que puede que aún siga allí la huella dactilar de la última persona que accionó esa palanca. Si tenemos suerte, si todo sucedió tal como creemos, es la huella del asesino. Y nosotros tenemos un objeto del que podemos extraer las huellas dactilares de Teresa Burrano. El fiscal no lo sabe, pero así es. Por no hablar de que también tenemos el ADN extraído de la taza.

Patanè la miró, al principio sin comprender. Luego sonrió.

–Ay, ¿cuánto tiempo me hubiera ahorrado yo con todas esas brujerías, eh? ¿Cuánto?

15.

Adriano Calí no se presentaba nunca con las manos vacías. En el sentido literal de la expresión, porque detalles –o *cadeaux*, como los llamaba él– siempre traía dos: uno para la amiga poli y otro para la encantadora ancianita que la cuidaba con el esmero de una abuela orgullosa. Y que, además, lo adoraba también a él. Una buena sintonía cultivada por ambas partes a base de orquídeas, plantitas de guindillas o bandejas de *viscuttina* recién hechas, unas galletitas que al forense le encantaban.

Lo que la ingenua Bettina no sabía era que entre su preferida y el médico no podía haber nada que fuera más allá de la amistad. Ni siquiera con la intercesión del Padre Pío, que en la jerarquía celestial de la anciana estaba por delante de cualquier otra divinidad y que ya le había concedido algún que otro deseo.

Y Vanina siempre había pensado que estaría muy feo quitarle la ilusión a la pobre.

Adriano entró en casa blandiendo un DVD en la mano izquierda. En la derecha, en precario equilibrio, llevaba una sopera llena de *caponata* que la vecina había preparado especialmente para él. Faltaban las albóndigas de carne de caballo que la subcomisaria, siguiendo la sugerencia de Bettina, había encargado en un restaurante que estaba a la entrada del pueblo. «Mucho mejor que una triste pizza, ¿verdad?», había sentenciado la anciana.

–¡Aquí la tienes! *Días de amor y venganza* –le anunció el forense, la mar de satisfecho.

Vanina hizo girar el DVD entre las manos, mientras su amigo dejaba la sopera en la cocina y se lavaba las manos en el fregadero con detergente para platos, que según él desinfectaba mejor.

1979. Una foto central de Marcello Mastroianni con una mandolina, bigote negro y cigarrillo entre los labios, rodeada por primeros planos de Ornella Muti, Peppino De Filippo, Michel Piccoli y Renato Pozzetto. Pues no, no la había visto nunca. Es más, hasta se había olvidado de buscarla en internet.

–¡Gracias!

Se zamparon tres albóndigas de caballo cada uno –estuvieron de acuerdo en que no era fácil encontrarlas tan buenas como aquellas– y un plato abundante de *caponata* aún caliente. Para terminar, la deliciosa uva blanca que vendía un ancianito al final de la calle.

Mucho mejor que una triste pizza.

Mientras Vanina introducía el DVD y seleccionaba el canal, el teléfono le vibró en el bolsillo al recibir un mensaje. Le echó un vistazo a la pantalla. «Una hora contigo le cambia todo el sentido al día. P.». Era un número que no tenía guardado en los contactos, claro, pero sí en la memoria.

–Perdona un momento, Adri –dijo, mientras se alejaba en dirección al dormitorio.

El espejo que colgaba sobre la cómoda le reveló sin piedad la imagen de unos ojos que no deberían estar enrojecidos. Con el dedo listo para borrar el mensaje, contempló durante dos minutos la nubecilla blanca en la que se entreveía aquella P punteada.

No pudo hacerlo.

–¿El gentil caballero de Sciara? –le preguntó Adriano con una sonrisita pícara cuando la vio volver al comedor con el iPhone en la mano.

–¡Pues claro! Con la espada desenvainada.

Alfio Burrano era la última persona en la que pensaba en aquel momento.

–Venga ya, no me digas que ayer no pasó nada porque no me lo pienso creer.

–Pues entonces mejor que no te diga nada.

Adriano aceptó la respuesta sin replicar, pero siguió observándola con miraditas interrogantes hasta que el tormento de la música maldita –motivo central de la película– acaparó toda su atención. Sacó del bolsillo unas gafas y se puso en modo cinefórum.

–¡Mira! ¡Aquí! ¿Qué te decía yo? –exclamó Calí en un momento determinado, mientras apartaba el cojín que llevaba una hora apretujando–. ¿No es la misma atmósfera que la otra noche en la villa de tu amigo?

Vanina estaba a punto de contestar sobre la historia esa de su amigo, pero entonces miró la pantalla y dio un respingo. Un destello de genialidad. Una iluminación.

–¡Pues claro! –repitió en voz alta.

Adriano la observó, preocupado.

–¿Qué te pasa?

–Adri, dime una cosa: en tu opinión, ¿la mujer del montacargas pudo morir abandonada? O sea, ¿es posible que la encerraran viva allí dentro y la dejaran morir?

–¿Muerte por confinamiento, quieres decir? Sí, es posible. Por qué no... Aunque no tengo manera de demostrarlo.

–No importa, Adri. –Le sonrió–. No importa.

La película siguió avanzando hasta el final, pero Vanina ya no le hizo mucho caso.

Adriano le proporcionó toda la información que pudo.

—En el montacargas tenía que haber alguna corriente de aire, aunque fuera mínima, porque de lo contrario el cuerpo no se habría momificado. Lo cual significa que, si lo que planteas es cierto, la pobre mujer tuvo un final espantoso. Debió de tardar varios días en morir. De sed.

El frasco sin tapón encontrado junto al cadáver surgió del olvido y se le plantó delante de los ojos. Cruel. Era obvio: si te estás muriendo de sed y el agua de colonia es el único líquido del que dispones, te la bebes.

Eso explicaba también por qué la caja de caudales llena de dinero había permanecido intacta allí dentro: porque el asesino ni siquiera sabía que estaba allí. Lo cual despejaba la última duda que Patanè y ella se habían planteado. Todo encajaba.

Lástima que a aquellas horas el comisario llevara ya un buen rato perdido entre los brazos de Morfeo. O, peor aún, entre los de Angelina.

—En mi opinión, podría haber ocurrido así. La noche de Santa Agata, Burrano no espera que su mujer se presente en Sciara. Lógicamente, no puede dejar que lo sorprenda con la amante y por eso esconde a Cutò en el lugar que le parece más seguro: el montacargas, que está parado en el piso de arriba. La encierra dentro porque, total, será cosa de unos minutos. Lo que no sabe es que su mujer ha ido allí a cargárselo. O, mejor dicho, a los dos. Mientras el sirviente y Di Stefano, que ha llegado justo en ese momento, se concentran en Burrano, su mujer va a buscar a Cutò, que mientras tanto ha escuchado el disparo y ha empezado a gritar. Teresa intuye que ni siquiera le hace falta matarla porque, total, de allí no puede salir. Pero la casa no tardará en llenarse de gente y alguien podría oír sus chillidos. Recuerda entonces que el foso del montacargas está en el piso de abajo. Cierra con llave el acceso al primer piso, se dirige a la cocina por la escalera de servicio y baja la palanca. Luego arrastra el aparador para tapar la abertura. Al día siguiente, para mayor seguridad, también mueve el busto del suegro y oculta la otra abertura. Y, a partir de ese momento, prohíbe a todo el mundo volver a poner los pies en la villa.

Macchia se la quedó mirando, impresionado.

No era la primera vez que Garrasi lo dejaba atónito con su asombrosa intuición, pero jamás había llegado a aquel nivel. O, por lo menos, no en aquellos once meses.

–¿Funciona? –le preguntó la subcomisaria.

Tito asintió, pensativo.

–Funcionar funciona, y mucho. Pero ahora tenemos que demostrarlo.

Parecía un jarro de agua fría, pero era la verdad.

Ahora, en un mundo justo en el que todo funcionara de una forma lógica, tal vez con una fiscal como Eliana Recupero, a aquellas alturas la subcomisaria Giovanna Garrasi ya tendría carta blanca desde hacía tiempo. Adelante, subcomisaria, utilice todas las armas de las que dispone para atrapar a quien usted cree culpable de un doble homicidio. Sí, de acuerdo, fue hace cincuenta y siete años, pero no deja de ser un homicidio. Y no prescribe. Nunca.

Vanina le comunicó a Vassalli que había solicitado a la Científica que inspeccionara de nuevo la villa de los Burrano y el fiscal tomó nota.

El oficial jefe Pappalardo, acompañado de un agente, retiró el mecanismo eléctrico con la palanca en cuestión para llevarlo al laboratorio y analizarlo en busca de huellas dactilares.

Fragapane, que había estado presente en la inspección, le pidió encarecidamente –de parte de la subcomisaria– que en cuanto la búsqueda diera frutos comparara el resultado con las huellas halladas en el encendedor.

Sería un avance, pero como era lógico, llevaba su tiempo.

Nunnari había localizado a Demetrio Cunsolo, el sirviente de Burrano. Vivo, sí, pero ingresado en un centro para enfermos terminales. Un centro de pago, de esos que solo pueden permitirse unos pocos. Incluso había ido allí para comprobar en persona si el anciano estaba lúcido y en condiciones de contestar a un par de preguntas, pero la respuesta que había obtenido del personal médico había sido tajante: Cunsolo no hablaba desde hacía más de seis meses.

Tenía un hijo, sí, cuyo nombre y datos de contacto le habían facilitado. Salvatore Cunsolo, de cuarenta y cinco años, contable de profesión.

Y, ahora, el señor Salvatore Cunsolo estaba en la sección de Delitos Contra las Personas de la Policía Judicial ante la subcomisaria Giovanna Garrasi, que se empeñaba en hacerle preguntas que el pobre hombre no sabía responder.

Porque del pasado de su padre sabía muy poco, por no decir nada. O, en otras palabras, lo había visto poco, por no decir nada. Le explicó que sus padres ni siquiera estaban casados y que él siempre había vivido con su madre. Sin embargo, era su padre el que se ocupaba de que no le faltara de nada, el que le permitía cierta estabilidad económica. Demetrio Cunsolo siempre había vivido solo, en el Etna, y su hijo Salvatore únicamente sabía que había trabajado en una empresa privada y que durante un tiempo había sido chófer. De que hubiera trabajado como sirviente en la casa de los Burrano, no sabía nada.

Masino Di Stefano confirmó que Cunsolo no trabajaba de forma permanente en Sciara. Había épocas en las que Burrano prefería estar solo en la villa y era precisamente en esos periodos en los que se llevaba a Maria Cutò. Cuando eso ocurría, el sirviente regresaba a Catania y trabajaba en la casa de la esposa, aunque sin duda debía de tener otros trabajitos aquí y allá.

La actitud del anciano delante de la subcomisaria había cambiado. Sin duda, había comprendido que aquella aguerrida agente de policía era su única oportunidad de redención y, por tanto, hacía todo lo posible para congraciarse con ella.

Vanina intentaba extraerle toda la información sobre Teresa Burrano, aunque sin formular preguntas explícitas. Que, por otro lado, tampoco hubieran sido necesarias: Di Stefano contaba todo lo que sabía sin necesidad de que ella se lo preguntase.

Le habló de la cuenta bancaria que la mujer de Burrano había abierto después de unos cuantos años de matrimonio, y en la que ingresaba todo el dinero que no gastaba, que era mucho. De las escenas de celos que le montaba al marido cuando él se pasaba de la raya, o cuando los rumores sobre sus aventuras extraconyugales se volvían demasiado insistentes, aunque ella también tuviera sus líos por ahí. De que en los últimos años Burrano cada vez tenía menos paciencia con ella, hasta el punto de volverse imprudente. Y, al decir «imprudente», Di Stefano se refería al peligro.

Pero no eran más que palabras, que Vassalli no parecía dispuesto a tomar en consideración.

Era sábado y, esta vez, hacía un calor de pleno verano.

Teniendo en cuenta la lentitud con que avanzaba el tema, era poco probable que hubiera novedades antes del lunes, así que tal vez fuera un buen momento para desconectar de verdad e irse a Noto con Luca y Adriano.

La noche antes le había llegado un mensaje de alguien que esta vez sí estaba en su agenda de contactos. Un cuarto de hora más tarde, Alfio Burrano llamaba al interfono. Habían estado paseando por el pueblo en busca de un bar abierto, pero a finales de septiembre, y encima a aquellas horas, en Santo Stefano era una misión imposible. Así pues, habían bajado al mar. Habían comprado un par de cervezas –algo más fuerte mejor que no, teniendo en cuenta los precedentes– y habían terminado sentándose en un banco del puertecito de Pozzillo, entre dos arrecifes de piedra lávica. Estaba casi desierto.

Alfio se sentía incómodo por la forma en que había terminado la noche de la fiesta. Le pedía disculpas, no sabía qué decir. Ella le gustaba, pero habían bebido mucho y él había creído que el interés era recíproco. Ahora comprendía que se había equivocado.

Vanina había intuido que se estaba beneficiando de un tratamiento especial debido a su autoridad policial. De no haber sido así, fijo que aquella especie de donjuán etneo ni se habría molestado en soltarle aquel discursito solo porque ella lo había mandado a casa y se había quedado a dos velas.

Habían hablado. Diciendo medias verdades y dejando a un lado los temas demasiado personales, pero manteniendo las debidas distancias en lo que a la investigación se refería, por la que Alfio no ocultaba su desinterés casi absoluto. No había vuelto a quedarse a dormir en Sciara y, según le confesó, llevaba un par de días sin responder a las llamadas de su tía. Estaba ilocalizable para ella.

Parecía un hombre en plena crisis. Una crisis de mediana edad, sin duda, teniendo en cuenta la fecha de nacimiento que aparecía en el informe de la tristemente célebre noche. Tal vez se hubiera dado cuenta de que se acercaba al medio siglo de vida y quisiera quemar las últimas naves que le quedaban. Y de que seguía dependiendo de una tía anciana que más bruja no podía ser, pero que lo que tenía cogido por las pelotas sin darle un respiro.

Para no cerrar del todo las puertas a la posibilidad de futuras veladas, en las que tal vez le apeteciese concluir de manera digna lo que la otra noche había pensado concederse, Vanina se despidió de él con un discreto beso.

Después volvió a casa. Aunque se sentía más despierta que cuando había salido, se había metido en la cama, a oscuras, y había abierto el WhatsApp. Por vigésima vez.

«Una hora contigo le cambia todo el sentido al día. P.».

Había buscado el número para guardarlo en la agenda del teléfono. Pero finalmente no lo había hecho.

Y ahora estaba al volante de su Mini, a ciento cincuenta kilómetros por hora en la autopista que más recientemente se había construido en Catania. Túneles medio a oscuras, asfalto irregular, carriles restringidos sin aparente motivo... Y luego, un poco más allá, la madre de todas las genialidades jamás proyectadas en el perímetro de la isla: el peaje fantasma construido en mitad de la autopista, que por suerte nunca había llegado a entrar en funcionamiento. Ningún ensanchamiento, dos carriles ya preparados tanto para el Telepass como para el billete. Un infierno anunciado, en pocas palabras.

Noto le gustaba. Era uno de los pocos sitios en los que conseguía sentirse como si de verdad estuviera de vacaciones, pero sin tener que coger un avión. Un poco como Taormina. Y solo desde que vivía en Catania había descubierto de verdad esos dos lugares.

Adriano y Luca eran una especie de pioneros. El apartamento que habían reformado les había costado muy poco dinero, aunque eso había sido antes del verdadero *boom* turístico. En pleno centro, pero en la parte alta, estaba muy cerca de un albergue juvenil en el que Vanina entraba todas las veces que visitaba Noto solo para asomarse, de noche, a un balconcito que ofrecía unas vistas impresionantes de la ciudad.

Lo hizo también aquella noche. Después de haber honrado todas las etapas de obligado cumplimiento –cena en el restaurante de siempre, el de los arcos de piedra y la cocinera incomparable, y helado en la cafetería más conocida de Sicilia– llegó al balconcito y se regaló diez minutos de paz absoluta.

Hacía calor, el suficiente como para garantizar por la mañana una jornada de playa como Dios manda.

Al día siguiente, tras comprobar que el viento soplaba de levante, Luca decretó que era el tiempo ideal para ir a Carratois, la primera playa después de haber doblado la punta de la Isola delle Correnti, ya en la costa sur. Era una playa agreste, escondida entre dunas y maquia mediterránea. Años atrás, una norteña visionaria había decidido abrir precisamente allí unos baños con vistas al atardecer, sombrillas de playa y restaurante con mesas de madera. En temporada baja, con la playa medio vacía y aquella brisa de levante que dejaba el mar plano, era un sitio único. Puerto Escondido pero rodeado del paisaje del sur siciliano.

Hacía muy poco que se habían sentado a comer y Adriano llevaba media hora disertando sobre un artículo en el que se hablaba de un colega suyo, a quien se definía como «anatomopatólogo».

–No tengo nada en contra de los anatomopatólogos, que quede claro. Pero este colega en cuestión es médico forense, como yo, y como todos los que nos dedicamos a destripar los cadáveres que vosotros tan amablemente nos proporcionáis. Lo que es incorrecto es el término. Estaría bien que alguien lo indicase –estaba explicando, por enésima vez, cuando de repente entornó los ojos y dirigió la mirada hacia las últimas sombrillas, las que quedaban más apartadas. Se inclinó hacia la derecha, como una extensión telescópica de sí mismo–. Vanina –dijo.

–¿Qué pasa?

–¿Ese del fondo no es Macchia?

Vanina se giró.

Tamaño considerable, barba oscura y un poco canosa, gafas Persol de estilo Mastroianni, puro en la boca, pero esta vez encendido.

–Es inconfundible –asintió.

Hizo ademán de ponerse en pie para ir a saludarlo y el forense se dispuso a seguirla. Pero un par de pasos más allá se detuvieron en seco los dos, atónitos.

–Joder... –empezó a decir Adriano–. ¿Esa es quien yo creo que es?

Pelo rubio, bronceado dorado, cuerpo delgado. En bikini, Marta Bonazzoli parecía recién salida de una valla publicitaria de Calzedonia.

–Hazme caso, mejor que no vayamos a saludar –dijo Vanina, mientras se apresuraba a esconderse tras las paredes de caña del restaurante.

Desde donde, lógicamente, podían ver sin ser vistos, porque una primicia así no podía ignorarse. Era casi como si estuvieran apostados.

–¿Cuántos años tiene ella? –preguntó el médico en voz baja, como si creyera que podían oírlo.

–Treinta.

–¿Y él?

–Cuarenta y ocho.

–Joder –repitió Adriano.

O sea, que aquel era el misterio de Marta. Viéndola allí, ni siquiera parecía la misma chica tímida y esquiva que se ruborizaba y tropezaba en presencia del Gran Jefe. Y, a juzgar por la naturalidad con que estaban juntos, no debía de tratarse de algo reciente: se abrazaban, se besuqueaban, compartían la hamaca, cosa que no debía de ser nada fácil con alguien como Tito...

–De todas maneras, a mí él me gusta –prosiguió Adriano–. Vale, le sobran bastantes kilos, pero es sexi.

–¿Sexi Tito? –le preguntó Vanina, no muy convencida–. ¿Estás seguro?

–Seguro –dijo, mientras se ponía las gafas de sol graduadas para observarlo mejor–. Un macho de pies a cabeza –concluyó.

–¿Queréis dejar ya de invadir la intimidad de los demás? –intervino Luca.

–¡Mira quién habla! Un periodista preocupado por la intimidad –le respondió Adriano, mientras le indicaba con un gesto que se apartara.

Regresaron a la mesa y dieron buena cuenta del plato de *bruschette* que habían abandonado. El teléfono de la subcomisaria empezó a reclamar atención desde las profundidades de su bolso.

–¡No! No me lo puedo creer... –empezó a decir Adriano, mientras sacudía la cabeza.

Vanina se puso en alerta y respondió enseguida:

–Dígame, Spanò.

–Jefa, disculpe que la moleste, pero ha ocurrido algo grave.

–¿El qué?

–Teresa Burrano está muerta. Se ha pegado un tiro en la sien. –Hizo una pausa–. Con una Beretta calibre 7,65.

Vanina cerró los ojos.

–¿El arma con la que mataron a Burrano?

–En un noventa y nueve coma nueve por ciento, subcomisaria. El cadáver lo ha encontrado su amiga hace media hora, al volver a casa. En la escena del crimen estamos Fragapane y yo, que estaba de guardia y ha atendido la llamada de la central. Pero sería mejor que usted...

–Voy –lo interrumpió–. El tiempo que tarde en llegar hasta allí. Estoy en Portopalo, tardaré una hora y media.

–De acuerdo, subcomisaria. Mientras, llamaré al sustituto y a los de la Científica. Y avisaré a Bonazzoli. ¿Se ocupa usted del Gran Jefe? Ya sabe cómo es, quiere que lo informen de todo enseguida.

Sí, se ocupaba ella. De acuerdo, le hubiera bastado con dar cuatro pasos entre las dunas y habría matado de un tiro a los dos pájaros del proverbio, pero... ¿por qué invadir la intimidad de los demás?

Adriano sacó el iPhone del bolsillo del bañador y, resignado, se dispuso a esperar la llamada, mientras Luca volvía a la playa para recoger las cosas que habían dejado allí.

Vanina lanzó una mirada a la sombrilla de la derecha y comprendió que Spanò no había perdido ni un minuto. Marta hablaba por teléfono y compartía el auricular con Macchia, que se atusaba la barba con gesto meditabundo.

Pulsó la tecla de llamada y, con el mismo ruido de fondo, le estropeó definitivamente el día al Gran Jefe.

Vanina le había cedido a Luca el volante del Mini y, en ese momento, se dedicaba a pensar. Por un segundo había esperado que el fiscal de guardia no fuera Vassalli, pero la llamada de convocatoria que había recibido Adriano cinco minutos después de que abandonaran la playa echó por tierra todas sus ilusiones.

A la altura de Cassibile, los adelantó a toda pastilla una BMW GS monumental, con una melena rubia que asomaba bajo el casco del pasajero, y enseguida se perdió en el horizonte.

Menos de cincuenta minutos más tarde, el coche de la subcomisaria se abría lentamente paso entre el río de cataneses de pura cepa que se agolpaban en la calle Etnea, sobre la que se cernía de nuevo una nube fuliginosa.

Vanina tuvo que sacar la sirena y plantarla en el techo del coche para ahorrarse los insultos del transeúnte dominical medio, acostumbrado a disfrutar de su isla peatonal.

Frente a la casa de los Burrano se había congregado ya una multitud de personas que contemplaban el furgón de la Científica, aparcado en el patio interior, con la misma admiración que si se tratara de una candelaria de Santa Agata. El pequeño gentío se separó en dos para permitir el paso del Mini en el que viajaban la subcomisaria y el médico forense. Luego, empuñando sus paraguas para protegerse de la arena, los curiosos volvieron a unirse formando un grupo más compacto que antes.

Parecía la maldición de los Burrano: cada vez que los golpeaba una desgracia, el volcán les ofrecía sus más sinceras condolencias.

El salón estaba ocupado por una especie de gineceo. Clelia Santadriano estaba derrumbada en el sofá, hecha un mar de lágrimas, junto a Mioara, que contemplaba aturdida la pared. Una mujer alta y robusta le servía agua y se la acercaba. Y, por último, la inspectora Bonazzoli, que estaba sentada delante de ellas ofreciéndoles pañuelos de papel mientras trataba de reconstruir los hechos.

En el aire flotaba un olor a quemado, como si hubieran hecho una barbacoa dentro de la casa.

Spanò presidía la estancia de al lado, con la concentración de un director de cine ante la escena crucial de su película.

Era un pequeño despacho con un escritorio monumental en el centro, un par de sillones y una librería repleta de figurillas de Lalique, entre las cuales asomaba algún que otro libro antiguo. En el suelo, una alfombra persa auténtica, que a juzgar por la cantidad de nudos podría haber pertenecido al sah.

Para alegría de la subcomisaria, Manenti había mandado al lugar de los hechos solo al oficial jefe Pappalardo y a dos fotógrafos forenses que se movían con cautela en torno al cadáver, a la espera de que llegara el forense Calí y despejara el campo. Ya habían encontrado el casquillo y el proyectil.

Teresa Regalbuto, viuda de Burrano, estaba derrumbada sobre el escritorio. La sien derecha perforada, la cabeza inclinada a la izquierda sobre un charco de sangre, el brazo derecho caído a un lado del cuerpo... Sobre la alfombra, junto a uno de los sillones, había una vieja Beretta M35.

Sobre el vade de cuero descansaba un maletín con el interior forrado en seda. Estaba sucio y cubierto de polvo, y parecía recién salido de una muestra de anticuariado. El detalle más surrealista, pero que decía muchas cosas, eran las esposas de seguridad del maletín, oxidadas pero en perfecto estado.

En el interior, perfectamente visible, había una cajita de munición del calibre 7,65.

Sobre el escritorio se veía también una carpeta de cartón vacía, semiabierta y salpicada de sangre, y otra, esta cerrada, que había permanecido intacta. Un montón de hojas apiladas de cualquier manera. Un cenicero pequeño con tres colillas de Philip Morris, una de las cuales se había consumido sola allí dentro.

Vanina dejó a Adriano con el cadáver y se acercó a Spanò.

–¿Quién la ha encontrado?

–Santadriano, cuando ha vuelto a la hora de comer.

La subcomisaria se dirigió hacia el salón.

–Subcomisaria –dijo Spanò–, ¿ha visto el maletín?

–Sí, lo he visto.

–Podría ser...

–El de Gaetano Burrano.

Santadriano se había calmado y en ese momento estaba sentada con aire circunspecto y las manos unidas en el regazo. De vez en cuando se le escapaba un hipido.

Vanina ocupó el lugar de Marta, delante de la mujer.

–¿Se ve capaz de responder a un par de preguntas?

La mujer asintió, sorbiéndose la nariz.

–¿A qué hora ha salido de casa esta mañana?

–A las nueve y media. En una villa de Mascalucia se había organizado una exposición de plantas. Teresa también iba a venir, pero a última hora ha preferido quedarse en casa.

–¿Y le ha parecido un comportamiento extraño?

–Pues... no. Creo que no. Teresa es... imprevisible. Tenía mil llamadas que hacer, como siempre, y otras tantas que recibir. Llamadas, visitas... En los tres meses que llevo aquí, he conocido a media ciudad.

–Usted es mucho más joven que la señora. ¿Hace mucho que se conocen?

–No, solo un par de años.

–¿Y eran muy amigas?

–Sí –respondió Clelia con un hilo de voz.

–Por curiosidad... ¿cómo empezó su amistad?

–Pues... casualmente.

–¿Y ahora usted vive aquí?

–No, vine a pasar el verano y al final he alargado la visita un poco más. Yo también estoy sola... Pero ¿por qué me hace tantas preguntas?

–Verá, señora Santadriano, su amiga se acaba de quitar la vida pegándose un tiro en la cabeza. Estará de acuerdo conmigo en que no se trata exactamente de una muerte natural.

La mujer empezó a mover muy despacio la cabeza, con los ojos cerrados y bañados en lágrimas otra vez.

–Es que no me entra en la cabeza –dijo sollozando.

Vanina comprendió que, una vez más, había sido demasiado directa. Esperó a que se tranquilizase de nuevo, con la ayuda de Marta, a quien al parecer se le daba mucho mejor que a ella consolar a las almas en pena.

–¿Había notado algo extraño? ¿Algún comportamiento raro, síntomas de depresión?

La mujer vaciló un instante.

–Desde que apareció el cadáver de... aquella mujer –dijo al fin– estaba nerviosa. Tenía miedo de que volvieran ustedes a darle otra mala noticia relacionada con aquella casa. Teresa odiaba aquella villa... Aunque es comprensible, ¿no?

–¿La señora le había contado el motivo? –preguntó Vanina.

–No, subcomisaria. Yo se lo preguntaba, pero siempre me decía que era una historia demasiado larga. Que no lo habría entendido. Yo creo que jamás superó la muerte de su esposo. Teresa tenía un carácter difícil. Muchas personas no la entendían, entre ellas su propio sobrino. Últimamente discutían mucho. –Sucumbió de nuevo a las lágrimas–. Disculpe, subcomisaria, ¡es que ha sido tan espantoso! No contestaba al interfono y cuando le he pedido a la portera que me abriera... ¡la he encontrado así!

Vanina la dejó en paz.

La portera –que, como era de esperar, se llamaba Agata– añadió algún detalle sobre lo que la señora había hecho aquella mañana. A las diez, antes de ir a misa, ella le había subido el periódico. Le había parecido que estaba tranquila. O, mejor dicho, todo lo tranquila que podía estar la señora Teresa Burrano, claro. Había esperado una media hora. Al bajar de nuevo, la había dejado hablando por teléfono, con el periódico abierto justo delante de ella. Batallando, como siempre.

Mioara tenía un comportamiento disociado. Reía, luego se echaba a llorar, luego se llevaba las manos a la cabeza, desconsolada...

–¡Esta mañana señora estaba bien! Enfadada como siempre, pero bien.

Cómo no darle la razón.

–Cuando he vuelto a casa, ya estaba aquí policía. ¡Señora Clelia desmayada! ¡Y comida en cocina... Todo quemado!

Ese último detalle lo repitió tres veces en voz cada vez más baja, como si fuera la noticia más importante.

En ese momento llegó el fiscal Vassalli. Se quedó el tiempo estrictamente necesario y volvió a marcharse.

Adriano, que había movido el cadáver, estaba esperando a los de la morgue.

–Agujero de entrada –dijo, al tiempo que señalaba la sien derecha de la anciana– y agujero de salida –añadió, mostrando el lado izquierdo–. En la entrada no hay boca de mina y no se aprecia la típica forma estrellada, lo cual significa que no hubo contacto con el arma. Y el cuerpo aún está caliente: por tanto, debió de suceder poco antes de que volviera su amiga.

El oficial jefe Pappalardo y los dos fotógrafos forenses estaban trabajando en el escritorio.

–Pappalardo –lo llamó Vanina. El hombre se irguió de golpe–. ¡Pappalardo! Tenga cuidado, hombre, que esa es la forma más fácil de provocarse un latigazo, ¿sabe? Y no creo que sea el momento más oportuno.

–¡Tiene usted razón, subcomisaria!

–Escuche, Pappalardo, tanto el maletín como la pistola hay que analizarlos del derecho y del revés, ¿me explico? Las dos cosas tienen más años que el arca de Noé, pero son fundamentales para nuestra investigación.

El oficial jefe asintió.

–Huellas, rastros... Y también habría que recuperar cualquier residuo material, con especial atención a posibles fragmentos de papel moneda.

Vanina se volvió hacia Adriano, que estaba inclinado sobre el cadáver.

—Y necesito el ADN de la señora.

El médico, absorto en sus pensamientos, la observó sin comprender.

—¿Adri?

—¿Eh? Sí, sí, vale. El ADN.

—Tenemos que compararlo con el que se encontró en la taza de Villa Burrano, ¿no? —adivinó el oficial jefe.

—Muy bien, Pappalardo. ¿Lo ve? Usted lo pilla todo a la primera.

—Por favor, subcomisaria, no lo diga muy alto que como se entere Manenti...

Vanina y Fragapane, que estaba al lado de Pappalardo, soltaron una risita sarcástica.

—¿Qué le parece, subcomisaria? —preguntó Spanò con la respuesta ya preparada.

—Lo mismo que a usted, Spanò. Que ese maletín y esa pistola dicen más que una confesión escrita.

Aunque esta última hubiera resultado mucho más sencilla.

—Una admisión de culpa, pues. Quién sabe. A lo mejor nuestra presión la ha hecho perder la cabeza. Quizá temía que averiguáramos la verdad y no soportaba la idea de terminar su vida con una condena por asesinato. Llegados a ese punto, mejor suicidarse. Y este golpe de efecto... Ahora solo nos queda encajar las demás piezas.

—Bueno, yo me voy a Santo Stefano. Vosotros quedaos aquí hasta que desmonten el chiringuito y luego id a disfrutar de lo que queda de domingo.

Se dirigió al salón y Marta enseguida se le acercó.

—¡Vaya historia tan increíble! Es verdad eso que dicen de que las personas que parecen más fuertes al final resultan ser las más frágiles. ¿Quién se iba a esperar algo así de la señora Burrano?

–Ay... Sí, así son las cosas, querida Marta. Las personas nunca dejan de sorprendernos –le sonrió–, para bien y para mal. –Se acercó a la inspectora con la mirada fija en su pelo, que llevaba recogido en una cola, y le quitó un resto de alga que parecía un hilillo de hierba marrón–. Ojo, que llevas los tobillos llenos de arena.

Marta la miró sin entender.

–Bueno, voy a ver si me quito la sal –dijo Vanina, con una última sonrisa sutilmente sardónica. Se acercó a Santadriano–. Señoras, no es buena idea que duerman aquí esta noche. ¿Tienen algún sitio donde quedarse?

–Tengo otras amigas aquí en Catania –la tranquilizó Clelia–. Amigas de Teresa –añadió con un hilo de voz.

La portera dio un paso al frente.

–Mioara se quedará en mi casa.

–Bien.

Vanina se encendió un cigarrillo, lista para marcharse. Sin embargo, una idea repentina la obligó a detenerse en el umbral.

–¡Spanò!

–Dígame, jefa.

–¿Alguien ha avisado a Alfio Burrano?

–Lo he llamado cien veces, subcomisaria. Está ilocalizable.

La subcomisaria se apartó el cigarrillo de los labios, con un suspiro, y cogió su teléfono. Buscó entre los contactos el número de Alfio y lo llamó. Una vez, luego otra.

–¿Dónde coño se ha metido? –farfulló.

Spanò fingió pasar por alto aquel tono personal.

–No se preocupe, jefa, sigo intentándolo yo.

Desde una habitación cercana les llegó un alboroto que atrajo la atención de Vanina. Siguió las voces y llegó a una cocina cuyo mobiliario debía de ser por lo menos de los años sesenta, y eso siendo muy optimistas. Vaya con la difunta, pensó, debía de ser más agarrada que un pasamanos.

–¿Qué pasa aquí? –dijo en tono perentorio.

Las dos mujeres armaban tanto jaleo que aquello parecía un gallinero. Y el olor a quemado era fortísimo.

–Se le ha metido en la cabeza que tiene que recoger la cocina antes de bajar a mi casa –protestó la portera.

–Señora no quiere cocina sucia, nunca. Señora domingo preparada comida buena y cuando yo vuelvo dice: Mioara, limpia cocina enseguida. Pienso que ahora ella ve esta cocina sucia y comida buena toda quemada.

Vanina accedió a la petición de ayuda de la portera y asumió el mando.

–Mioara, no puedes ponerte a limpiar nada con toda esta gente en la casa. Como mucho, tira a la basura la comida quemada y baja a descansar a casa de la señora, que estás muy afectada. ¿De acuerdo?

La chica cedió.

–De acuerdo, subcomisaria –dijo. Mientras volvían al salón añadió–: Señora mía decía: subcomisaria Garrasi tiene atributos. Yo no sé qué son atributos, pero creo que señora tenía razón.

–¡Pues vaya! ¿Y a quién se lo decía, Mioara? ¿A ti?

–¡No! Señora decía a señor Alfio, y una vez por teléfono, pero no sé con quién hablaba.

En el patio, Vanina se cruzó con los de la morgue.

Llamó a Adriano.

–¿Te llevo?

–No, les pediré que me lleven al hospital. Cuanto antes empiece, antes acabaré.

–Vale, pues no te canses.

–Si tengo algo que decirte, te llamo.

Fue a buscar el Mini y, finalmente, abandonó la casa de los Burrano, entre una multitud tres veces más numerosa que cuando había llegado. Era inútil hacerse ilusiones de que la prensa no estuviera ya copando la primera fila.

Spanò había dicho que volvería a llamar a Alfio, pero Vanina estaba inquieta. Al único pariente de la difunta había que avisarlo. Sí, puede que Alfio no le tuviera mucho cariño a su tía, pero no dejaba de ser su única familia. Y, en vista de que últimamente Vanina y Alfio habían establecido una relación más informal, tal vez él prefiriera enterarse de la noticia por ella y no por el inspector jefe Spanò.

O no. Porque, de hecho, Spanò tampoco era un desconocido para él.

La única diferencia fue que, esta vez, el teléfono no siguió sonando sin respuesta, sino que saltó el contestador automático. Le dejó un mensaje para decirle que la llamara, aunque fuera tarde. Lo más probable era que Spanò hubiera hecho lo mismo. Que decidiera Alfio a cuál de los dos le devolvía la llamada.

Cuando llegó a Santo Stefano ya casi había oscurecido. Mientras subía la escalera se dedicó a pensar qué podía prepararse para cenar. Desde la comida del mediodía, interrumpida por la primicia de la playa y luego terminada a toda prisa por la llamada de trabajo, Vanina no le había hincado el diente a nada sólido. Le apetecían unos espaguetis *aglio e olio*.

Bettina, como de costumbre, fue su salvación.

–Vaya a darse una buena ducha y luego venga a hacerme un poco de compañía, que se me encoge el corazón de pensar en cenar sola esta noche.

Bettina era así. Daba la vuelta a las cosas, como si en realidad fuera la subcomisaria quien le hacía un favor a ella honrándola con su compañía, cuando en cambio la gentileza era única y exclusivamente de la anciana. Lo hacía para que Vanina no tuviera que darle las gracias, para que no se sintiera en deuda con ella. Y Vanina se lo agradecía por partida doble.

Interpretó su papel en aquel juego e hizo lo que Bettina le había propuesto. Mientras, la anciana ya había arrancado el ajo necesario para los espaguetis de una ristra tan larga que Vanina no imaginaba cómo iba a comerse ella sola tantos ajos.

–Le pongo también *capuliato* y un poquito de *caciocavallo* rayado, que le va que ni pintado.

Media hora más tarde, la subcomisaria estaba sentada a la mesa de su vecina disfrutando del *capuliato*, una mezcla de tomates secos triturados, aceite y especias varias, y de la compañía. Porque una cosa era cierta: estar en la cocina de Bettina la ponía de buen humor. Es más, la tranquilizaba. Y hacía que se sintiera como en casa, algo que no le ocurría desde hacía mucho tiempo.

–Hoy salía una foto suya en el periódico.

Vanina bajó de las nubes.

–¿Cómo dice?

–En la *Gazzetta Siciliana*. Un artículo larguísimo. Luisa ha tardado media hora en leerlo. O sea, que ya se sabe quién es esa mujer que asesinaron hace cincuenta años, ¿no?

–¿Eso pone el artículo? –preguntó la subcomisaria.

–Sí. Y también cuenta su historia, que era... en fin, una mujer de la calle. Y que el asesino fue seguramente el mismo del caballero Burrano, y que a lo mejor la persona que mató al caballero Burrano no fue el hombre ese que estuvo en la cárcel...

–¡Un momento! Alto, alto, alto... ¿Todo eso pone el artículo?

Bettina se levantó y fue a buscar el periódico.

La foto de la subcomisaria Garrasi rodeada de sus hombres, Villa Burrano, el garaje del Valentino... Referencias al crimen de Santa Agata con toda clase de detalles, pistolas nunca encontradas, alusiones a un asesino suelto durante casi sesenta años, palabras de ánimo para el hombre que podía haber pagado muy caro un delito que no había cometido... El *collage* perfecto. Y ni siquiera era muy difícil imaginar quién había proporcionado todo aquel material de redacción. Se le apareció el rostro de Tunisi.

Tal vez fuera aquello lo que había desencadenado la decisión de Teresa. Un artículo así en la prensa de Catania significaba que a alguien empezaba a importarle muy poco sus órdenes. Que había alguien más poderoso que ella. Que, tarde o temprano, la poli con atributos llegaría hasta ella.

Y, sin embargo, Vanina habría jurado que una mujer como Teresa Regalbuto era de las que luchaban hasta el último momento. Aunque, en el fondo, matarse tal vez fuera una forma de conservar el control hasta el final. La presencia del arma homicida, sin embargo, lo convertía más bien en una rendición incondicional. Y eso sí que no le parecía propio de ella.

La vecina vio su expresión sombría y trató de ponerle remedio.

—Bueno, ¡pues con la excusa me he comido un buen plato de pasta yo también! —dijo, arrellanándose en la silla—. Porque ya sabe, comer bien es importante, sobre todo cuando una está sola. Yo siempre cocino. Preparo la mesa como Dios manda y si puedo compartirla con alguien, mejor; si no, paciencia. Significa cuidarse.

Vanina le sonrió y reflexionó sobre aquella filosofía hasta que captó una nota desafinada, algo que no cuadraba. Rebobinó el hilo de sus pensamientos hasta llegar de nuevo al artículo. Y entonces escuchó la nota. Alta como un agudo de Freddie Mercury junto a la oreja.

—¡Joder! —exclamó.

Bettina la miró, perpleja y molesta. No le gustaba nada aquel lenguaje soez.

Y tenía razón. Pero en aquel momento no. En aquel momento se imponía la adrenalina, y a esta le traía sin cuidado la elegancia.

–Bettina, es usted un genio.

–¿Yo? ¿Por qué? ¿Qué he dicho? –preguntó la mujer, pero Vanina ya no la escuchaba.

Vamos, Adriano, ¡responde!

–¡Ya imaginaba que serías tú! –empezó a decir el forense.

–Hay algo muy importante que debo preguntarte. Y tienes que contestarme enseguida. ¿Tienes forma de saber si Teresa Burrano...?

–¿Se disparó a sí misma? –se le adelantó Adriano.

–Voy para allí.

La cantinela de Mioara seguía resonando en su mente. Comida quemada, comida quemada.

Bettina tenía razón, cocinar para uno mismo significaba cuidarse. Una persona que está a punto de suicidarse no prepara un asado y lo mete en el horno antes de sentarse frente al escritorio, coger una pistola y pegarse un tiro en la cabeza.

Adriano la esperaba en su «clínica», como él la llamaba.

–La duda me ha entrado al fijarme en las manos. ¿Ves lo deformadas que están? La anciana sufría un tipo grave de artrosis. En casos como el suyo, es difícil incluso sujetar el cepillo de dientes, así que imagínate apretar el gatillo.

Cogió una mano amoratada, colocada junto al cuerpo, y la levantó para acercarla a la nariz de Vanina.

De todos los lugares malolientes a los que su trabajo la había llevado, la sala de disección era el más odioso. Y no solo por los olores, que no podían ser más nauseabundos. Era por la muerte, que impregnaba paredes, camillas e instrumental. Que corrompía el aire. Las batas manchadas de sangre, siempre oscura, siempre de cadáver. La muerte violenta. La que justificaba su trabajo, la que le daba de comer.

335

—Y luego —prosiguió Adriano—, el orificio de entrada. No se ve la típica quemadura provocada por la llama, ni tampoco hay ahumamiento. Pero sí hay tatuaje, causado por las impurezas no quemadas, que en el caso de una pistola tan antigua son muchas. ¿Sabes qué significa todo eso?

—No, pero estoy segura de que no tardaré en averiguarlo.

—Que el disparo se realizó a más de veinte centímetros de distancia. Y, ahora, decide tú si basándote en estos elementos te parece factible que la señora se disparara a sí misma.

Vanina reflexionó en silencio.

Si a Teresa Burrano ya le habría resultado difícil apretar el gatillo con el cañón apoyado, mucho más le hubiera costado apuntar a la sien a veinte o treinta centímetros de distancia con una pistola que se le hubiera resbalado de la mano por el retroceso. Era prácticamente imposible. Y aunque, por absurdo que resulte, hubiera sido capaz de lograrlo, el arma no habría quedado tan cerca de ella.

—La causa de la muerte me parece obvia —concluyó el forense—. Y ahora, vete, que yo tengo que terminar aquí y, si puedo, me gustaría dormir un par de horas. Mañana por la mañana te doy el resto.

Para la subcomisaria, sin embargo, la noche acababa de empezar.

Vassalli respondió al décimo tono.

—Subcomisaria Garrasi —dijo, en tono neutro.

Escuchó en silencio, con la respiración cada vez más alterada.

—Me cago en todo —se limitó a decir al final.

—Estamos buscando a un asesino, señor fiscal. Y ya le hemos dado bastante ventaja.

Por una vez, estuvieron de acuerdo.

16.

Alfio bajó del coche mientras Chadi cerraba de nuevo la verja. Lo despidió rápidamente, enviándolo a la vivienda, y entró en casa. No dormía en Sciara desde la noche del cadáver.

Se sirvió dos dedos de whisky, un whisky especial de turba que le traía un amigo, y se dejó caer en un sillón. Descompuesto.

No se atrevía ni a pensar en lo que había hecho. Tendría que haber mantenido las distancias, dejar que las cosas se calmaran, no caer en las provocaciones, porque solo así habría evitado cometer la peor gilipollez de su vida. Porque, tarde o temprano, acabaría pagando lo que había hecho. Porque cuando uno cede ante algo así, tiene que ser consciente de que se está atando de pies y manos, de que no será fácil sacudirse de encima la sensación de haber traicionado a su propia conciencia. Porque él había hecho muchas tonterías en su vida, algunas imperdonables, pero tenía conciencia y jamás la había traicionado. Hasta ese puñetero domingo.

El desaliento, la incertidumbre sobre el futuro, las esperanzas echadas por tierra... Todo eso puede conseguir que un hombre flaquee. Puede derrotarlo. Él ya no había podido seguir resistiendo las provocaciones continuas, la tentación de rendirse por fin ante aquel deseo y terminar de una vez por todas. Y había cedido.

Vio su teléfono: seguía cargando en el mueble, donde lo había olvidado aquella mañana cuando había ido a encontrarse con su maldición.

Una gran cantidad de mensajes en el icono de WhatsApp y dos en el contestador telefónico. Decidió empezar por allí. La voz de Vanina Garrasi, que le pedía que la llamara «aunque fuera tarde», solo empeoró aún más su estado mental. Hasta la noche anterior, habría dado un brazo por recibir una llamada de la subcomisaria. Y quién sabe, tal vez si hubiera ocurrido, ahora él no estaría ahí lamentándose. En ese momento, sin embargo, Giovanna Garrasi era la última persona con la que deseaba hablar.

Después tenía un mensaje de Carmelo Spanò. Y, a ese, no le quedaba más remedio que responder.

Spanò estaba sentado en el despacho de la subcomisaria, esperándola.

—Dígame una cosa, inspector. ¿Cómo es que usted siempre está disponible en diez minutos?

El inspector torció la boca.

—¿Estoy obligado a contestar?

—Si le incomoda, no.

Reflexionó.

—¿Y usted? ¿Cómo es que siempre está disponible? —preguntó, a modo de respuesta.

—Lo pillo —dijo Vanina, para zanjar la cuestión.

El inspector jugueteó con un portalápices.

—Porque no tengo nada que hacer —empezó a decir—. Y porque si no hago nada me pongo a pensar. Y si pienso, me entra la rabia. Y como me entre la rabia, acabaré debajo de la casa de cierta persona y tarde o temprano le partiré la cara. Y luego el imbécil ese conseguirá que me arrepienta para el resto de mis días. Así que, por favor, deme algo que hacer.

Vanina se reclinó en su sillón y sacó un cigarrillo.

–Total, solo estamos usted y yo. No le molesta, ¿verdad, Spanò?

–¿A mí? Claro que no. Es más, si me permite... –dijo, mientras acercaba la mano al paquete de Gauloises.

–Tenemos que partir de cero –empezó a decir la subcomisaria–. Buscar indicios, huellas, lo que sea... Tenemos que citar a Santadriano, a la portera y a Mioara. Sabemos que la señora habló por teléfono con alguien. Una mujer como Burrano seguro que tenía también un teléfono móvil. Tenemos que pedir el registro de llamadas para descubrir con quién habló. La pistola y el maletín creaban un escenario perfecto, hasta el punto de que casi hemos caído totalmente en la trampa. Al asesino, sin embargo, no se le ha ocurrido eliminar los restos de la comida que la señora estaba preparando, y ese ha sido su primer error. Y no sabía, o no recordaba, que la señora no estaba en condiciones de apretar el gatillo porque sufría un tipo grave de artrosis. Por último, le ha disparado a más de veinte centímetros de distancia. Y ese ha sido su último error, pero también el más importante.

El teléfono de Spanò empezó a sonar. El inspector retorció el cuerpo para sacarlo del bolsillo de los vaqueros, que le quedaban demasiado ceñidos.

–¡Ah, por fin! Es Alfio.

–Tenga cuidado, Spanò. No divulgue información.

–¡Pues claro que no!

Spanò se aclaró la voz y respondió. Vanina se apoyó en los codos y se puso a escuchar. Cuando el inspector colgó, estaba muy serio.

–Pobrecillo. Ha sido un golpe para él. No dejaba de repetir que no se lo puede creer.

–Ni nosotros.

Vanina se puso en pie y cogió la chaqueta, colgada del respaldo del sillón.

–Vamos.

–¿Adónde?

–¿Usted cree que lo he hecho venir al despacho a las diez de la noche solo para intercambiar opiniones?

El inspector la siguió, perplejo. Ya en el exterior, se fue directo al aparcamiento de los coches de servicio.

–¿Adónde va, Spanò? –lo llamó Vanina.

El hombre se detuvo ante la entrada.

–Pues la verdad es que aún no lo sé.

–Vamos con su Vespa.

Spanò volvió atrás.

–Pero... ¿adónde tenemos que ir, subcomisaria?

–A desmadrarnos por ahí para olvidar nuestro puto trabajo.

El inspector la observó, aturdido.

–¿Usted adónde cree que vamos, Spanò? Pues a la casa de la señora Burrano, claro. Usted y yo solos, sin que nadie nos toque las narices y con los ojos bien abiertos. En la Vespa llegaremos antes.

Vespa 125 Primavera de color blanco, años setenta. Inigualable. Vanina se la envidiaba cada vez que la veía.

Lástima del horroroso baúl que el inspector había añadido en la parte trasera y del cual sacaba en ese momento un casco minimalista tipo Calimero, de color rosa y con un adhesivo de Naj Oleari en lo alto.

–Es un casco viejo de mi mujer –se excusó–. Exmujer –rectificó.

Vanina no hizo preguntas y Spanò se lo agradeció porque... ¿qué hubiera podido responderle? ¿Que era tan imbécil que le había añadido a la moto aquel horrendo baúl solo para llevar siempre aquella reliquia nostálgica, con la vana esperanza de que un día, por casualidad, su mujer aceptase ir a dar una vuelta en la Vespa y, tras sucumbir a los recuerdos, volviese con él?

El portón estaba cerrado.

Vanina llamó al timbre de la portería. Mioara salió al poco con las llaves, preocupada.

—¿Quieren que los acompañe a la casa?

—No, Mioara, no es necesario.

La chica se los quedó mirando mientras subían la escalera y luego, sacudiendo la cabeza, se dirigió de nuevo a la portería.

El olor a quemado flotaba por toda la casa.

—¿Por dónde empezamos, subcomisaria? —preguntó Spanò.

—Por la cocina.

Donde todo se había quedado como estaba, incluido el asado, que seguía allí intacto. Lo cual indicaba que Mioara había acatado las órdenes.

Sobre la mesa descansaba aún la cazuela con vino en la que la señora Burrano debía de haber marinado la carne. Justo al lado, un cuaderno de recetas escritas con una caligrafía ordenada y antigua.

En la primera página aparecía una firma: «Agata Maria Burrano». La suegra, sin duda.

—Parece que la vieja estaba preparando una comida como Dios manda —comentó Spanò, mientras acercaba la nariz a la cazuela.

—¿Sabe qué es lo que más me molesta, inspector? Que me he dejado tomar el pelo durante dos horas por un asesino de mierda.

El inspector asintió. Conocía muy bien aquella sensación.

Vanina se dirigió hacia el despacho. Encendió las luces y contempló la estancia.

Spanò la siguió y se acercó al escritorio mientras se ponía unos guantes.

–La señora ya estaba sentada cuando el asesino le disparó. De hecho, se desplomó sobre la mesa –argumentó.

–Tenemos dos posibilidades. La primera es que el asesino entrara en la casa por su cuenta, pero sin cometer delito alguno, la sorprendiera por la espalda y le disparase. Después colocó el maletín, los proyectiles y la pistola de manera que no quedara ninguna duda sobre la premeditación del gesto suicida. Pero... –Vanina respiró hondo, no muy convencida–. Pero yo tengo la sensación de que no fue así. En mi opinión, la señora conocía a su asesino.

–Y, por eso, la segunda hipótesis es que ella le abrió la puerta y lo recibió en el despacho –dijo Spanò, mientras echaba un vistazo al cenicero–. Y hasta se fumó un cigarrillo.

–Eso también indica que lo conocía bien, porque de no haber sido así, lo habría llevado al salón. Sin contar que el tipo, o la tipa, sabía dónde estaban tanto la maleta como la pistola. Y estaba seguro de que cuando nosotros encontráramos aquí ambas cosas, nos convenceríamos de que era Teresa Burrano quien había matado a su marido y a Cutò.

–Vamos, que nos ha manipulado –concluyó Spanò.

Vanina se inclinó hacia la carpeta ensangrentada y le pidió a Spanò que la levantara. Estaba vacía.

–Abra un poco la de debajo, Spanò.

El inspector abrió la segunda carpeta. Era del tamaño de un cuaderno, pero estaba abultada por el contenido.

–Parecen recibos.

Cogió uno y se dispuso a leerlo, pero no pudo.

–¡Las gafas! –dijo.

No las llevaba. Giró la hoja hacia la subcomisaria, que se acercó.

–Son recibos. De... –leyó–. Cuotas. Mensuales, por lo que veo.

–¿Cuotas? ¿Así en general?

Vanina asintió, pensativa. Frunció el ceño.

–Inspector, deme algo para tocar estos papeles.

Spanò sacó otro par de guantes del bolsillo y se los dio a la subcomisaria.

Vanina cogió el fajo de recibos y empezó a leerlos uno por uno. Siempre cifras distintas, pero el nombre del destinatario era el mismo. Al menos, en los diez primeros. Luego el nombre cambiaba durante dieciocho recibos, aunque las cifras seguían siendo distintas, y volvía a cambiar durante otros veinte recibos. Todos con cifras de tres ceros.

Abrió el cajón central del escritorio. Solo contenía hojas en blanco y material de papelería. Se inclinó hacia la fila de cajones de la izquierda. El primero –el único con cerradura– tenía la llave ligeramente girada y estaba un poco abierto.

En el interior había una agenda. La abrió. Estaba repleta de nombres, apellidos y números de teléfono. Una infinidad.

–Spanò, hay que pedirle a la Científica que analice este cajón, para ver si por casualidad se guardaba aquí la pistola. El asesino podría haberla cogido mientras Teresa Burrano lo abría. Y comprobemos si hay alguna huella dactilar en la carpeta vacía, aparte de las de Teresa Burrano.

–¿No le parece raro que esté vacía? La otra está tan llena que va a reventar y en esta no hay nada.

–Tendremos que averiguar por qué. Igual que tenemos que descubrir a qué corresponden esos recibos, de modo que nos llevamos la otra carpeta. Ahora, antes de que con el jaleo que se va a armar aquí por la mañana la cojan ellos. Nos llevamos también la agenda.

Sacó de su bolso la misma bolsa de tela de siempre, la que utilizaba para todo menos para llevar libros, que era precisamente el uso al que estaba destinada. Se la dio a Spanò.

–Vamos en Vespa –le recordó.

–Subcomisaria –dijo Spanò, mientras guardaba la carpeta en la bolsa–. Me parece que tengo una sospecha sobre los recibos...

–Y yo también, inspector. Y yo también...

Y era una sospecha de esas mezquinas, de esas que si resultan ser ciertas lo complican todo.

Por eso ambos decidieron no decir nada.

Durante el camino de vuelta, el aire había refrescado bastante, lo cual era normal para la época. Catania no era como Milán, donde para ir en Vespa por la noche ya tendría que haberse puesto por lo menos un plumón fino, pero no dejaba de ser otoño. El hecho de que apenas doce horas antes estuviera repantigada en una playa no significaba que la temperatura no pudiera descender de golpe en un momento.

Dieron un rodeo para pasar por la plaza Spirito Santo y pararon en el quiosco de la esquina. El pub de al lado aún estaba bastante lleno, como todos los locales de la zona. Solo el restaurante de Nino, que estaba justo allí detrás, cerraba desde siempre los domingos por la noche.

–Esto es lo bonito de Catania –empezó a decir Spanò–. Que está llena de vida, incluso a medianoche. Incluso a mitad de semana. Pero claro, usted esas cosas no las sabe. ¡Mira que irse a vivir a Santo Stefano!

–¿Y qué? ¿Es que Santo Stefano no es casi Catania?

–Santo Stefano es Santo Stefano. Y ni se le ocurra decirles a sus paisanos que son cataneses, por favor, que se lo van a tomar como una ofensa.

Vanina pidió un zumo de mandarina y limón; Spanò, una crema de café.

–Esto de ir por los quioscos a estas horas de la noche, venga de donde venga uno, es algo típicamente catanés. Nosotros hemos estado trabajando hasta hace un momento, esta gente lleva toda la noche de bar en bar, pero aquí estamos todos, bebiendo agua de Seltz, zumo de mandarina o menta. Por no hablar ya de ese *frappé* de tres mil calorías con Nutella y magdalena Tomarchio.

–¿Y no es bonito? En Catania, los quioscos existen desde siempre. Desde que eran simples bancos de madera en los que se vendía agua y licor de anís.

–Ah, no, lo del agua y el licor de anís es nuestro. El anís viene de los árabes y los árabes los tuvimos nosotros –puntualizó Vanina–. Pero en realidad tiene razón, Spanò. Catania no duerme nunca. Puede que sea este volcán, siempre activo, que transmite a los cataneses una energía especial.

–¿Por qué? ¿A usted no se la transmite?

–No lo sé. Puede. O puede que a mí no se me pegue porque tengo corteza palermitana. Porque yo me siento palermitana, inspector. Y un palermitano siempre cree que jamás se adaptará a Catania, aunque en realidad no sea así.

Spanò le sonrió.

–Pues en mi opinión, usted se adaptaría la mar de bien a Catania. Es cuestión de ablandar un poco la corteza.

Fumaron un cigarrillo, cada uno absorto en sus pensamientos, que en ese momento iban en la misma dirección.

–¿Se ha fijado, Spanò? Estamos a un paso de Casa Valentino. En aquella época, todo esto debía de ser un barrio chino.

–Era San Berillo, subcomisaria. En aquella época era un barrio chino, sí, y siguió siéndolo durante mucho tiempo. Es más, probablemente fue a peor, ya que el Estado había dejado de controlarlo. Poco a poco, el centro histórico se convirtió en un lugar inseguro por las noches. En los años ochenta, además, silbaban las balas que daba gusto. Luego el barrio se revalorizó, llegaron la movida, los jóvenes, los locales...

–En el barrio de Kalsa, en Palermo, pasó más o menos lo mismo. Pero nosotros vamos más despacio, necesitamos más tiempo. –Apagó el cigarrillo en el vaso, mientras expulsaba el humo de la última calada–. Será porque no tenemos volcán, ¿no cree? Spanò sonrió.

–Son ustedes complicados –sentenció, mientras subía a la Vespa y le pasaba a Vanina el casco de estudiante.

Era de los años ochenta, y se notaba, pero además tenía una fecha escrita con rotulador debajo de una firma: «Rosy». Así debía de llamarse la mujer de Spanò.

–Esto es lo único que queda del antiguo barrio rojo: el San Berillo viejo –indicó el inspector mientras pasaban por la calle Di Prima, una vía larga en la que desembocaban varias callejuelas medio en ruinas habitadas por una población multiétnica de trans, prostitutas, etc. Después, poco a poco, la cosa iba mejorando: un hotel de lujo nuevecito, un antiguo cine, alguna que otra pizzería...

Pasaron la Estación Central y luego volvieron atrás, hacia la calle Sangiuliano. Y allí estaba la parte posterior de las callejuelas medio en ruinas, con la calle Delle Finanze en primera fila. A la izquierda quedaba la plaza, con el cuartel delante. Y la Policía Judicial.

–Váyase a dormir, subcomisaria, que a partir de mañana nos va a tocar trabajar a destajo para atrapar al cabrón de turno –le aconsejó el inspector, en tono paternal.

–Y usted también –le dijo Vanina, mientras Spanò se dirigía hacia el portón cerrado.

–Voy a dejar estas cosas en el despacho y luego me voy a casa.

–Buenas noches, Spanò.

Subió al coche, dio la vuelta a la plaza y se alejó. Puso un poco de música, lo primero que encontró al hurgar en la guantera. Jacob Gurevitsch: *Lovers in Paris*. Paolo.

¿De dónde había salido aquel CD?

El tráfico era tan denso que parecía mediodía. «Catania», pensó. ¿De verdad será por el volcán?

Apagó la música y se encendió un cigarrillo.

Al día siguiente, la subcomisaria Garrasi llegó al despacho a las ocho. Spanò y Fragapane ya estaban activos y se habían confabulado para analizar los recibos encontrados en la carpeta de la víctima.

Ya habían avisado al oficial jefe Pappalardo, que no tardaría en volver al lugar de los hechos con un equipo para recoger más pruebas. El subdirector Manenti iría con ellos.

Vanina prefería estar presente.

Entró en el despacho de Nunnari y Bonazzoli y los encontró de pie a los dos, hablando.

El oficial se puso firmes y Marta se acercó a Vanina.

—Bonazzoli, estás roja como una gamba. ¿Cuánto rato has estado al sol?

La inspectora, confusa, se tocó la cara.

—Chicos, será mejor que espabilemos un poco y nos distribuyamos el trabajo. Tenemos un nuevo homicidio, además de la investigación sobre el asesinato de Cutò, que podría estar ya en la recta final, y Vassalli le está pidiendo al juez la autorización para reabrir el caso Burrano.

Asintieron los dos a la vez.

—Nunnari, necesitamos el registro telefónico de la señora: tenemos que investigar todas las llamadas que hizo y recibió ayer por la mañana. Y citemos a Di Stefano.

—Señora, sí, señora.

—¿Lo haces a propósito o te sale así? —le preguntó.

Nunnari se puso nervioso.

—Disculpe, subcomisaria, pensaba que a usted también le hacía gracia.

–Anda, anda, ponte a trabajar, Chaqueta Metálica.

Nunnari sonrió y se dirigió al despacho de al lado.

–Marta, tú ven conmigo a casa de la vieja e interroga otra vez a las tres mujeres. ¿Sabemos adónde ha ido Santadriano?

–A casa de una amiga, creo. Me ha dado su teléfono. La llamo enseguida.

–Adelante. Ah, y una cosa: avísame en cuanto llegue Macchia –dijo, mientras hacía ademán de marcharse–. Ten cuidado, que se te está pelando la frente –la advirtió, con una sonrisita.

Marta, confusa, la siguió con la mirada.

Vanina pasó junto a Spanò.

–¿Novedades, inspector?

–Mire, subcomisaria, tengo la sensación de que se trata justo de lo que imaginábamos.

–¿Usura?

–Creo que sí. Explicaría un montón de cosas, en primer lugar el hecho de que todos temiesen tanto a la señora y, al mismo tiempo, quisieran tenerla de su parte. Y también el aumento constante de su patrimonio, demasiado regular como para deberse solo a los ingresos generados por los asuntos de familia. Tiene que haber una especie de registro en el que la vieja anotara cifras y nombres, pero obviamente no estaba en el cajón. Aún no me he puesto con los números de la agenda telefónica.

–Eso déjelo, es un trabajo del que puede encargarse Lo Faro. Así le damos algo que hacer y no va por ahí con esa cara de víctima incomprendida. Usted hable con Alfio Burrano y sáquele todo lo que sepa sobre los asuntos de su tía y sobre las personas con las que tenía más confianza. Aunque me parece difícil que sepa mucho más de lo que podamos descubrir nosotros. No creo que su tía lo tuviese en gran consideración.

Fragapane entró con una hoja de papel en la mano.

–Subcomisaria, ya han llegado los resultados de la Científica sobre las huellas dactilares encontradas en el mecanismo del montacargas. Parece que se han conservado bastante bien, porque gracias a la tapa de plástico entraba poco oxígeno. De lo contrario, no tendríamos nada. Corresponden en casi quince puntos a las halladas en el encendedor, por lo tanto...

–Por lo tanto, son de Teresa Burrano.

Marta apareció en la puerta.

–Jefa, acaba de llegar Macchia.

Vanina esbozó una sonrisa y la observó.

–No podría haber elegido a una vigilante mejor.

Dejó allí a la inspectora, preguntándose qué habría querido decir, y cruzó el pasillo a grandes zancadas hasta llegar al abarrotado despacho de Macchia. Se cruzó con Lo Faro, que salía en aquel momento.

–El jefe me había pedido que fuera a buscarle un café –se apresuró a justificarse.

–Tranquilo, Lo Faro. Por mí como si quieres llevarle café al mismísimo director de la policía, me da igual. Lo que me interesa es que vuelvas al despacho ahora mismo y te pongas a trabajar, que tenemos prisa. Ve a ver a Spanò y que te lo explique todo. Y prepárate, que dentro de un rato nos vamos.

Al agente se le iluminó la cara.

–¡Enseguida voy!

–Lo Faro –lo llamó Vanina.

El joven se volvió y derrapó en el suelo del pasillo. Vanina lo fulminó con la mirada. ¿Se podía ser más cretino?

–Antes de contarle cualquier cosa a tu amiguita, sea lo que sea, ven a verme y decidiremos juntos lo que hay que decir y cómo. Espero que entiendas que es una oportunidad que te estoy dando. No te la juegues o acabarás en centralita, permanentemente exiliado, sin saber ni cómo has llegado allí.

Lo Faro asintió varias veces seguidas.

Tito estaba ya instalado tras su escritorio, con el puro apagado entre los labios y un vasito de café delante, sin duda procedente de la máquina expendedora. Con un bronceado que ella no conseguiría jamás, ni siquiera después de pasar un mes en las Maldivas. Aunque peor lo tenía Marta, que ni en un año.

–¿Playa? –le preguntó, en cuanto se dispersó la multitud.

–Una maravilla de playa –puntualizó él–. ¿Qué me cuentas? –dijo, cambiando de tema y restableciendo los roles.

Le contó las novedades y, a medida que lo hacía, lo vio fruncir el ceño.

–Un follón, vamos.

–Depende. Ahora sabemos con seguridad que Teresa Burrano mató a Maria Cutò. Y si el ADN de la taza lo confirma, es posible que las cosas sucedieran como yo intuyo. En cuanto a su homicidio, si las sospechas que tenemos Spanò y yo se confirman, la señora prestaba mucho dinero a bastante gente. Me juego lo que sea a que no encontramos entre esas personas a ninguna que no quisiera verla muerta. De no ser por el maletín y la pistola, te aseguro que la relación entre este homicidio y los dos antiguos sería mucho más frágil. El asesino sabía muchas cosas. Entre ellas, dónde encontrar el maletín y la pistola.

–Vamos a ver qué nos proporciona la nueva inspección de la Científica. Yo estoy muy liado con una investigación de una serie de extorsiones que estamos a punto de cerrar, pero de todas maneras quiero que me mantengas informado.

–Claro, jefe, yo misma te informo, o alguien de mi equipo... –concluyó, mientras se ponía en pie y le sonreía.

Tito la observó, haciendo girar el puro que tenía entre los labios, y luego le devolvió la sonrisa.

El comisario Patanè caminaba en zigzag por la acera de la calle Umberto, como una chispa enloquecida. Había bastado con una ojeada a la portada del periódico para que el descafeinado que le había ofrecido el aparejador Bellia le sentara como una patada. ¡Joder, menudo notición! Teresa Regalbuto Burrano se había suicidado. Lógicamente, Patanè no llevaba el móvil, ni el número de Garrasi ni las llaves del coche. Y, en ese momento, le habría gustado tener alas en los pies, o solo treinta años menos, para darse prisa y llegar a casa en dos minutos.

—¡Gino! ¿Qué pasa? —lo recibió Angelina, al tiempo que apartaba el cubo lleno de agua—. Virgen santa, ¡mira qué congestionado estás!

—Mecachis, ¿dónde las habré metido? —se lamentaba Gino, mientas registraba todos los cestitos de las llaves.

—¿Qué buscas?

—Las llaves del coche... ¡Ya las tengo! Y aquí está el móvil —dijo, mientras abría un cajón—. Pero ¿qué pasa hoy, que me desaparece todo?

—Pero ¿qué buscas? —repitió Angelina, enfadada.

—La tarjeta de visita de Garrasi.

La mujer plantó el mocho Vileda en el suelo como si estuviera clavando una bandera.

—¿Por qué? ¿Para qué la quieres?

—Angelina, déjalo ya y dime dónde está la tarjeta, que si no tú y yo vamos a acabar mal. —Esperó que con anticipar una discusión fuera suficiente para bajarle los humos.

Era el colmo, pensó, tener que aguantar numeritos de celos a sus ochenta y tres años.

–La he roto. Si tienes que hablar con esa moza, pues la llamas al despacho.

Qué cruz... Así era Angelina, y no le quedaba más remedio que soportarla.

Se dirigió al teléfono y marcó el número de la comisaría.

Nunnari llamó a la subcomisaria, que estaba ya en la escalera con Bonazzoli, Fragapane y, en último lugar, Lo Faro.

–¿Qué pasa, Nunnari?

–El comisario Biagio Patanè al teléfono.

Vanina dirigió la mirada al techo, en un gesto más burlón que contrariado. Patanè había vuelto a perder su número.

–Dile que lo llamo yo dentro de cinco minutos.

Una vez dentro del coche de servicio, que conducía Marta, lo llamó.

–Buenos días, comisario. Supongo que habrá leído el periódico.

–¡No salgo de mi asombro! –dijo Patanè, exteriorizando así su incredulidad–. Subcomisaria –añadió–, ¿está usted segura de que la señora se ha pegado un tiro de verdad?

Era inútil. Podían engañarla a ella, a Spanò e incluso a Macchia, pero al comisario Patanè no lo engañaba nadie. Y eso que ni siquiera sabía que era la misma pistola, etcétera, porque ese detalle no se había filtrado a la prensa.

El comisario quería conocer los detalles. Lo único que necesitaba Patanè, y también su conciencia atormentada, era saber que el caso Burrano estaba a punto de ser definitivamente enterrado. A aquellas alturas, y por la forma en que ella misma lo había implicado en el caso, Vanina no podía esperar que se conformase con eso.

Le dijo que fuera a verla aquella tarde al despacho.

Las tres mujeres estaban allí, en fila frente a la portería, a cuál más perpleja. Habían presenciado de nuevo todo el jaleo del furgón de la Científica, con el mismo señor que había estado allí la tarde anterior, pero esta vez acompañado de un tipo nervioso que daba órdenes a diestro y siniestro y que no se había fijado en ellas ni por error. No entendían qué había pasado desde entonces.

Al entrar en casa de la portera, Vanina se sintió un poco como el comisario Maigret. En las novelas de Simenon siempre aparecía una portería y un montón de niños y gatos que correteaban por la casa.

En Catania era más difícil, pues por lo general aquel oficio era una prerrogativa masculina. El portero. No se trataba de una norma escrita, claro, pero en la práctica era así. Agata estaba allí porque después de quedarse viuda había ocupado el puesto de su marido.

La subcomisaria movilizó a Mioara y subió con ella al piso de Teresa Burrano.

Ya en la entrada se encontraron con una zona a la que no se permitía acceder: en ese momento, un fotógrafo forense trabajaba allí, mientras Fragapane lo observaba.

Vanina dejó a la chica rumana en manos de sus hombres, para que les indicara todos los sitios en que «su señora» habría podido conservar o esconder un registro contable como el que sospechaban ella y Spanò. Los sitios que ella conociese, claro, que en opinión de la subcomisaria debían de ser poquísimos.

–¡Ah, Garrasi! –la recibió Manenti–. Estamos en crisis, ¿eh? ¿Eh?

A Vanina le hubiera gustado estamparle en toda la cara la colección entera de Lalique de la señora Burrano, de no ser porque eso habría echado por tierra todo el trabajo que el oficial jefe Pappalardo estaba llevando a cabo con una paciencia inquebrantable.

–¿Qué han encontrado en la entrada? –le preguntó, sin caer en la provocación.

–Una huella. Ahora bien, teniendo en cuenta cómo fueron las cosas ayer por la tarde, seguro que descubrimos que es del zapato de Spanò, pero para curarnos en salud, haremos las cosas como es debido.

La colección de Lalique más el jarrón de porcelana de Capodimonte, recubierto de puntas. Ideal.

–¿Noticias de la pistola?

–¡Claro! Ya sabes que los de balística no duermen de noche, nunca se sabe cuándo la subcomisaria les llevará un casquillo de bala para que lo comparen con otro de hace sesenta años.

–Manenti, será mejor para los dos que dejes de hacerte el gracioso y empecemos a colaborar.

El hombre suspiró.

–¿Y qué noticias quieres que tenga, a ver? Te digo algo más tarde. Pero, por si te interesa, esta mañana el oficial jefe Pappalardo ha aplicado el kit de reactivos en la mano de la señora. Como era de esperar, no hay restos ni de antimonio, ni de bario ni de plomo.

–Pues sí que hay alguien que trabaja de noche –comentó Vanina en tono sarcástico.

Se acercó a los hombres que trabajaban de nuevo en torno al escritorio, mientras Manenti volvía a la entrada.

Pappalardo se irguió.

–Subcomisaria, quería decirle que esta mañana, antes de venir aquí, he analizado parcialmente el maletín. El exterior estaba cubierto de polvo: se trata de una especie de hollín que contiene restos de arena volcánica. Puede ser útil para averiguar dónde lo habían escondido. Y, casi con toda seguridad, la pistola estaba dentro.

—Muy bien, Pappalardo. Intente averiguar todo lo que pueda.

Sus hombres estaban con Mioara en la habitación contigua, que era el dormitorio de Teresa Burrano.

Lo Faro se había subido a una escalera de mano y seguía al pie de la letra las indicaciones de Mioara, mientras Fragapane hurgaba en un cajón.

—Más a derecha. No, a izquierda. Ahora centro, recto busca con mano y encuentra caja.

El sudoroso agente descendió de la escalera con una caja de zapatos entre las manos. Fotografías y postales, todas ellas muy antiguas. Tercer disparo al aire en media hora.

Mioara ya estaba cambiando de sitio la escalera.

—Ahora tú sube aquí —ordenó.

Vanina, muerta de risa, se quedó a observar la escena durante diez minutos. En ese tiempo, vio a Lo Faro subir y bajar cuatro veces de la escalera, cargado en cada ocasión con reliquias de todo tipo. Fragapane iba a lo suyo: sacaba la ropa de los cajones y luego volvía a guardarla de forma ordenada.

—Fragapane —lo reprendió Vanina—, ¡en teoría debería ser usted quien diera las órdenes, no dejar a Lo Faro a merced de Mioara!

—Esa chiquilla me lía, subcomisaria. Pero una cosa sí he entendido: en esta casa hay escondites por todas partes. Nos van a dar las tantas.

—Sigan buscando. Sobre todo, en los sitios más raros.

Vanina se llevó a Mioara a la cocina. Empezando por la comida de la señora —que, pobrecilla, había cocinado tantas cosas— la animó a contarle con todo detalle qué había hecho la mañana del día anterior. Encuentros con amigas rumanas, comida con amigas rumanas, trayecto en coche con amiga rumana. Luego había vuelto. Justo en ese momento se echó a llorar. Vanina sabía que al contarle la verdad la iba a dejar conmocionada durante una semana, pero era inevitable.

Después la acompañó de nuevo a la portería, donde mientras tanto Marta había pedido a las otras dos mujeres presentes la noche anterior que le contasen con pelos y señales lo que habían hecho por la mañana.

Agata había ido a misa con su prima, en la iglesia de la Collegiata, luego había comprado una bandeja de rollos dulces y había vuelto a casa a preparar la comida de sus hijos. Entonces había vuelto la señora Clelia y el resto ya lo sabían. Agata reconoció que no le tenía mucho cariño a la anciana, pero que siempre había sido muy respetuosa con ellos. Y motivos para matarla no tenía ninguno.

Vanina se informó acerca de las personas que vivían en los otros pisos y lo que hacían.

En todos los casos, eran vecinos que no tenían ninguna relación con la víctima. El único, un señor que vivía en el primer piso, profesor de Historia en la universidad, que en otros tiempos le había tirado los tejos. Pero el pobre estaba muy achacoso y, según se decía, a punto de irse al otro barrio.

En cuanto a los demás, nada. Una familia con niños pequeños, una pareja de mediana edad, una viuda que vivía con su hijo de treinta años...

Clelia Santadriano les contó que se había ido a la exposición de plantas en una noble villa con la amiga de Teresa, la misma que tendría que haberlas llevado a las dos en coche. Había recorrido la villa tres veces, había comprado un olivo bonsái y dos collares de papel maché decorado, hechos por una conterránea suya, una actriz que ahora se dedicaba al arte y vendía sus creaciones. Después de dos horas, y viendo que la amiga seguía tranquilamente sentada bajo una palmera charlando con otras cuatro damas, había decidido llamar un taxi y había vuelto a casa. El resto ya lo sabían. Aquella noche había dormido en casa de una conocida, pero ya había reservado una habitación en el hotel Royal. Y allí tenía intención de alojarse hasta que todo quedara resuelto. Luego, seguramente, volvería a su casa, en Nápoles.

Vanina le pidió información sobre las personas que visitaban a la señora, dónde las recibía, cómo se comportaba en su presencia...

Por la casa de la señora Teresa pasaban muchas personas, tanto hombres como mujeres. A los primeros los llevaba al saloncito en el que las había recibido a ella y a la inspectora la última vez; a las segundas, en cambio, las hacía pasar al salón grande. En el despacho solo entraba cuando tenía algo que hacer en el escritorio y, sí, a veces entraba alguien con ella. Teresa no se mostraba comunicativa con nadie, ni siquiera con las personas más cercanas.

–¿Tenía algún amigo más íntimo? –le preguntó Vanina.

–Aparte de mí y de Arturo, nadie.

–¿Arturo Renna?

–Sí, el notario. La relación que tenía con él era especial... Bueno, en fin, lo había sido. Y estos días, desde la historia del cadáver encontrado en la villa, no se separaba de ella ni un momento.

–¿El notario ha sido informado de lo ocurrido? Me refiero, claro, antes de que se publicara esta mañana en la prensa.

–Sí, lo llamé yo anoche. Estaba destrozado. A él, lo mismo que a mí, tampoco le entraba en la cabeza. Y ahora resulta que existía un motivo... –La miró–. Subcomisaria, ¿investigará usted para descubrir al asesino?

–Desde luego, señora Santadriano. Y le aseguro que no dejaremos en paz a nadie.

Se volvió hacia las otras dos mujeres.

–Tengo que pedirles que estén disponibles y que permanez-
can localizables en todo momento.

Agata y Mioara asintieron sin vacilar.

Santadriano la observó en silencio y Vanina no pudo evitar
fijarse en sus extraordinarios ojos verdes. Era, sin duda, una
mujer muy hermosa.

Volvió al piso. Los de la Científica aún estaban trabajando,
mientras que Fragapane estaba agachado junto a la cama de
la víctima y hurgaba bajo el colchón. Lo Faro deambulaba por la
casa con aire despistado y un teléfono móvil en la mano.

–Hemos encontrado esto, subcomisaria. Estaba al fondo del
cajón de la mesilla de noche, con el cargador.

Un NEC cromado plegable. Comparado con aquel, el de
Patanè era el último grito en tecnología. Vanina lo cogió para
llevárselo a Nunnari.

Dejó a los dos hombres allí, con Bonazzoli, y al marcharse
le pidió a Fragapane que estuviera encima de Pappalardo, la
única persona con la que podían contar para agilizar los tiempos de respuesta de la Científica.

Dependían de sus análisis tanto para cerrar el caso antiguo
como para resolver el nuevo. Y si había algo que la subcomisaria Garrasi no soportaba era depender de los demás, sobre
todo si se trataba de Manenti.

Decidió volver a pie al despacho y dejó allí el coche de servicio. Necesitaba pensar. Había algo que no le cuadraba en
toda aquella historia. No sabía muy bien qué era, pero era
consciente de que había algo. En aquella fase, sin embargo,
un determinado grado de incertidumbre hubiera sido normal
de no ser porque, además, tenía la sensación de que alguien
estaba intentando empujarla en una dirección concreta. Y esa
sensación la había experimentado también la noche anterior,
cuando había ordenado que nadie durmiera en la casa de la

anciana Burrano y que Mioara no tocase nada en la cocina. De hecho, era como haber incautado el piso, aunque formalmente no fuera así. Si la teoría del suicidio la hubiese convencido al cien por cien, también de forma inconsciente, aquella precaución le habría parecido inútil. Y, sin embargo, le había salido de forma espontánea.

Del mismo modo que le había salido de forma espontánea reflexionar sobre la cuestión.

Se paró en un bar de la calle Etnea y pidió el segundo capuchino de la mañana.

Mientras lo bebía despacio, apoyada en la barra, contempló dos pósteres antiguos que colgaban de las paredes. Los típicos carteles publicitarios de los años cincuenta, protagonizados por mujeres que parecían muñecas y hombres peinados con brillantina. La época de Burrano y Cutò.

Eso era precisamente lo que no le daba tregua. Las pruebas del antiguo homicidio expuestas ante sus ojos como si estuvieran bajo un foco. Se las habían querido servir en bandeja de plata. Y de no ser porque se había comprobado que la huella dactilar del montacargas coincidía con la de la anciana Burrano, habría empezado a poner en duda todas las hipótesis.

Alfio Burrano estaba saliendo por la puerta de la Policía Judicial. Sonrió al verla llegar.

Vanina recordó que la noche anterior le había enviado dos mensajes, a los que él no había respondido.

—Carmelo me lo ha contado —dijo Alfio—. He intentado ayudar en todo lo que he podido, pero no es gran cosa. Ya sabes que mi tía era como era y que no hablábamos mucho, pero un final como ese no se lo merecía. ¿Quién podría desearle algo así?

—Nadie merece nunca un final como ese, Alfio. Mi trabajo consiste en averiguar quién decidió que acabara así y por qué.

Y eso es justo lo que me dispongo a hacer ahora mismo, disculpa. Si recuerdas algo más, aunque sea un detalle sin importancia, háznoslo saber.

—De acuerdo —asintió Alfio.

—Ah, y te advierto, intenta no estar ilocalizable durante horas, como hiciste ayer.

—Me había dejado el teléfono en Sciara, estuve todo el día sin... No me pasa nunca.

Vanina se despidió y entró en el edificio.

Spanò se encontraba en el despacho de Nunnari y los dos estaban analizando los registros telefónicos.

Vanina les entregó el NEC, cuya existencia ya conocía el oficial.

—La señora solo hizo una llamada telefónica: a Alfio, a las 10:13. Quería que él fuera a verla inmediatamente a su casa. Estaba enfadada por lo del artículo que se había publicado en la *Gazzetta Siciliana*, pero Alfio no fue. Le dijo que ya estaba hasta las narices de estar siempre a sus órdenes.

Se puso en pie y le cedió el sitio a Vanina.

—Las otras llamadas las recibió ella y son más breves —dijo Nunnari, mientras giraba la pantalla del ordenador hacia la subcomisaria.

—Una desde un fijo, que corresponde a la notaría de Renna y tiene una duración de cinco minutos. Las otras son de un número de móvil. Una es muy breve, la otra un poco más larga. Estamos investigando a quién corresponde, pero es un teléfono que aparece a menudo en los días anteriores. El del despacho de Renna también es un número habitual.

—Lo cual encaja, teniendo en cuenta que Santadriano ha confirmado que el notario y la víctima mantenían una relación especial.

—Cosa que ya dijo la tía Maricchia —intervino Spanò.

–Que no se equivoca nunca.

Nunnari los miró sin entender nada.

–¿Has citado a Di Stefano? –le preguntó Vanina, cambiando de tema.

–Sí, llegará en breve.

Spanò, pensativo, tamborileó con los dedos en la mejilla.

–En su opinión, ¿Di Stefano tiene algo que ver? Lo comento porque podría ser que hubiera actuado por venganza –dijo Nunnari.

–Confirmemos si tiene coartada, pero me parece difícil que haya sido él, Nunnari. Los Zinna ya estaban poniendo en marcha su propia venganza. El primer paso fue el testimonio de Calascibetta. Y luego, el artículo que se publicó ayer en la prensa, que a saber quién lo ha filtrado. Seguramente, alguien que tenía una carta más que Teresa Burrano, lo cual no puede decirse de todo el mundo. No, en mi opinión Di Stefano no habría corrido ese riesgo.

–Y entonces, ¿por qué lo citamos?

–Porque ahora sabemos que Teresa Regalbuto mató a Cutò y porque hemos reabierto el caso Burrano. No olvidemos que tenemos que trabajar en dos frentes distintos. No nos liemos.

Spanò la informó de que estaba investigando un poco los nombres que figuraban en los recibos hallados en la carpeta.

–Uno de ellos es un nombre muy importante, subcomisaria. Y las cifras también son las más importantes. Se trata de un comerciante, muy conocido además, que al parecer no tiene nada que ver con los negocios de los Burrano.

–Y eso avala aún más nuestra hipótesis. Espero que encontremos un registro contable. Spanò, vamos a hacer una cosa: cite a Arturo Renna.

–Enseguida lo llamo.

Vanina se fue a su despacho.

Los informes del forense y de la Científica relativos a los objetos encontrados estaban sobre su escritorio. Los releyó, aunque fuera solo para refrescarse la memoria, pero no decían mucho más de lo que ya sabía.

Su teléfono empezó a vibrar y apareció, por tercera vez, el número de Giuli.

—Ya sé que no me vas a dejar en paz hasta que te haga caso —le respondió.

—Perdona, pero no sé si sabes que te he enviado un montón de mensajes y te he llamado mil veces. ¿Qué es eso de irse a Noto con aquel par sin decirme nada?

Vanina dirigió la mirada al cielo.

—¿Tú no estabas inmersa en no sé cuántos eventos mundanos?

—Sí, pero a lo mejor me habría gustado ir con vosotros.

—No habría sido una gran idea, Giuli, créeme.

—¿Se puede saber qué estás pensando? Si yo lo decía por pasar el fin de semana en aquella zona, que es muy bonita.

—¡Claro! Lo que no habría estado bien es la compañía y tú ya sabes por qué. Oye, perdóname, pero es que estoy hasta arriba de...

—Ya lo he leído. ¿Qué dice Alfio?

Vanina se puso tensa. No le gustó nada aquel tono, demasiado en plan «Tú que lo conoces tan bien».

—El inspector Spanò ha hablado con él esta mañana.

Lógicamente, no le dijo que entre tanto el caso había pasado de suicidio a homicidio. Total, tampoco iba a tardar mucho en enterarse.

—Ah, sí, Spanò —dijo Giuli—. ¿El tipo rechoncho y bigotudo con el que anoche empinabas el codo en la plaza Spirito Santo? Es guapetón, ¿eh? Pues hace poco que se ha separado.

Vanina guardó silencio un instante.

–¿No se te ha ocurrido nunca la idea de entrar en la policía? Podrías poner tu talento al servicio de la comunidad. Piénsatelo bien, aún estás a tiempo –ironizó.

–¡Venga ya, estaba de broma! Pasé por allí en coche y te vi. Pensaba que estabas con Alfio Burrano, pero no, era el bigotes ese.

–Ayer a última hora aún estaba trabajando, por si te interesa. Y no veo por qué iba a estar con Alfio. Además, ¿qué sabes tú de la vida de Spanò?

–Su mujer está con un compañero mío. Un tío importante, abogado de derechos civiles.

Vaya, Giuli era la gaceta del pueblo.

–Tengo que trabajar, Giuli. ¿Querías decirme algo?

–Solo una cosa. La próxima vez que vayas a Noto, voy contigo.

A Vanina no le quedó más remedio que prometérselo.

Spanò entró en el despacho justo cuando ella se estaba acordando del casco rosa, que por lo visto debía de tener un significado especial para él.

–Perdone, jefa.

–Acérquese, Spanò.

El inspector se sentó delante de ella y Vanina lo observó con más atención que de costumbre. Camisa de colores vivos, vaqueros de cintura baja con los que resultaba evidente que no se sentía demasiado cómodo. Ahora ya sabía de quién era la cara que quería partir: del abogado importante de derechos civiles.

–He citado a Renna. Vendrá a primera hora de la tarde, pero no me ha gustado lo que me ha dicho.

–¿Qué ha dicho?

–Me ha preguntado si habíamos investigado al sobrino de la víctima.

—¿Alfio Burrano?

—Y lo ha dicho en un tono como si estuviera insinuando que... vamos, que podría ser el culpable.

—¿No ha añadido nada más?

—No, solo ha dicho que vendría enseguida, en cuanto terminara de comer.

Vanina consultó su reloj: eran las dos menos cuarto y ni siquiera se había dado cuenta.

—A ver qué nos cuenta el notario.

—Sí, pero volviendo a Alfio... no dejo de darle vueltas a un detalle.

—¿Cuál, inspector?

—¿Recuerda que ayer Alfio estaba ilocalizable? Dijo que se había olvidado el teléfono en Sciara. Fue lo primero que me contó, sin que yo le preguntara nada.

A ella también se lo había dicho.

—*Excusatio non petita, accusatio manifesta*, ¿eso piensa?

Spanò se la quedó mirando, perplejo.

—Es igual. ¿Usted dice que Alfio... que Burrano se ha curado en salud? —tradujo.

—No digo eso, pero...

—Pero lo sospecha.

En ese momento sonó el teléfono del despacho.

—Garrasi —respondió.

—Macchia. ¿Tienes tiempo para comer juntos? Tengo que hablar contigo.

Era una petición insólita. En once meses, ella y Tito habían hablado fuera de la oficina como mucho tres veces y siempre había sido por casualidad. Calculó que Renna no llegaría antes de las tres.

—Tengo una hora —respondió.

—Perfecto. Sal.

Vanina colgó y se puso en pie. Guardó los cigarrillos y el iPhone en el bolsillo de la chaqueta.

–Tengo que ir a comer con el Gran Jefe. Si Renna llega antes que yo, lo traes aquí y me esperas.

En Da Nino había menos caos que de costumbre. Los lunes siempre era así. Macchia se fue directo a la segunda sala y eligió el sitio más apartado. Acaparó una mesa para cuatro colgando su inmensa chaqueta en el respaldo de una de las sillas libres y dejó el teléfono, las llaves y la cajita de los puros sobre el mantel.

Pidió agua con gas, pero con gas de verdad, no de esas de andar por casa, y esperó que le trajeran el pan y un platillo con aceitunas.

–Hay dos temas de los que quiero hablar contigo, muy distintos entre sí, pero igual de serios los dos –empezó a decir.

Vanina lo observó por si captaba alguna señal negativa. No esperaba encontrarlas, pero nunca se sabía.

–Dime.

–Empiezo por la primera, que es la más importante. Últimamente, los de Crimen Organizado están trabajando muchísimo en los vínculos que existen entre las familias catanesas y las palermitanas. Una labor importante en la que colaboramos con la DIA. Cada dos por tres nos encontramos con investigaciones de las que te has encargado tú y a ellos les sirven como nexo de unión con otras.

La llegada de Nino interrumpió el discurso de Macchia.

–¿Qué os traigo?

Macchia ni siquiera se lo pensó.

–Carne.

Eligió en dos minutos.

Vanina se limitó a un plato de pasta, sobre todo porque el tema ya le estaba cerrando el estómago.

—¿Y? —dijo en cuanto volvieron a quedarse solos.

—Y, para abreviar, lo ideal sería que tú fueras la jefa de la SCO de la Judicial de Catania. Giustolisi es muy bueno, sin duda, y podría serte de gran ayuda, pero tú... Vanina, me parece un desperdicio tenerte resolviendo homicidios comunes. ¡Es como tener a Maradona y ponerlo en defensa!

—Tito, te agradezco esa lisonjera comparación, más lisonjera aun viniendo de un napolitano, pero sabes perfectamente que mi vuelta a la SCO es un tema no negociable. Decidí dejarlo hace años y no me arrepiento. Estoy bien donde estoy, persiguiendo asesinos comunes. Te aseguro que requiere la misma profesionalidad.

—No estoy infravalorando tu trabajo, ni quitándole importancia a tu equipo. Solo digo que hay muchas personas cualificadas que podrían estar donde tú te encuentras ahora, mientras que lo que tú sabes hacer, lo que tú has aprendido, no lo aprenden muchos. Hace poco lo hablaba con Eliana Recupero: parece ser que la impresionaste y debe de haber estudiado tu currículum —soltó, como si fuera otra carta que jugar.

—Te voy a decir una cosa, Tito. Lo que yo sé hacer es ni más ni menos lo mismo que pueden hacer todos mis compañeros. Y lo que yo he aprendido, puede aprenderlo cualquiera que tenga ganas de meterse en las cloacas y sumergirse día tras día con el objetivo de quitar de en medio toda la mierda que pueda, aun sabiendo que allí dentro puede ahogarse. El problema no es lo que yo sé, el problema es cómo y, por qué lo sé y de qué manera lo he aprendido. Y eso es precisamente lo que me hizo tomar la decisión de marcharme, lo que cada día me recuerda que tomé la mejor decisión. ¿Fue una decisión cobarde? Puede que sí, pero también fue la mejor.

Tito permaneció en silencio.

—Siempre he pensado que lo que decían de ti no era cierto,

que vengaste a tu padre y luego te retiraste indemne, sin correr más riesgos. Y sigo sin creérmelo.

—Pues haces mal –le respondió ella.

—De acuerdo. Tomo nota de tu rechazo, pero tenía que intentarlo, Vanina. Si alguna vez cambias de idea... que sepas que yo podría darte carta blanca.

Vanina zanjó el tema asintiendo, justo cuando Nino y un camarero dejaban sobre la mesa una cantidad de salchichas que habría bastado para alimentar a todo el equipo.

—Dando rienda suelta a tu naturaleza carnívora, ¿eh? –meditó la subcomisaria, con una risita burlona.

Tito la miró directamente a los ojos mientras apretaba los labios en una especie de sonrisa ambigua.

—Y esa es la segunda cuestión que quería comentarte.

Bonazzoli había vuelto al despacho después de haber hecho firmar las declaraciones a las tres mujeres. Había dejado a Fragapane y a Lo Faro en la casa, registrando aún cajones de ropa interior, zapateros y despensas, además de alguna que otra visita a lo alto de los armarios. No tardarían mucho en volver, derrotados y con las manos vacías.

Al pasar por delante de su despacho y verla en el umbral, tensa, Vanina le había sonreído. De reojo la había visto lanzarle una mirada interrogativa a Tito, quien antes, en el restaurante, había despachado el tema en apenas dos minutos: sé que estabas allí porque te vi, igual que tú a mí, encajo las indirectas, pero te pido que no me busques problemas, es más, te agradecería que me echaras una mano. Con ella. Porque el problema, por increíble que pareciera, era ella.

Los dos notarios Renna, Arturo y Nicola, llegaron cinco minutos después de que Tito y Vanina regresaran. Uno tieso, con paso casi marcial, el otro sorbiéndose la nariz como un desesperado.

Spanò los acompañó al despacho de Vanina, que les pidió que tomaran asiento delante de ella.

La mandíbula serrada del notario padre reflejaba la misma altanería de la otra vez, sumada al fastidio de estar allí.

Vanina puso la directa y empezó sin más preámbulos:

—Notario, ¿qué relación tenía usted con la señora Teresa Regalbuto?

—Éramos amigos.

—¿Lo habían sido siempre?

—Casi siempre.

—¿Solo amigos?

El notario la observó.

—¿Qué importancia tiene eso ahora?

—Usted responda.

—No —contestó, con un suspiro de impaciencia.

—En la época del homicidio de Gaetano Burrano, ¿eran algo más que amigos?

—Pero qué... ¿Qué tiene todo eso que ver con la muerte de Burrano? —dijo, alterado—. Pensaba que me habían citado porque alguien ha asesinado a una amiga mía y creen que yo tal vez pueda ayudarlos a arrojar luz sobre el crimen, no para desenterrar hechos del pasado que...

—Notario, el homicidio de su amiga ha reabierto también el caso del asesinato de su esposo. Así pues, le ruego que conteste a mis preguntas y se ahorre los comentarios.

—Ánimo, papá —intervino el hijo—, colabora. Teresa te lo agradecería.

El notario pareció calmarse.

—Fuimos algo más que amigos durante mucho tiempo —respondió.

—¿Sospechó alguna vez que Teresa pudiera ser la autora del crimen de su esposo?

Renna parpadeó, pero se contuvo.

—Es obvio que no.

—Pero ¿la apoyó a la hora de demostrar que el culpable era Masino Di Stefano?

—¿Por qué lo dice? ¿Masino Di Stefano no es el culpable?

—En estos momentos, igual que hace cincuenta y siete años, tenemos que descubrir al culpable. Se ha ordenado la revisión del caso.

El notario no reaccionó ante aquella noticia.

Vanina le mostró el testamento ológrafo de Burrano.

—¿Recibió usted una copia de este documento?

Arturo Renna se puso unas gafas de medialuna y lo estudió.

—No.

—¿Había visto alguna vez este maletín? —dijo Vanina, al tiempo que le mostraba una foto tomada la noche anterior.

El notario observó la imagen durante un instante y luego desvió la mirada.

—Es un viejo maletín con esposas de seguridad. Quien manejaba mucho dinero estaba acostumbrado a ver estos maletines con frecuencia.

—¿Lo vio alguna vez en manos de Teresa Burrano?

—No me parece apropiado para una mujer. No era del estilo de la pobre Teresa.

Vanina se irguió en el sillón y apoyó los codos en la mesa.

—Notario, ¿tiene usted alguna idea acerca de quién podía querer la muerte de Teresa Regalbuto?

Arturo Renna se recobró.

—Por desgracia, sí.

Spanò se inclinó hacia la mesa desde el lado de la subcomisaria, que llevó las manos hacia delante y entrelazó los dedos.

—¿Quién?

—Alfio Burrano.

Vanina no mostró su estupor.

–¿Qué le hace pensar tal cosa?

Renna padre le hizo un gesto a su hijo y este abrió una carpeta de cuero, de la que extrajo un sobre.

–El hecho de que anteayer Teresa depositó en la notaría de mi hijo un testamento, en el que deja a su sobrino solo la empresa vinícola y la pequeña parte de la villa que ya posee. Lo excluye del resto de la herencia, es decir, de la parte más importante.

La subcomisaria y Spanò cruzaron una mirada repleta de interrogantes.

–¿Y el señor Burrano estaba informado de la última voluntad de su tía?

–Ella se lo había comunicado hace algunos días, antes de cambiar el testamento. Lógicamente, no se lo tomó demasiado bien. Le lanzó insultos de todo tipo e incluso llegó a amenazarla. Cosa que no hizo más que corroborar el hecho de que Teresa le tuviera tan poca estima a ese inútil. No creo que llegara a decirle que ya había depositado el testamento. O puede que sí lo hiciera y eso desencadenara su furia homicida.

Vanina hizo una mueca.

–Parece bastante difícil que se tratara de una inesperada furia homicida, notario. Porque, verá usted, el asesino lo preparó todo para que encontráramos, como si fuera una especie de admisión de culpa, todas las pruebas que buscábamos para incriminar a Teresa Burrano del homicidio de Gaetano Burrano, y también del de Maria Cutò.

El notario enmudeció durante un instante. El hijo, por su parte, empezó a sorberse la nariz con rabia.

–¿Teresa incriminada por el asesinato de Maria Cutò? Eso... no es posible –dijo Arturo.

–Por desgracia está confirmado, notario. Tenemos las pruebas.

–¿Y cómo... la mató? ¿También de un disparo?

–No. Creemos que la encerró viva dentro del montacargas, donde probablemente la había escondido Burrano.

Arturo Renna la miró fijamente. Pálido, con la mandíbula cada vez más apretada.

Vanina le sostuvo la mirada.

–Dígame una cosa, notario: ¿quién es el nuevo heredero del patrimonio de los Burrano?

Nicola Renna se puso tenso.

–No sé si eso...

El padre lo silenció con un gesto

–Ya le respondo yo: Clelia Santadriano.

Vanina dio un respingo y Spanò contuvo una exclamación de sorpresa.

–¿Y la señora Santadriano está el corriente de esa herencia? –preguntó la subcomisaria.

–Desde luego que no. Ni lo estará hasta que se lea el testamento. Teresa no quería que lo supiese.

Era todo lo que el notario tenía que decir, pero parecía agotado.

Vanina informó al notario hijo de que solicitaría al juez que ordenara la incautación del testamento.

Spanò regresó tras haber acompañado a los dos notarios a la salida y se sentó frente a la subcomisaria, que mientras tanto había encendido un cigarrillo y se había acercado a la ventana.

–Subcomisaria, me temo que vamos a tener que citar de nuevo a Alfio.

–Antes de nada, intentemos verificar si tiene coartada.

–De acuerdo. De todas maneras, hay algo que no encaja. ¿Quién podría haberle dicho a Alfio dónde estaban el maletín y la pistola?

–Ya –dijo Vanina, mientras miraba por la ventana.

Y, sin embargo, aquello era precisamente lo que más la inquietaba.

Igual que había pensado que Teresa Burrano quería violar el precinto para buscar algo en el interior de la villa, lo mismo podía pensar ahora de Alfio. Y si el maletín hubiera estado de verdad en la casa, él era el único que podía buscarlo.

Pero todo eso Spanò no lo sabía.

El comisario Patanè cruzó la puerta de la Judicial a las cinco y media pasadas. Antes, Garrasi no estaba disponible. Subió los dos tramos de escaleras y entró en el pasillo. Lo recorrió entero, saludando a quienes lo reconocían o a quienes había tenido la ocasión de conocer durante aquellos días en que tanto había paseado por allí y gracias a los cuales había rejuvenecido veinte años. Fragapane lo vio y se acercó a saludarlo.

Ya casi había recorrido medio camino cuando, para decepción suya, se topó con el Gran Jefe, que regresaba a su despacho.

—¡Comisario Patanè! ¡Al final vamos a tener que reintegrarlo al servicio activo!

—¡Ojalá! Aunque a estas alturas... En fin, he venido a ver a...

—A la subcomisaria Garrasi —se le adelantó Macchia en tono alegre.

Patanè se sintió incómodo. Macchia era simpático, de eso no cabía duda, pero no dejaba de ser un superior, aunque por edad pudiera ser su hijo. Y se choteaba abiertamente de él. Un choteo elegante, desde luego, pero que lo hacía sentir ridículo. Que, por otro lado, quizá era el efecto que en general causaba: ridículo. Siempre pegado a Garrasi. Alguien hasta podría pensar que había perdido la chaveta senil por aquella policía aguerrida que tanto le recordaba a sí mismo.

–Comisario –lo devolvió Vanina a la realidad mientras abría la puerta de su despacho, después de haber visto tras el cristal la figura inmóvil del viejo policía.

–Dígame.

–¿Qué hacía ahí detrás?

–No, nada... Estaba saludando al comisario Macchia.

Le pidió que se sentara y enseguida le ofreció un Gauloises y unos bombones.

Ya más tranquilo, Patanè se comió dos. Luego exteriorizó su curiosidad, que había tenido un día entero para fermentar y volverse imperiosa.

Vanina tendía a contarle lo que guardaba relación con el caso antiguo, pues no quería implicarlo demasiado en el más reciente, que a fin de cuentas no tenía nada que ver con él. Pero dado que las dos investigaciones estaban muy enredadas, era inevitable que una llevase siempre a la otra.

–Hay algo que desde esta mañana no me da tregua. Puede que usted también se lo haya preguntado. Es más, estoy convencido de ello.

–¿De qué se trata, comisario?

–Me preguntaba si es posible que el maletín lo hayan dejado allí, junto a la pistola que usaron, para hacernos llegar más rápido a la conclusión. O sea, con la idea de que no escarbáramos más.

Era una lectura inédita de una duda que también la había asaltado a ella. Aunque luego les había llegado el resultado de la huella dactilar de Burrano.

Se lo recordó.

–Sí, es verdad. Pero eso solo demuestra que fue la señora quien bajó el montacargas con aquella pobrecilla dentro. Que fuera ella quien mató al marido aún no ha quedado claro. Pero, en fin, si hubiera funcionado la puesta en escena, ahora nosotros lo daríamos por descontado y adiós muy buenas. No sé si me he explicado.

Se había explicado perfectamente.

—Comisario, ¿cómo es que usted siempre me deja en evidencia?

Patanè se echó a reír, complacido.

—Pero ¡qué dice! Es solo que estoy acostumbrado a razonar sobre todo. Es lo más importante, razonar. Uno puede aprenderse de memoria todos los códigos penales del mundo, pero si no sabe razonar, no le van a servir de nada.

Parecía casi casi el discurso que Gian Maria Volonté, en el pellejo de un profesor jubilado, le soltaba a un jovencísimo Ricky Tognazzi, policía, en la película basada en el libro *Una historia sencilla*, de Sciascia. El razonamiento.

—Ustedes los jóvenes están obsesionados con esas brujerías, por lo que se atan de pies y manos a la Científica.

Con ese argumento la derrotó definitivamente y se ganó el derecho a saber más sobre el homicidio de Teresa Regalbuto. Así pues, ahora razonaba también sobre la posición de Alfio Burrano, que le parecía bastante inestable.

—Claro, se trata de averiguar dónde estaban escondidos la pistola y el maletín. Si tenemos en cuenta el hecho de que Burrano quería entrar como fuera en la villa, después de tanto tiempo...

Vanina no pudo hacerse la sueca. Patanè conocía aquella información, obtenida confidencialmente en una noche de juerga con —ni siquiera se atrevía a pensarlo— su próximo presunto sospechoso.

—Aunque hay una cosa que también es cierta —prosiguió Patanè—. Alfio Burrano tenía que ser tonto, pero tonto de remate, para contarle a usted lo de los precintos y dirigir su atención hacia algo de lo que él mismo podía beneficiarse.

374

Cosa que a Vanina ya se le había ocurrido, claro. Porque, en el fondo, ella también sabía razonar, ¿no?

Alfio, desorientado, observaba a Spanò.

–Pero... ¿por qué quieres saber esas cosas, Carmelo?

Vanina acababa de entrar y se había situado a un lado. Lo observaba fijamente. A ver si me has tomado el pelo, Alfio Burrano.

–Alfio, limítate a contestar. Reconstruye la mañana, desde la llamada de tu tía.

–Pues... estaba en Sciara. Luego salí.

–Y te dejaste el teléfono –añadió Spanò.

–Cargando. Hice unos recados... Estuve por ahí...

–¿Solo? ¿No te llevaste al tunecino?

–No, Chadi tiene fiesta los domingos.

–¿Adónde fuiste?

–No me acuerdo... Hice unas cuantas compras. En Sciara no tenía nada para comer.

–¿Tienes los tiques?

Alfio lo miró, perplejo.

–¿Tiques? No, hombre, no me refiero a sitios en los que te dan el tique. Además, ¿para qué los quieres, Carmelo? ¿Esto tiene algo que ver con la Policía Fiscal?

Spanò le lanzó una mirada a la subcomisaria, que guardaba silencio. «A mí me parece que este está metido en alguna historia, intentaba decirle».

«Si es culpable, es un actor consumado», pensó Vanina.

Pero... ¿qué sabía ella de Alfio Burrano? Tal vez fuera un actor de verdad. El papel de donjuán lo bordaba, de eso podía dar fe ella misma. Pero no significaba nada: el macho siciliano medio lleva ese papel grabado en el código genético.

–Déjate de Policía Fiscal y sigamos, Alfio. ¿Alguien puede confirmar que te vio, pongamos, hacia las doce y media? –le preguntó Spanò, que parecía la encarnación de la calma, aunque por dentro estaba que trinaba.

Alfio vaciló:

—No lo sé...

Spanò lo observó en silencio.

—A las doce y media —repitió Alfio, muy despacio, como si no se lo pudiera creer—. ¿No es la hora en que mataron a mi tía?

No le llegó ninguna respuesta desde el otro lado.

—Pero... ¿me estáis acusando de haber matado a mi tía? —preguntó. La cara se le había puesto más o menos del mismo color que las paredes—. No me lo puedo creer... ¿Por qué? —dijo.

Se volvió hacia Vanina, que no dejaba de mirarlo. O, mejor dicho, de estudiarlo.

—No te estamos acusando, Alfio. Solo intentamos averiguar si tienes pruebas que demuestren que no pudiste ser tú.

—¿Una coartada? ¿Eso es lo que buscáis?

—Una coartada —confirmó Spanò.

Alfio dejó la mirada perdida al frente. Luego, sacudió la cabeza y cerró los ojos.

—No tengo ninguna.

Spanò y Vanina se miraron, derrotados.

—¿Sabes qué significa eso, Alfio? —intervino Vanina.

El hombre alzó la mirada, en silencio. Tenía los ojos enrojecidos.

—Que con la información que tenemos ahora mismo, existe un noventa por ciento de posibilidades de que nos veamos obligados a abrir un procedimiento. Recibirás una notificación y si surgiera algo más...

—Entiendo —la interrumpió Alfio.

Permaneció con la barbilla baja unos minutos. Solo el tictac del reloj de la pared, que marcaba las ocho de la tarde, perturbaba el silencio.

–¿Puedo irme a casa? –preguntó.

Vanina le indicó que sí con un gesto.

Alfio se dirigió hacia la salida, con los hombros hundidos y el paso lento, acompañado por Spanò.

Cuando ya casi estaba al otro lado de la puerta, retrocedió y se encontró frente a Vanina.

–Pero... tú no crees que haya sido yo, ¿verdad?

Vanina no respondió.

–Vete a casa, Alfio. Intenta recordar todo lo que puedas.

Burrano se volvió de nuevo y cruzó la puerta.

–Y si quieres un consejo –le dijo Vanina, acercándose a él por detrás–, no regreses a Sciara.

Alfio asintió y se marchó.

Aquella noche, Santo Stefano le pareció más que nunca un oasis de paz. Se había pasado media hora al teléfono con Vassalli, que al día siguiente iba a pedir al juez de instrucción la autorización para la incautación del testamento.

Se había repantigado en el sofá gris, muerta de frío. La casa era muy bonita, pero el aislamiento era nefasto. Calor en verano y frío en invierno. Dependía absolutamente de los aparatos de climatización, que por suerte eran modernos.

No había tenido tiempo para pasar por la tienda de Sebastiano. Bettina, por otra parte, había salido con sus amigas viudas y aún no había vuelto.

Se arrastró hasta la cocina y calentó leche en un cazo. Cogió las galletas que compraba en una panadería al volver del trabajo y se preparó una cena para comer en el sofá, mientras veía una película elegida al azar entre las que formaban su colección. Las había visto todas, pero no le importaba revisitarlas.

Aquella noche no le apetecía pensar mucho en el trabajo.

Ya había «razonado» bastante durante más de doce horas, así que ahora solo quería distraerse.

Eligió una película de culto rodada en Catania, *El bello Antonio*. Hizo una foto del título y se la envió a Adriano, que enseguida le respondió con un emoticono.

Antonio Magnano/Marcello Mastroianni acababa de casarse con Barbara Puglisi/Claudia Cardinale cuando le llegó un mensaje al teléfono. Lo cogió con gesto vacilante, pues le preocupaba que fuese Alfio. No estaba bien decirlo, ni siquiera pensarlo, pero no era una gran idea que su número apareciera en el registro telefónico de un investigado.

Pero no era Alfio. Era aquel número que no se decidía a guardar en la agenda y que, cada vez que lo veía, le parecía un mazazo en las piernas.

Esta vez, sin embargo, no era una frase sentimental directa al corazón. Solo «¿Qué haces? P.».

Recuperó la foto que acababa de enviarle a Adriano y se la reenvió. Lo vio escribir y luego interrumpirse, escribir de nuevo e interrumpirse otra vez. Y, al final, el mensaje: «Nunca cambiarás. Y te echo de menos. P.». El resto de la película lo vio borroso.

17.

Esta vez, Vassalli se había dado prisa.

El testamento de Teresa Regalbuto había sido incautado y Alfio Burrano ocupaba el primer lugar en la lista de sospechosos. Si no proporcionaba una coartada seria, su situación iba a empeorar sin que Vanina ni Spanò pudiesen hacer nada por evitarlo.

El comisario Patanè expresó claramente su opinión, que coincidía en gran parte con la de Garrasi:

–Subcomisaria, no pretendo ser negativo, pero a mí esto me está empezando a parecer exactamente lo mismo que pasó con Di Stefano.

Vanina tenía la sensación de que Alfio no le había contado toda la verdad. Parecía contenido, como si tuviera algo que pudiera alejar las sospechas, pero por algún motivo incomprensible no quisiese –o, peor aún, no pudiese– declararlo. Ni siquiera el teléfono resultaba útil porque, según habían averiguado, había estado todo el tiempo conectado a la torre de telefonía que correspondía a Sciara. Y eso tampoco le cuadraba a Vanina. Porque si Alfio hubiese querido crearse una coartada, le habría bastado con afirmar que había estado todo el día en Sciara y el teléfono le hubiese dado la razón. Pero no, él había contado que había salido de casa y que había estado por ahí. La idea ni siquiera se le había ocurrido.

Desde luego, no podía existir un asesino más ingenuo.

Mientras, las investigaciones seguían avanzando en distintas direcciones.

Lo Faro se presentó en la puerta de la subcomisaria y pidió permiso para entrar. Llevaba en la mano la agenda que había aparecido en el cajón de Teresa Burrano.

–El inspector Spanò me ha pedido que investigue estos números de teléfono. He empezado, pero... es que no son números de teléfono.

Vanina lo miró, extrañada.

–¿Qué quieres decir? ¿Qué son, entonces?

–No lo sé. Llevan el prefijo de Catania, 095, pero luego todos los números son distintos entre sí. Unos tienen cinco cifras, otros seis. No pueden ser números de teléfono, subcomisaria, estoy segurísimo. Y luego hay otra cosa: hay nombres que aparecen dos veces, separados por muchas páginas, pero acompañados de números distintos.

Vanina lo miró con los ojos muy abiertos y le cogió la agenda de las manos. Pasó las hojas una y otra vez, más y más rápido.

–Muy bien, Lo Faro –dijo, lanzándole una mirada que hizo que el agente rozara la gloria durante diez segundos.

La subcomisaria cogió el teléfono y marcó la extensión de Spanò, que llegó enseguida.

–Hemos encontrado el registro de clientes de Teresa Burrano –le anunció Vanina.

Spanò cogió la agenda y miró a Lo Faro. No entendía nada.

–Las cifras que la anciana prestaba están ahí, astutamente camufladas como números telefónicos al lado de una serie de nombres.

Spanò, incrédulo, observó la primera página.

–¡Hija de mala madre! –exclamó.

–Bien, dado que el mérito es de Lo Faro, a él le corresponde el honor de analizar los nombres de todos esos clientes.

Lo Faro, que estaba mascando chicle, empezó a hacerlo a un ritmo frenético. Era un trabajo muy pesado, pero ni se le pasó por la cabeza protestar.

Marta Bonazzoli había recibido de la subcomisaria Garrasi el ingrato encargo de seguir los movimientos de las tres mujeres de la casa Burrano. A la que más había que vigilar era a Clelia Santadriano, que aún ignoraba la colosal fortuna que estaba a punto de heredar. También era la única con un agujero de unos cuantos minutos en su coartada, que por lo demás había confirmado la amiga con la que había acudido a la exposición.

Clelia Santadriano parecía aún más afectada que antes.

–¿Fue Teresa quien mató a... la mujer del montacargas? –le preguntó a Vanina.

La respuesta le provocó una nueva crisis de llanto.

–No me lo puedo creer... Teresa... Precisamente Teresa... –susurró.

Le contó cómo se habían conocido. Dos años atrás, ella era propietaria de una pequeña tienda de ropa en el centro de Nápoles. En la calle Chiaia, ¿sabe? Una tienda especial de esas que venden prendas selectas. Bonita, desde luego, pero exclusiva. De las primeras tiendas en acusar la crisis. Y eso que las cosas ya no le iban bien desde hacía algún tiempo. Un día, una anciana de Catania había entrado en la tienda y había comprado unos cuantos pares de zapatos. Para regalar a las amigas, le había dicho. Se había entretenido en la tienda, habían empezado a hablar de esto y de lo otro y, al final, habían ido juntas a comer. Así había nacido su amistad con Teresa Regalbuto. Y también habían empezado las visitas a Catania, cada vez más frecuentes, sobre todo cuando la tienda quebró definitivamente y la señora se había empeñado en alojarla en su casa.

Era una bonita historia, pero no concordaba mucho con la idea que Vanina se había hecho de Teresa Regalbuto. Sobre todo, lo de que hubiera comprado varios pares de zapatos para regalar a sus amigas. Porque una cosa estaba clara: hasta ese momento, todo el mundo había definido a la señora Burrano como una mujer ávida y glacial, oportunista como pocas.

En cuanto a Clelia Santadriano, a Vanina se le había planteado la duda de que fuera en realidad una aventurera que se había entregado al sacrificio de compartir sus días con una vieja bruja con el único objetivo de quedarse con su patrimonio.

Y a Vanina no le gustaba tener dudas.

Buscó los datos de la señora y cogió el teléfono, decidida a hablar con la Jefatura de Policía de Nápoles. Pero entonces se le ocurrió una idea aún mejor.

En cuanto oyó entrar a Macchia, se puso en pie y fue a verlo.

La subcomisaria aparcó el coche justo frente a la entrada de Villa Burrano y se acercó a la verja. Observó la fachada posterior de la villa, aunque sin un motivo concreto. Para ser honesta, tampoco aquella visita a Sciara tenía un motivo oficial.

Chadi apareció como por arte de magia detrás de los barrotes. Al parecer, se había mimetizado con la penumbra de la vegetación descuidada.

Vanina le pidió que abriera la verja.

El tunecino la miró mal, como si ella fuera la culpable de las desgracias de «señore Alfio».

—Escucha, Chadi —le dijo—. ¿Tú quieres ayudar a Alfio? Pues dime si sabes algo que él quiera esconder. ¿Actividades extrañas, negocios ilegales? Estamos solos tú y yo, no nos oye nadie.

–*Señore* es una buena persona. Negocios siempre legales con todos. Él tiene solo vicio de mujeres, muchas mujeres. Pero para hombre es normal así, ¿no?

Se mostraba impasible en su lógica islámica.

Vanina se acercó a comprobar los precintos y vio que seguían intactos. Rodeó la casa y volvió por el lado que pertenecía a Alfio. Se fijó en que había tres cámaras de vigilancia.

–Chadi, ¿son de verdad?

Eran muchas las personas que instalaban en su casa un montón de cámaras falsas, convencidas de que así creaban un elemento disuasorio para ahuyentar a potenciales ladrones.

–¡Claro, son de verdad!

–¿Y quién ve las grabaciones?

–Nadie. *Señore* Alfio controla desde teléfono y yo desde televisor, si de noche oigo ruido.

–¿Se puede retroceder hasta las grabaciones de días anteriores?

El muchacho vaciló.

–Sí...

–Enséñame la grabación del domingo por la mañana.

–Pero *señore* Alfio no sabe...

–Chadi, escúchame bien. Tu *señore* Alfio se está metiendo en un buen lío, así que, si le tienes aprecio, intenta ayudarlo. Si no, vuelvo aquí con una orden del juez y allá tú con las consecuencias.

Vanina esperó haberlo asustado lo suficiente.

El joven la miró, aún dudoso, pero finalmente la dejó entrar en su casucha.

Vanina tuvo la sensación de haber entrado en una tienda de kebabs, una de las pocas comidas que no soportaba. Pese a que la ventana estaba abierta, en la estancia flotaba un penetrante olor a especias difíciles de identificar, procedente de una cazuela que hervía en una cocinilla.

Chadi se acercó a una mesa ocupada por un ordenador bastante antiguo. Abrió en la pantalla una ventana con las imágenes de las cámaras.

Vanina le pidió que buscara el vídeo que había grabado el domingo por la mañana la cámara central, desde la que se veía la entrada de la vivienda de Alfio. Siguió atentamente toda la escena: Alfio salía, se paraba, después se dirigía a toda prisa hacia la verja, luego volvía a la casa y se detenía un segundo a mitad de camino, hasta que finalmente subía al coche. Algo le llamó la atención a Vanina, pero no supo qué era.

–Vuelve un poco atrás –dijo.

El muchacho obedeció, temeroso.

Salida, parada... Ahí estaba, primera cosa extraña: parecía como si Alfio hubiese visto a alguien en la verja. Pasos rápidos. Vuelta atrás... Otra anomalía: al pararse, se había girado y había levantado un brazo, como si quisiera detener a alguien.

–Páralo ahí –pidió–. Vuelve atrás un segundo.

Y entonces vio la anomalía: un brazo que aparecía en el fotograma.

Lo observó con atención. El único detalle que consiguió distinguir fue un destello en la muñeca derecha.

Tenía que mantener una conversación con Alfio.

La subcomisaria volvió a la oficina y llamó a Nunnari.

–¿Tenemos el registro de llamadas del teléfono de Alfio Burrano? –preguntó.

–Claro, jefa.

–¿Has investigado a quién corresponden los números de las llamadas que recibió aquella mañana?

–¡Desde luego! –dijo, mientras cogía una hoja del escritorio–. Y las de la noche antes también, si quiere, aunque en realidad no hay nada útil, subcomisaria. Aparte de la de su tía, Burrano solo recibió dos llamadas. Una era de Valentina Vozza y la otra de Luigi Nicolosi.

El amigo y la supuesta novia-no novia, que aquellos días había desaparecido entre bodegas de Chianti.

–Te lo pregunto por última vez, Alfio. ¿Tienes algo que decirme?

Burrano parecía la sombra pálida y desaliñada de sí mismo. La miró, vacilante, y luego negó con la cabeza.

–Nada.

–Cualquier cosa es mejor que una acusación de homicidio voluntario, supongo que eso lo entiendes, ¿no?

Alfio la observó, pero no dijo nada.

Vanina empezó a impacientarse. Sacó el teléfono y le plantó ante los ojos la imagen de su cámara de vigilancia.

–¿Con quién hablabas?

Alfio dio un respingo. No se lo esperaba.

–Con nadie... Una persona que me había pedido información.

–¿En tu casa?

–La verja estaba abierta.

–¿Y tú te acercas a esa persona, luego vuelves atrás, te giras, le indicas que se detenga, te metes en el coche a toda prisa y desapareces del fotograma?

Silencio.

–¿Te das cuenta de que intento ayudarte, Alfio?

Él se inclinó hacia delante con los codos apoyados en la mesa.

–Vanina, tienes que creerme, yo no tuve nada que ver.

–No sirve de nada que yo te crea, ¿quieres entenderlo o no? Ni tampoco que te crea Spanò.

–No puedo decirte más, Vanina... No puedo. –Y aquellas palabras se convirtieron en una confirmación.

Vanina estaba a punto de salir de la oficina para ir a comer cuando sonó el teléfono.

–Subcomisaria, soy Pappalardo.

–Ah, Pappalardo.

–Quería adelantarle lo que hemos encontrado en los objetos requisados la otra mañana. El informe lo está escribiendo Manenti y...

–Entiendo. Cuénteme.

–Empecemos por balística. El casquillo encontrado junto a Teresa Regalbuto coincide exactamente con el del homicidio de Burrano, lo cual confirma que el arma utilizada es la misma. En la pistola solo hemos encontrado dos huellas dactilares y eran de la víctima. Estaban en dos lugares poco factibles. En la carpeta abierta había bastantes huellas, pero en este caso también eran todas de la víctima. Y ahora, la noticia principal: el maletín. –El oficial jefe respiró hondo y prosiguió–: Estaba lleno de huellas dactilares que corresponden al menos a tres personas distintas, una de ellas la víctima. La pistola se guardaba en el interior, pues hemos encontrado rastros en un rincón. En el forro de tela, justo al lado del cierre, he descubierto una mancha de sangre. Y entonces me he dado cuenta de que entre las esposas y el cierre hay una punta que corta. Si se coge bien no hay ningún problema, pero si alguien no lo sabe y coge el maletín con prisas, en un noventa por ciento de los casos se corta. Después de analizar la muestra, hemos podido aislar ADN.

Vanina pensó durante un segundo y se encendió un cigarrillo.

–Y, claro está, no es de Teresa Regalbuto.

–No, pero hay algo más; algo de lo que me he dado cuenta casi por casualidad.

—Pappalardo, ¿qué está haciendo? ¿Dejarme saborear las noticias? —se impacientó la subcomisaria.

—¡No, no! Solo quería dárselas una a una...

—¿Qué más tiene?

—Que el ADN se corresponde casi al cien por cien con el que conseguimos extraer de la taza que usted encontró en la mesa de Burrano. Hay alguna diferencia, pero creo que debemos atribuirla al hecho de que el ADN antiguo estaba bastante contaminado y costó mucho extraerlo.

Aquello sí que no se lo esperaba la subcomisaria.

El fiscal Vassalli tardó cinco minutos largos en asimilar todas las noticias que la subcomisaria Garrasi había ido a suministrarle en una única dosis.

—Entonces, si no lo he entendido mal, ¿no tenemos ni idea de quién pudo haber matado a Gaetano Burrano, pero sabemos que puede tratarse de la misma persona que mató a su mujer?

—Lo que sabemos es que las dos muestras son atribuibles a la misma persona.

El fiscal meditó durante un instante.

—Sometamos a Di Stefano a la prueba del ADN —ordenó.

De haber podido, Vanina habría levantado la mirada al cielo.

—Señor fiscal, le recuerdo que Di Stefano tiene coartada. El domingo estuvo toda la mañana en Zafferana Etnea, en una reunión de vecinos para organizar la feria Ottobrata.

—Ah, sí, es verdad. Pero podría haber pagado a alguien.

—¿Alguien a quien Teresa Regalbuto conocía tan bien como para dejarlo entrar en su casa y conducirlo a su despacho? ¿Y que hace unos cuantos años se había tomado un café en Villa Burrano?

Vassalli no supo qué responder a eso.

–¿Y Alfio Burrano? Él podría haber usado una taza y haberla dejado allí por casualidad.

–Dudo que Alfio Burrano haya usado alguna vez la vajilla de la villa, pero si usted considera necesario que se someta a la prueba, adelante.

–Pues sí, me parece una buena idea. Manténgame informado, subcomisaria. Y someta a la prueba de ADN a quien usted considere necesario.

Ahora que había que hacerle justicia a Teresa Regalbuto, ahora que tenía encima a la prensa y una plétora de presentadores entusiasmados en televisión, le estaban entrando unas prisas angustiosas. Y, por eso, ADN a diestro y siniestro.

Vanina salió del despacho del fiscal sumida en sus pensamientos.

–¡Subcomisaria Garrasi!

Se giró de golpe. Eliana Recupero estaba en mitad del pasillo, seguida de un hombre cargado con una pila de carpetas.

Vanina se acercó a ella.

–Buenos días, fiscal.

–¿De dónde viene?

–Del despacho del fiscal Vassalli. ¿Y usted?

La fiscal le hizo un gesto al hombre para que dejara las carpetas en su despacho.

–De la cárcel de Bicocca. Bonito sitio, ¿eh?

Vanina sonrió.

–¡Un oasis!

–¿Cómo van sus casos? Se habla de ellos en todas partes.

Vanina hizo una mueca.

–Lo sé.

–¿Sabe? Hace un par de días estuve hablando con su jefe...

–Sí, me lo ha dicho –la interrumpió Vanina.

Recupero la observó en silencio.

–¿Le apetece que vayamos a tomar un café, antes de que me entierre viva bajo mis sudados pliegos?

La subcomisaria aceptó.

Se sentaron en el bar de la esquina, donde la fiscal pidió por sorpresa un abundante desayuno.

–De vez en cuando, hay que cuidarse.

Vanina se enzarzó en una instantánea batalla con su conciencia, antes de decidir que estaba feo no hacerle compañía.

–Basta con compensarlo con un poco de ejercicio de más, que es la única salvación para quien se pasa el día sentado –sentenció Eliana Recupero.

Ella se esforzaba, aprovechaba la hora de comer para ir al gimnasio. Y su cuerpo menudo era el resultado.

Vanina prefirió no recordar que, a excepción de un par de boicots a la semana, precisamente porque en la zona de la calle Etnea era imposible aparcar, su única fuente de movimiento era el coche. Despacho, coche de servicio, interrogatorios domiciliarios, coche de servicio, restaurante, despacho, coche, casa. Y de vez en cuando aperitivo con los amigos, que lo único que hacía era empeorar la situación.

Recupero sentía curiosidad por conocer las últimas noticias del caso Burrano-Cutò-Regalbuto y Vanina la complació. Le contó también su última conversación con Vassalli. El comentario de la fiscal le sirvió para confirmar que debía seguir avanzando sin demora por el camino que ella considerara más adecuado.

Eliana Recupero no dijo ni una palabra del tema que había hablado con Macchia. Y Vanina se lo agradeció.

Spanò había destapado un círculo de usura que existía desde hacía siglos.

Había hablado con una decena de personas, escogidas basándose en el criterio de las cantidades. Cuanto más dinero habían pedido prestado, más posibilidades tenían de que el inspector las citase.

Lo Faro había redactado una lista de nombres y los iba clasificando según el método de Spanò: en orden ascendente, tanto cronológico –a intervalos regulares aparecía también el año, indicado en lo alto de la página– como pecuniario.

Existía una correlación perfecta entre los números ocultos por el prefijo telefónico y las cantidades iniciales prestadas. El último número indicaba las cuotas.

Faltaban bastantes recibos.

–Me juego algo a que los guardaba en la carpeta que encontramos vacía –aventuró Vanina–. De lo cual solo podemos deducir una cosa, Spanò: que el asesino tuvo que hacerlos desaparecer para evitar que encontrásemos su nombre entre el resto de deudores.

Ahora solo tenían que buscar al culpable entre las 156 personas que en los últimos años habían disfrutado de los préstamos de la anciana. Una aguja en un pajar.

A aquellas alturas, Vanina ya daba por hecho que Alfio no tenía nada que ver, por mucho que Vassalli no estuviera dispuesto a disipar sus sospechas hasta tener los resultados de la prueba de ADN. Mientras, la noticia de la posible culpabilidad de Alfio dominaba los chismorreos de toda Catania.

Lo que seguía despertando la curiosidad de Vanina era la estoica resignación con la que Alfio se empeñaba en no contar lo que sin duda –Vanina estaba segura al noventa y nueve coma nueve por ciento– podría haberlo exculpado desde el principio.

Vanina acababa de hablar con Maria Giulia De Rosa y ya estaba recogiendo de la mesa los cigarrillos y el teléfono para ir a reunirse con ella.

Aquella noche tenía ganas de desconectar y distraerse un rato. Sobre todo, no le apetecía encerrarse en casa sola, con el riesgo que eso conllevaba de perderse en uno de aquellos mensajes crípticos, procedentes de un número que seguía sin memorizar en el teléfono y que cada vez llegaban con más frecuencia.

Marta Bonazzoli llamó a la puerta.

–Jefa, hay una chica que insiste en hablar contigo.

–¿Una chica? ¿Y qué quiere?

–No lo sé, se niega a decírmelo.

–¿Estás segura de que no es una periodista ávida de noticias?

–No creo, de ser así ya lo habría dicho. Y, además, los periodistas ya saben que de ti no pueden esperar gran cosa. De hecho, siempre atormentan a Ti... al Gran Jefe.

–Hazla pasar –le dio permiso la subcomisaria, mientras se dejaba caer en el sillón.

Rubia, ojos azules, metro ochenta de jovencita embutida en un vestido informal de algodón en punto canalé. Dieciocho años, como mucho.

–Elena Nicolosi –se presentó.

–Subcomisaria adjunta Giovanna Garrasi.

Le pidió que se sentara.

–He venido porque tengo algo que decir respecto a Alfio Burrano –empezó a decir enseguida la chica, sin preámbulos.

Vanina dirigió rápidamente la mirada a la muñeca derecha, ocupada por una maraña de relucientes pulseras.

–Dígame.

–Sé con seguridad que no mató a su tía.

–Ah. ¿Y cómo está segura?

–Lo sé porque cuando eso pasó... –Vaciló un momento, pero después alzó la mirada con determinación–. Alfio estaba conmigo.

La subcomisaria la observó.

—¿Cuántos años tienes, Elena? —le preguntó, tuteándola.

La joven bajó la mirada un momento, pero volvió a alzarla enseguida, altiva.

—Dieciocho.

—¿Y qué hacías con Alfio Burrano?

—Sexo.

A Vanina le costó disimular su incredulidad. No por el hecho en sí, que ya había pillado a los dos segundos de conversación, sino por el descaro y la desenvoltura con que la joven lo había declarado.

—¿Perpleja, subcomisaria? Alfio es un hombre atractivo incluso para una mujer de mi edad. Y en este terreno tiene una larga... digámoslo así... experiencia. Aunque supongo que eso ya lo sabe usted.

La subcomisaria ignoró la provocación, mientras su mirada alcanzaba los cero grados de temperatura. Saber que la habían incluido —y sin motivo real, además— en la lista de amantes de Alfio Burrano no era un descubrimiento precisamente agradable.

En ese momento llegó Fragapane, que se detuvo de golpe en la puerta con un papel entre las manos.

—Ah, perdone, jefa, no sabía que tenía visita...

La subcomisaria le dijo que entrara. Fragapane le entregó un informe que acababa de llegar de la Científica y enseguida se batió en retirada, no sin antes haberle lanzado una miradita a la chica.

Vanina leyó rápidamente el informe y apartó el papel.

—Elena, tú sabes que de todo lo que digas aquí hay que levantar acta, ¿verdad?

—¿Qué significa?

—Que hay que ponerlo por escrito y que luego tú tienes que firmar la declaración.

–Por mí no hay problema.

–¿El señor Burrano sabe que estás aquí?

–No, él me ha prohibido venir. Tiene miedo. De mi padre, que es su mejor amigo. Y... de usted. Pero a mí no me parece correcto que por no admitir que se ha acostado conmigo se arriesgue a terminar en la cárcel acusado de un homicidio que no ha cometido.

Elena era la hija de Gigi Nicolosi. Ahora todo quedaba más claro.

–¿Miedo de mí? –preguntó Garrasi–. ¿Y por qué? Ahora tiene una coartada. Puede dormir tranquilo. Todo lo demás no es asunto mío.

Elena estiró los labios en una sonrisa torcida.

–¿Dónde tengo que firmar? –preguntó en tono expeditivo.

Vanina llamó a Marta, que apareció enseguida.

–La inspectora Bonazzoli te tomará declaración y la redactará –dijo, mientras se ponía en pie y cogía la chaqueta del respaldo.

Esperó a que la inspectora se sentase en su sitio para ponerle delante de los ojos el informe de la Científica. A ella le correspondía decidir el buen uso que se le podía dar.

Se despidió y por fin se marchó.

18.

Vanina no se despertaba nunca a las cinco y media. Si a esas horas estaba en pie, seguramente era porque aún no se había acostado. Cuando le ocurría, sin embargo, era señal de que su mente no había dejado de trabajar ni siquiera en la fase más profunda del sueño, que en este caso –y dado su huso horario en permanente desfase– no podía haber durado más de un par de horas. Era algo que solo se producía bajo una circunstancia: que la solución de un caso estuviera más cerca de lo que parecía, pero que aún no se hallara en condiciones de alcanzarla. Y entonces se sentía impotente.

Quedarse en la cama con la esperanza de volver a conciliar el sueño era un esfuerzo inútil. Por tanto, mejor levantarse y hacer algo productivo.

Le echó un vistazo a la pantalla del teléfono, vacía como solo ocurría a aquellas horas. Tras los iconos de las aplicaciones resplandecía el mar de Addaura.

Era un gesto mecánico que había adquirido en los últimos días y que le hubiera gustado mucho poder quitarse de encima. Pero tenía que obligarse a no coger el teléfono y la serie de mensajes que había desencadenado el encuentro palermitano no ayudaba precisamente.

Empezaba a notarse la humedad dentro de casa. Temblando de frío, se puso una camisa por encima del pijama y se dirigió a la Nespresso. Vertió el contenido de dos cápsulas de ristretto en una sola taza, lo cual constituía una dosis de cafeína capaz de dejarle los pelos de punta durante todo el día. Encendió un cigarrillo y se lo fumó en el balcón de la cocina, mientras contemplaba los cítricos.

A las seis y media, cerró la puerta y salió de casa.

Bettina ya estaba operativa y pululaba entre sus plantas armada con una manguera. La seguían a todas partes dos gatos minúsculos a los que Vanina no había visto nunca.

–¡Vanina! ¿Qué ha pasado? ¿Han matado a alguien? –le preguntó, preocupada.

Los gatitos se escondieron detrás de un helecho.

Vanina sonrió.

–No, tranquila, Bettina. De momento no han matado a nadie más.

–¿Ha desayunado?

–Iré al bar. Me he tomado un café.

Bettina negó la cabeza.

–No es muy sano eso de desayunar siempre en el bar. Un buen vaso de leche con un dulce casero es mucho mejor.

Los gatos salieron del parterre dando saltitos.

–¿Y esos dos de dónde salen? –le preguntó Vanina, mientras se agachaba muy despacio para acariciarlos.

–Ay, señor, mejor no hablemos. Cuatro había, abandonados en una caja al lado de la casa de Luisa. Y menos mal que alguna de nosotras aún tiene buen oído, porque si no quién sabe qué habría sido de estos pobrecillos.

Vanina bajó la rampa exterior, tras dejar a la vecina en su mundo sereno, y cruzó la puerta. El Mini la esperaba allí, aún mojado por la humedad de la noche.

Por primera vez desde hacía al menos tres meses, el habitáculo estaba frío.

Lo bonito de moverse tan temprano era que los accesos a Catania aún estaban despejados de la riada de coches que dentro de poco, y durante un par de horas, los invadirían sin descanso. El atasco matutino era inevitable, se entrase por donde se entrase, porque no había ni una sola vía de acceso a la ciudad que no pasase por uno o dos colegios como mínimo. Lo cual significaba coches aparcados en doble fila, hordas de niños chillones y progenitores estresados. La inevitable intervención de los auxiliares de tráfico era el golpe de gracia a la hora de paralizar el eje viario.

Vanina eligió la calle que más le gustaba. Desde la ronda bajó hasta Ognina y cogió el paseo marítimo justo a tiempo de ver cómo el sol asomaba por el horizonte.

Se paró en el primer bar abierto que encontró y desayunó disfrutando de aquel amanecer húmedo en el mar, que para alguien que se había criado en la costa occidental era una experiencia inédita.

El bar estaba lleno de clientes madrugadores que tomaban café de pie. Se acordó de Federico Calderaro: estuviese donde estuviese y por mucho frío que hiciera, a las cinco y media de la mañana salía en busca de un bar cualquiera donde tomar un café.

Por contigüidad, pensó también en su madre. Víctima de un arranque de nostalgia, que no era propio de ella pero que encajaba con aquellos días de emociones a flor de piel, le mandó un mensaje breve para darle los buenos días.

Mientras subía al coche vio pasar a Marta Bonazzoli con ropa de correr, auriculares y un medidor de frecuencia cardiaca. La envidió. A ella ni siquiera se le habría pasado por la antecámara del cerebro levantarse al amanecer para correr unos cuantos kilómetros.

«Y a Tito Macchia menos aún», pensó sonriendo.

Salvatore Cunsolo, el hijo del antiguo sirviente de Villa Burrano, se presentó a media mañana en las oficinas de la Policía Judicial y pidió ver a la subcomisaria Garrasi.

Parecía preocupado.

—Subcomisaria, usted me preguntó el otro día si recordaba algo de mi padre que pudiera arrojar luz sobre su pasado —empezó a decir, mientras se sacudía las cenizas del Etna de la chaqueta.

De forma instintiva, Vanina se fijó en el antepecho del balcón para asegurarse de que no había empezado otra vez a llover.

—En aquel momento no se me ocurrió nada, pero después me acordé de un episodio. Tendría yo trece años como mucho y estaba en casa de mi padre, en la montaña. No era muy habitual, pero a mí me gustaba mucho ir allí. Una tarde se me metió en la cabeza que tenía que abrir el horno de piedra, que él mantenía cerrado y no usaba nunca. Tuve que esforzarme bastante, pero lo conseguí. Dentro había un saco grande, de arpillera. Lo abrí y saqué un maletín. Recuerdo que me llamó la atención porque llevaba incorporadas una especie de esposas. En ese momento llegó mi padre. Me quitó el maletín de las manos y me dijo que tenía que tratarlo muy bien, porque era nuestro seguro de vida. Yo no entendí a qué se refería, pero me dijo que daba igual. Es más, que tenía que olvidarlo todo, que ya se encargaba él de sacarle provecho. Y le hice caso. Luego pasó el tiempo y la verdad es que no volví a pensar más en ello. Esta mañana temprano he subido a casa de mi padre: hacía más de una semana que no iba por allí y quería asegurarme de que estaba todo en orden. Pero me he encontrado la puerta mal cerrada, como si alguien la hubiera forzado, y la casa patas arriba. Todo abierto: armarios, alacenas... Todo. Hasta el horno. No faltaba nada, subcomisaria, excepto...

–El maletín –se le adelantó la subcomisaria.

El hombre asintió.

–Y como he leído en la prensa que en el crimen que están investigando tiene algo que ver un maletín, y como me habían hecho ustedes tantas preguntas sobre el pasado de mi padre, he sumado dos y dos y...

Vanina sacó del expediente la foto del maletín encontrado junto a la anciana Burrano y se la puso delante.

–¿Es este?

El hombre dio un respingo.

–Es este, subcomisaria, estoy seguro.

–Obsérvelo bien, señor Cunsolo, porque lo que usted está afirmando podría cambiar el curso de la investigación de dos homicidios.

El hombre se acercó más a la foto.

–Lo es.

Vanina cerró el expediente y acercó la mano al teléfono.

–Spanò, venga a mi despacho.

Cunsolo, inquieto, la observó.

–Discúlpeme, subcomisaria, no sé si tengo derecho a preguntarlo, pero... ¿puedo saber qué contenía?

–La Beretta M35 con la que asesinaron al caballero Gaetano Burrano.

Cuando entró Spanò, Salvatore Cunsolo aún no se había recobrado de la impresión.

El inspector se estaba atusando el bigote.

–O sea, que el asesino de Burrano pudo ser Demetrio Cunsolo.

Vanina expulsó el humo por la ventana.

–No, inspector.

–¿Por qué?

El comisario Patanè, que mientras tanto había acudido a la llamada de la subcomisaria y, por segunda vez, había plantado a Angelina en plena comida, abrió la boca para decir algo, pero Vanina se le adelantó:

–Piénselo bien, Spanò. Si el asesino hubiera sido Cunsolo, no habría conservado con tanto celo las dos pruebas principales y, sobre todo, no las habría considerado un seguro de vida. No, inspector. A Cunsolo, aquel maletín le servía para chantajear a alguien. Y ese alguien solo puede ser el asesino de Burrano.

Spanò guardó silencio.

–Y usted cree que es la misma persona que mató a la vieja.

Patanè arrugó la nariz. Él no estaba de acuerdo con esa hipótesis.

–Lo único que sabemos –precisó el comisario– es que el asesino de la señora Regalbuto se tomó un café con Gaetano Burrano hace cincuenta años. Que después lo matara solo es una deducción. Pero eso nos dice que estamos hablando de alguien que como mínimo como mínimo tiene mi edad. Y que Cunsolo lo conocía bien.

Sonó el teléfono de la subcomisaria.

–Sí, dígame, señor Cunsolo... Perfecto.

Vanina se puso en pie.

–Ánimo, Spanò. Llamo a Bonazzoli y nos vamos.

Patanè imitó a la subcomisaria y se puso en pie con una mirada lánguida. Como un niño que contempla en un escaparate un juguete que sabe que no puede comprar.

Vanina analizó la situación. A fin de cuentas, el comisario también era un testigo. Estaba en el otro bando, el de los que buscaban, y lo habían apartado del caso prematuramente, pero no dejaba de ser un testigo. Y la investigación partía de cero, por lo que...

—Comisario Patanè, usted venga en el coche conmigo y con Bonazzoli.

Patanè tardó un poco en comprender. Luego respiró hondo y, por último, le hizo el enésimo regalo al artista que había fabricado su supuesta prótesis dental.

Subieron a un *jeep* de servicio y siguieron el coche de Salvatore Cunsolo. Dejaron atrás Trecastagni, luego Pedara y, por último, Nicolosi. El paisaje se había vuelto lunar y las pilas de ceniza que se acumulaban a lo largo de la carretera eran incontables. En el salpicadero, el termómetro marcaba doce grados.

Vanina empezó a tener ciertas dudas sobre la precipitada decisión de llevarse a Patanè. ¿Y si con aquel descenso de temperatura se empezaba a encontrar mal o cogía una pulmonía? ¿Quién se lo decía a Angelina?

—Pero ¿dónde vive este hombre? ¿No es peligroso subir tanto con el Etna en erupción? —dijo Marta.

—Está arrojando lava por el otro lado, en esta ladera no hay problema. De no ser así, a estas horas ni siquiera habríamos podido llegar hasta aquí. Pero, vamos, ya no puede faltar mucho —respondió Patanè.

Vanina se volvió para mirarlo con un interrogante dibujado en el rostro. O, mejor dicho, dos.

—Me leí el informe de la anterior vez que interrogaron al hijo de Cunsolo y tenía más o menos una idea de dónde vivía el padre —se justificó el comisario.

—Dentro de nada llegamos a los cráteres silvestres —afirmó Bonazzoli.

—¡Cráteres silvestres! Te conoces todos los sitios solitarios —se burló Vanina.

—Oye, que están cerca del refugio Sapienza, que no es un sitio solitario —puntualizó Marta.

—Entonces, rectifico: los sitios románticos. ¿Mejor así?

Marta la miró de reojo y Vanina le sonrió.

–Oye, que no es ningún insulto. Al contrario, es más bien envidia.

El coche de Cunsolo giró por un caminito lateral que discurría entre encinas y alerces.

–Pero ¿adónde coño vamos? –farfulló la subcomisaria, mientras vislumbraba un caserón medio en ruinas oculto hasta el tejado entre roca negra.

Se detuvieron en una explanada ante un edificio de piedra lávica con tejado inclinado.

–Esta casa ha quedado rodeada de lava en dos ocasiones, pero por suerte está construida en una pequeña elevación del terreno y por eso nunca ha sufrido daños –dijo Cunsolo mientras abría una puerta que presentaba señales claras de haber sido forzada.

Entraron en una especie de comedor, decorado con muebles antiguos de estilo rústico, en el que reinaba el caos. Aparadores, alacenas, armarios... todo estaba abierto y el contenido, esparcido por el suelo.

Vanina envió a Spanò y a Marta a las otras estancias de la casa para que comprobaran si se hallaban en las mismas condiciones.

–El horno está aquí –le indicó Cunsolo, mientras se abría camino.

Una cocina de obra, con algún que otro elemento más moderno aquí y allá. Electrodomésticos bastante viejos, pero de primera calidad. El horno de piedra estaba en un rincón.

–Ahí lo tiene. ¿Lo ve, subcomisaria? El maletín se guardaba ahí dentro.

–Se escondía –puntualizó Vanina en voz baja, mientras se agachaba para ver mejor el interior del horno.

Encendió la linterna de su iPhone. Hollín, restos de brasas

de hacía más de cien años, cenizas a los lados. Y, en el centro, una marca rectangular.

—Supongo que su padre no lo encendía nunca —constató.

—Yo nunca lo he visto encendido. Porque, además, ¿qué iba a hacer en él? Mi padre no era de cocinar. Cuando compró la casa el horno ya estaba y se limitó a conservarlo.

Vanina echó un vistazo a su alrededor. Allí también estaba todo patas arriba. Concentró su atención en un saco de arpillera, ennegrecido en varias partes, que estaba tirado en el suelo. Se arrodilló, sin tocarlo.

—Señor Cunsolo, usted ha dicho que el maletín estaba dentro de un saco. ¿Es este?

Cunsolo también se agachó.

—Creo que sí.

La subcomisaria permaneció agachada, con un codo apoyado en la rodilla, e inspeccionó el suelo. Levantó el saco con dos dedos y le dio la vuelta. Vio una mancha oscura en el borde, junto a la abertura. Sangre, y bastante reciente.

—Spanò —llamó.

El inspector salió de la habitación de al lado.

—Llame a la Científica y que manden a alguien a analizar este saco.

Bonazzoli apareció en ese momento con un archivador de cartón, parecido a los que se usaban en los archivos.

—Jefa, mira qué he encontrado.

Vanina se incorporó mientras Marta se acercaba a ella y le tendía el archivador.

En el interior había documentos de todo tipo, acumulados por Demetrio Cunsolo durante años. Contratos de trabajo, cartas de pago, contratos de compra de la casa y de varios coches. Se podía retroceder en el tiempo hasta los años sesenta. Y todos los documentos demostraban lo mismo: que al antiguo sirviente de Villa Burrano nunca le había faltado dinero.

–Mira esto –indicó Marta, mientras cogía un documento escrito en inglés.

Era un permiso de residencia emitido a nombre de Demetrio Cunsolo por el Gobierno de Estados Unidos en julio de 1959.

–Vivió en Estados Unidos.

–Y precisamente a partir de 1959.

–Lo llevaremos a la comisaría para analizarlo con calma. Seguro que encontramos alguna noticia interesante.

Vanina volvió al horno y metió la cabeza dentro, enfocando con la linterna. En el rincón más alejado, junto a la pared, vio un sobre de papel. Estiró el brazo al máximo, pero para poder cogerlo tuvo que introducir medio cuerpo en el horno, bajo la mirada perpleja del comisario Patanè.

–¡No se haga daño, subcomisaria!

El sobre tenía el mismo membrete que los documentos que habían encontrado en el coche de Burrano, solo que estaba ennegrecido y deteriorado. Vio una huella de sangre en una esquina.

Tratando de no contaminar la huella, Vanina abrió el sobre y sacó el contenido, que dejó sobre la encimera del horno.

Desplegó la primera hoja.

–¡Joder! –exclamó Patanè que, detrás de Vanina, se había apresurado a ponerse las gafas para leer el documento al mismo tiempo que ella.

Intercambiaron una mirada.

–¿Ha visto, comisario?

Examinaron los otros dos documentos, aunque ya se esperaban lo que iban a encontrar.

El Gran Jefe se había acomodado en el despacho de Vanina y se columpiaba en el sillón mientras mordisqueaba su puro. La subcomisaria estaba sentada al otro lado del escritorio junto a Marta, que tenía el archivador sobre las rodillas. El comisario Patanè, a quien Macchia había invitado a quedarse, permanecía de pie, un poco apartado y con la espalda apoyada en la pared.

—Bueno, pues ahora ya tenemos todos los documentos que faltaban en la apelación para exculpar definitivamente a Di Stefano. Además de varios indicios que apuntan a un asesino. La pregunta es... ¿por qué estaban en manos de Cunsolo? —dijo Tito.

Vanina lo miró, pero no dijo nada.

—Garrasi, no disimules. A mí me parece que tú ya tienes una idea.

—Digamos que he intentado imaginar cómo podría haber ido la cosa. He dicho imaginar, Tito, que quede claro, porque solo son hipótesis que de momento no se pueden demostrar. Historias, vamos.

—Siempre me han gustado las historias.

—Muy bien. —Vanina respiró hondo—. La cosa podría haber ido más o menos así: Demetrio Cunsolo trabaja en Sciara, pero está a las órdenes de Teresa Burrano, que lo considera un sirviente de confianza. El marido lo aleja de la villa cada vez que va allí con Maria Cutò. La noche de Santa Agata, la señora le hace una oferta económica que él no puede rechazar y, de ese modo, compra su complicidad. El sirviente llega a la casa con antelación. Su tarea es esperar a que se cometa el crimen y luego, a cambio de una generosa suma, ayudar al asesino a hacer desaparecer las pruebas. Cuando oiga llegar a Di Stefano tiene que entrar en el despacho de Burrano y empezar su interpretación. Además del maletín y la pistola, sin embargo, el asesino deja en manos del sirviente tres documentos, para que los elimine. Pero Cunsolo no es tonto y sabe que lo que le han entregado puede cambiar el curso de su vida: tiene cogidas por las pelotas a las personas que, hasta ese momento, lo han tratado como a un esclavo. Leal, de confianza, pero esclavo a fin de cuentas. En lugar de hacer desaparecer las pruebas, las guarda con cuidado y las convierte en una fuente inagotable de dinero. Un seguro de vida.

Tito y Marta la escuchaban con el aliento contenido, mientras Patanè asentía una y otra vez.

–Difícilmente demostrable –confirmó el Gran Jefe–; pero en mi opinión la hipótesis tiene una lógica que podría acercarse bastante al modo en que de verdad sucedió todo. Las pruebas que apuntan al asesino parecen concretas. Así que informemos a Vassalli y pongámonos en marcha. Luego nos ocuparemos del caso de Regalbuto.

Vanina no dijo nada.

Ya se había equivocado una vez al someterse a la vil pachorra del fiscal. El resultado había sido el asesinato de Teresa Regalbuto. Porque si hubiesen procedido a vigilarla y a pincharle el teléfono, como ella quería hacer, tal vez ahora la vieja seguiría con vida y estaría a punto de ser inculpada, junto con su fiel cómplice homicida.

El caso Regalbuto estaba unido al caso Burrano por un doble hilo. Era imposible hablar de uno sin sacar el otro a colación, y ahora mucho más que antes. Y si se equivocaban a la hora de extraer conclusiones sobre el primero, corrían el riesgo de invalidar el segundo.

Porque una cosa estaba clara: el maletín de Cunsolo había sido sustraído poco antes del falso suicidio, con la única intención de colocarlo en la escena del crimen. Y lo había hecho alguien que sabía cosas. Por lógica, solo podía tratarse de una persona. Otra vez él. Pero, esta vez, ¿qué móvil podía haber tenido?

Eliana Recupero la había llamado apenas tres horas después.

—Si manda a alguien a recogerlo, tengo un poco de papeleo para usted.

Vanina había enviado a Marta y ahora el papeleo estaba sobre su mesa, en forma de dos carpetas en cuyo interior se concentraba la síntesis de lo que ella había pedido.

El acueducto que pasaba por los terrenos de Gaetano Burrano lo habían construido dos sociedades, Idros S. R. L., en el que sería su primer negocio, y Tus S. R. L., una empresa de construcción que olía a mafia ya desde los años cincuenta. Fecha de inicio de las obras: 23 de abril de 1959. Un negocio millonario cuyos beneficios habían ido a parar al bolsillo de la propietaria de los terrenos, Teresa Regalbuto, y del administrador único de Idros. La empresa Tus había terminado por desaparecer de la gestión, pero solo nominalmente, y sobre eso las fuentes de Eliana Recupero tenían más de una prueba.

Si Teresa Regalbuto no hubiese heredado los terrenos, por ejemplo en el caso de que Gaetano Burrano se hubiera repartido aquel pastel millonario con Di Stefano, a la sombra de los Zinna, Idros S. R. L. ni siquiera hubiera llegado a existir jamás.

Y Demetrio Cunsolo tenía entre manos tres documentos que podían cambiar completamente el curso de las cosas: el contrato firmado por Gaetano Burrano y Gaspare Zinna para la construcción del acueducto; un poder de Burrano a Tommaso Di Stefano para actuar en su nombre en caso de que él faltase, y, por último, el as en la manga, la prueba que habría mandado a la cárcel de por vida al culpable si Cunsolo no hubiese decidido obtener beneficios personales: el testamento ológrafo redactado por Gaetano Burrano.

El día de Vanina terminó en el despacho del fiscal Vassalli, que había ido retrasando de media hora en media hora la reunión, con la excusa de otro caso del cual era titular y que estaban investigando los *carabinieri*.

–Espero que me disculpe, subcomisaria, pero se trata de un asunto casi resuelto, solo falta un pequeño nexo de unión –dijo el fiscal, mientras se dejaba caer en un sillón y le ofrecía un vaso de la limonada en lata que se estaba sirviendo.

Vanina rechazó educadamente el refresco y se concentró en lo que debía decirle. Intentó ser breve y concisa, y no dejar en blanco ningún «nexo de unión» mientras le explicaba al fiscal los motivos que la habían llevado a concluir que la persona que el 5 de febrero de 1959 había asesinado a Gaetano Burrano había sido el notario Arturo Renna, quien había actuado en complicidad con Teresa Regalbuto Burrano, la cual había contribuido eliminando físicamente a Maria Cutò. Es decir, la persona que, en su opinión, podía convertirse en el último obstáculo para la realización de todos sus proyectos.

Pero no habían contado con Demetrio Cunsolo, ni con su desenfrenada ambición.

Lo que ahora necesitaba Vanina era poder actuar con todos los medios disponibles para poder atrapar definitivamente a un asesino que podía haber cometido dos crímenes, uno de ellos muy reciente.

Vassalli sudó hasta la última gota de la limonada que se acababa de beber. Apartó dos hojas de papel, se colocó bien la chaqueta tres veces, apoyó y retiró los codos de la mesa otras tantas. Por último, se reclinó en el respaldo. Derrotado.

Ahora tendría que abrir diligencias judiciales y Arturo Renna recibiría un aviso de inculpación, lo cual permitiría al juez buscar indicios de culpabilidad mediante huellas dactilares, careos, etc. Y, obviamente, pruebas de ADN.

La plazoleta de delante de su casa estaba ocupada por una bestia blanca abrillantada como si la hubieran alquilado para una boda. Vanina reconoció aquel coche antes incluso de doblar la esquina y de haberle dado –casi– con el morro del Mini.

Alfio Burrano bajó de un salto nada más verla salir del Mini y se apostó delante de la verja de hierro. Y allí se quedó, tieso como un miembro de la Guardia Suiza, en el primer escalón.

–Descanse, Burrano, descanse –dijo Vanina, mientras sacaba las llaves del bolsillo interior de su bolso.

–Hola, Vanina –la saludó él.

–Hola, Alfio.

–Te he llamado hoy, pero no me ha contestado nadie. Luego me decía que el teléfono estaba apagado y entonces...

Ni siquiera había mirado cuántas llamadas había recibido. Quien tenía algo importante que decirle sabía el número del despacho, incluidos familiares. Y Bettina.

–Hoy no he tenido tiempo ni de responderle a mi madre. Luego me he quedado sin batería.

–Ah, menos mal. Empezaba a pensar que no querías hablar conmigo.

–¿Menos mal para quién?

Alfio no le respondió.

–¿Tienes algo que decirme? –lo animó.

–Sí. Es que desde que se ha aclarado mi... situación no hemos vuelto a hablar. Y quería explicarte algunas cosas.

–Oye, Alfio, he tenido un día muy duro, estoy muerta y solo quiero irme a casa, comer algo y dormir. Si puede ser, hasta mañana por la mañana. Así que si tienes intención de iniciar conversaciones que requieran un esfuerzo, aunque sea mínimo por mi parte, te advierto que no es el mejor momento.

–Solo quería darte mi versión de un tema que... no sé en qué términos te han contado.

–Va, entra.

Alfio sonrió, reconfortado, y le cogió de la mano la bolsa de Sebastiano.

El jardín de Bettina estaba ya equipado con arenero, caseta para los gatos y pelotas por doquier, como si fuera un campo de golf. Bettina la saludó desde detrás del cristal y los siguió con la mirada hasta la puerta de entrada de la vivienda. La temperatura vespertina ya no le permitía esperar a la subcomisaria fuera y, al verla acompañada, sin duda no le pareció correcto salir a propósito.

Aun así, le había dejado algo en casa. Vanina le echó un vistazo al envoltorio mientras dejaba la bolsa sobre la encimera de la cocina. Un bizcocho en forma de rosquilla. El dulce casero para desayunar por la mañana.

¿Cómo era posible que a Bettina nunca se le olvidara nada?

Alfio se había quedado en el centro de la estancia, azorado, y estaba contemplando la fotografía enmarcada del estante.

–¿Es tu padre? –le preguntó a Vanina cuando ella se acercó.

–Sí, es mi padre.

No le preguntó nada más, lo cual significaba que sabía perfectamente quién era el inspector Giovanni Garrasi y a qué se dedicaba.

–Te pareces a él.

–Gracias.

Alfio se volvió hacia el sofá gris, sin saber muy bien si sentarse o no. Vanina le ahorró las dudas y se sentó ella primero.

–Mira, quiero explicarte por qué no quise contarte que sí tenía una coartada para el domingo por la mañana.

–No hace falta.

–Yo creo que sí –insistió él.

–Muy bien, Alfio, pero te advierto una cosa: que Elena Nicolosi era la hija de tu amigo Gigi lo supe en cuanto empezó a hablar. Lo único importante para mí era que fuera mayor de edad, también a efectos de lo que se disponía a hacer. Lo demás no me interesa. Es cosa tuya. Y de Elena, que me parece cualquier cosa menos una cría seducida y desesperada.

¿Qué más podía decir Alfio? Solo que se avergonzaba, que había tenido miedo, un miedo absurdo. Porque ella era mayor de edad desde hacía dos semanas, pero ya llevaba meses sometiéndolo al tira y afloja de me deseas no me deseas. Había intentado resistirse a la tentación, pero el domingo había sucumbido. Había sido la primera y única vez.

–Bueno, ahora tienes dos opciones: o te sientas conmigo a mi mesa no puesta y compartimos la *mozzarella* de búfala y el jamón, o levantas el trasero de mi sofá, te largas y me dejas cenar en paz.

Alfio optó por lo primero. Porque, además, la mesa se podía poner en dos minutos, la *mozzarella* de búfala –deliciosa– era más que suficiente para dos y el jamón de Sebastiano era el mejor de toda Catania. Lástima que no hubiera traído un vino de los suyos.

Se marchó aliviado, sin insinuar ningún acercamiento que no fuera puramente amistoso.

19.

Arturo Renna no dio tiempo para actuar en lo que a él respectaba.

Se presentó voluntariamente ante la subcomisaria Garrasi y confesó. Confesó que el 5 de febrero de 1959 había ido a ver al caballero Gaetano Burrano, en visita de cortesía, a su villa de Sciara. Que había intentado convencerlo de que rompiera el testamento que le había enviado y que no firmara los contratos que Burrano, en cambio, le había plantado delante de las narices ya firmados. Confesó que lo había matado con una Beretta M35 «limpia», conchabado con Teresa Regalbuto, su cómplice y amante. Y que le había sustraído a la víctima los tres millones de liras contenidos en el maletín. Ante la pregunta directa de si había implicado de algún modo a Demetrio Cunsolo en el homicidio, el notario respondió que sí, que le había pagado al sirviente para que hiciera desaparecer todas las pruebas. Y sí, aquel error le había costado una vida de chantajes económicos y cargos asignados a Cunsolo en todas sus actividades. Confirmó, pues, que todo había sucedido tal y como imaginaba Vanina, café incluido.

Ante la pregunta «¿Qué lo ha impulsado a confesar?», Renna respondió que no tenía la menor duda de que la subcomisaria estaba muy cerca de descubrirlo todo. Y que, en ese caso, le parecía más digno confesar.

–En cuanto a la muerte de Maria Cutò, ¿usted confirma que se produjo por abandono en el montacargas donde se hallaba escondida y donde la señora Regalbuto la sepultó viva?

Renna bajó la mirada.

–No, eso no puedo confirmarlo –murmuró–. Usted es libre de creerme, pero yo no tenía ni idea de que Luna estuviera en casa de Tanino aquella noche, ni de la forma en que la había dejado morir Teresa. De haberlo sabido... se lo habría impedido.

Confesó que había sido él y solo él quien había apretado el gatillo. Y lo dijo con la cabeza bien alta y mirándola a los ojos.

Después guardó silencio. Bajó la mirada, respiró hondo y siguió hablando:

–Fui yo quien mató a Teresa Regalbuto –dijo–. Lo hice porque amenazaba con denunciarme para salvarse de una condena por homicidio, y porque la conocía lo bastante bien como para saber que era capaz de hacerlo. Era una mujer cínica y ávida, capaz de desheredar a su sobrino en favor de una desconocida. Escenifiqué el suicidio, usando la pistola y el maletín que habíamos recuperado de común acuerdo, tras pagar a alguien para que pusiese patas arriba la casa de Demetrio Cunsolo, y que ella había guardado en su casa.

–¿Qué esperaba obtener con esa puesta en escena?

–Que culparan a Teresa del homicidio de su marido, además del de Luna, y así dejasen de buscar al verdadero culpable. Me imaginaba que, tarde o temprano, usted acabaría descubriéndolo, subcomisaria Garrasi. Solo era cuestión de tiempo –murmuró, como si fuera una letanía.

Vanina pensó en las palabras de Clelia Santadriano. El amigo más querido de Teresa.

Cómo engañan las apariencias.

Nicola Renna llegó, jadeante, cuando Spanò y Fragapane se estaban ocupando de formalizar la confesión de su padre.

–Pero no irá a la cárcel, ¿no? –le preguntó, impaciente, a la subcomisaria.

–A su edad no. Probablemente le impongan arresto domiciliario. Y una condena por dos homicidios voluntarios.

Renna hijo negó con la cabeza, en un gesto melodramático.

–Mi padre... ¿Cómo es posible? –dijo, sorbiéndose la nariz.

Dedicaron el día a encajar las últimas piezas de la investigación, que en gran parte coincidían con las ideas que ya se habían formado.

Vanina fue a la casa del comisario Patanè para comunicarle las novedades.

–¿Sabe, subcomisaria? Por una parte, estoy contento de poder darle carpetazo definitivamente a ese caso maldito. Pero por el otro será una lástima no poder ir más a las oficinas y fingir que aún estoy en activo.

Vanina lo tranquilizó y le dijo que tarde o temprano encontrarían algún otro cadáver antiguo y que entonces él volvería a estar operativo.

–Además, ahora somos amigos, ¿no? Y yo, que soy joven y esclava de las brujerías, siempre necesitaré una clase de razonamiento, ¿no?

–Usted no es esclava de nada. Y sabe razonar mejor que yo. Además, yo me he llevado un chasco, ¿verdad? Estaba convencido de que Renna no podía haber matado a Regalbuto. Todo el mundo los consideraba amigos inseparables y yo pensé que era verdad. Pero me equivoqué. ¿Lo ve?

El Gran Jefe se había convertido en la presa de los periodistas, a quienes Vanina evitaba como la peste.

A su regreso de una rueda de prensa, al día siguiente de la confesión que Arturo Renna había proporcionado «después de que la investigación implacable de la subcomisaria adjunta Garrasi, a punto de inculparlo, lo pusiera entre la espada y la pared», Tito Macchia llamó a la puerta de Vanina, que leía todos los informes del caso sentada en un sillón que de nuevo basculaba.

—Qué bien vives, eh, haciéndote de rogar con la prensa —le dijo Macchia, con una sonrisa medio burlona.

Todo el mundo sabía que renunciar a su rol de divulgador oficial de noticias, que le proporcionaba muchos primeros planos en los informativos, era una posibilidad que Macchia ni siquiera estaba dispuesto a considerar.

—Ven un momento a mi despacho, que tengo que darte una cosa.

Vanina esperó que no volviese a la carga con la historia de la SCO. Había sido muy clara, tanto con él como con Eliana Recupero, que lo secundaba. Ambos habían considerado que el rechazo de Vanina para cubrir un puesto tan codiciado como aquel era una auténtica locura.

Lo siguió hasta su despacho.

—¿Recuerdas que me pediste que averiguara lo que pudiera sobre la amiga y heredera de Teresa Burrano?

—Sí.

Le entregó la copia impresa de un correo electrónico.

—Aquí tienes todo lo que hemos averiguado.

Vanina leyó rápidamente la página, bajo la atenta mirada de Tito.

—¿Lo has leído? —le preguntó el jefe.

Así era. Y quería volver a leerlo. Porque le parecía demasiado increíble.

—A Clelia Santadriano la adoptaron a los cuatro años del convento de Santa Cecilia, en Nápoles, donde la habían abandonado —recitó Tito.

Sin antecedentes penales ni sin deudas pendientes, pero en una situación económica cualquier cosa menos boyante.

Vanina volvió a leer la información. Increíble. Pero todo encajaba. La señora que había ido a su tienda y la había abordado. Y luego la había nombrado heredera. ¿Por qué, por un arrepentimiento tardío? ¿O era el desprecio absoluto que le inspiraba Alfio lo que la había empujado a tomar esa decisión? O tal vez fuera casualidad. Tal vez Clelia Santadriano fuera hija de otras personas y la hubieran abandonado de verdad. Tal vez no fuera huérfana. Lo que estaba claro era que la mujer no imaginaba nada y la prueba era el asombro con que había recibido la noticia de la fortuna que iba a heredar. Casi se había sentido incómoda con Alfio, con quien había querido hablar de inmediato, porque lo justo era que él se quedara la villa y no había más que hablar...

Alfonsina miraba serenamente por la ventana de su comedor.

–Subcomisaria Garrasi.

–¿Cómo está, señora Fresta?

–¿Y cómo quiere que esté? A ver qué pasará ahora con la casa de Maria... Espero que podamos quedarnos aquí, alguna manera habrá.

Se sentó delante de ella.

–El notario Renna, ¡quién lo iba a decir! –murmuró Alfonsina, negando con la cabeza–. Parecía un buen hombre. Sí, era bastante fogoso, pero tampoco es que eso fuera culpa suya. Y sentía predilección por Luna. Fue uno de los últimos a los que ella dijo que no. Resistió casi hasta que clausuraron la casa.

Cuando pensaba en la confesión de Renna, Vanina tenía la sensación de que el caso no se había cerrado como ella había imaginado. Tal vez fuera solo cuestión de orgullo porque, en resumidas cuentas, lo que había puesto fin a la investigación había sido una confesión, y no su instinto policial, pero no se sentía tan satisfecha como hubiera sido de esperar. Sin embargo, no había margen de duda.

Los análisis de los restos de sangre habían confirmado una compatibilidad alta con Arturo Renna. El maletín estaba lleno de huellas dactilares, suyas y de Teresa Regalbuto.

—Escuche, Alfonsina, tengo que preguntarle algo que tal vez le parezca extraño.

—Diga usted, subcomisaria.

—¿Recuerda el nombre del internado al que Maria había llevado a Rita, en Nápoles?

La mujer se perdió en sus pensamientos.

—¿Alfonsina?

—No me acuerdo... pero lo sabía.

Reflexionó con los ojos cerrados y, finalmente, negó con la cabeza.

—No.

—¿Puede ser Santa Cecilia?

—Puede ser, claro, pero es que no me acuerdo.

¿Y por qué iba a recordarlo? Rita había desaparecido, Luna estaba muerta. Así habían ido las cosas. Cualquier verdad que pudiese surgir, y Vanina estaba decidida a emplearse a fondo para que eso sucediera, para aquella mujer ya era un regalo. Pero si no llegaba a ser así, ninguna desilusión nueva empañaría los últimos días de su vida.

Porque quien no espera nada no se lleva una desilusión.

Vanina decidió que no era necesario alterar ese equilibrio.

El agente Lo Faro llamó a la puerta y entró.

—Perdone, subcomisaria.

—¿Qué pasa, Lo Faro?

Le entregó la falsa agenda telefónica de Regalbuto.

–¿Qué quiere que hagamos con todos los nombres que hemos encontrado, ahora que el caso está resuelto?

–Pues nada, Lo Faro, ¿qué quieres que hagamos?

–Entonces, ¿se la dejo a usted o se la doy al inspector Spanò?

–Déjala aquí.

El chico obedeció y se marchó.

Vanina cogió la agenda y se marchó.

La verdad es que el método utilizado era brillante, parecían de verdad números de teléfono.

Llegó a la última página y la pasó. Se dio cuenta entonces de que el papel parecía cortado por el lado central. Levantó el borde y vio que había una especie de bolsillo. Lo abrió. Un nombre y un número de teléfono que no era un número de teléfono la dejaron sin aliento, como si hubiera recibido un porrazo entre los ojos.

Llamó enseguida a Spanò.

–Usted, Nunnari, Marta y Fragapane vengan a mi despacho. Ahora mismo.

Se materializaron todos en treinta segundos.

–¿Qué pasa, jefa?

–Fragapane, coja el testamento de la señora Burrano, llévelo a la Científica y pídale a Pappalardo que compare las huellas dactilares con las encontradas en la carpeta vacía que le dimos. Y dígale que me llame. Marta, tú tienes que investigar un patrimonio: cuentas corrientes, etcétera.

Le pasó a la inspectora una hoja con un nombre escrito y Marta la miró extrañada.

–Nunnari, usted vaya a la fiscalía y espere a que Vassalli reciba lo que, si todo sale como yo espero, pediré que le envíen desde la Científica. Spanò, usted venga conmigo.

–Vanina, ¿qué está pasando? –le preguntó Marta.

La subcomisaria, entusiasmada, se acercó a ella.

–Ve a ver a tu Tito y dile que dentro de un par de horas como máximo metemos entre rejas al asesino de Teresa Regalbuto. Al verdadero –le susurró.

–¿Qué significa el verdadero asesino de Teresa Regalbuto? Pero Vanina ya estaba en la escalera.

Un somier viejo de muelles, sujeto a la pared con un clavo, puede considerarse una obra de arte. Igual que un cajón tipo IKEA, o peor, porque al menos los de IKEA son bonitos, colocado en un cubo. Instalaciones de esas que se encuentran a patadas en la Tate Modern de Londres o en el MoMA de Nueva York. Luego se planta una delante de un cuadro de Picasso... y se reconcilia con el arte moderno. Esa era la opinión de Vanina. De hecho, en el MoMA se saltaba directamente las primeras plantas y subía a la quinta. La de Picasso, precisamente, y otros artistas de igual prestigio.

La galería de arte de Nicola Renna estaba en la planta baja de la notaría. Instalaciones de toda clase y tamaño, con algún que otro cuadro intercalado.

La secretaria los había enviado allí cuando Vanina le había mostrado su placa y la seriedad de sus intenciones.

El notario iba de una obra a otra con un metro y un cuaderno, contando los pasos.

–¡Subcomisaria! ¿A qué debo la visita? Mi padre está en su despacho. Mientras aún puede seguir saliendo de casa, ya sabe.

Vanina ignoró la alusión al padre.

–Muy bonitas estas obras, ¿verdad, notario?

–Bueno, ¡yo diría que únicas! Estoy organizando una muestra para los amigos, un *vernissage* para celebrar la última adquisición –dijo, mientras se volvía a mirar una escultura minimalista que parecía un muñeco de Lego–. Es más, si quisiera usted acudir...

–Bonitas y caras –prosiguió Vanina sin hacerle caso.

El notario no respondió enseguida.

–Bueno, no se puede decir que sean baratas, pero ya sabe lo que dicen... Sarna con gusto...

La subcomisaria lo ignoró.

–Sobre todo si uno tiene además otros intereses igual de caros, como los coches de época. El Morgan, por ejemplo.

El notario padre caminaba en ese momento entre las instalaciones, mirando fijamente a su hijo. Que había enmudecido.

–Crees que no va a ser un problema porque, total, estás forrado, así que empiezas a coleccionar obras de arte, luego coches, luego otras obras. Hasta que te das cuenta de que solo no lo vas a conseguir, pero entonces se te presenta una oportunidad inesperada –dijo, mientras se volvía a mirar el Picasso que colgaba de la pared de enfrente, iluminado por un pequeño foco– y decides que no puedes dejarla escapar. Necesitas el dinero enseguida, pero el banco presta más allá de cierta cantidad no, ni siquiera cuando se trata de un profesional reconocido. Entonces solo te queda una opción. Total, es una amiga, piensas, conmigo esa vieja bruja se portará bien. Eres el hijo de su amante de toda la vida. Pero luego surge una segunda oportunidad –dice, volviéndose al otro lado, hacia un cuadro de Matisse– y, total, la otra vez resultó todo muy fácil.

Los dos notarios la observaban, pálidos.

–Hasta que un día la vieja bruja decide que ha llegado el día de cobro, con todos los intereses incluidos, que dado que eres el hijo de su amante de toda la vida se limitan a incrementar en un tercio el capital inicial. Es un trato de favor, pero tú no tienes forma de devolver lo que debes, porque todo lo que ganas lo destinas a la conservación de las obras de arte y de los coches. Y así se llega a la desesperación, ¿no es cierto, notario Renna? Y entonces, cuando casualmente oyes a tu padre hablar con la vieja bruja de un maletín y una pistola que podrían conducir precisamente hasta tu padre e incriminarlo, te das cuenta de que es una ocasión de oro. Basta con ir allí el domingo, cuando sabes que la señora está sola, fingir que quieres pedirle más tiempo, darle lástima. Y luego fingir que tu padre te había encargado pedirle cierto maletín que ella sabe y que no quiere tener en casa. Demasiado ir y venir de policías. Y te vas, dejando la puerta entreabierta. Cargas la pistola, que encuentras en el maletín como era de esperar. Vuelves a la casa y allí está la vieja, repasando aún los recibos. Y le disparas. Luego borras las huellas, escenificas el suicidio como si fuera una especie de confesión. Porque sabes que de ese modo el caso quedará cerrado para siempre. Luego coges todos los recibos, convencido de eliminar así todas las pruebas de tus deudas. Pero cometes un error y lo haces sin darte cuenta, porque no tienes la culpa de no haber captado el olor a asado que flota en el piso. En estos días, tu sentido del olfato está momentáneamente anulado y no te das cuenta de que eso será para nosotros solo la primera señal de alarma.

Se volvió hacia el notario padre.

–¿Y qué puede hacer un padre al darse cuenta, demasiado tarde, de que su hijo corre el riesgo de acabar en la cárcel en cualquier momento? ¿Que la mujer con la que ha compartido durante toda una vida chanchullos y delitos de todo tipo ha especulado a sus espaldas con la única persona que para él significa algo? Hoy en día todo el mundo sabe, hasta los niños, que padre e hijo tienen casi el mismo ADN. La prueba concluyente, la que todo el mundo ensalza, pero con la que, para su desgracia, no todo el mundo se contenta.

El anciano notario se tambaleó. Con la cabeza gacha y los ojos cerrados, se desplomó en una silla apoyada en la pared.

Nicola levantó la vista un momento. Alucinado. Abrió los ojos como platos.

–¡Papá! ¡La obra número 12! ¡Te has sentado en la obra número 12!

20.

Maria Giulia De Rosa había insistido en su petición hasta el agotamiento. La próxima vez que vayas a Noto voy contigo. Y por eso Vanina llevaba una hora esperándola.

Adriano y Luca ya estaban allí, disfrutando de los primeros días de otoño en su ciudad adoptiva. Como de costumbre, habían invitado a todo el que se les había puesto a tiro a compartir con ellos esa joya del barroco que es Noto, llenando hasta los topes todos los B&B del centro, que en aquella época del año estaban vacíos en su mayor parte. Una escapada colectiva al sur, la cual no podía perderse la abogada De Rosa.

Alfio se había pegado hábilmente a aquel círculo de amigos desde la fiesta de Giuli, por lo que el riesgo de que aquel fin de semana se presentase también él, quizá sin preaviso, era elevado. Y Vanina no estaba segura de que fuese buena idea. De momento, las cosas entre ellos fluían plácidamente por la vía de la amistad, aunque ambos sabían muy bien que no había sido ese el *primum movens* de su relación. Pero entre delitos, jovencitas aguerridas e incomodidades varias, la famosa noche que a ambos les hubiera gustado pasar había quedado aplazada. Con casi toda probabilidad de forma definitiva, a juzgar por la más que evidente –aunque no correspondida– implicación sentimental que Alfio empezaba a demostrarle.

Lástima.

Se repantigó en el sofá y encendió un cigarrillo. Pulsó el botón lateral del iPhone para iluminarlo. Allí estaba el bloqueo de pantalla de Addaura, con la hora y la fecha en lo alto y ninguna notificación nueva.

La última de las nubecillas con la firma «P.» se remontaba a dos días atrás. Desde entonces, nada. Había intentado convencerse en vano de que no quería recibirlas, pero muy a su pesar las esperaba todos los días con el corazón en un puño.

El número estaba allí, pero ella seguía sin memorizarlo en el teléfono.

Sonó el interfono.

–¡Hombre, por fin se digna a aparecer! –se dijo Vanina, mientras se levantaba del sofá y apagaba el cigarrillo.

No se molestó en contestar. Cogió su maleta y la bolsa en la que había metido también la toalla de playa y el bañador –porque en Sicilia no se sabe nunca, a pesar de estar en octubre– y salió rápidamente.

Pasó por delante de Bettina, que estaba trajinando con la casa de los gatos, y la saludó.

–Que pase un buen fin de semana. ¡Descanse! –le gritó la mujer, mientras recorría la rampa exterior y pulsaba el botón que abría la puertecita de hierro.

Vanina abrió, dispuesta a soltarle a Giuli una bronca por llegar una hora tarde... pero no dijo nada.

Se quedó inmóvil mirándolo, atónita.

Paolo Malfitano. Solo.

Sin escolta.

Agradecimientos

Dar vida a la subcomisaria Giovanna Garrasi ha sido una experiencia literaria de lo más divertida y, al mismo tiempo, ardua. Hacerlo en solitario hubiera resultado imposible, así que gracias de corazón a todos los que han aceptado ayudarme en esta épica misión.

A Maria Paola Romeo, mi valiosa agente, que creyó en Vanina con una fe inquebrantable y la ha traído hasta aquí. A Stefano Tettamanti, por su apoyo. A Paolo Repetti y a Severino Cesari (a quien tanto me hubiera gustado conocer) por abrirle las puertas de Einaudi Stile Libero a la subcomisaria Garrasi. A Francesco Colombo, el primero en apreciarla, y a Rosella Postorino, Roberta Pellegrini y todo el equipo que se ha encargado de ella.

A Rosalba Recupido, mi indispensable punto de referencia en cuestiones jurídicas. A Antonio Salvago, a la Policía Judicial de Catania y, en especial, a Nello Cassisi, que respondió pacientemente a las preguntas más excéntricas. A Giuseppe Siano por atender mis consultas sobre la Policía Científica. A Alessandro Dell'Erba y a Veronica Arcifa, porque la medicina legal nunca ha sido mi fuerte. Y a Sebastiano La Ciura y Patrizia Speranza, notarios de confianza.

Gracias a Roberto y Claudia, que permitieron a mis personajes imaginarios invadir su torre. A Nuccio y Monica por haber hospedado a Vanina, con hamaca incluida, en su casa. A todos los amigos y colegas (escritores y oculistas) que me apoyan con entusiasmo y que no dejan nunca de preguntarme cuándo sale mi nuevo libro.

A mi maravillosa familia, y muy especialmente a mi padre, que siempre encuentra la solución justa.

Y *last but not least*, a Maurizio, mi marido, porque juntos cruzamos todos los océanos.

Esta primera edición de *Arena negra*, de
Cristina Cassar Scalia, se terminó de imprimir en Grafica
Veneta S.p.A. di Trebaseleghe en Italia en enero de 2022.
Para la composición del texto se ha utilizado la tipografía
FF Celeste diseñada por Chris Burke en 1994
para la fundición FontFont.

Duomo Ediciones es una empresa comprometida con el medio
ambiente. El papel utilizado para la impresión de este libro
procede de bosques gestionados sosteniblemente.

Este libro está impreso con el sol. La energía que ha hecho
posible su impresión procede exclusivamente de paneles
solares. Grafica Veneta es la primera imprenta
en el mundo que no utiliza carbón.